Hannes Nygaard ist das Pseudonym von Rainer Dissars-Nygaard. Er wurde 1949 in Hamburg geboren und hat sein halbes Leben in Schleswig-Holstein verbracht. Er studierte Betriebswirtschaft und war viele Jahre als Unternehmensberater tätig. Nach einigen Jahren in Münster/Westfalen lebt er nun auf der Insel Nordstrand (Schleswig-Holstein).
www.hannes-nygaard.de

Dieses Buch ist ein Roman. Handlungen und Personen sind frei erfunden. Ähnlichkeiten mit lebenden oder toten Personen sind rein zufällig.

HANNES NYGAARD

Küstenfilz

HINTERM DEICH KRIMI

emons:

Bibliografische Information der Deutschen Nationalbibliothek
Die Deutsche Nationalbibliothek verzeichnet diese Publikation
in der Deutschen Nationalbibliografie; detaillierte bibliografische
Daten sind im Internet über http://dnb.d-nb.de abrufbar.

© Hermann-Josef Emons Verlag
Alle Rechte vorbehalten
Umschlagzeichnung: Heribert Stragholz
Umschlaggestaltung: Tobias Doetsch
Druck und Bindung: CPI – Clausen & Bosse, Leck
Printed in Germany 2013
Erstausgabe 2007
ISBN 978-3-89705-509-4
Hinterm Deich Krimi 6
Originalausgabe

Unser Newsletter informiert Sie
regelmäßig über Neues von emons:
Kostenlos bestellen unter
www.emons-verlag.de

Dieser Roman wurde vermittelt durch die Agentur EDITIO DIALOG,
Dr. Michael Wenzel, Lille, Frankreich (www.editio-dialog.com).

Für Nadine und Malte

EINS

Mit ihrer besonderen Strahlkraft, unbelastet durch den Smog ferner Großstädte, tauchte die Maisonne das Land in ein Feuerwerk unterschiedlichster Farbtöne. Die liebliche Hügel- und Wiesenlandschaft mit dem zarten Frühlingsgrün von Baum- und Buschgruppen und die weiten Getreidefelder in ihrem kräftigen Gelb, das fast schon in den Augen stach, schmiegten sich an die Ufer der Schlei, jener flussartig verengten Förde zwischen Schleswig und der Ostsee, des längsten Fjords Deutschlands. Wie Wattetupfer hingen die dünnen weißen Wolken am tiefblauen Himmel und begleiteten die leise über das Wasser dahingleitenden Segelboote.

Wer in dieser ruhigen Landschaft leben oder seine Freizeit als Wassersportler verbringen durfte, war sich der Gunst dieses Umstands bewusst.

Das galt auch für Jens Fischediek, der den gelben Renault Kangoo mit der Aufschrift »Deutsche Post« über die schmale Landstraße zwischen Lindaunis und Grödersby steuerte. Einer Schlange gleich folgte sie oberhalb des Gewässers dem Verlauf der hügeligen Landschaft. Seit Jahrzehnten war Fischediek als Postzusteller im Raum zwischen Schleswig und der Schleimündung unterwegs. Trotz seiner sechsundfünfzig Jahre konnte er sich nicht vorstellen, das Angebot der »modernen« Post für altgediente Mitarbeiter, die zudem noch den Beamtenstatus innehatten, anzunehmen und vorzeitig in den Ruhestand zu treten. Er liebte seine Arbeit, den Kontakt mit den Menschen, die er seit ewigen Zeiten kannte, die mit ihm langsam ergraut waren und mit denen er nicht nur belanglose Worte gewechselt hatte.

Auf der Höhe von Pageroe drosselte Fischediek das Tempo, setzte den Blinker und bog auf den schmalen, asphaltierten Weg ein, der einer Allee glich und zu einem etwas abseits der Straße am Wasser gelegenen Gehöft führte. Er hielt auf dem gepflasterten Platz vor dem Wohnhaus und sog den Duft des frisch gemähten Grases ein, der von der nahen Wiese herüberwehte. Ein kleines

Beet mit bunten Frühlingsblühern zierte den Zugang zum Gebäude. Die rustikale Bank an der weißen Hauswand lud zum Verweilen ein.

Fischediek summte ein Lied vor sich hin, das er vor Kurzem gehört hatte und dessen Melodie ihm nicht mehr aus dem Kopf ging, ohne dass er den Titel kannte.

»Moin, Jens«, wurde er aus seinen Gedanken gerissen, während er sich in das Innere seines Zustellfahrzeuges beugte und aus einem Korb den vorsortierten Stapel für die Familie Rasmussen heraussuchte, die auf diesem Anwesen beheimatet war.

Halb erschrocken drehte er sich um und sah die Frau des Hauses an.

»Moin, Bärbel«, erwiderte er.

Bärbel Rasmussen war Mitte fünfzig. Aus dieser Tatsache machte sie keinen Hehl. Das graue Haar hatte sie zu einem lockeren Knoten gebunden, der fröhlich in ihrem Nacken wippte. Die beigefarbene Hose und das dünne hellbraune T-Shirt zeichneten deutlich ihre altersgerechten weiblichen Formen nach. Unter dem wohlgeformten Busen war die Taille einem Ring gewichen, der darauf schließen ließ, dass die Frau ihr Handwerk in der Küche verstand.

Das runde Gesicht mit den grauen Augen und der etwas zu klobigen Nase strahlte Jens Fischediek an.

»Na, Herr Postrat? Wie geht's?«

Fischediek sah zum Himmel. Die Frau folgte seinem Blick.

»Wie soll's einem schon gehen bei solchem Wetter? Das ist ja zum Heldenzeugen.«

Bärbel Rasmussen lachte und zeigte dabei eine Reihe in der Sonne blitzender Goldkronen.

»Das überlassen wir lieber den Jüngeren, Jens. Ich glaube, die können das besser als wir Ollen. Wenn ich an unsere Lütte denke.«

»Was macht deine Enkelin?«

Ein Lächeln huschte über das Antlitz der Frau.

»Das ist ein wahrer Sonnenschein. Die schnackt wie eine Alte. Na ja, ist ja auch Omas Liebling. Willst 'nen Schnaps, Jens?«

Fischediek winkte ab.

»Nee, danke, lass man. Ich muss noch fahr'n. Außerdem will

ich bei diesem Wetter fertig werden. Ich will nachher noch 'nen büschen aufs Wasser und angeln. Wo ist denn dein Mann?«
»Frag mich nich. Holger is seit Mittwoch mit seiner Politik unterwegs. Die ham sich nach Sankelmark zurückgezogen und tagen mit seinem Kreistagsausschuss. Keine Ahnung, um was es geht. Für Holgers Politik interessier ich mich nich.«
Der Postzusteller war mit einem Stapel Post aus dem Wageninneren aufgetaucht und überreichte ihn der Frau.
»Hier, das wär's für heute. Hast du sonst noch was auf'n Herzen?«
Auf dem flachen Land bot der Zusteller neben der Auslieferung von Briefen und Paketen noch einen bescheidenen weiteren Service. So verkaufte er Briefmarken und nahm Sendungen entgegen.
»Nix, was du erfüllen kannst.«
Bärbel Rasmussen sah flüchtig den Stapel durch.
»Das meiste davon hätt'st behalten könn'n, Jens. Sind doch nur Rechnungen.« Ihr Blick blieb bei einem etwas dickeren wattierten Umschlag haften.
»Was 'n das? An Holger.« Sie drehte den Umschlag hin und her.
»Den Absender kenn ich nich. Wird wieder so 'ne Werbesendung sein.«
Fischediek winkte ihr noch einmal zu, bevor er in seinen gelben Renault stieg.
»Tschüss, Bärbel. Bis morgen.«
»Mach's gut, Jens«, antwortete die Frau über die Schulter und ging langsam in Richtung der gemütlichen Gartenbank.
Der Postzusteller startete den Motor und ließ sein Fahrzeug Richtung Landstraße rollen. Er hatte die Seitenscheibe seines Wagens heruntergekurbelt und genoss den herrlichen Frühlingsduft.
Warum kann nicht immer Mai sein?, dachte er. Das ist eine wahre Lust zu leben. In diesem Moment hörte er den lauten Knall. Erschrocken trat er auf die Bremse. Das Geräusch klang wie eine überlaute Fehlzündung. Im Spiegel sah er, dass Bärbel Rasmussen verschwunden war. Auf den zweiten Blick bemerkte er, dass sie zusammengesunken vor der Sitzbank lag. Fischediek legte den Rückwärtsgang ein und fuhr die paar Meter bis zum Rand des Vorgartens zurück. Er ließ den Motor laufen, zog instinktiv die Handbremse an und stürzte in Richtung Hauswand. Dabei kam er

an der immer noch offenen Haustür vorbei, aus der eine junge Frau mit einem etwas über einjährigen Kind auf dem Arm trat.

»Was war das?«, fragte Jette Rasmussen, Bärbels Schwiegertochter.

»Ich weiß nicht«, antwortete Fischediek atemlos und beugte sich zu der Frau hinab. Die lag zusammengekrümmt vor der Bank. Das Gesicht war schwarz verbrannt. Um Bärbel Rasmussen bildete sich eine große Blutlache. Das Schlimmste aber waren die Hände. Sie waren nicht mehr erkennbar.

»Schnell, ruf den Notarzt«, rief er Jette zu und konnte nur mühsam das Würgen in seinem Hals unterdrücken. Ratlos sah er auf die Frau. Es erging ihm wie vielen Menschen in einer solchen Situation. Er wusste nicht, wie er helfen konnte. Nervös fingerte er seinen Hosengürtel aus den Schlaufen und schlang ihn um den linken Oberarm des Opfers. Dann zog er den Gurt kräftig zu. Er sah sich um, fand aber kein geeignetes Material für den zweiten Arm. Kurz entschlossen riss er sich sein Oberhemd vom Leib und band damit den zweiten Arm ab. Er überwand sich und nahm vorsichtig Bärbels Kopf zwischen seine Hände.

»Hörst du mich?«, fragte er. Doch statt einer Antwort vernahm er nur ein leises Stöhnen. Dann war es mit seiner Beherrschung zu Ende. Er legte den Kopf wieder zurück und sprang auf. Fischediek schaffte keine zwei Schritte, bis er sich übergeben musste.

In dieser Stellung fand ihn Jette, die aus dem Haus zurückgekehrt war.

»Der Arzt ist alarmiert«, sagte die junge Frau mit leichenblassem Gesicht.

*

Der dunkelblaue BMW der Dreier-Baureihe rollte mit mäßiger Geschwindigkeit die Landstraße entlang. Schon von Weitem sah Lüder Lüders die Einsatzfahrzeuge, die vor dem etwas zurückliegenden Gehöft standen. Die schmale Zufahrt zum Einsatzort wurde durch ein rot-weißes Flatterband versperrt, an dem ein uniformierter jüngerer Polizist Wache hielt.

Lüder bog von der Straße ab und hielt vor der Absperrung. Er ließ die Seitenscheibe herab.

»Presse?«, fragte der Streifenbeamte, ohne zu grüßen.
»Nee«, antwortete Lüder.
»Was denn?«
»Von der gleichen *company* wie Sie, nur dass ich meine Uniform inwendig trage.«
Der Polizist machte einen verdutzten Eindruck.
»Scherzbold, was? Oder wie soll ich das verstehen?«
»Lüders, Landeskriminalamt Kiel.«
»Und die blauen Augen sind der Ausweis, wie?«
Lüder lachte.
»Sie heißen wohl Thomas mit Vornamen?«
»Ich? Wieso? Wie kommen Sie darauf?«
»Der Ungläubige aus der Bibel.«
Der Polizist setzte zu einer heftigen Erwiderung an, schluckte seine Worte aber herunter, als Lüder ihm seinen Dienstausweis vor die Nase hielt. Unwillkürlich straffte sich die Haltung des jungen Beamten. Fast hätte er salutiert.

»Entschuldigung, Herr Kriminalrat«, stammelte er und eilte zum Flatterband, um Lüder durchzulassen.

Lüder rollte langsam den schmalen Weg entlang und parkte seinen Wagen am Rande der Fahrzeugansammlung, die sich hier eingefunden hatte.

Als er ausstieg, warf ihm ein halbes Dutzend Leute interessierte Blicke zu. Doch niemand sprach ihn an. Er ging auf einen älteren Hauptmeister zu, der ein wenig abseits stand und das Geschehen aus der Distanz beobachtete.

»Moin. Wer leitet hier die Ermittlungen?«

Der Beamte mit dem gutmütigen Gesicht, in dem eine weinselige Knollennase thronte, musterte ihn.

»Ein Kollege?«

Lüder nickte.

Der Polizist zeigte in Richtung einer mittelgroßen Frau.

»Die da.«

Lüder stapfte auf die schlanke etwa Vierzigjährige mit der Brille und der etwas zu spitzen Nase zu. Aus wachen Augen sah sie ihm unter dem rotbraunen Pony ihrer mittellangen Haare entgegen. Er hatte sich auf etwa fünf Meter genähert, als sie plötzlich losbrüllte: »Herrje, nun zertrampeln Sie nicht alle Spuren.«

Lüder ging gelassen weiter auf sie zu. Er hatte zuvor registriert, dass in dem Bereich, in dem er sich bewegte, keine Tatortsicherung stattfand. Er hob seine Hände wie zum Segen und wies dann gen Himmel.

»Sie haben vergessen, Seile zu spannen, an denen man sich entlanghangeln kann, Gnädigste«, erwiderte er und blieb vor ihr stehen.

Sie musterte ihn von oben bis unten, so als würde sie den Marktpreis eines Zuchthengstes abschätzen. Dabei ließ sie sich Zeit, seine fast ein Meter neunzig in Augenschein zu nehmen, das verwuschelte blonde Haar, die blauen Augen, die kräftige Statur.

»So sorglos, wie Sie sich am Tatort bewegen, müssen Sie vom LKA sein«, stellte sie fest. »Das sind die Kollegen, die das Leben in der Praxis nur theoretisch kennen.«

»Mit dieser Bemerkung haben Sie ein gesundes Halbwissen an den Tag gelegt«, entgegnete Lüder. »Die Hälfte stimmt. Ich bin vom LKA. Der zweite Teil Ihrer Bemerkung fällt in die Kategorie Falschaussage.«

Sie funkelte ihn zornig an. Mit den ersten Sätzen waren die Fronten geklärt, verhieß ihr Blick.

»Lüders aus Kiel«, stellte er sich vor und reichte ihr die Hand, die sie übersah.

»Dobermann, Erste Hauptkommissarin. Ich leite das K1 aus Flensburg.«

Er schmunzelte und dachte im Stillen: *Nomen est omen.*

»Sie müssen Ihren Namen gar nicht mehr nennen. Sie sind die Chefin der Mordkommission von der Bezirkskriminalinspektion«, stellte Lüder fest.

»Das sagte ich bereits.«

»Ich komme von der Abteilung 3, dem polizeilichen Staatsschutz.« Lüder beobachtete einen Moment stumm die in weißen Schutzanzügen verpackten Beamten der Spurensicherung. »Was ist hier geschehen?«

Frauke Dobermann sah ihn nicht an, als sie erklärte: »Genaues wissen wir auch noch nicht. Der Postzusteller, er befindet sich mit einem Schock im Haus, hat einen Stapel Briefe abgeliefert. Die Grundstückseigentümerin, eine Bärbel Rasmussen, ist ihm entgegengekommen und hat die Lieferung empfangen. Sie haben ein paar Worte gewechselt, und als der Mann wieder davonfahren wollte,

hörte er einen Knall. Er kehrte um und fand eine schwer verletzte Frau vor.«
»Was ist mit dem Opfer?«, unterbrach Lüder, da er niemanden vom Rettungsdienst erblicken konnte.
»Das wurde mit dem Rettungshubschrauber in die Uniklinik nach Kiel geflogen.«
»Das heißt: Es lebt noch. Art der Verletzungen?«
Sie wiegte den Kopf. »Das steht noch nicht fest. Die erste Untersuchung hat ergeben, dass offenkundig durch eine Sprengstoffexplosion die linke Hand komplett abgerissen und die rechte Hand erheblich verletzt wurde. Was davon zu retten ist – das liegt in der Macht der Ärzte. Weitere Verletzungen konnten vor Ort nicht zweifelsfrei diagnostiziert werden. Als wir aus Flensburg eintrafen, war die Frau schon medizinisch versorgt.«
Zum ersten Mal wandte sich Frauke Dobermann Lüder zu.
»Das Ganze sieht aus wie eine Briefbombe. Deshalb wurden Sie verständigt. Vorschriftsmäßig, weil Ihre Abteilung für Sprengstoffdelikte zuständig ist.« Sie sah Lüder fest in die Augen. »Mord und schwere Körperverletzung fallen in *meinen* Bereich. Deshalb werden wir vom K1 auch die Ermittlungen aufnehmen. Ich glaube nicht, dass Ihre weitere Präsenz erforderlich ist. In diesem Punkt besteht Übereinstimmung mit meinem Kriminaldirektor«, betonte sie nachdrücklich.
Lüder schenkte ihr ein strahlendes Lächeln, das sie im ersten Moment zu irritieren schien.
»Auch ich habe einen Kriminaldirektor als Vorgesetzten«, erwiderte er.
Frauke Dobermann betrachtete ihn nachdenklich. Dann legte sie den Zeigefinger an die Nasenspitze.
»Wenn sich Ihre Anwesenheit nicht vermeiden lassen sollte, erwarte ich, dass Sie uns durch Ihre Gegenwart nicht behindern. Nehmen Sie bitte zur Kenntnis, dass die Mordkommission unter meiner Leitung steht. Ich bin Erste Hauptkommissarin«, gab sie ihm zu verstehen. »Und Sie? Hauptkommissar?«
Lüder nickte versöhnlich.
»Nicht ganz.«
Frauke Dobermanns Gesichtszüge entspannten sich. Sie fuhr sich mit der Zungenspitze über die Lippen.

»Oberkommissar? Es stört Sie hoffentlich nicht, dass ich eine Frau bin.«

»Keineswegs. Ich bin emanzipiert«, erwiderte Lüder. »Übrigens ... Ich bin Kriminalrat.«

Sie klappte den Unterkiefer herab und schnappte nach Luft wie ein Fisch auf dem Trockenen.

»Trotzdem«, kam es nach einer Weile über ihre Lippen.

In diesem Moment tauchte ein kleiner, fast glatzköpfiger Mann auf.

Erst hustete er, dann nieste er. Dem folgte ein Räuspern.

»Kiel?«, fragte er und sah Lüder an.

Der nickte und stellte sich vor.

»Klaus Jürgensen«, sagte der Mann.

»Der Hauptkommissar ist der Leiter der Spurensicherung bei der Bezirkskriminalinspektion Flensburg«, erklärte Frauke Dobermann.

»Es sieht so aus, als wäre eine Briefbombe explodiert.« Jürgensen wischte sich mit dem Ärmel über die Stirn. »So etwas kommt selten vor – hier bei uns im Norden.« Dann zog er die Nase kraus, als müsste er erneut niesen. »Ich verstehe nicht, weshalb in diesem Landesteil immer alles mit ›Ihhh‹ und ›Bähhh‹ über die Bühne gehen muss. Bei Gewalttaten werden die Opfer verstümmelt oder entsetzlich zugerichtet. Nordfriesland gehört auch zu unserem Einzugsbereich. Wenn wir zu den Schlickrutschern an die Westküste gerufen werden, sorgen die wenigstens für ein ästhetisch ansprechbares Umfeld. Dort gibt es keine blutigen Leichen, schon gar nicht unter freiem Himmel.« Jürgensen schüttelte sich. »Offenbar befand sich der Sprengsatz in einer Postsendung, die beim Öffnen detonierte. Tut mir leid. Mehr können wir noch nicht sagen, weder zur Art des Sprengstoffes noch zum Zünder.« Jürgensen zog sich den leichten Handschuh aus und gab Lüder die Hand.

»Ich heiße Klaus«, stellte er sich vor, »nur mal so – falls wir hier zusammenarbeiten sollten.«

Lüder erwiderte den festen Händedruck. »Lüder.«

Der kleine Hauptkommissar musterte ihn mit zusammengekniffenen Augen.

»Ich denke, das ist der Zuname?«

Lüder erklärte lächelnd: »Lüder Lüders ist mein kompletter Name. Erspare mir, die Herkunft zu erläutern.«

»Komisch«, kommentierte Jürgensen und zeigte dann auf Frauke Dobermann. »Hat sie schon zugebissen?«

Die Chefin der Mordkommission nahm diese Anmerkung kommentarlos, aber mit einem finsteren Gesichtausdruck zur Kenntnis.

»Haben Sie den Zeugen schon vernommen?«, wechselte Lüder das Thema.

Frauke Dobermann schüttelte den Kopf. »Vorhin war er noch nicht ansprechbar und wurde vom Arzt versorgt. Vielleicht sollten wir es jetzt noch einmal versuchen.« Ohne eine Antwort abzuwarten, ging sie ins Haus. Lüder folgte ihr.

Von der großen gekachelten Diele, in der hübsch bemalte Holzmöbel eindrucksvoll den rustikalen Charakter des Anwesens unterstrichen, gingen zahlreiche Räume ab. Im hinteren Bereich drang aus einer geöffneten Tür leises Stimmengemurmel.

In einer großen Wohnküche, die von einem schweren Holztisch mit sechs hochlehnigen Stühlen dominiert wurde, saßen Jens Fischediek in einem blutverschmierten Unterhemd, eine jüngere Frau mit einem kleinen Kind auf dem Arm und ein altersmäßig dazu passender Mann in Arbeitskleidung.

»Guten Tag, mein Name ist Dobermann«, stellte sich die Hauptkommissarin vor und wies auf Lüder. »Das ist ein Kollege.« Sie unterließ es, Lüder mit Namen vorzustellen. »Wir kommen von der Kripo. Dürfen wir Ihnen ein paar Fragen stellen?«

Der jüngere Mann sah sie mit verstörtem Gesichtsausdruck an und nickte. Er zeigte auf die freien Stühle.

»Ich bin Peter«, nannte er wie selbstverständlich nur seinen Vornamen, dann zeigte er auf die junge Frau. »Jette, meine Frau.«

»Sie sind der Sohn?«, fragte Frauke Dobermann.

Peter Rasmussen nickte stumm.

»Sie sind von der Deutschen Post und haben die Sendung gebracht?«, wandte sich die Hauptkommissarin an Jens Fischediek.

»Ja«, kam es leise über die Lippen des Postzustellers. »Wenn ich das gewusst hätte!«

Dann erzählte er nach Aufforderung mit stockender Stimme, was sich zugetragen hatte.

»Haben Sie an der Briefsendung etwas Auffälliges bemerkt? Gewicht? Form? Absender?«, mischte sich Lüder in das Gespräch ein und erntete dafür von Frau Dobermann einen missbilligenden Blick.
»Nein«, antwortete Fischediek. »Nichts. Ich hab gar nich die Zeit, jede Sendung im Einzelnen zu betrachten. Dafür ham wir viel zu viel zu tun. Die da oben drücken uns immer mehr aufs Auge. Nee, tut mir leid. Daran is mir nix aufgefall'n. War so 'n wattierter brauner Umschlag. Natron oder wie die Dinger heißen.«
»Absender? Briefzentrum?«, bohrte Lüder nach.
»Nee, leider nich. Doch – wart'n Sie mal. Bärbel, als sie die Post entgegengenommen hat, da hat sie gesagt: Von wem ist der denn? Kenn ich nich. Vielleicht wieder Werbung.«
Auch die Schwiegertochter konnte keine weiteren verwertbaren Aussagen machen. Peter Rasmussen war erst nach der Explosion dazugerufen worden.
»Wir haben mein Vadder schon benachrichtigt«, erklärte der junge Mann. »Er is aufn Weg hierher.« Dabei spielte er nervös mit seinen Händen auf der Tischplatte. »Jette«, wandte er sich an seine Frau. »Kanns nich mal 'nen Kaffee machen?«
Stumm drückte sie ihrem Mann das Kind auf den Arm. Das kleine Mädchen schmiegte sich an seinen Vater und sah die Fremden mit großen Augen an.
»Hast 'nen Schnaps für mich?«, bat Jens Fischediek. »Ich glaub, 'nen Kaffee vertrag ich jetzt nich.«
Während sich die Schwiegertochter um die Getränke kümmerte, beantwortete Peter Rasmussen die Frage der Hauptkommissarin.
»Ja, ich hab den Hof von meine Eltern übernomm' und bewirtschafte ihn seit zwei Jahr'n. Mein Vadder kümmert sich um unsere annern Geschäfte, hauptsächlich aber macht er Politik. Muddern hilft in Stall und Garten und sorgt sich um die Vermarktung.«
Lüder hatte es Frauke Dobermann überlassen, die weiteren Fragen zu stellen.
»Was sind das für ›andere Geschäfte‹?«
Der Jungbauer sah sie eine Weile an, bevor er antwortete.
»Da weiß ich nich so genau drüber Bescheid. Es geht hauptsächlich um Geldanlagen.«
»Und was meinen Sie damit, dass sich Ihr Vater um ›die Politik‹ kümmern würde?«

»Der is schon seit ewig'n Zeiten im Kreistag. Erst war er im Gemeinderat von Boren. Seit sieben Jahr'n sitzt er im Kreistag.«

»Für welche Partei?«

Rasmussen sah die Hauptkommissarin fast ungläubig an.

»Is das 'ne ernsthafte Frage?«

Sie wurden durch ein Poltern aus der großen Diele unterbrochen. Kurz darauf stürmte ein großer breitschultriger Mann mit eisgrauen Haaren in den Raum. Nicht nur sein wettergegerbtes Gesicht und die großen schwieligen Hände verrieten, dass es sich um Rasmussen senior handeln musste. Auch die Ähnlichkeit mit Peter war verblüffend.

Der Jungbauer sprang auf und umarmte seinen Vater, was sich als schwierig erwies, weil er immer noch seine kleine Tochter auf den Armen hielt. Dann konnte der junge Rasmussen seine Tränen nicht mehr zurückhalten.

Tröstend klopfte ihm Holger Rasmussen auf die Schulter. Er ließ sich Zeit, bevor er sich den beiden Kriminalbeamten zuwandte und mit erstaunlich ruhiger Stimme fragte: »Was ist hier geschehen?«

Frauke Dobermann erläuterte mit wenigen Worten, was sie bisher in Erfahrung bringen konnten.

»Wie geht es meiner Frau?«, wollte Rasmussen wissen.

»Sie ist in Kiel. In der Uniklinik. Der Rettungshubschrauber hat sie dorthin gebracht.«

»Dann werde ich jetzt zu ihr fahren«, beschloss der Mann.

»Können Sie uns zuvor einige Fragen beantworten?«, warf die Hauptkommissarin ein.

»Nein«, antwortete Rasmussen scharf. »Mich interessiert jetzt nur meine Frau.«

»Ich fahre Sie nach Kiel«, mischte sich Lüder ein. »Mit meinem Wagen geht es schneller als mit anderen Fahrzeugen.«

Rasmussen schien einen Moment zu zögern, bevor er nickte.

»Gut. Aber jetzt sofort.«

Lüder stand auf und zog seine Autoschlüssel aus der Tasche.

Aus den Augenwinkeln bemerkte er Frauke Dobermanns wütenden Blick, die sich nur mühsam eines Kommentars enthalten konnte.

*

Lüder hatte das mobile Blaulicht auf dem Dach seines BMW platziert und kam mit den Sonderrechten, wie es auf Amtsdeutsch hieß, zügig voran. Die anderen Verkehrsteilnehmer räumten ihm überwiegend unproblematisch den Weg.

»Haben Sie eine Idee, wer Ihrer Familie eine Briefbombe zukommen lassen könnte?«

Rasmussen warf ihm einen Seitenblick zu.

»Für wen halten Sie uns? Wir sind doch bedeutungslos in dieser Welt.«

»Haben Sie Feinde? Gibt es Auseinandersetzungen, selbst wenn Sie Ihnen nichtig erscheinen?«

»Nein! Wir leben mit niemandem im Streit. Ich kenne keinen, der zu einer solch verrückten Tat fähig wäre.« Rasmussen stierte starr durch die Scheibe nach vorn und griff instinktiv zum Haltegriff, als Lüder nach einem Überholmanöver wieder einscherte. Die Lindaunis-Klappbrücke war natürlich oben gewesen, damit die gemächlich dahintreibenden Segelschiffe passieren konnten, und kostbare Minuten waren verstrichen. Jetzt steuerte Lüder Eckernförde an. Von dort ging es zügig auf der gut ausgebauten Bundesstraße bis in die Landeshauptstadt.

»Ihr Sohn erwähnte, dass Sie sich um Geschäfte kümmern würden, die nichts mit dem Hof zu tun hätten.«

»Geschäfte! Das ist zu weit gegriffen. Ich verwalte das Geld, das unsere Familie im Laufe der Jahre hart erarbeitet hat. Der Junge kümmert sich um den Hof. Das macht er erfolgreich, sodass ich mich daraus komplett zurückziehen konnte.«

Lüder musste bremsen, weil ein Lastkraftwagen die freie Fahrt nahm und kein Überholen zuließ. Nachdem er auf einem geraden Straßenstück den Brummi hinter sich gelassen hatte, konnte sich Lüder wieder auf das Gespräch konzentrieren.

»Sie sind politisch aktiv?«

»Im Kreistag.«

»Sonst noch irgendwo?«

»Nein, wenn Sie die Parteiarbeit außen vor lassen.«

»Könnte Ihre politische Arbeit jemandem Anlass für diese Tat gegeben haben?«

Rasmussen lachte auf.

»Ich bitte Sie. Was haben Sie für Vorstellungen von der Arbeit des Kreistages in Schleswig-Flensburg? Da werden die Meinungsverschiedenheiten im schlimmsten Fall am Tresen ausgetragen. In diesem Gremium gibt es keine heftigen Kontroversen. Da herrscht überwiegend Konsens mit dem Willen, sachorientiert die unsere Region betreffenden Probleme zu meistern.«

Sie hatten das Universitätsklinikum in der Arnold-Heller-Straße in weniger als vierzig Minuten erreicht und standen kurz darauf vor einer verschlossenen Tür, die zum Operationstrakt der Unfallchirurgie führte. Das Einzige, was sie in Erfahrung bringen konnten, war, dass die Ärzte um das Leben von Bärbel Rasmussen kämpften. Niemand wollte Einzelheiten offenbaren oder gar eine Prognose wagen.

Wenig später saß Lüder seinem Vorgesetzten gegenüber. Er hatte im Krankenhaus nichts ausrichten können, und der Ehemann des Opfers beharrte darauf, in der Klinik zu warten.

Das Büro von Kriminaldirektor Jochen Nathusius war geräumiger als die benachbarten Zimmer. Es unterschied sich nicht nur durch die Größe, sondern auch in der Ausstattung von anderen Arbeitsplätzen. Der Leiter der Abteilung 3 des Landeskriminalamtes, des polizeilichen Staatsschutzes, blickte gedankenverloren auf das gerahmte Bild seiner Frau Beatrice, das auf seinem Schreibtisch stand. Der rundliche Kopf mit den Sommersprossen und die kurzen, rötlich gefärbten Haare ließen ihn wie einen Iren erscheinen. Dazu passte der gemütliche Eindruck, den Nathusius auf den ersten Blick vermittelte. Niemand hätte ihn ihm den brillanten Analytiker vermutet, der Situationen und Zusammenhänge eindrucksvoll einzuschätzen verstand.

»Dann haben wir derzeit keine Anhaltspunkte, weshalb der Familie Rasmussen eine Briefbombe zugestellt worden ist«, stellte der Kriminaldirektor nach Lüders Berichterstattung fest. »Warum wird auf einen relativ unbekannten und überregional unbedeutenden Politiker ein solches Attentat verübt? Hat der Mann Ambitionen, die über seinen bisherigen Wirkungskreis hinausgehen? Ist er durch extremistische oder vielleicht auch nur unbedachte Äußerungen in Erscheinung getreten?«

»Noch wissen wir nichts über Holger Rasmussen«, antwortete Lüder. »Ich werde umgehend Erkundigungen über ihn einziehen. Wenn er sich auf dem politischen Feld Feinde geschaffen hätte, dann wären sicher Berichte in den Medien erschienen. So etwas lässt sich in Deutschland nicht lange geheim halten. Daher glaube ich im ersten Moment nicht an solche Motive. Wir stehen vor einem Rätsel. Ich glaube, wir müssen auch zuerst die Ergebnisse der kriminaltechnischen Untersuchungen abwarten.«

Nathusius hatte reglos zugehört. Jetzt zeigte er mit dem ausgestreckten Finger auf Lüder.

»Bevor wir eine größere Sonderkommission einsetzen, sollten Sie so viele Erkenntnisse wie möglich sammeln. Wir haben nicht viel Zeit, da ab heute Abend die Medien über diesen Fall berichten werden. Und morgen stürzen sich die Boulevardblätter darauf. Dann sind wir in aller Munde.«

»Wenn es auch aus manchen dieser Munde übel riechen wird«, erwiderte Lüder. »Wie wollen wir die Zusammenarbeit mit der zuständigen Mordkommission gestalten? Dort findet sich eine sehr ehrgeizige Leiterin, die das Verfahren an sich ziehen möchte.«

»Frau Dobermann?«

Lüder nickte.

»Die Frau trägt ihren Namen zu Recht. Sie ist nicht nur ehrgeizig, sondern auch erfolgreich. Ich würde es begrüßen, wenn Sie eine geeignete Form der Zusammenarbeit mit dem K1 aus Flensburg finden würden. Nehmen Sie den Namen als Programm und nutzen Sie die Dame als Wadenbeißer.«

»Ich gehe davon aus, dass Sie mir freie Hand lassen, wie lang oder kurz ich die Leine halten darf.«

Nathusius antwortete mit einem Lächeln. »Schießen Sie in den Wind«, verabschiedete er einen seiner engsten Mitarbeiter.

Lüder ging direkt zum Büro des Pressesprechers. Sven Kayssen sah auf, als er eintrat.

»Die ersten Journalisten haben mich bereits mit Anfragen überfallen«, begrüßte er Lüder. »Kannst du mir ein paar Infos geben?«

Nachdem Lüder ihn mit den dürftigen Erkenntnissen vertraut gemacht hatte, bat er Kayssen, alle verfügbaren Informationen über Holger Rasmussen zusammenzutragen.

Danach kehrte Lüder an seinen Arbeitsplatz zurück. Er war nicht erstaunt, dass sich über kein Mitglied der Familie Rasmussen etwas in den Dateien der Polizei fand. Wie erwartet, waren alle unbescholtene Bürger.

Nach einer halben Stunde meldete sich der Pressesprecher.

»Soweit ich das beurteilen kann, ist die Ausbeute eher mager. Der Mann war einige Jahre im Gemeinderat von Boren. Dann wurde er in den Kreistag gewählt, nachdem er auch als Bürgermeisterkandidat seiner Heimatgemeinde gehandelt wurde. Seine Arbeit in der ersten Legislaturperiode scheint unauffällig gewesen zu sein. Jedenfalls taucht er selten in der Presse auf. Zuerst war er als eine Art Frühstücksdirektor unterwegs und hat Pensionären zu runden Geburtstagen gratuliert, Kindergartenneubauten eingeweiht und sich in Diskussionen um Kläranlagen und den Gewässerschutz engagiert. Nach seiner Wiederwahl wurde er, für manche überraschend, zum Vorsitzenden des Ausschusses für Wirtschaft, Kreisentwicklung und Umwelt gewählt. Aber auch in dieser Funktion gibt es keine spektakulären Presseberichte über ihn.«

Das war nicht ergiebig, dachte Lüder. Es klang nicht so, als könnte die politische Arbeit Rasmussens Anlass dafür sein, dass ihm jemand eine Briefbombe ins Haus geschickt hat. Aber wieso gingen sie davon aus, dass die Bombe dem Mann gegolten hatte? Schließlich lebten noch drei weitere Erwachsene auf dem Hof.

Er sah auf die Uhr. Viel konnte er heute, am Freitagnachmittag, nicht mehr unternehmen. Zunächst mussten die Ergebnisse der Spurensicherung abgewartet werden. Die ersten Resultate würden nicht vor Montag vorliegen. Auch das Opfer war nicht vernehmungsfähig. So nutzte er die Zeit und verschaffte sich einen Überblick über den Kreis potenzieller Täter, die schon einmal in Verbindung mit Sprengstoffattentaten in Erscheinung getreten waren. Lüder war erstaunt, dass er auf Anhieb über zwei Dutzend Namen zusammenbekam.

Vier konnte er davon ausschließen, weil die Männer derzeit Gefängnisstrafen verbüßten. Andere sortierte er auf einer Liste mit untergeordneter Priorität. Diese Leute waren auffällig geworden, weil sie fahrlässig oder ohne erkennbare Absicht, anderen Schaden zufügen zu wollen, mit Sprengstoff hantiert hatten. Er waren zum Teil Pyromanen, die sich einzig aus der Freude am brisanten Feuerwerk dem gefährlichen Material zugewandt hatten, oder Schüler, die theoretisch erworbene Kenntnisse aus dem Physikunterricht leichtsinnig in die Praxis umsetzen wollten.

Im engeren Kreis möglicher Tatverdächtiger blieben vier Namen auf Lüders Liste. Davon war einer in Schleswig-Holstein beheimatet. Harry Senkbiel wohnte in Rendsburg. Er war ein ehemaliges Mitglied autonomer Zellen und wegen Brandanschlägen vorbestraft. Seine Fachkenntnisse resultierten aus einem abgebrochenen Chemiestudium. Nach seiner Haftentlassung war er allerdings strafrechtlich nicht wieder in Erscheinung getreten. Diesen Mann würden sie als Ersten vernehmen.

Lüder beschloss, den Abend seiner Familie zu widmen. So fuhr er heim zum Einfamilienhaus am Kieler Stadtrand.

Vor der Garageneinfahrt blockierte ein älterer VW-Bulli die Zufahrt. Margit, seine Lebenspartnerin, hatte den Wagen dort geparkt. Sie lebten bereits seit mehreren Jahren zusammen, hatten aber bisher noch »keine Zeit gefunden«, zum Standesamt zu gehen. Margit hatte zwei Kinder mitgebracht, während der neunjährige Jonas aus Lüders geschiedener Ehe stammte. Diese vielköpfige Patchworkfamilie komplettierte seit einem Jahr Sinje, die gemeinsame Tochter. Kurz vor der Geburt des Mädchens hatte die Familie Lüders aufregende Tage durchzustehen gehabt, als machtvolle Gegner auch nicht vor der Bedrohung der Kinder und der schwangeren Margit zurückgeschreckt waren. Umso mehr hatten sich alle über den munteren Nachwuchs gefreut.

»Hallo, Herr Lüders«, wurde er aus seinen Gedanken gerissen, die sich auf den Kinderlärm konzentrierten, der aus den oberen Räumen des Hauses scholl.

»'n Abend, Frau Mönckhagen«, begrüßte Lüder die hilfsbereite Nachbarin. Die ältere Frau fasste sich ins Kreuz und tauchte aus ihrem Vorgartenbeet auf.

»Ist das nicht ein herrliches Wetter?«, fragte die Frau. »So mögen wir es haben. Ich hoffe, dass die bösen Buben, denen Sie nachjagen, das auch zu schätzen wissen und Ruhe geben.« Die rundliche Frau zeigte zum strahlend blauen Himmel. »Wer begeht bei solchem Kaiserwetter schon Untaten? Haben Sie nun endlich ein freies Wochenende und können es mit der Familie genießen? Die ist ja wirklich niedlich, die Lütte. Es ist doch schade, wenn man als Vater nichts davon hat, wenn die Kinder größer werden. Lassen Sie es sich gesagt sein: Die Zeit vergeht viel zu schnell.«

Lüder winkte Frau Mönckhagen freundlich zu.

»Danke, alles bestens. Wenn alle Tage so ruhig vergehen wie heute, dann sind wir von der Polizei bald arbeitslos.«

»Das wäre schön«, warf die Frau Lüder hinterher, als dieser schon sein Haus betrat.

Margit war so sehr mit Haushalt und Kindern beschäftigt, dass sie gar keine Zeit fand, ihn nach den Ereignissen seines Arbeitstages zu befragen. Entsprechend lebhaft verlief auch das gemeinsame Abendessen. Danach glaubte Lüder, im Wohnzimmer ein ruhiges Plätzchen gefunden zu haben. Hartnäckig versuchte er die lautstarke Musik einer Boygroup zu ignorieren, die aus dem Obergeschoss herunterdrang. Viveka hatte mit ihren zehn Jahren diese Art von Musik entdeckt. Jonas stritt sich mit seinem Bruder, wie er Margits Sohn Thorolf selbstverständlich nannte. Für ihn waren ihre Kinder seine Geschwister und Margit seine »Mama«. Dafür hatte er sich der Anredeform der beiden Großen für Lüder angeschlossen und nannte seinen Vater beim Vornamen.

Lüder griff zur Fernbedienung und schaltete die Tagesschau ein, als Margit ins Zimmer trat und ihm die Kleine in den Arm drückte.

»Sie muss gleich ins Körbchen«, sagte Margit. »Vorher darf sie aber noch ein bisschen mit dem Papi kuscheln.«

Sinje räkelte sich auf seinem Arm, versuchte, an seiner Nase zu ziehen, und war lebhaft darum bemüht, auf die Beine zu kommen. Seitdem sie selbst mit unsicherem Schritt laufen konnte, war sie kaum zu bändigen.

Mit einem halben Ohr nahm Lüder den Tagesschausprecher wahr, der mit einem Halbsatz von einem Briefbombenattentat in Schleswig-Holstein berichtete.

»Nähere Einzelheiten hierzu sind noch nicht bekannt. Unabhängig davon ist heute der Staatssekretär im Kieler Ministerium für Wissenschaft, Wirtschaft und Verkehr, Windgraf, aus persönlichen Gründen zurückgetreten. Dublin: ...«

Lüder bekam nicht mit, was sich in der irischen Hauptstadt ereignet hatte, weil sein Diensthandy einen schrillen Ton absonderte. Er wollte aufstehen, wurde aber durch seine Tochter daran gehindert. Jonas war schneller. Blitzschnell hatte er sich das mobile Telefon gegriffen und war auch durch Lüders Rüge nicht davon abzuhalten, das Gespräch anzunehmen.

»Hier ist Kalle Blomquist«, meldete er sich mit seiner fröhlichen kindlichen Stimme. »Sind Sie ein Mörder und soll ich Sie fangen?« Dann verfiel er in ein Kichern. Es dauerte eine Weile, bis er ein enttäuschtes Gesicht machte und Lüder das Gerät in die Hand gab.
»Eine Frau«, sagte er. »Die versteht aber keinen Spaß.«
Lüder meldete sich.
»Dobermann«, vernahm er die Stimme der Hauptkommissarin. »Ist es ein Privileg des höheren Dienstes oder des LKAs, dass Sie nach einem geregelten Achtstundentag ein langes Wochenende genießen können?«
»Sie haben doch eben mitbekommen, dass unsere ganze Familie im Dienste der Gerechtigkeit aktiv ist. Mein Sohn hat Ihnen doch seine Hilfe angetragen. Ich hoffe, Sie belangen mich jetzt nicht wegen Kinderarbeit.«
Lüder hörte ein Räuspern in der Leitung, bevor Frauke Dobermann sagte: »Tiefgreifende Erkenntnisse haben wir noch nicht gewinnen können. Im Unterschied zu Ihnen haben wir aber einen möglichen Verdächtigen ausfindig gemacht. Der Mann heißt ...«
»Harry Senkbiel und wohnt in Rendsburg«, fiel ihr Lüder ins Wort.
Die Verblüffung drückte sich in einer kurzen Pause aus, bevor Frauke Dobermann weitersprach.
»Wir haben daraufhin den Mann aufgesucht.«
Lüder war über diese Vorgehensweise nicht erfreut. Sicher, er wollte Senkbiel auch verhören, aber erst, wenn die Kriminaltechnik fundierte Informationen zu Bauweise und eingesetztem Material der Briefbombe liefern konnte. Mit diesem Wissen war dem Mann, wenn er zum Täterkreis gehören sollte, eher beizukommen. Senkbiel war schon früher straffällig geworden und hatte als Mitläufer der autonomen Zellen Erfahrungen in Verhörsituationen sammeln können. Da wäre es von Vorteil gewesen, ihm mit mehr Informationen gegenüberzutreten.
»Ich bin der Auffassung, dass Sie in diesem Punkt vorcilig gehandelt haben. Eine Abstimmung mit mir wäre der Sache dienlich gewesen.«
Frauke Dobermann ließ sich durch diesen Einwand nicht irritieren. »Meine Erfahrung hat mich gelehrt, dass ein schnelles Handeln und das Verfolgen einer möglicherweise heißen Spur der

richtige Ansatz ist. Falls es Sie beunruhigen sollte, kann ich Ihnen aber versichern, dass Senkbiel als potenzieller Täter kaum in Frage kommt. Er liegt seit mehreren Wochen mit einer komplizierten Kniefraktur, die er sich bei Renovierungsarbeiten in seiner Wohnung zugezogen hat, im Kreiskrankenhaus in Rendsburg. Er dürfte somit aus dem Kreis der Tatverdächtigen ausscheiden.«

Lüder zweifelte nicht an der Gründlichkeit, mit der die Hauptkommissarin diese Angaben geprüft haben würde. Trotzdem fragte er nach.

»Hat er eventuell Urlaub im Krankenhaus gehabt? Liegt er in einem Einzelzimmer?«

Er hörte ein gurrendes Lachen in der Leitung.

»Wir erledigen unsere Arbeit sorgfältig. Natürlich haben wir das geprüft. Nein! Der Mann hat das Krankenhaus in der Zwischenzeit nicht verlassen. Dazu wäre er auch nicht in der Lage. Und in einem Separee, in dem er heimlich Bomben basteln kann, liegt er auch nicht. Senkbiel ist beschäftigungslos und Hartz-IV-Empfänger. Aufgrund seiner Vergangenheit dürfte er auch nicht vermittelbar sein. So hat er seinen Krankenhausaufenthalt in einem Mehrbettzimmer zugebracht. Eine Erholung ist das nicht. Als wir ihn heute im Hospital aufgesucht haben, war die Großfamilie seines anatolischen Bettnachbarn zu Besuch.«

»Hat Ihre Befragung sonst etwas ergeben?«

»Nein! Senkbiel gab vor, von den Ereignissen noch nichts gehört zu haben. Er hat fast begierig versucht, uns Einzelheiten zu entlocken. Mit Straftaten will er schon seit seinem damaligen Lossagen von der Szene nichts mehr zu tun gehabt haben.«

»Wie ist Ihre weitere Vorgehensweise?«

»Das kann ich noch nicht sagen. Unsere Spurensicherung hat den Tatortbericht und das Material an das LKA abgegeben. Da ich davon ausgehen muss, dass in Kiel erst wieder am Montag gearbeitet wird, müssen wir versuchen, auf konventionelle Art nach Hinweisen zu suchen. Ich wünsche Ihnen jedenfalls ein ruhiges und beschauliches Wochenende im Kreise Ihrer Familie«, schloss sie das Telefonat mit spitzer Stimme.

Das wollte Lüder sich nicht nehmen lassen.

ZWEI

Die Doppelseite der Zeitung lag ausgebreitet auf Lüders Schreibtisch. Während er den Artikel las, suchte seine Hand die Kaffeetasse, die neben dem Boulevardblatt mit den großen Buchstaben im Titel stand. Automatisch führte er das Trinkgefäß an den Mund und nahm einen Schluck.

Am Sonnabend war nur ein kurzer Artikel im Innenteil der großen Blätter erschienen. Lediglich die »Schleswiger Nachrichten« hatten das Bombenattentat groß herausgebracht. Jetzt fand er unter einer breiten Überschrift auf dem Boulevardblatt den Text: AUFERSTEHUNG DER BOMBENLEGER? Darunter war ein schlechtes Bild von Harry Senkbiel zu sehen, auf dem das Gesicht mit einem schwarzen Balken unzureichend verdeckt war.

Der Artikel umfasste nur wenige Sätze. Es wurde die Frage aufgeworfen, ob der ehemalige »Bombenexperte der RAF« rückfällig geworden sei. Weiterhin wurden abenteuerliche Mutmaßungen darüber angestellt, für wen Senkbiel den Sprengsatz gebastelt haben könnte, nachdem die Zeitung keinen Zweifel daran ließ, dass sie ihn für den Urheber hielt. Logischerweise führten die Vermutungen der Zeitung in den Nahen Osten und nach Afghanistan.

Lüder legte das Papier angewidert zur Seite. Natürlich verfügten auch die Zeitungsredaktionen über umfangreiche Archive und waren bei ihrer Recherche auf die gleiche Spur gestoßen, die die Flensburger Mordkommission und er selbst aufgedeckt hatten.

Er rief die Uniklinik an und wurde mit einem Stationsarzt verbunden, der kritisch genug war, keine Auskünfte am Telefon zu erteilen, sondern im LKA zurückrief und dann erklärte, dass es für eine endgültige Diagnose noch zu früh sei.

»Akute Lebensgefahr besteht für Frau Rasmussen nicht mehr, aber wir müssen mit schwerwiegenden bleibenden Schäden rechnen«, erklärte der Mediziner.

»Können Sie das näher spezifizieren?«, fragte Lüder.

»Mit hoher Wahrscheinlichkeit – nein! –, mit Gewissheit wird die Patientin auf einem Auge blind sein. Wie stark die Sehleistung auf dem anderen Auge beeinträchtigt sein wird, lässt sich heute noch nicht abschließend sagen. Die linke Hand mussten wir amputieren. Bis auf einen Unterarmstumpf ist dort nichts mehr vorhanden. Rechts fehlen alle Finger und ein Teil der Handfläche. Wir gehen davon aus, dass das Handgelenk so weit gerettet werden kann, dass es noch eingeschränkt zu bewegen ist. Darüber hinaus finden sich diverse, zum Teil großflächige Verbrennungen und partiell offene Fleischwunden am Rumpf und den Oberschenkeln.«

»Ist Frau Rasmussen ansprechbar?«

»Auf keinen Fall«, erklärte der Arzt. »Die Frau liegt postoperativ auf der Intensivstation. Sie befindet sich in einem künstlichen Koma. Sie hat zudem einen schweren Schock. Aus medizinischer Sicht wird es sehr lange dauern, bis sie für ein Gespräch mit Ihnen zur Verfügung steht.«

»Wie lange?«, bohrte Lüder nach.

»Sehr, sehr lange«, wich der Doktor aus.

Lüder hatte gerade aufgelegt, als sich der Kriminaldirektor meldete und Lüder zu sich bat.

Auf dem Flur begegnete er einem jungen Mann mit einem Handwagen, der die Post verteilte.

»Moin, Friedhof«, begrüßte Lüder den Büroboten.

Der Angesprochene sah auf, lächelte und antwortete mit schwerer Zunge: »Hallo, Herr Oberwachtmeister Rambo.« Lüder ging auf Friedjof, den seit frühester Kindheit behinderten Mann, zu und gab ihm die Hand.

»Alles klar?«

Der junge Mann strahlte. »Alles klar, Lüder«, antwortete er und war ein wenig enttäuscht, dass niemand ihr Gespräch belauschte. Friedjof war stolz darauf, dass ihm Lüder vor geraumer Zeit das Du angeboten hatte.

»Hast du die Störche am Wochenende gesehen?«, fragte der fußballbegeisterte Bürobote.

»Ja«, log Lüder, obwohl er nur das Ergebnis des einheimischen Clubs Holstein Kiel kannte.

»Die haben nur ein bisschen Pech gehabt«, verteidigte Friedjof seinen Verein.

Lüder winke ab. »Sorry, aber ich muss dringend zum Chef.«
»Grüß schön«, rief ihm Friedjof hinterher.
Kurz darauf saß Lüder dem Kriminaldirektor gegenüber.
»Danke«, antwortete Nathusius mit einem Schmunzeln, nachdem ihm Lüder Friedjofs nicht ernst gemeinten Wunsch übermittelt hatte. Dann wurde der Abteilungsleiter nachdenklich und ließ sich von Lüder die bisherigen Ergebnisse vortragen.
»Das liegt bei Ihnen in guten Händen. Machen Sie in diesem Sinne weiter und halten Sie mich bitte auf dem Laufenden«, bat Nathusius. »Ich habe aber noch eine andere Sache.«
Lüder sah seinen Vorgesetzten fragend an.
»Haben Sie vom Rücktritt Heiner Windgrafs gehört?«
Lüder nickte.
»Kennen Sie die Hintergründe?«, fragte der Kriminaldirektor.
»Nein. Ich habe der Sache aber auch keine Bedeutung beigemessen, zumindest keine, die Auswirkungen auf uns oder unsere Arbeit haben könnte«, gab Lüder zu.
»Eine Verbindung zu der Briefbombe vermag ich auch nicht zu erkennen. Es gibt dennoch Merkwürdigkeiten. Ich darf Sie darauf hinweisen, dass das, was ich Ihnen jetzt erzähle, einer besonderen Verschwiegenheit unterliegt.«
Nathusius musterte Lüder eindringlich, als wollte er sich vergewissern, dass seine Ermahnung auf fruchtbaren Boden fallen würde. »Nur dem Ministerpräsidenten, dem Landtagspräsidenten sowie dem Minister ist bekannt, was dem Staatssekretär widerfahren ist. Auf eine sehr merkwürdige Weise. Man hat auf ein privates Konto der Familie, das sie in der Schweiz unterhält, einen Betrag von rund siebenhunderttausend Euro überwiesen.«
»Auf ein Schweizer Konto?«
Nathusius stutzte einen Moment. »Das Konto ist nicht illegal. Ich selbst habe geprüft, ob diese Verbindung dem Finanzamt bekannt ist. Es ist. Warum Windgraf ein Schweizer Konto unterhält, soll uns nicht weiter interessieren.«
»Wer hat ihm das Geld überwiesen?«
Nathusius trank einen Schluck Kaffee, bevor er antwortete. »Das wissen wir nicht. Der Transferweg ist so geschickt verschleiert worden, dass wir ihn nicht rekonstruieren konnten. Tatsache ist, dass Windgraf keinen Geldeingang, schon gar nicht in dieser

Größenordnung, erwartet hatte. Er hat sich daraufhin umgehend mit seinem Minister in Verbindung gesetzt. Dieser hat den Ministerpräsidenten und den Landtagspräsidenten eingeweiht. Außerdem wurde ich mit der Untersuchung beauftragt.«

»Wo ist das Geld jetzt?«

»Da wir den Absender nicht kennen, ist das Geld treuhänderisch beim Landtagspräsidenten geparkt.«

»Merkwürdig«, warf Lüder ein.

»Zu dem gleichen Schluss sind wir auch gekommen. Es liegt die Vermutung nahe, dass jemand auf diesem Weg Einfluss auf den Staatssekretär ausüben wollte. Wir können im Augenblick davon ausgehen, dass der Versuch fehlgeschlagen ist, da sich Heiner Windgraf loyal verhalten und den Vorfall sofort gemeldet hat.«

»Vor diesem Hintergrund bekommt die Tatsache, dass er jetzt zurückgetreten ist, ein anderes Gewicht«, sagte Lüder.

»Richtig«, pflichtete ihm der Kriminaldirektor bei.

»Was hat Heiner Windgraf als Begründung angegeben?«

»Seinem Minister hat er nur persönliche Gründe genannt.«

»Vielleicht sollten wir ihn befragen, welche Motive ihn geleitet haben. Zumindest scheint der Mann nicht korrupt zu sein.«

»Sein Rücktritt hat Erstaunen ausgelöst, weil er als Hoffnungsträger der jungen Generation galt. Ihm wird eine offene und zugängliche Wesensart bescheinigt, und auch fachlich war seine Arbeit untadelig. Mit dem Befragen ist es aber schwierig, weil Windgraf seit Freitag verschwunden ist.«

»Was heißt das?«

»Er hat seine persönlichen Gegenstände aus dem Büro geräumt und ist seitdem nicht mehr erreichbar.«

»Liegt eine Vermisstenanzeige vor?«

»Nein, natürlich nicht. Die ganze Sache muss äußerst diskret abgewickelt werden. Es liegt nichts gegen Windgraf vor. Und wenn die Medien davon hören, kann es der Arbeit der Landesregierung nur abträglich sein. Die Politik hat es gerade hier in Schleswig-Holstein verstanden, sachorientiert die Probleme des Landes anzugehen. Da wären Skandale und Nebenkriegsschauplätze nur hinderlich und würden die Kontinuität der Arbeit stören.«

»Was bedeutet das für uns?«

»Sie sollten versuchen, herauszubekommen, wo der Staatssekretär abgeblieben ist. Und wenn wir etwas über seine Motive in Erfahrung bringen können, wäre das auch hilfreich. Ich möchte damit nur ausschließen, dass der Mann erpresst wird.«

»Und wie soll ich das mit den Ermittlungen in der Briefbombensache in Einklang bringen?«

»Ich will und kann Ihnen keine Prioritäten vorgeben, bin mir aber sicher, dass beide Fälle bei Ihnen in guten Händen sind«, schloss der Kriminaldirektor das Gespräch.

Lüder kehrte in sein Büro zurück. Dort nahm er Kontakt zur Mordkommission in Flensburg auf. Es dauerte eine Weile, bis er mit Frauke Dobermann verbunden wurde.

»Sie haben mich mitten aus einer Teambesprechung herausgeholt«, erklärte sie unwirsch.

»Da kann ich ja froh sein, dass wir noch keine Bildtelefone haben«, erwiderte Lüder. »Sonst würde ich jetzt Ihrem erbosten Blick begegnen. Schade, denn das Gespräch mit einer charmanten Frau bedeutet selbst bei unserer Arbeit immer einen erfreulichen Lichtblick.«

Einen Moment herrschte verblüfftes Schweigen in der Leitung. Als Frauke Dobermann antwortete, klang ihre Stimme versöhnlicher.

»Wir haben die ersten Antworten der Kollegen aus den anderen Bundesländern vorliegen. Bisher zeichnet sich keine heiße Spur ab, die auf einen anderen potenziellen Bombenbastler schließen lässt. Entweder haben wir es mit einem Newcomer zu tun, oder unsere ersten Recherchen waren noch nicht tiefschürfend genug.« Dann erkundigte sie sich nach Bärbel Rasmussens Gesundheitszustand.

Lüder gab ihr seinen Wissensstand weiter.

»Wir haben Erkundigungen über die anderen Mitglieder der Familie Rasmussen eingezogen. Das sind unauffällige Leute, die nicht einmal im Verkehrsregister in Flensburg registriert sind. Es ist schwer vorstellbar, dass der Anschlag einem von ihnen gegolten haben könnte.«

»Holger Rasmussen erscheint aber ebenso harmlos. Gegen den Mann liegt nichts vor. Er ist in keiner Weise in Erscheinung getreten, abgesehen von seiner nur im Kreis Schleswig-Flensburg bekannten politischen Arbeit. Und für die dürfte sich auch nur ein kleiner Kreis Eingeweihter interessiert haben«, erklärte Lüder. »Ich kann mir nicht vorstellen, dass in der Tätigkeit eines Kreistagsabgeordneten so viel Brisanz liegt, dass ihn jemand mit einem Sprengsatz attackiert. Im gegebenen Parteiengefüge dürfte der Täter nicht zu finden sein, und die Wahrnehmung des Kreistages durch die Bevölkerung ist so gering, dass die Menschen gar nicht spüren, dass es ihn gibt.«

»Richtig«, bestätigte Lüder. »Ein Beweis dafür ist die geringe Wahlbeteilung bei der Direktwahl des Landrates. Der erfolgreiche Kandidat darf sich sicher nicht als Repräsentant der breiten Bevölkerungsmehrheit wähnen, selbst wenn er nach demokratischen Spielregeln gewählt wurde. Ich habe eruiert, ob sich Rasmussen in einer politischen Gemeinschaft engagiert, wie zum Beispiel der Deutsch-Israelitischen-Gesellschaft oder dem arabischen Gegenstück. Fehlanzeige. Der Mann ist nicht einmal Mitglied im Rat seiner Kirchengemeinde, gehört keinem Gesang- oder Geflügelzüchterverband an, und seine Tätigkeit in der Verbandsorganisation der Landwirte ist auch unkritisch.«

»Könnte es Verbindungen zu extremen politischen Gruppierungen geben? Linkslastigkeit darf man wohl bei diesem Hintergrund ausschließen. Wie sieht es mit dem rechten Spektrum aus?«

Lüder lachte kurz auf.

»Sie meinen, schleswig-holsteinische Landwirte sind anfällig für nationalistische Parolen? Fehlanzeige. Rasmussen hat nicht einmal Beziehungen zu Vertriebenenverbänden, weil seine Familie seit jeher in Angeln beheimatet ist.«

»Dann dürfte es ein hartes Brot werden, dem Motiv für die Tat auf die Spur zu kommen«, meinte Frauke Dobermann. »Könnte vielleicht ein Irrtum vorliegen?«

»Sie meinen, der Bombenleger hat die Sprengladung nur aus Versehen an Rasmussens Adresse geschickt?« Lüder überlegte einen Moment. »Nein! Das möchte ich ausschließen. Wer sich der Mühe unterzieht, einen Sprengsatz zu basteln und zu versenden, der schickt ihn nicht an die falsche Adresse. Ich glaube, wir sollten das Ergebnis der kriminaltechnischen Untersuchung abwarten.«

Er hatte den Hörer kaum auf den Apparat zurückgelegt, als sich das Telefon wieder bemerkbar machte.

»Hallo, Frau Dr. Braun«, begrüßte er die Leiterin der Kriminaltechnik des LKA.

»Guten Morgen, Herr Lüders. Sie haben keine Vorstellung davon, was Sie von uns erwarten. Die Arbeit in meiner Abteilung stellt besondere Anforderungen an die Mitarbeiter. Von daher ist die ohnehin knapp bemessene Erholungspause übers Wochenende kaum ausreichend, um sich zu regenerieren. Wenn wir trotzdem ...«

»Liebe Frau Dr. Braun«, unterbrach Lüder die Wissenschaftlerin. »Wir alle wissen, dass ohne Sie und Ihre Kollegen viele Straftaten ungesühnt bleiben würden. Wir sind uns bewusst, dass die ermittelnden Beamten draußen auf den Dienststellen nur schmückendes Beiwerk sind, von uns im LKA ganz zu schweigen.«

»Aber Herr Lüders«, empörte sich Dr. Braun. »Ich habe den Eindruck, Sie nehmen mich nicht ernst.«

»Ich verbeuge mich in tiefer Hochachtung vor Ihrer Arbeit. Und welche Anerkennung die bei Staatsanwaltschaft und Richtern genießt, können Sie daran ermessen, dass die meisten Strafgefangenen in unserem Land auf Ihr Konto gehen.«

»Trotzdem ...«, warf die Frau ein.

Erneut unterbrach Lüder sie. »Als dummer Jurist verstehe ich ohnehin nichts von Ihrer wissenschaftlichen Arbeit. Können Sie einem Laien, der sich auf dem Gymnasium an den wichtigen Fächern vorbeigemogelt hat, erläutern, was Sie entdeckt haben?«

»Ich glaube Ihnen nicht, dass Sie sich nicht für die Naturwissenschaft interessiert haben«, sagte Dr. Braun.

»Doch«, log Lüder. »Deshalb bitte ich um eine Kurzdarstellung, die auch ein völlig Ahnungsloser begreift.«

Sie erklärte ihm, nach welchem Prinzip der Zündmechanismus der Sprengladung aufgebaut war. Anschließend nannte sie Lüder das verwendete Explosivmaterial. Im Eifer ihrer Erläuterungen bemerkte sie nicht, dass sie Fachausdrücke verwandte, ohne dass Lüder nach deren Bedeutung fragen musste.

»Das ist aber noch nicht alles. Obwohl nicht viel vom Umschlag übrig geblieben ist, konnten wir feststellen, dass es sich um einen handelsüblichen DIN-A4-Umschlag aus braunem Natronpapier handelte. Den erhalten Sie in jedem Kaufhaus oder Papierwarengeschäft. Es ist uns auch gelungen, mit viel Fantasie den

Poststempel zu identifizieren. Es handelt sich um das Briefzentrum 24.«

Lüder stöhnte auf.

»Das ist ein großes Gebiet. Es umfasst die Region von Kiel bis zur Westküste und den gesamten Norden des Landes.«

»Ich kann Ihnen nur die Fakten nennen«, antwortete Dr. Braun pikiert. »Ferner haben wir trotz der Sprengkraft und der Verbrennungen noch feststellen können, dass die Anschrift auf einem Adressaufkleber gedruckt war.«

»Wissen Sie auch, an wen ...«, unterbrach Lüder die Wissenschaftlerin.

»Nun warten Sie's doch ab. Auch hier waren wir erfolgreich. Adressat war Holger Ra... Ich vermute, damit ist Rasmussen gemeint.«

»Frau Dr. Braun, wenn ich nicht glücklich liiert wäre, würde ich glatt ...« Lüder ließ offen, welches Angebot er der Frau sonst unterbreitet hätte.

»Ich verstehe nicht, weshalb mich immer alle auf den Arm nehmen wollen«, kam es eher skeptisch über die Leitung zurück. Lüder hörte aber auch heraus, dass das Lob angekommen war. »Wir haben aber noch etwas entdeckt.«

Die Frau machte eine Kunstpause. Erst als er sie dazu aufforderte, schob sie hinterher: »Der Absender war unten links ebenfalls mittels eines Adressetiketts aufgeklebt. Der Name ist schwer zu erkennen. Es könnte Müller lauten. Dafür haben wir die Anschrift rekonstruieren können.«

»Und?« Lüder konnte seine Neugierde nicht mehr verbergen.

»Schleswig. Stadtweg 22 a.«

»Donnerwetter. Ich muss gestehen, dass ich immer wieder von Ihrer Arbeit beeindruckt bin. Das ist ein vielversprechender Ansatz.«

Er konnte sich vorstellen, wie die Frau am Telefon saß und strahlte. Es sollte noch stärker werden, als sie ihren letzten Trumpf herausrückte.

»Obwohl der Sprengsatz an einigen Stellen technisch verbessert wurde, gibt es Parallelen zu früheren Bausätzen. Der Urheber einer Bombe weist häufig eine bestimmte Handschrift auf und verrät sich durch eine eigene Technik.«

Nun war Lüder vollends erstaunt.
»Wissen Sie auch, welche Handschrift Sie wiederentdeckt haben?«
»Ja! Der Mann heißt Harry Senkbiel.«
Das war mehr, als Lüder zu hoffen gewagt hatte. Sicher, in vielen Fällen unterschätzten Straftäter die technischen Möglichkeiten der Polizei. Nicht nur die DNA-Analyse, auch die in der Öffentlichkeit weniger bekannten Methoden der Kriminalisten im weißen Laborkittel waren so ausgereift, dass dem Täter damit auch ein als perfekt organisiert geglaubtes Verbrechen nachzuweisen war. Trotzdem konnten die Kriminaltechniker den Ermittlern nicht alle Arbeiten abnehmen. Lüder hörte aufmerksam zu, als Frau Dr. Braun ihm erzählte, dass man die Ergebnisse der Spurenanalyse auch dem Bundeskriminalamt zur Verfügung stellen wollte, um sich mit BKA-Experten abzustimmen.

Nun lagen die Angaben vor, mit denen er Senkbiel konfrontieren wollte. Hoffentlich war der Mann nicht durch das Vorpreschen von Frauke Dobermann vorgewarnt. Es würde sicher interessant werden, welche Erklärung der ehemalige Bombenbastler dafür hatte, dass seine frühere Technik eine Renaissance erlebte.

Am liebsten hätte er Senkbiel allein besucht und befragt. Doch es war weder im Interesse einer gedeihlichen Zusammenarbeit mit den Flensburgern noch im Sinne der Strafverfolgung, wenn er ohne weiteren Zeugen ein Verhör durchführen würde. So rief er Frauke Dobermann an und verabredete sich mit ihr in Schleswig. Als Treffpunkt vereinbarten sie das Parkhaus am Omnibusbahnhof.

Als er gut eine Stunde später eintraf, erwarte ihn die Hauptkommissarin schon vor dem ZOB-Bistro. Ihr entging nicht, dass er sie eingehend betrachtete. Die sportlich schlanke Figur zeichnete sich in der passgenauen, aber nicht zu engen Jeans ab. Auch die weiblichen Proportionen, die der dünne geringelte Pullover betonte, verlockten durchaus zu einem zweiten Blick. Sie registrierte seine Musterung, streckte ihm im Unterschied zu ihrer ersten Begegnung die Hand entgegen und meinte keck: »Schwul sind Sie aber nicht.«

Lüder lächelte. »Gleich ob das Design von Menschenhand oder vom lieben Gott stammt, dient es doch der Betrachtung. Stellen Sie sich eine Misswahl vor, und alle schauen weg.«

»Oho! Soll das ein verstecktes Kompliment sein?«
»Sie bekommen von mir ein offenes, wenn ich von Ihrer Arbeit überzeugt bin. Es liegt an Ihnen, den Beweis anzutreten«, wich er aus und bemerkte einen Hauch Enttäuschung in ihrem Gesicht.

Sie durchquerten das Parkhaus, um am anderen Ende durch einen Fußgängern vorbehaltenen Seitenausgang wieder ins Freie zu gelangen.

»Dorthin«, zeigte Frauke Dobermann nach rechts auf einen Durchgang, über dem »Raiffeisenpassage« stand.

Nach wenigen Schritten standen sie in Schleswigs Fußgängerzone, dem Stadtweg.

»Hier soll es sein«, sagte Lüder. Die Straße mit den vielen bunten Geschäften wurde lebhaft frequentiert. Einzelhandelsgeschäfte, Cafés und Bankfilialen lösten einander in munterer Folge ab. An den Frontseiten der gemütlichen Häuser waren Leinen quer über die Straße gespannt, an denen bunte Wimpel flatterten. Das Ganze hatte das Flair der lebendigen dänischen Fußgängerzonen in den Kleinstädten jenseits der Grenze.

Sie orientierten sich an den Hausnummern und stellten fest, dass sie sich nach rechts halten mussten.

Zwischen einer Buchhandlung mit bunten Auslagen vor dem Geschäft und einem Straßencafé versperrte ein schmiedeeisernes Tor den Zugang zum dahinterliegenden Garagenhof.

»Das war zu erwarten«, stellte Lüder fest, nachdem sie erkennen mussten, dass es die gesuchte Adresse nicht gab. Es existierte kein Haus mit der Nummer »22 a«, die als Absender angegeben war. Bei ihrer Rückfrage in der angrenzenden Buchhandlung verwies sie eine junge Verkäuferin an eine Bewohnerin namens Müller, die über dem Geschäft wohnen würde.

Der schmucklose Hauseingang befand sich links des Ladens und stellte einen düsteren Kontrast zu den bunten Auslagen und den Drehständern mit Ansichtskarten, der Litfaßsäule mit Veranstaltungshinweisen und der großen Uhr dar, die in der Fußgängerzone stand. Es dauerte ewig, bis jemand auf ihr Klingeln den Summer der Haustür betätigte. Sie erklommen das enge Treppenhaus und standen einer hochbetagten Frau gegenüber, die sie ängstlich durch einen schmalen Spalt musterte. Die alte Dame war schwerhörig und verstand die Frage der beiden Beamten nicht, ob sie allein in der Wohnung leben würde. Sie weigerte sich zudem, auch nur einen der drei Absperrriegel an ihrer Wohnungstür zu lösen. Lüder schrieb es dem Zufall zu, dass in der Nähe der vermeintlichen Absenderadresse jemand mit dem Familiennamen lebte, der Deutschlands häufigster ist.

»Diese Spur weiter zu verfolgen dürfte ein aussichtsloses Unterfangen sein«, stellte Lüder fest. »Wir sollten jetzt das Gespräch mit Harry Senkbiel suchen.«

Sie kehrten zum Parkhaus zurück. Schade, dachte Lüder und warf einen Blick zum blauen Himmel, an dem eine Handvoll Schäfchenwolken träge gen Osten zogen. Das Wetter lockte in ein Straßencafé. Stattdessen wartete ein Besuch im Rendsburger Kreiskrankenhaus auf sie.

Es war nicht weit bis zur Bundesstraße. Lüder war nicht auf die Autobahn abgebogen, da der Weg von der Abfahrt Rendsburg sich ewig durch das benachbarte Büdelsdorf quälte, wo zig Ampeln ein zügiges Fortkommen verhinderten. Stattdessen wählte er die alte Bundesstraße, über die früher der gesamte Verkehr nach Skandinavien gerollt war. Die gut ausgebaute Strecke war wenig genutzt und konnte unter Missachtung der Geschwindigkeitsbegrenzungen zügig befahren werden.

Das Krankenhaus lag am Rande des Innenstadtkerns. Obwohl es ein Betonklotz war, erweckte es nicht den tristen Eindruck, den Zweckbauten aus den siebziger Jahren oft vermittelten. Der geschwungene, durch dichtes Grün führende Weg zum Haupteingang war einfallsreich durch überdimensionierte Betonpilze überdacht.

In der Eingangshalle, in der ein Wasserspiel beruhigendes Plätschern verbreitete, fanden sie den Informationsschalter. Eine freundliche Mitarbeiterin gab ihnen Auskunft, in welchem Zimmer Senkbiel lag, und wies ihnen den Weg.

Das Dreibettzimmer in der Klinik für Unfall- und Wiederherstellungschirurgie strahlte den Charme einer typischen Krankenhausunterkunft aus. Lüder musste nicht nachfragen, wer von den Patienten Harry Senkbiel war. Der lag im mittleren Bett, hatte das Kopfteil hochgestellt und blätterte lustlos in einer Frauenillustrierten, die periodisch das neueste Skandalgerücht aus Europas Fürstenhäusern verbreitete.

Senkbiel war erstaunlich klein. Lüder schätzte ihn auf knapp über einen Meter sechzig. Er blinzelte die beiden Beamten aus eng beieinanderstehenden Knopfaugen an. Das schmale Gesicht mit dem blassen, fast durchsichtigen Teint unter dem dunklen Haarschopf mit den tiefen Geheimratsecken hatte keinen erstaunten Ausdruck, als Senkbiel Frauke Dobermann erkannte. Der Mann legte die Zeitschrift auf seine Bettdecke.

»Ach, die schon wieder«, gab er als Begrüßung von sich.

Die Hauptkommissarin zeigte auf Lüder.

»Ein Kollege«, stellte sie ihn vor.

»Ich habe euch doch schon alles erzählt«, sagte der Mann und wollte wieder zu seiner Zeitschrift greifen. Doch Lüder war schneller und drückte das Blatt auf die Bettdecke zurück.

»Es ist doch viel netter, wenn man die Geheimnisse dieser Welt nicht aus bunten Blättern erfährt, sondern in der direkten Kommunikation austauscht«, sagte er.

Senkbiel grunzte etwas, das wie »Komiker« klang.

»Von mir aus«, erwiderte Lüder. »Haben wir Gelegenheit, die Vorstellung an einem anderen Ort zu Ende zu führen?«

Der Patient ließ ein kehliges Lachen hören. »Mit meinem zerdepperten Knie?«

»Schön«, sagte Lüder, angelte mit der Fußspitze nach einem hölzernen Besucherstuhl, wies mit einem Kopfnicken Frauke Dobermann an, Platz zu nehmen, während er sich selbst mit einem Ruck auf die Bettkante setzte. Senkbiel verzog das Gesicht.

»Mann, bist du bescheuert? Das tut weh.«

»Ach was. Ich kenne noch mehr Leute, die Schmerzen haben. Sie auch?«

»Keine Ahnung, wovon du sprichst.« Harry Senkbiel duzte Lüder wie selbstverständlich. Doch der wollte auf diese Provokation nicht eingehen.

»Ich spreche von den Bomben, die Sie gebastelt haben.«

Während die beiden Zimmergenossen zuvor so taten, als würden sie sich mit anderen Dingen beschäftigen, überwog nun doch ihre Neugierde. Mit offenem Mund starrten sie abwechselnd Senkbiel und Lüder an.

»Du spinnst doch«, war dessen Reaktion. Langsam perlten kleine Schweißtropfen auf seiner Stirn.

Lüder warf dem Patienten, der am Fenster lag, einen Blick zu. Es musste der Kurde sein, von dessen anatolischer Großfamilie Frauke Dobermann gesprochen hatte. Der Mann mit seinem grauen Bart und dem wettergegerbten zerfurchten Gesicht unternahm nicht einmal den Versuch, uninteressiert zu wirken.

»Kann man mit Ihren Bomben eigentlich auch Ausländer in die Luft jagen?«, fragte Lüder.

Senkbiel stöhnte auf, als Lüder sich auf der Bettkante bewegte.

»Ich bring doch keine Menschen um.« Mit einem Seitenblick auf seinen Nachbarn ergänzte er: »Schon gar keine Türken.«

Lüder war erstaunt, wie schnell der Mann die Fassung verloren hatte. Jemand, der ein reines Gewissen hat, zeigte sich nicht so erschreckt.

»Wovon sprechen Sie überhaupt?« Senkbiel hatte ihn das erste Mal gesiezt.

»Von der Briefbombe, die nicht den Empfänger, sondern dessen ahnungslose Ehefrau zum Invaliden gemacht hat. Für wie dumm halten Sie uns? Es war überhaupt kein Problem für unsere Techniker, in der Bauart Ihre Handschrift zu identifizieren. Wir haben selten das Glück, so eindeutige Indizienbeweise zu haben.«

Lüder schüttelte den Kopf. »Mensch, Senkbiel. Sie haben Ihr Leben verpfuscht, als Sie sich damals den falschen Leuten angeschlossen und für die ein Feuerwerk konstruiert haben. Warum haben Sie sich nach Ihrer Haftentlassung nicht bescheiden einen Alltag gestaltet, den Ihnen der Staat, den Sie aus den Angeln heben wollten, auch noch über Sozialhilfe finanziert?«

Senkbiel musterte Lüder eine Weile mit offenem Mund, bevor er erneut protestierte.

»Das ist doch alles Unfug, was Sie hier erzählen. Ich liege seit Wochen im Krankenhaus. Wie sollte ich da so ein Ding basteln?«

Lüder drohte dem Mann mit dem Zeigefinger.

»Das finden wir heraus. Das sei Ihnen versichert. Als Nächstes wird die Spurensicherung Ihre Bude auseinandernehmen. Die finden auch das, was Sie gründlich beseitigt haben. Und dann haben wir noch unsere Spürhunde, die auf Sprengstoff dressiert sind. Die riechen selbst das, was gar nicht vorhanden ist.«

»Sie wollen mir Beweise unterschieben«, kläffte Senkbiel.

Lüder tippte sich an die Stirn.

»Mensch, wir sind von der Polizei. Der deutschen Polizei. Glauben Sie wirklich, die tut so etwas? Schon gar nicht die Landespolizei aus Schleswig-Holstein. Nee, mein Lieber.«
Man sah Senkbiel an, wie es fieberhaft hinter seiner Stirn arbeitete. Plötzlich griff der Mann zur Klingel, die neben seinem Kopfkissen lag, und rief nach der Stationsschwester.
»Ich habe Schmerzen«, gab er gekünstelt von sich.
»Schön«, antwortete Lüder ungerührt. »Wir besorgen uns einen Haftbefehl und lassen Sie in ein Gefängnishospital verlegen. Bis dahin sollten Sie die Ruhe in diesem Zimmer genießen. Nutzen Sie die Zeit zu freundlichen Gesprächen mit Ihren Bettnachbarn.« Dabei nickte Lüder dem türkischen Patienten zu.
In diesem Moment betrat eine resolut aussehende Krankenschwester das Zimmer.
»Die beiden Herrschaften verstehen nicht, dass es mir schlecht geht, Schwester Conny«, gab Senkbiel mit klagender Stimme von sich. »Können Sie dafür sorgen, dass sie gehen?«
Die grauhaarige Frau in der weißen Tracht musterte zuerst Lüder, dann die Hauptkommissarin.
»Wenn der Patient es wünscht, sollten Sie gehen. Bitte«, schob die Schwester nach.
»Natürlich«, gab sich Lüder konziliant. »Wir müssen nur sicherstellen, dass er«, dabei zeigte Lüder auf Senkbiel, »nicht telefoniert, bis unsere Kollegen in seiner Wohnung sind.«
Die Stationsschwester machte einen ratlosen Eindruck. Ohne Hintergrundinformationen konnte sie die Situation nicht einschätzen.
Lüder stand auf und setzte sich auf den Besucherstuhl, den Frauke Dobermann geräumt hatte. Die Hauptkommissarin verließ das Krankenzimmer. Sie würde die Spurensicherung informieren. Wenn diese in Senkbiels Wohnung eingetroffen war, konnten sie den Mann auch wieder allein lassen. Er würde dann keine Gelegenheit mehr haben, jemanden zu warnen, falls es einen Dritten geben sollte.
Nach zehn Minuten kam Frauke Dobermann zurück.
»Ich habe einen Beamten aus Schleswig herbestellt, der uns ablösen wird«, erklärte sie Lüder.
Während sie die Wache am Krankenbett übernahm, suchte Lü-

der den Stationsarzt auf. Der Mediziner wollte zuerst keine Auskunft über seinen Patienten erteilen, bestätigte dann aber, dass Harry Senkbiel seit fast fünf Wochen stationär behandelt wurde und während dieser Zeit aufgrund der Schwere seiner Verletzung definitiv nicht in der Lage gewesen war, das Krankenhaus zu verlassen, nicht einmal mit Unterstützung.

Es dauerte eine gute halbe Stunde, bis ein junger Kriminalkommissar von der Kripostelle Rendsburg sie ablöste.

»Sollst du jetzt den Büttel spielen?«, wurde der Beamte von Senkbiel begrüßt. Der Kommissar sah den Bettlägerigen nur kurz an und widmete sich dann kommentarlos dem »Spiegel«, den er sich zum Zeitvertreib als Lektüre mitgebracht hatte.

Sie fuhren mit zwei Wagen hintereinander zu Senkbiels Wohnung. Die Baustraße lag in einem ruhigen Viertel mit Häusern, die fast alle aus dem für diese Gegend typischen roten Backstein gebaut waren. Es war ein gewachsenes Viertel mit angelegten Gärten, die nicht nur der Zierde, sondern den Bewohnern zum Teil auch zum Anbau von Obst und Gemüse dienten. Die Besonderheit dieses Bezirks bestand darin, dass er inmitten eines Eisenbahnovals lag. Vom Rendsburger Bahnhof schraubte sich die Bahnstrecke auf einem Viadukt rund um diesen Wohnbereich mühsam auf über vierzig Meter Höhe, um in Sichtweite den Nordostseekanal zu überqueren. Das markante Brückenbauwerk mit der daran verlaufenden Schwebefähre war das Wahrzeichen der Stadt.

Senkbiels Wohnung lag in einem Haus, das sich von denen in der Nachbarschaft abhob, weil es ein weiß geputztes Giebelhaus älterer Bauart war. Große zypressenartige Gewächse zierten die Vorderfront. Einige der mit türkisfarbenen Rändern abgesetzten Kippfenster standen offen.

Lüder hatte versucht, Brechmann in Kiel zu erreichen, doch der ließ sich am Telefon verleugnen, denn Lüder hatte seine Stimme im Hintergrund gehört, als der Oberstaatsanwalt seine Sekretärin zur Lüge verleitete.

Frauke Dobermann hatte mehr Glück. Oberstaatsanwalt Dr. Breckwoldt in Flensburg hörte sich ihre Schilderung an und versprach, sich beim zuständigen Richter um einen Durchsuchungsbeschluss zu kümmern.

Nun warteten sie auf das Eintreffen der Spurensicherung.

»Ich kann Ihre Vorgehensweise nicht gutheißen«, mokierte sich die Hauptkommissarin. »Sicher! Es ist nicht ausgeschlossen, dass Senkbiel etwas von der Sache weiß, auch wenn er selbst als Täter kaum in Frage kommt. Ihre Methoden unterscheiden sich aber dennoch erheblich von der Arbeitsweise, die ich meinen Mitarbeitern nahelege.«
Lüder betrachtete seine Fingernägel, bevor er antwortete.
»Sie wollen doch nicht leugnen, dass wir relativ erfolgreich waren. Der Mann fühlte sich in die Enge getrieben. Wenn Sie feinfühlig sind«, dabei ließ er wie unabsichtlich seinen Blick langsam von ihrem Haarabsatz an abwärtsgleiten, »werden Sie gespürt haben, dass er sich ertappt fühlte. Wir sind auf der richtigen Spur.«

Sie spitzte die Lippen und wollte damit den leichten Schimmer der Rotfärbung überspielen, der ihre Wangen überzog.

»Wir können hier aber nicht Gefühle als Gradmesser anlegen, sondern müssen nach Fakten suchen, die im Zweifelsfall auch vor Gericht standhalten.«

»Ihren theoretischen Teil beherrschen Sie perfekt. Meine Methode ist, nach Ansatzpunkten zu graben.« Er legte den Zeigefinger auf die Lippen, als würde er ihr ein Geheimnis offenbaren. »Und wenn ich die gefunden habe, versuche ich, dieses Fundament mit beweisbaren Tatsachen zu untermauern. Es ist wie bei einem Haus. Das Betonfundament, auf dem das Ganze ruht, sehen Sie später auch nicht mehr. Sie bewundern nur noch das Oberirdische, das der Architekt gestaltet hat. Doch ohne das, was sich vor den Augen des Betrachters verbirgt, würde das stolzeste Gebäude nicht stehen. Eigentlich sind wir Juristen keine Leute, die im Schmutz buddeln und sich die Finger schmutzig machen. Wir fabulieren lieber wochenlang über die Theorie, unter welchen Umständen die Statik des Gebäudes – um im Bildnis zu bleiben – nicht standhalten könnte. Aber – manchmal bin ich kein typischer Jurist.«

Sie sah ihn an und zog die Mundwinkel nach unten, bevor sie sprach.

»Sie haben wohl Übung darin, Ihrer großen Kinderschar die Welt mit bunten Bildern zu erklären. Glauben Sie nicht, dass ich dafür zu alt bin?«

Lüder lächelt sanft. »Wenn Ihnen meine Vorgehensweise nicht behagt, können Sie ja aussteigen, was ich bedauern würde.«

Frauke Dobermann sah Lüder nicht an, als sie antwortete. »Sie könnten sich ja auch meiner Methode anschließen, die nachweislich erfolgreich ist.«

»Eine erfolgsverwöhnte Frau wie Sie ist sicher so flexibel, dass Sie auch bereit ist, Neues zu lernen. Und wenn Sie möchten, stelle ich Ihnen zum Ende unserer Zusammenarbeit auch eine Bescheinigung über die Teilnahme am Kursus für kreative Polizeiarbeit aus.«

Die Hauptkommissarin wollte antworten, wurde aber durch das Eintreffen der Fahrzeuge der Spurensicherung unterbrochen.

Aus dem ersten Wagen kletterte Klaus Jürgensen und besah sich, nachdem er die Hand zum Mund geführt und geniest hatte, die Umgebung.

»Moin. Das sind ja mal andere Tapeten – hier in Rendsburg. Unser Revier ist das nicht. Wie kommen wir zu der Ehre, in fremden Gewässern zu fischen?«

»Moin, Klaus«, begrüßte ihn Lüder. »Das ist Kieler Hoheitsgebiet, aber für unsere Fälle wollen wir nur die Besten.« Er klopfte dem kleinen Hauptkommissar auf die Schulter.

Der strich sich theatralisch über die Stelle und sagte: »Ich bekomme Ärger mit meiner Frau, wenn so viel Honig an meiner Kleidung klebt.« Mit einem Blick auf Frauke Dobermann fuhr er fort: »Mit welchem leckeren Knochen hast du die denn hierhergelockt?«

»Ein hoffentlich ganz dicker«, erwiderte Lüder und erklärte dem Leiter der Spurensicherung, wonach sie in Senkbiels Wohnung suchen sollten.

Gern hätte Lüder die Räume jetzt selbst betreten und in Augenschein genommen, um sich einen eigenen Eindruck von den Örtlichkeiten zu machen. Sehr häufig konnte man aus dem Zustand der Unterkunft Rückschlüsse auf dessen Bewohner ableiten. Doch musste er sich darauf beschränken, den Experten der Kriminaltechnik Vortritt zu gewähren.

»Wollen wir ein Café suchen?«, fragte er Frauke Dobermann versöhnlich. Sie gönnte ihm nur ein angedeutetes Nicken als Antwort.

*

Der Mai zeigte sich von seiner besten Seite. Schon seit Tagen lachte die Sonne. Um die bunten Frühjahrsblumen summten die Insekten, ein leiser Windhauch ließ die Temperaturen angenehm wirken und streichelte die Haut.

Sophie Joost hatte ihre zwei Kinder mitgenommen und im Schleicenter Grillfleisch und -würstchen eingekauft, nachdem ihr Mann sie aus dem Amt angerufen und ihr den Vorschlag unterbreitet hatte, den Abend gemeinsam mit Freunden auf der Terrasse zu verbringen.

Die Familie bewohnte ein älteres Reihenhaus aus rotem Backstein am Ende der Klosterhofer Straße. Obwohl vor dem Haus der überschaubare regionale Verkehr vorbeirollte, war es eine ruhige Wohngegend, die gerade den Kindern vielseitige Entfaltungsmöglichkeiten bot.

Sophie Joost war damit beschäftigt, ihre Einkäufe vom Auto, das sie vor der Tür geparkt hatte, ins Haus zu tragen, nachdem sie ihren zweijährigen Sohn Josh aus dem Kindersitz befreit hatte. David, der Vierjährige, benötigte dafür keine Hilfe mehr. Er lief über den schmalen Gehweg und die kleine, durch einen niedrigen Jägerzaun abgetrennte Rasenfläche vor dem Joost'schen Reihenhaus und schlug Haken, um seinem kleinen Bruder auszuweichen, der ihn mit schrillem Gekreisch auf den Lippen einzufangen suchte.

»Nicht so wild, David«, mahnte sie den blonden Jungen, als sie eine Getränkekiste aus dem Kofferraum wuchtete und ins Haus tragen wollte und dabei von ihrem Sohn gestreift wurde. Doch die beiden Kinder hatten kein Ohr für ihre Mutter.

Sophie Joost stemmte die Kiste gegen ihren Oberschenkel und drückte sie mehr, als dass sie sie trug, die zwei Stufen zum Hausinneren hinauf. Erleichtert stellte sie das schwere Behältnis am Fuß der Kellertreppe ab, als sie die kreischenden Bremsen eines Autos hörte. Erschrocken fuhr sie in die Höhe. Die Kinder wussten um die Gefahren des Straßenverkehrs. Aber im Spiel konnten sie leicht alle eingeübten Verhaltensmuster vergessen.

Sophie Joost eilte durch den kleinen Flur auf die Straße und sah einen dunklen Golf, dessen Fahrertür offen stand. Gleichzeitig registrierte sie einen Mann in dunkler Hose und schwarzem Poloshirt, der sich den kleinen Josh wie ein Paket unter den Arm geklemmt hatte und David, fest den Oberarm des Kindes umklammernd, hinter sich herzog. Der Unbekannte warf den Jüngeren über die Lehne des Fahrersitzes auf die Rückbank, griff den sich heftig wehrenden und strampelnden David und schleuderte ihn auf den Beifahrersitz.

Die Mutter hatte inzwischen die wenigen Schritte bis zum Auto, das mitten auf der Fahrbahn stand, zurückgelegt und zerrte an der Kleidung des Mannes, um ihn zurückzuziehen.

Der drehte sich um und schlug Sophie Joost mitten ins Gesicht, dass die Frau benommen zurücktaumelte. Dann machte er einen halben Schritt auf sie zu, trat ihr mit dem Innenrist des rechten Fußes heftig gegen das Schienbein und versetzte ihr gleichzeitig einen kräftigen Stoß gegen die zur Abwehr vor der Brust verschränkten Arme. Der Angriff war so heftig, dass Sophie den Halt verlor und rücklings auf den Gehweg fiel, da sie auch noch über den Bordstein gestolpert war.

Der Mann sprang in den Wagen, schlug die Tür zu und brauste mit quietschenden Reifen Richtung Innenstadt davon. Aus den Augenwinkeln glaubte Sophie Joost noch gesehen zu haben, dass er während des Einsteigens auf den sich zur Wehr setzenden David auf dem Beifahrersitz einschlug.

Der Schock hatte sie gelähmt. Es dauerte eine ganze Weile, bis sie eine Schmerzwelle durchfuhr und ihr bewusst wurde, was sich soeben ereignet hatte. Mühsam versuchte sie, auf die Beine zu kommen. Es gelang ihr erst im zweiten Versuch. Sie blickte die Straße abwärts. Niemand war zu sehen. Anscheinend hatte auch keiner der Nachbarn das Geschehen beobachtet. Die Frau wankte ins Haus. Unterwegs stolperte sie über die Getränkekiste, die im Weg stand, und fiel erneut hin. Weitere Zeit verstrich, bis sie sich wieder hochgerafft hatte und zum Sessel im Wohnzimmer taumelte, in den sie sich einfach fallen ließ. Nach ein paar weiteren Minuten konnte sie wieder durchatmen. Sie griff zum Telefonhörer, der auf dem niedrigen Tisch lag, und drückte die Kurzwahltaste, um ihren Mann im Amt anzurufen. Es erschien wie eine Ewigkeit, bis sich eine Kollegin meldete.

»Ist man Mann da?«, keuchte sie in den Hörer.
»Frau Joost? Sind Sie es?«, fragte die Mitarbeitern zurück.
Doch Sophie Joost ging nicht auf die Frage ein.

»Unsere Kinder ...«, stammelte sie. »Unsere Kinder ... Sie sind ... ein Mann ... der hat sie einfach mitgenommen.«
»Frau Joost? Geht es Ihnen gut? Kann ich etwas für Sie tun?«, vernahm sie wie durch Watte die Stimme der Frau aus Joachims Büro.
Sie atmete tief durch, bevor es ihr gelang, einen zusammenhängenden Satz zu formulieren.
»Man hat eben unsere Kinder entführt.«
Am anderen Ende der Leitung herrschte Schweigen, bis sich die Stimme meldete. »Ich versuche, Ihren Mann zu erreichen. Er ist hier irgendwo auf dem Flur unterwegs. Haben Sie schon die Polizei benachrichtigt?«
Daran hatte Sophie Joost überhaupt noch nicht gedacht.
»Ich möchte erst mit meinem Mann sprechen«, entgegnete sie. »Ich warte so lange.«
Sie hörte, wie der Telefonhörer auf den Schreibtisch gelegt wurde und im Hintergrund ein erregtes Stimmengemurmel anhob.

*

Lüder drehte gedankenverloren die leere Cappuccinotasse, die vor ihm stand. Sie hatten ein Straßencafé am Rendsburger Jungfernstieg aufgesucht und sich die ganze Zeit über angeschwiegen. Klaus Jürgensen hatte zugesichert, dass er sich melden wollte, wenn die Spurensicherung Senkbiels Wohnung so weit untersucht hatte, dass sie hineinkonnten.
Frauke Dobermann sah an Lüder vorbei durch das Fenster und beobachtete das Treiben auf der mit rotem und grauem Pflaster ausgelegten Fußgängerzone. Gegenüber war in einem reich verzierten Altbau die Geschäftstelle einer Großbank untergebracht. Rechts daneben lag das repräsentative Stadttheater. Frauke Dobermann schrak auf, als ihr Handy klingelte. Sie meldete sich korrekt mit ihrem Namen, während Lüder ihr Gesicht musterte. Es waren ebenmäßige Gesichtszüge, denen aber der letzte Schliff zur Vollkommenheit fehlte. Die Nase war zu spitz, die Augenbrauen ein wenig zu schmal rasiert. Auch das Make-up war höchstens alltagstauglich. Trotzdem war die Frau nicht unattraktiv. Lüder

schätzte sie ein paar Jahre älter ein als seine eigenen neununddreißig Lebensjahre.

Sie lauschte aufmerksam dem Teilnehmer, der ihr eine längere Mitteilung unterbreitete.

»Wo?«, fragte sie, dem ein »Wann?« folgte. »Gibt es schon Einzelheiten? Ist eine Ringfahndung veranlasst?« Dann schloss sie das Gespräch mit der Bemerkung: »Ich komme sofort.«

»Was ist passiert?«, wollte Lüder wissen, doch Frauke Dobermann winkte ab.

»Nichts für Sie.«

Sie stand auf und kramte in ihrer Handtasche nach dem Portemonnaie.

»Ich übernehme das«, sagte Lüder beiläufig und hatte sich ebenfalls erhoben. »Hängt es mit unserem Fall zusammen?«

Die Hauptkommissarin schüttelte den Kopf.

»Nein. Aber es ist genauso schlimm.« Sie sprach so leise, dass es niemand aus der Umgebung mitbekam. »Vermutlich Kindesentführung. In Schleswig.«

Lüder erschrak. Immer wenn Kinder beteiligt waren, ließ es auch hartgesottene und erfahrene Polizeibeamte erschaudern. Schließlich waren sie häufig selbst Väter und Mütter.

»Ich begleite Sie«, sagte er kurz entschlossen.

»Nein«, erwiderte sie bestimmt. »*Ich* heiße Dobermann, doch Sie heften sich an meine Fersen wie ein Schoßhündchen.«

»Glauben Sie einfach, dass ich Ihr Parfüm unwiderstehlich finde«, entgegnete er und folgte ihr ungeachtet ihres Protestes.

Sie holte das Blaulicht heraus, platzierte es auf dem Dach und fuhr über die Autobahn nach Schleswig. Außerhalb der wenigen Wochenenden im Sommer, an denen sich die lange Kolonne der Urlauber Richtung Norden wälzte, waren die Fernstraßen in Schleswig-Holstein überwiegend zügig zu befahren. Das traf auch heute zu.

Frauke Dobermann fuhr schnell, ohne dabei riskant oder unsicher zu wirken. Wenn es noch Vorurteile über das Fahrverhalten von Frauen gab, so trafen diese nicht auf die Hauptkommissarin zu. Lüder musste sich konzentrieren, um Anschluss zu halten. Obwohl auch er mit Blaulicht fuhr, hatte er eine brisante Situation zu bewältigen, als ein Fahrzeug mit einem Goslarer Kennzeichen das erste Einsatzfahrzeug zwar passieren ließ, hinter Frauke Dobermann aber, ohne zu blinken, wieder auf die Überholspur ausscherte und Lüder zu heftigem Bremsen zwang. Zuerst hatte er sich über dieses Verhalten geärgert, als er nach dem Überholvorgang aber das erschrockene Gesicht einer Mutter, die ihre vielköpfige Familie gen Norden kutschierte, und ihre entschuldigende Geste sah, war sein Groll schnell verflogen. Durch diese Begebenheit hatte er den Anschluss verloren und konnte erst an der Abfahrt Schleswig/Schuby wieder aufschließen.

Für die ganze Strecke hatten sie weniger als zwanzig Minuten benötigt.

Die Streifenbeamten von der Polizeizentralstation Schleswig, die zuerst eingetroffen waren, hatten das Areal vor dem Reihenhaus der Familie Joost abgesperrt. Neben den drei Einsatzfahrzeugen stand ein Rettungswagen des Deutschen Roten Kreuzes.

Rund um den Tatort hatten sich inzwischen zahlreiche Neugierige eingefunden.

Frauke Dobermann ging auf einen Polizeihauptkommissar zu, der zur Begrüßung an den Mützenschirm tippte.

»Voss, Schleswig«, stellte er sich kurz vor, als er Lüder sah. Frauke Dobermann war ihm bekannt. »Die Frau hat mitbekommen, wie ein Mann in einem schwarzen Golf vor der Tür hielt, ihre Kinder schnappte, brutal in das Fluchtauto warf und davonbrauste. Sie hat noch versucht, den Mann aufzuhalten, aber er hat sie niedergeschlagen. Mehr wissen wir auch nicht.«

»Läuft die Fahndung?«, fragte die Dobermann.

Der Polizist nickte.

»Täterbeschreibung? Zeugen?«

»Die Beschreibung ist sehr vage. Damit konnten wir nicht viel anfangen. Zeugen haben wir noch keine gefunden. Die Kollegen befragen schon die Schaulustigen. Aber keiner hat etwas gesehen.«

»Gibt es weitere Anhaltspunkte? Kennzeichen? Baujahr?«

Jetzt schüttelte der Polizist den Kopf.

»Leider nicht. Mehr konnte uns die Frau nicht sagen. Außerdem ist da noch etwas schiefgelaufen.«

»Was?«, fragte Frauke Dobermann.

»Vielleicht verständlich«, versuchte der uniformierte Beamte vorzubeugen, »aber zwischen der Tat und der Alarmierung ist

kostbare Zeit verstrichen, weil die Frau im ersten Schreck zunächst ihren Mann angerufen hat. Es hat noch eine Weile gedauert, bis sie ihn am Apparat hatte. Erst dann wurden wir informiert.«
»Wie viel Zeit ist dadurch verstrichen?«
»Das kann ich nicht genau sagen. Aber vermutlich hat das ganze zehn bis fünfzehn Minuten gedauert.«
»Mist«, fluchte die Dobermann, um gleich darauf festzustellen: »Das wissen die Täter aber nicht. Sie müssen davon ausgehen, dass wir ihnen sofort gefolgt sind. Deshalb standen sie bei ihrer Flucht unter enormem Zeitdruck und müssen in ihrer Planung einen baldigen Fahrzeugwechsel vorgesehen haben.«
»'tschuldigung«, warf der Steifenbeamte ein, »aber offensichtlich war es nur ein Einzeltäter. Zumindest hat die Mutter nur einen Mann gesehen.«
Inzwischen waren auch die Mitarbeiter des K1 aus Flensburg eingetroffen.
Lüder hatte sich auf eine stille Beobachterposition zurückgezogen. Frauke Dobermann verschaffte sich einen ersten Überblick über die Lage und erteilte nun ruhig, aber bestimmt ihre Anweisungen. Niemand machte ihr die Rolle der Einsatzleiterin streitig.
Sie kümmerte sich gleichzeitig um verschiedene Aufgaben. Sie hatte veranlasst, dass die Fahndung erweitert wurde, und Unterstützung durch den Hubschrauber angefordert, während sie zwischendurch die Spurensicherung anwies, die deutlich erkennbaren Reifenspuren, die das Fluchtfahrzeug bei seinem Start mit durchdrehenden Reifen auf dem Asphalt hinterlassen hatte, aufzunehmen. Es machte sich bemerkbar, dass Klaus Jürgensen nicht vor Ort, sondern noch in Rendsburg beschäftigt war.
Zwischendurch hatte sie einem ihrer Mitarbeiter zugerufen, dass sie Auskünfte über vor Kurzem gestohlene schwarze Golfs wünschte. »Sofort«, hatte sie ihre Anweisung bekräftigt. Der jüngere Beamte aus ihrem Team hatte nur genickt. Er war offensichtlich mit der Arbeitsweise seiner Vorgesetzten bestens vertraut.
Lüder hätte die ganze Aktion auch nicht besser organisieren können, gestand er sich ein. Die Frau war wirklich gut und verstand ihr Handwerk perfekt. Ihr guter Ruf hatte seine Berechtigung.

Nachdem Frauke Dobermann alle erforderlichen Maßnahmen eingeleitet hatte, sah sie Lüder an.

»Wollen Sie jetzt etwas von *uns* lernen, nachdem Sie mir vorhin *Ihren* Kursus angeboten haben?«

Lüder zeigte ein Lächeln. »Darf ich Ihnen ein Kompliment aussprechen? Das war wirklich gut.«

Sie winkte ab.

»Ich werde jetzt mit den Eltern sprechen.« Sie wartete seine Antwort nicht ab, sondern ging ins Haus. Wortlos stapfte er hinterher.

Es war der übliche Grundschnitt eines Reihenhauses. Zur Straße hin lag die Küche, gegenüber die Gästetoilette. Eine Treppe führte von der kleinen Diele ins Obergeschoss. Das Wohnzimmer nahm die hintere Hälfte des Hauses ein.

Am Esstisch aus hellem Kiefernholz saß ein Rettungsassistent und füllte ein Protokoll aus. Sein Kollege stand neben ihm und beobachtete die Schreibarbeit. Eine Anrichte und unsymmetrisch angebrachte Regale bekleideten zwei Wandflächen. Darauf fanden sich Bücher, bunte Accessoires, eine CD-Sammlung sowie eine kompakte Stereoanlage einschließlich zweier Boxen. Natürlich fehlten auch der Fernsehapparat und der DVD-Player nicht. Der Fußboden war mit Kinderspielzeug bedeckt. Lüder schmunzelte still in sich hinein, als er ein Bobbycar entdeckte.

Auf dem Sofa saß das Ehepaar Joost. Der Mann hatte seine Arme um die Schultern der Frau gelegt, die fortwährend schluchzte und sich die Augen mit einem zerknüllten Papiertaschentuch abtupfte.

Joachim Joost sah auf, als die beiden Beamten den Raum betraten. Sein schmales Gesicht mit dem schütteren blonden Haar war blass. Er blickte die beiden Beamten fragend an.

Frauke Dobermann stellte sich vor, ohne den Eltern die Hand zu geben. Sie wich einem persönlichen Kontakt zu den Opfern aus, versuchte, jeden Anflug von Mitgefühl zu vermeiden und sich sachlich auf die Ermittlungsarbeit zu konzentrieren, stellte Lüder fest.

»Können Sie uns noch weitere Angaben zum Vorfall machen? Jede Kleinigkeit ist für uns von Bedeutung.«

Sophie Joost schüttelte stumm den Kopf. »Warum nur? Warum?«, fragte sie.

»Das würden wir auch gern wissen«, erwiderte Frauke Dobermann. »Hat sich schon jemand bei Ihnen gemeldet?«

Jetzt antwortete der Vater mit einem Kopfschütteln.

»Wir können uns das nicht erklären«, sagte er mit stockender Stimme. »Wir sind doch keine reichen Leute. Bei uns gibt es nichts zu holen. Hier – sehen Sie selbst.« Er ließ seinen ausgestreckten Arm kreisen, um auf die Einrichtung des Zimmers zu verweisen.

»Haben Sie Verwandte, auf die es die Täter möglicherweise abgesehen haben könnten?«

Joachim Joost stutzte. Er brauchte einen Moment, um Frauke Dobermanns Frage zu verstehen.

»Sie meinen, reiche Eltern oder so?« Dann lachte er zynisch auf. »Da gibt es niemanden, der als vermögend anzusehen ist. Wir sind alle ganz normale Leute. Bürgerlicher Mittelstand, aber ohne reich zu sein.«

»Und ... und wenn es ...« Die Mutter brach ihr Stammeln ab und schluchzte. Beschützend nahm ihr Mann sie in den Arm.

»Und wenn es ein Sexualstraftäter ist?«, hauchte Sophie Joost im zweiten Versuch.

Lüder registrierte anerkennend, dass die Dobermann nicht den Versuch unternahm, diese Idee weit von sich zu weisen. Das wäre zwar einfach gewesen, um die aufgebrachten Eltern zu beruhigen. Wenn sich aber diese nicht auszuschließende Möglichkeit später als Tatmotiv herausstellen sollte, würde es mit der Nachsorge für die sich betrogenen fühlenden Eltern umso schwerer werden.

»Wie sind die Kinder bekleidet?«, fragte die Hauptkommissarin.

Sophie Joost benötigte eine Weile, bis sie die Frage beantwortet hatte.

»Was machen Sie beruflich?«

»Meine Frau kümmert sich um den Haushalt – und die Kinder«, erklärte der Vater. Er hatte beim zweiten Teil des Satzes tief schlucken müssen.

»Und Sie?«

»Ich bin Beamter in der Kreisverwaltung.«

Lüder horchte auf. Auch Frauke Dobermann hatte aufgemerkt. Lüder erkannte es an einem unmerklichen Zucken ihrer Augenwinkel.

»In Schleswig?«

»Ja.«

»In welchem Dezernat sind Sie tätig?«

»Ich bin der persönliche Referent des Landrats. Auch heißt es nicht mehr Dezernat, sondern Fachbereich.«

»Wir werden einen Beamten abstellen, der bei Ihnen bleiben wird. Sie haben sicher keine Einwände dagegen, dass die Kollegen von der Technik eine Installation vornehmen und eingehende Telefongespräche aufzeichnen. Außerdem werden wir die Karte Ihres Handys in eines unserer Geräte einbauen, damit wir Anrufe mitschneiden können.«

Es waren keine Fragen, sondern Feststellungen, die die Hauptkommissarin von sich gab. Die Betroffenen waren in solchen Situationen, die sie nie zuvor erlebt hatten, zu überfordert, um selbst urteilsfähig zu sein.

Deshalb nickte Joachim Joost nur stumm, als die beiden Beamten den Raum verließen.

Vor der Tür sah die Dobermann noch einmal auf das mobile Aufzeichnungsgerät, mit dem sie das Gespräch mitgeschnitten hatte. Dann blickte sie Lüder an.

»Merkwürdig. Es macht doch keinen Sinn, die Kinder eines Beamten zu entführen, der keine vermögenden Verwandten in der Hinterhand hat.«

»Das erscheint dubios«, pflichtete Lüder ihr bei. »Glauben Sie daran, dass die Kleinen Opfer eines Sexualtäters geworden sind?«

»Hmmh«, antwortete sie unbestimmt. »Es ist in letzter Konsequenz nicht auszuschließen.«

»Sie wirkten überrascht, als Sie hörten, dass der Vater in der Kreisverwaltung beschäftigt ist.«

Sie sah Lüder an. »Finden Sie? Wie kommen Sie zu der Vermutung?«

»Ich habe Sie beobachtet.«

»Unsinn«, erwiderte Frauke Dobermann. »Ihre Beobachtungsgabe ist typisch für den höheren Dienst. Wenn Sie weniger am Schreibtisch, dafür aber ein bisschen mehr im wahren Leben agieren würden, wären Ihre Ansätze nicht so akademisch.«

Eine leichte Zornesröte überzog das Gesicht der Hauptkommissarin, als Lüder nur leise lächelte, statt zu antworten. Es behagte ihr offenbar nicht, dass Lüder sie genau beobachtete.

Ein junger Kriminalkommissar kam auf sie zu.
»Ein schwarzer Golf ist in unserem Umkreis derzeit nicht als gestohlen gemeldet. Aber gestern wurde ein dunkelgrüner Golf hier in Schleswig entwendet. Es ist ein älteres Modell IV. Der Eigentümer hat den Verlust heute Morgen bemerkt und der Polizei gemeldet. Es ist ein junger Mann, der zähneknirschend bekannte, dass er hinsichtlich der Diebstahlsicherung das Fahrzeug nicht aufgerüstet hat. Aber – wie gesagt – es ist kein schwarzer Golf.«
»Herrje noch mal«, brauste Frauke Dobermann auf. »Schwarz oder dunkelgrün. Sucht den Wagen.«
Mit gesenktem Kopf zog sich der Mitarbeiter ihres Teams wieder zurück.
»Wie wollen Sie weiter vorgehen?«, fragte Lüder.
»Haben Sie das nicht gelernt, oder fehlt Ihnen das Intuitive?«, gab sie zurück.
Lüder spitzte die Lippen und deutete einen Pfiff an.
»Donnerwetter. Sie sind ja wirklich bissig. Darf ich raten? Vor Ihrer Heirat hießen Sie bestimmt nicht Frauke Rose? Obwohl – die Dornen hätten gut zu Ihnen gepasst.«
Ihre Aufmerksamkeit wurde auf den Kommissar gelenkt, der mit seinem Handy am Ohr auf sie zusteuerte. Er schien den Rüffel, den er sich soeben eingefangen hatte, entweder verdaut zu haben, oder er war eine solche Ansprache durch seine Vorgesetzte gewohnt.
»Die Kollegen haben das Fluchtfahrzeug gefunden«, strahlte er, als hätte er diese Entdeckung selbst gemacht.
»Wo?«
Er zögerte einen Moment und lauschte dabei weiter in sein Handy, bevor er antwortete: »Auf einem Parkplatz neben der Shell-Tankstelle beim Schloss Gottorf.«
»Ich sehe es mir an«, entschied die Hauptkommissarin und gab ihrem Mitarbeiter noch die Anweisungen: »Sorgen Sie dafür, dass Jürgensen mit der Spurensicherung dorthin kommt. Und dann kommen sie mit Boysen nach. Ich will, dass Sie die Umgebung durchforsten und fragen, ob jemand etwas beobachtet hat.«
Der junge Kommissar nickte stumm.
Frauke Dobermann wandte sich um, und als Lüder unschlüssig

stehen blieb, raunzte sie ihn an: »Nun kommen Sie schon. Es spart dem Innenminister Spritkosten, wenn Sie nicht ständig mit dem eigenen Wagen hinter mir herdackeln.«

»Wie sollte ein Dackel einem Dobermann gewachsen sein«, erwiderte Lüder und stieg in ihren Dienstwagen ein.

Die Stelle, an der der oder die Täter das Fahrzeug gewechselt hatten, war gut gewählt. Es war ein Parkplatz an der Ausfallstraße, auf der reger, aber nicht zu lebhafter Verkehr herrschte. Im Hintergrund lag auf der Schlossinsel Gottorf mit den zwei Landesmuseen. Sammlungshöhepunkte waren zweifellos Werke von Lucas Cranach, den drei norddeutschen Expressionisten und eine alte Gutenberg-Bibel.

Gegenüber glänzte das stille Wasser der Schlei, deren Oberfläche wie leicht zerknittertes Stanniolpapier schimmerte und das Licht der Maisonne reflektierte. Am Anleger dümpelte der Ausflugsdampfer »Wappen von Schleswig« still vor sich hin. Stumm und majestätisch grüßte von fern der Turm des Doms. Zur Stadtseite hin begrenzte eine Tankstelle das Areal. Am Ende des Parkplatzes stand eine mobile Fischbude.

Die beiden Beamten umkreisten vorsichtig das Fahrzeug, ohne es zu berühren. Bis auf einen verschmierten Händeabdruck auf der Scheibe der Beifahrertür, der eindeutig von einem kleinen Kind stammte, war nichts zu entdecken. Lüder schritt auch die nächste Umgebung ab. Aber die Entführer, wenn es mehrere waren, hatten Sorgfalt walten lassen. Mit bloßem Auge war nichts zu entdecken, nicht einmal eine achtlos weggeworfene Zigarettenkippe.

So etwas kommt immer nur in Kriminalfilmen vor, dachte Lüder. Da raucht der Böse unentwegt, um seine Nervosität zu verbergen, während er mit dem zweiten Wagen auf seinen Komplizen und die Entführungsopfer wartet.

Es dauerte nicht lange, bis die angeforderte Verstärkung eintraf.

»Teilst du meine Einschätzung«, fragte Lüder Klaus Jürgensen von der Spurensicherung, »dass wir den Golf zur KTU nach Kiel schaffen sollten? Dort haben die Kollegen mehr Zeit und Raum als ihr hier am Straßenrand.«

Jürgensen räusperte sich. Als er merkte, dass dies nicht ausreichte, hustete er sich die Stimme frei. Dann kratzte er sich an seinem fast kahlen Hinterkopf.

»Ich bin mir sicher, dass wir auch jede Menge finden würden. Aber vielleicht hast du recht.«

Lüder rief daraufhin seine Dienststelle an, um die Abholung des Wagens zu veranlassen.

Noch während er telefonierte, kam Frauke Dobermanns Mitarbeiter von der Tankstelle zurück.

»Fehlanzeige«, erklärte er achselzuckend. »Dort hat niemand etwas bemerkt. Und auch beim Fischstand ist niemandem etwas aufgefallen.«

»Haben Sie sich die Namen von Tankkunden geben lassen, die in der letzten Stunde dort waren?«

Verdutzt sah der junge Mann seine Chefin an.

»Mensch, Kerlemann«, fuhr die Hauptkommissarin aus ihrer Haut. »Es kann doch sein, dass jemand etwas beobachtet hat, ohne sich dabei etwas zu denken. Los, ran an die Buletten. Klappern Sie alle Leute ab, die in der fraglichen Zeit auch nur in die Nähe der Tankstelle gekommen sind.«

»Jawohl«, stammelte der Kommissar und zog betroffen von dannen.

»Und Sie?«, wandte sie sich an Lüder. »Reicht Ihnen das als Anschauung, wie effizient wir vom K1 aus Flensburg arbeiten? Dann kann ich Sie zu Ihrem Auto bringen, damit Sie wieder an Ihren Kieler Schreibtisch entschwinden und darüber nachdenken können, dass die Arbeit in einem klimatisierten Büro weniger anstrengend und nahezu ungefährlich ist. Es sei denn, Ihr Kinn knallt auf die Tischplatte, weil Sie eingeschlafen sind.«

»Frau *Dober*mann«, betonte Lüder ihren Namen überdeutlich. »Ihr Chef muss eine sehr lange Kette haben, denn so etwas wie Sie darf man wirklich nicht frei herumlaufen lassen.«

Im Stillen zollte er ihr Anerkennung. Sie war zwar bissig und verstand es, auszuteilen. Häufig war es solchen Menschen eigen, selbst mimosenhaft auf Anwürfe des Gegenübers zu reagieren. Sie aber steckte seine Kommentare klaglos weg. Ich darf es sie nicht merken lassen, überlegte er, aber – irgendwie – mag ich die Dobermann und ihre Art.

Die kurze Rückfahrt zum Ort der Entführung verlief schweigend. Dort stieg er in seinen BMW um und fuhr zurück nach Kiel.

Wohl jeder kennt die Geschichte von den Heinzelmännchen zu Köln, die nachts den Haushalt gemacht haben. Und wäre die Hausfrau nicht zu neugierig gewesen und hätte um jeden Preis die dienstbaren Geister sehen wollen, hätte sie noch lange von deren Hilfsbereitschaft profitieren können.

An diese Geschichte dachte Lüder, als er sein Büro betrat. Niemand hätte den heimlichen Helfern hinterhergespürt, wenn sie sich der unerledigten Arbeiten auf seinem Schreibtisch angenommen hätten. Aber das, spann er den Faden weiter, ist eben der Unterschied zwischen Köln und Kiel. Und dass es hier schöner ist, schloss er seinen gedanklichen Ausflug ab, wobei die Domstädter mit Fug und Recht das Gleiche über ihre Heimat behaupten würden.

Während seiner Abwesenheit waren keine Heinzelmännchen erschienen. Stattdessen musste Friedjof da gewesen sein, denn auf Lüders Schreibtisch lag neue Post.

Er blätterte die Papiere kurz durch und legte sie mit einem Seufzer auf die Seite. Dann rief er Nathusius an und bat um ein Gespräch.

Wenig später saß er dem Kriminaldirektor gegenüber und berichtete von seinem Besuchen in Rendsburg und Schleswig. Geduldig hörte sein Vorgesetzter zu. Erst nachdem Lüder seine Zusammenfassung vorgetragen hatte, nickte Nathusius bedächtig.

»Oberstaatsanwalt Brechmann hat mich bereits informiert und sich über Sie beschwert. Er hält Ihren Verdacht gegen Senkbiel für nicht ausreichend. Er war erbost darüber, dass Sie sich den Durchsuchungsbeschluss dann doch über die Staatsanwaltschaft Flensburg besorgt haben. Ich hatte den Eindruck, dass auch zwischen ihm und Dr. Breckwoldt aus Flensburg ein heftiger Zwist ausgebrochen ist.« Nathusius lächelte. »Herr Brechmann war wütend, weil Flensburg das Verfahren an sich gezogen hat. Im Übrigen hat Brechmann eine offene Rechnung mit Ihnen. Er hat es nicht verwinden können, dass Sie ihn im Fall des argentinischen Marineoffiziers und der Ermordung von Staatsanwalt Kremer in die Schranken seiner fachlichen Kompetenz gewiesen haben und ihn dabei vor das berufliche Schienbein traten. Seitdem hinkt seine Karriere ein wenig.«

Jetzt lachte auch Lüder. »Eine tolle bildhafte Darstellung.«

»Haben Sie schon Fortschritte bei der Suche nach Staatssekretär Windgraf gemacht?«, wechselte Nathusius abrupt das Thema.

»Leider nicht. Dazu hatte ich noch keine Gelegenheit.«

»Vielleicht sollten Sie sich auf diese Sache konzentrieren. So menschlich berührend die Entführung der Kinder auch sein mag, glaube ich nicht, dass es ein Fall ist, mit dem *wir* uns beschäftigen sollten. Unsere Vorgesetzten werden wenig Verständnis zeigen, wenn wir nicht bald Erfolge vorweisen können. In den praxisfernen Kreisen kann man nicht nachvollziehen, mit welchem Aufwand unsere Arbeit an der Front verbunden ist.«

»Ein ausgewachsener Staatssekretär kann allein laufen. Das trifft nicht auf die beiden Kinder zu. Und ihre Eltern benötigen bestimmt mehr Unterstützung als ein Politiker, der aus welchen Gründen auch immer den Ausstieg gewählt hat.«

Nathusius wies mit dem Zeigefinger auf Lüder. »Ich verstehe Ihr Denken. Aber das ist hier nicht gefragt. Wir werden an den Erfolgen gemessen, die uns als Vorgaben erteilt werden. Es gibt außer Ihnen noch andere tüchtige Polizeibeamte in Schleswig-Holstein. Überlassen Sie den Entführungsfall den Kollegen und konzentrieren Sie sich auf die Briefbombe und die Suche nach Staatssekretär Windgraf.«

»Ja – ja«, murmelte Lüder.

»Diese Antwort umschreibt etwas, das wir bei Kindern sofort rügen würden, wenn sie diesen Ausspruch verwenden würden«, sagte der Kriminaldirektor.

»So meine ich es nicht«, entschuldigte sich Lüder, »aber ich habe keinen Zwillingsbruder und muss deshalb die Arbeit allein bewältigen.«

»Dann orientieren Sie sich am Machbaren«, verabschiedete ihn Nathusius.

Als Lüder das Büro seines Chefs verließ, nahm er sich vor, dessen Ratschläge wörtlich zu nehmen. Er würde jetzt Feierabend machen und sich seiner Familie widmen.

DREI

In diesem Jahr war der Mai ein Monat, der seinem Namen alle Ehre machte. Im Unterschied zu den kalten und regnerischen Wochen, die das Vorjahr um diese Zeit gebracht hatte, zeigte sich das Wetter heute von der allerbesten Seite.

Lüder hatte mit seiner Familie ausführlich auf der Terrasse gefrühstückt, wobei sich die drei schulpflichtigen Kinder wie jeden Morgen kurz angebunden zeigten, nahezu missmutig an ihrem Brot kauten und sich ohne große Begeisterung auf den Weg zur Schule machten.

Thorolf stand eine Mathearbeit bevor, Viveka hatte zum Abschied gebeichtet, den vergangenen Nachmittag mit wichtigeren Dingen als Schularbeiten verbracht zu haben, und Jonas, der Wildfang, wollte sich tapfer der Herausforderung von Lehrern und Mitschülern stellen.

Während Margit den Frühstückstisch abräumte, hatte sich Lüder mit Sinje beschäftigt und dabei Briefbomben und verschwundene Staatssekretäre vergessen. Die Kleine freute sich unbefangen und vergnügt über Lüders Zuwendung. Unterdessen schweiften seine Gedanken zur Familie Joost ab, deren Kinder gestern entführt worden waren. Natürlich hatte Nathusius recht, dass dieser Fall nicht in ihren Zuständigkeitsbereich fiel. Trotzdem konnte Lüder sich nicht von Gedanken an diese Tat frei machen.

Margit war auf die Terrasse zurückgekehrt, hatte sich Sinjes Unmut zugezogen, als sie die Jüngste griff und die Nase kurz in Richtung der Windel hielt.

»Ich glaube, bei dir müssen wir jetzt den zweiten Teil des Frühstücks einleiten«, lachte sie, »während wir deinen Papi jetzt losschicken, damit er wieder böse Buben fängt.«

Lüder sah auf die Uhr. Es war wirklich Zeit, sich auf den Weg zu machen. Er verabschiedete sich von Margit und der Kleinen und fuhr ins Landeskriminalamt.

Obwohl es nicht sein Fall war, nahm er als Erstes Kontakt zur Spurensicherung auf.

»Im Golf, der für die Schleswiger Entführung genutzt wurde, haben wir jede Menge Spuren gefunden«, erklärte ihm der Kriminaltechniker. »Es wird eine Weile dauern, bis wir die ausgewertet und zugeordnet haben. Dazu benötigen wir noch Vergleichsabdrücke des Fahrzeugbesitzers und der Leute, die mit ihm gefahren sind. Auf dem Rücksitz haben wir außerdem einen Fleck gefunden. Es handelt sich um Urin. Wir gehen davon aus, dass er von einem der Kinder stammt. Das gilt auch für Haare und andere Partikel, die wir aus dem Wagen herausgeholt haben.«

Anschließend nahm Lüder Kontakt zu Frauke Dobermann auf.

»Ich bin sehr beschäftigt und habe wenig Zeit«, klagte die Hauptkommissarin.

»Mich interessiert, ob es bereits Hinweise auf die Entführer gibt.«

»Was interessiert es Sie? Das ist nicht Ihr Fall. Wir sind dran. Das sollte reichen.«

Doch Lüder ließ nicht locker. »Haben sich die Täter schon gemeldet und Forderungen gestellt? Was wollen die?«

Frauke Dobermann schnaufte hörbar durch die Nase. »Ich wüsste nicht, was es Sie interessieren sollte.«

»Haben Sie Kinder? Ich habe heute Morgen meine vier angesehen, mit ihnen gefrühstückt. Das konnte die Familie Joost nicht.«

»Oh, wie rührend«, kam es über die Leitung, aber es klang schon eine Spur versöhnlicher. »Nein. Noch hat sich niemand gemeldet. Wir stehen vor einem Rätsel, da die Eltern nicht so begütert sind, dass sich ein Kidnapping lohnen würde.«

»Könnte es einen Zusammenhang mit der Briefbombe geben?«

Frauke Dobermann zögerte einen Moment mit der Antwort. »Das halte ich für ausgeschlossen. Was sollen die beiden Fälle gemeinsam haben?«

»Immerhin ist der eine Lokalpolitiker und Mitglied im Kreistag, während der Vater der entführten Kinder als Referent des Landrats tätig ist.«

»Das ist ein aberwitziger Gedanke. Sie glauben doch nicht im Ernst, dass sich da eine Verbindung konstruieren lässt.«

Lüder unterließ es, ihr zu antworten. Seine Idee war weit hergeholt, aber zu oft hatte er schon die unmöglichsten Konstellationen erlebt. Politik war ein schmutziges Geschäft. Wer hätte gedacht, dass selbst unsere NATO-Verbündeten nicht vor hinterhältigen

Morden zurückschreckten? Dieser brisante Fall aus dem letzten Jahr würde Lüder unauslöschlich in Erinnerung bleiben.

Er wurde durch ein Hüsteln aus seinen Gedanken gerissen.

»Haben Sie mich gehört?«, fragte Frauke Dobermann.

»Wir hatten eine Störung in der Leitung«, log Lüder. »Können Sie bitte noch einmal wiederholen?«

»Ich sagte, dass die Durchsuchung von Senkbiels Wohnung nichts gebracht hat. Die Wohnung war klinisch rein. Die Kollegen von der Spurensicherung haben nichts gefunden. Auch der Einsatz des Sprengstoffspürhundes war negativ.«

»Finden Sie nicht, dass es merkwürdig ist, wenn jemand seine Wohnung akribisch säubert, bevor er sich plötzlich und unerwartet bei einem Unfall die Kniescheibe bricht?«

»Soweit wir wissen, hat Senkbiel sich die Fraktur bei Renovierungsarbeiten in seiner Wohnung zugezogen.«

»Und nach seinem Unfall alles weggeräumt und sauber gemacht, bevor er den Rettungsdienst alarmiert hat?«

»Über diesen Punkt bin ich auch gestolpert«, gestand die Hauptkommissarin ein. »Aber für eine weitere Verfolgung ist dieser Ansatz dürftig. Haben Sie weitere Fakten?«

»Leider nicht. Natürlich bin ich über das Ergebnis der Spurensicherung enttäuscht. Trotzdem habe ich ein Bauchgefühl, dass Senkbiel in der Sache mit drinsteckt.«

Lüder hörte Frauke Dobermanns gurrendes Lachen. »Männer und ihr Bauchgefühl. Das hängt manchmal ziemlich tief.«

»Wo siedeln Sie den Bauch an?«

Sie zögerte einen Moment, bevor sie antwortete. »Bei manchen Männern ist der Bauch so gewaltig, dass sich die Unterschiede verwischen. Und das Bauchgefühl kommt bei vielen Nachfolgern Adams eher aus dem Blinddarm.«

»Aus dem Appendix?«, fragte Lüder.

»Na, häufig ist *das*, was ich meine, doch nichts weiter als ein Wurmfortsatz. Der steuert oft die Gefühlswelt der Männer.«

»Können wir etwas seriöser miteinander sprechen?«, fragte Lüder.

Erneut lachte sie. »So etwas fragen ausgerechnet Sie? Bringen Sie lieber Ihren eigenen Laden in Ordnung. Ich habe gehört, dass der Kieler Staatsanwalt gegen Sie querschießt.«

»Ich habe Erfahrung im Umgang mit Heckenschützen. Können Sie mich bitte im Entführungsfall auf dem Laufenden halten?«
Sie sicherte es Lüder zu.

Trotz der Bedenken, die Frauke Dobermann vorgebracht hatte, fuhr Lüder nach Rendsburg. Er wollte noch einmal mit Senkbiel sprechen. Es ließ ihm keine Ruhe, dass eine Reihe von Hinweisen zum ehemaligen Bombenbastler führten.

Ohne dass ihn jemand nach dem Grund seines Besuches fragte, konnte er direkt bis in das Krankenzimmer gehen, in dem Senkbiel lag. Unter diesen Umständen war es erstaunlich, dass die Diebstahlquote im Krankenhaus so relativ gering war, wenn jeder unbefugte Fremde Zugang zu den Patientenzimmern hatte.

Als Lüder den Raum betrat, richtete sich der kurdische Patient am Fenster halbwegs auf. »Deutsches Arschloch ist weg«, erklärte er unmissverständlich. »Kerl hat Angst gehabt, weil ich wollte ihm eine hauen in die Fresse.«

»Ist er entlassen worden?«, fragte Lüder.

Der Mann mit den dunklen Augen und dem zerfurchten Gesicht sah Lüder finster an. »Bin ich Auskunft von Krankenhaus, hä?«

Lüder hatte einen Moment ein schlechtes Gewissen, weil er Senkbiel in Gegenwart der anderen Patienten hart angefasst hatte. Doch nur so hatte er den Mann aus der Reserve locken können.

»Warum wollten Sie Ihren Bettnachbarn tätlich angreifen?«, fragte Lüder.

»Weil er ein Arschloch ist. Wie alle Deutschen«, schob der Kurde nach.

»Vorsicht, mein Freund, ich bin auch von hier«, antwortete Lüder in einer schärferen Tonlage.

Der Kurde blieb unbeeindruckt. »Na und?«

Es machte keinen Sinn, mit dem Mann eine grundsätzliche Diskussion über hier gebräuchliche Umgangsformen zu führen. Deshalb drehte sich Lüder um, nicht ohne vorher dem unfreundlichen Zeitgenossen wortlos den Stinkefinger zu zeigen. Er war sich bewusst, dass er mit dieser Geste mehr bewirkt hatte als mit jeder langatmigen verbalen Auseinandersetzung. Prompt setzte in seinem Rücken eine deutsch-türkische Schimpfkanonade ein, der er aber keine weitere Beachtung beimaß.

Die Tür zum Schwesternzimmer stand offen, aber es war niemand vom Personal zu sehen. Lüder ging den Flur auf und ab. Es dauerte eine Ewigkeit, bis eine dunkelhaarige junge Frau in Schwesterntracht auftauchte. Sie nickte ihm im Vorbeigehen freundlich zu.

»Können Sie mir sagen, wo Herr Senkbiel abgeblieben ist?«, fragte er und eilte der jungen Schwester hinterher.

Sie antwortete mit einem osteuropäischen Akzent in der Stimme. »Der ist heute Morgen entlassen worden.«

»Entlassen?«, fragte Lüder ungläubig. »Der konnte gestern noch gar nicht gehen.«

»Tut mir leid. Mehr darf ich Ihnen nicht sagen. Sie müssen einen Arzt fragen.« Sie lächelte Lüder aus einem hübschen Gesicht an. Dabei bildeten sich zwei kleine Grübchen auf ihren Wangen.

»Wo finde ich den?«

Die junge Schwester blieb an der Tür des Stationszimmers stehen. »Ich würde Ihnen wirklich gern weiterhelfen. Aber alle Ärzte sind derzeit beschäftigt. Sie sind alle im OP.« Bevor sie in das Zimmer trat, schenkte sie Lüder ein weiteres Lächeln.

Das ist die andere Seite der Zuwanderer in Schleswig-Holstein, dachte Lüder, als ihm wieder Senkbiels finsterer Zimmernachbar einfiel. Ob der Kurde mit seinen Drohgebärden Senkbiel so eingeschüchtert hatte, dass der fluchtartig das Krankenhaus verlassen hatte? Oder gab es andere Gründe? Jetzt war es umso wichtiger, den Mann zu finden und noch einmal mit den Fakten, die sie bisher zusammengetragen hatten, zu konfrontieren.

Lüder suchte die Verwaltung des Krankenhauses auf. Eine freundliche Angestellte erklärte ihm, nachdem sie ihren Computer befragt hatte, dass Senkbiel auf eigenen Wunsch und gegen die Empfehlung der Ärzte am Morgen das Hospital verlassen hatte.

Als Nächstes steuerte Lüder den Empfang an. Er hatte Glück, und die Frühschicht war noch im Dienst.

»Ich suche einen Bekannten, der vorhin das Krankenhaus verlassen hat.«

Der ältere Mann hinter dem Tresen musterte ihn, als hätte er nach den Vornamen der Marsmännchen gefragt. Lüder beschrieb Senkbiel und ergänzte: »Mein Bekannter kann sich nur sehr eingeschränkt bewegen.«

»An zwei Krücken?«
Lüder nickte.
»Der hat 'ne Taxe bestellt und ist abgeholt worden.«
»Wissen Sie, wie das Taxiunternehmen hieß?«
»Nee, interessiert mich auch nicht«, antwortete der Angestellte unwirsch. »War's das?«
Er rief Frauke Dobermann an und berichtete, dass Senkbiel verschwunden war. Dann bat er darum, dass sich ein Mitarbeiter der Hauptkommissarin darum bemühen sollte, den Taxifahrer ausfindig zu machen.
»Gibt es Neues im Entführungsfall?«
»Nein. Weder haben sich die Täter gemeldet, noch haben wir weitere Spuren entdecken können«, antwortete Frauke Dobermann. Ihre Stimme klang ein wenig müde. »Was haben Sie jetzt vor?«
»Ich weiß es noch nicht«, antwortete er ausweichend, weil er ihr nicht verraten wollte, dass er den Landrat in Schleswig besuchen wollte.
In Schleswig steuerte Lüder direkt die Kreisverwaltung an. Ein Paradebeispiel dafür, dass der Norden nicht nur aus einer flachen Ebene bestand, war die Flensburger Straße, der Sitz der Behörde. Sie führte vom Ufer der Schlei bergan. Hinter einem mächtigen Baum versteckt lag an einer Straßenecke das alte Gebäude. Mit dem roten Sockel und dem hellgrauen Putz, in Verbindung mit den kleinformatigen Fenstern, mochte es in früheren Zeiten ein beeindruckendes Bild für den bürgerlichen Untertanen abgegeben haben. Heute verdeckte es nur den komplexen modernen Anbau aus roten Ziegeln, in dem die Ämter des Landkreises untergebracht waren. Im Unterschied zu vielen anderen Verwaltungsgebäuden war die Anlage aber gut strukturiert und machte einen gepflegten Eindruck.
Lüder schmunzelte, als er in die »Windallee« abbiegen musste. Der Name passte zum Standort einer öffentlichen Verwaltung, in der nach Meinung des Bürgers »viel Wind« produziert wird. An der abwärtsführenden Nebenstraße befanden sich die Besucherparkplätze.
Bereitwillig gaben ihm die Mitarbeiter der Behörde Auskunft, wo er das Büro des Landrats finden würde. Aber das Vorzimmer erwies sich als zunächst unüberwindbares Hindernis.

»Mein Name ist Kriminalrat Lüders vom LKA«, stellte er sich mit Dienstgrad und Dienststelle vor. Es widerstrebte ihm, den »Kriminalrat« zu nennen. Es war in Schleswig-Holstein unüblich, Amtsbezeichnungen und Dienstgrade zu verwenden. Die Menschen ließen sich eher durch das Auftreten und die Persönlichkeit ihres Gegenübers beeindrucken. Das traf allerdings nicht auf die Verteidigerin des Zugangs zum Chef der Kreisverwaltung zu.

»Der Herr Landrat ist in einer wichtigen Besprechung, bei der ich ihn unmöglich stören kann. Soll ich Ihnen einen Termin geben?«, fragte die resolute Frau mit dem zarten schwarzen Flaum auf der Oberlippe.

Nachdem Lüder darauf bestanden hatte, zu warten, zeigte sie mit einer Handbewegung auf einen Holzstuhl und wandte sich dann wieder ihrer Arbeit zu. Eine halbe Stunde später waren Aufbruchgeräusche aus dem Nebenraum zu hören. Kurz darauf öffnete sich die Verbindungstür, und zwei munter in einen Schwatz vertiefte Männer mit Akten unter den Armen verließen das Büro des Landrats. Es schien kein besonders wichtiger Besuch gewesen zu sein, denn die Herren waren leger mit Freizeitkleidung ausstaffiert und bewegten sich, als wären sie in der Kreisverwaltung zu Hause. Bevor der zweite die Tür wieder schließen konnte, war Lüder aufgesprungen und in das Zimmer des Landrats getreten.

»Guten Morgen«, grüßte Lüder den behäbig wirkenden Mittfünfziger mit den grauen Schläfen, der an seinem Schreibtisch stand und einen Papierstapel ordnete.

Überrascht sah der Landrat auf und warf Lüder einen fragenden Blick zu, indem er die rechte Augenbraue in die Höhe zog.

»Haben wir einen Termin?«

»Ja«, erwiderte Lüder und schloss die Tür hinter sich. Er bemerkte, dass die Assistentin des Verwaltungsleiters noch versucht hatte, ihm zu folgen, aber nun von außen gegen die Tür stieß. Lüder stellte sich vor und zeigte unaufgefordert seinen Dienstausweis.

Henrik Graf von Halenberg bot ihm Platz an.

»Was geht derzeit im Landkreis Schleswig-Flensburg vor?«, eröffnete Lüder das Gespräch. Er wartete einen Moment und beobachtete dabei sein Gegenüber. Der Landrat wusste mit Lüders Frage nichts anzufangen.

»Was meinen Sie damit?«, fragte von Halenberg.

»Einem Kreistagsabgeordneten wird eine Briefbombe ins Haus geschickt. Und gestern wurden die Kinder Ihres engsten Mitarbeiters entführt. Wir können davon ausgehen, dass im letzteren Fall finanzielle Forderungen nicht das Tatmotiv ist. Die Familie Joost ist kaum als vermögend einzustufen.«

Der Landrat setzte eine bekümmerte Miene auf. »Das hat uns alle tief getroffen ... Ich meine, das Kidnapping der Joost-Kinder. Wer tut so etwas? Zumal es vordergründig wirklich keinen Grund zu geben scheint. Haben sich die Täter schon gemeldet?«

Lüder ließ die Frage unbeantwortet. Im Unterschied zu anderen Bundesländern hatte sich Schleswig-Holstein für einen nach Lüders Ansicht besseren Weg entschieden und die Führung der Polizei in professionelle Hände gelegt und nicht die gewählten Landräte mit der Leitung der Polizei betraut. Landrat war ein politisches Wahlamt, und es setzte deshalb nicht voraus, dass die demokratisch bestimmten Kandidaten auch etwas von Polizei- und Katastrophenmanagement verstanden. Lüder erinnerte sich an die Versäumnisse der Verantwortlichen in Mecklenburg-Vorpommern beim Ausbruch der Vogelgrippe.

»Wenn ich oder mein Amt etwas unternehmen können, dann lassen Sie es mich wissen. Wir wollen alles tun, damit die Kinder wohlbehalten zu ihren Eltern zurückkehren.« Von Halenberg unterbrach seine Ausführungen, um tief zu schlucken. »Fast alle hier haben selbst Kinder, und wir können uns vorstellen, wie der Familie jetzt zumute ist. Schlimm!« Der Landrat sah einen Moment stumm auf seine Schreibtischplatte. »Besonders, wenn man die Betroffenen direkt kennt.«

»Welche Funktion übt Herr Joost in der Kreisverwaltung aus?«

Der Landrat überlegte eine Weile. »Er ist mein Referent und erarbeitet Vorlagen, führt Korrespondenz, organisiert dies und das.«

»Kann ich davon ausgehen, dass Joost in alle vertraulichen Dinge eingeweiht ist, die Sie derzeit beschäftigen?«

»Fast. Herr Joost ist Beamter. In dieser Eigenschaft kennt er alle Vorgänge, die aus Sicht der Verwaltung von Bedeutung sind.«

»Ich vernehme bei Ihrer Antwort Zwischentöne.«

»Ja«, antwortete von Halenberg gedehnt. »Mein Amt ist auch ein politisches. Da gibt es Entwicklungen und Strömungen, die in der Diskussionsphase und noch nicht reif für die Administration sind. Diese muss man vom Amt des Verwaltungschefs trennen. Da kann es vorkommen, dass manche Ideen noch nicht bis zu meinem Büro vorgedrungen sind.«

»Welche bedeutsamen Dinge werden hinter den Kulissen bewegt, dass man einen Anschlag auf einen harmlosen Kreistagsabgeordneten ausübt?«

Der Landrat wich Lüders Blick aus.

»Ich verstehe Sie nicht«, antwortete er. »Wir sind ein ländlich geprägter Kreis, fernab der Zentren. Abgesehen von wirtschaftlichen Problemen in Zeiten knapper Kassen gibt es bei uns nichts, was außergewöhnlich wäre. Wir haben keine Auseinandersetzungen mit den politischen Extremen, es gibt keine Gewalt oder Kriminalität. Weder für die Mafia noch andere kriminelle Gruppen dürfte unsere Region interessant sein. Und die in einer Demokratie vorhandene Meinungsverschiedenheit regeln wir hier in Schleswig leise und wie unter vernünftigen Leuten üblich.« Von Halenberg schüttelte den Kopf. »Nein. Ich habe keine Ahnung, worauf Sie hinauswollen.«

»Worüber haben Sie in der vergangenen Woche gesprochen? Ich meine, als Sie von Mittwoch bis Freitag in der Akademie Sankelmark getagt haben. Holger Rasmussen war auch dort, als seine Frau die Briefbombe zugestellt bekam.«

»Ich war nur am Donnerstag anwesend«, erwiderte der Landrat. »Am Freitag hatte ich andere Termine.«

»Und am Mittwoch?«

Von Halenberg sah Lüder irritiert an.

»Wieso Mittwoch? Die Tagung ging von Donnerstagmittag bis Freitag. Am Mittwoch war nichts.«

Wieso hatte Rasmussen gegenüber seiner Familie und der Polizei behauptet, dass er bereits am Mittwoch nach Sankelmark gefahren sei?, überlegte Lüder. Laut fragte er: »Worüber haben Sie dort gesprochen?«

»Worüber? Ähh ...« Von Halenberg fuhr sich mit der Hand über den Mund. »Es war eine Routinesitzung des Ausschusses für Wirtschaft, Kreisentwicklung und Umwelt. Es gab keine speziellen Themen. Wenn Sie möchten, lass ich Ihnen das Protokoll zukommen.«

»Das zufällig Herr Joost erstellt hat?«
»Ja.« Von Halenberg tat erstaunt.
»Wer hat an dieser Tagung teilgenommen?«
»Warten Sie.« Der Landrat zählte an den Fingern seiner rechten Hand ab.
»Die sieben Mitglieder des Ausschusses, darunter Rasmussen, der Vorsitzende. Ferner zwei sachverständige bürgerliche Mitglieder. Joost und ich. Das war's. Halt. Ich habe noch Robert Manthling vergessen.«
»Wer ist das?«
»Herr Manthling vertritt den Leiter des Fachdienstes Bau- und Umweltverwaltung in unserem Fachbereich III.«
»Was verbirgt sich dahinter?«
»Der ist zuständig für die Finanzen und die Kreisentwicklung.«
Landrat Graf von Halenberg sicherte Lüder beim Abschied noch einmal jede Hilfe seitens der Kreisverwaltung und auch seine persönliche Unterstützung zu.

*

Stefan Holtz fuhr träge auf seinem Mountainbike nach Hause. Herr Blasius, der Chemielehrer, hatte die sechste Klasse des Gymnasiums Lornsenschule vorzeitig heimgeschickt, ohne einen Grund dafür zu nennen. Das interessierte den Dreizehnjährigen auch nicht. Mit der rechten Hand hielt er den Rucksack fest, den er mit einem Gurt locker über der Schulter hängen hatte. Die linke griff zum Lautstärkeregler seines MP3-Players, den er an einem breiten Band um den Hals trug.
Stefan erschrak, als ihm eine tiefe Stimme zurief: »Junge, nimm die Hände an den Lenker, sonst gibt es Ärger.«
Erschrocken sah er sich um und nahm den drohenden Zeigefinger eines uniformierten Polizeibeamten wahr, der gerade das Haus der Joosts verließ. Stefan nickte hastig, bremste ab und fuhr auf den Bürgersteig, um dort vor dem übernächsten Haus das Fahrrad vor seinem Elternhaus abzustellen.
Aus seiner Hose hing ein knallrotes breites Band. An dem hatte Stefan den Türschlüssel befestigt. Er öffnete, trat in den Flur des

Reihenhauses und schob achtlos mit dem Fuß den Stapel Post beiseite, der durch den Türschlitz gefallen war.

»Kannst du die Post nicht aufheben?«, begrüßte ihn seine Mutter, die mit einem Stapel Wäsche über den Arm die Kellertreppe emporkam.

»Is nich für mich.«

»Deshalb kannst du sie aber trotzdem auf die Anrichte legen.«

Mit einem Knurrlaut bückte sich der Junge und legte die zwei Briefe und die Werbesendung auf den kleinen Schrank.

»Was n das?«, fragte er neugierig und tastete noch einmal den natronbraunen C5-Umschlag ab. »Fühlt sich wie 'ne CD an.« Stefan betrachtete den Umschlag. »Steht nix drauf. Keine Adresse und kein Absender.«

»Ist das vielleicht von einem deiner Freunde? Ihr tauscht doch diese Dinger aus«, sagte die Mutter im Vorbeigehen.

»Weiß nich.« Trotzdem nahm der Junge den Umschlag mit in sein Zimmer. Neugierig geworden öffnete er den Umschlag und warf ihn achtlos zu den anderen Sachen, die auf seiner Arbeitsfläche verstreut lagen. Er schaltete seinen Computer ein und legte die unbeschriftete CD in das Laufwerk. Routiniert wählte er das Programm und spielte die CD ab.

Zunächst war nichts zu hören. Dann drang ein klägliches Wimmern aus dem Lautsprecher. Es war die Stimme eines Kindes.

»Papa, der Mann hat gesagt...« Danach war die Aufnahme wieder durch Kinderweinen unterbrochen. »Er hat gesagt, du sollst die Polizei wegschicken.« Erneut hörte Stefan Kinderweinen. Es dauerte eine Weile, bis wieder die Kinderstimme zu vernehmen war. Undeutlich sagte sie: »Wenn die Polizei nicht verschwindet, tut uns die Frau weh, Josh und mir. Papa, ich will nach Hause.« Dann war nur noch das Schluchzen des Kindes zu hören, in das sich das eines zweiten Kindes reihte. Ein Klatschen unterbrach das Geräusch. Es klang, als wäre das Kind geschlagen worden. Das Wimmern ging in ein heftiges Weinen über. Ohne weiteren Kommentar brach der Ton ab.

Stefan hörte noch eine Weile weiter die CD ab. Aber es kam nichts mehr.

Er setzte sein Programm auf den Anfang zurück und lauschte erneut dem Inhalt der CD. Natürlich! Er erkannte die Stimme. Das war David, der ältere Sohn der Joosts.

Stefan rief seine Mutter in sein Zimmer. Widerwillig erklomm Frau Holtz die Treppe ins Obergeschoss.

»Ich hab so viel zu tun. Und niemand hilft mir«, klagte sie. »Was ist denn nun schon wieder?«

»Hör mal«, sagte Stefan und spielte erneut die CD ab.

»Mein Gott«, sagte seine Mutter. »Das müssen wir den Joosts bringen. Gib her.«

Stefan öffnete das Laufwerk, nahm die CD heraus und drückte die seiner Mutter in die Hand. Die stolperte in Eile die Treppe hinunter, ließ die Haustür hinter sich offen und lief zum übernächsten Haus. Sie klingelte Sturm.

Sophie Joost öffnete die Haustür. Sie hatte rot verquollene Augen, die von tiefen schwarzen Schatten umgeben waren.

»Ach, Sie sind es«, sagte sie enttäuscht, als sie Frau Holtz gewahrte.

Jetzt erschien Joachim Joost hinter seiner Frau in der Türöffnung. »Frau Holtz, es ist sicher nicht der richtige Zeitpunkt für …«

Stefans Mutter unterbrach ihn, hielt die CD in die Höhe, die sie fest mit allen fünf Fingern umfasste, und stammelte: »Hier! Das lag bei uns im Briefkasten.«

»Ich verstehe nicht …«, mischte sich Sophie Joost ein. »Was sollen wir damit?«

»Da ist David drauf«, gab Frau Holtz atemlos von sich und hielt den Joosts den Datenträger hin.

Der Vater griff die CD, murmelte »Wieso?« und zog seine Frau in den Hausflur zurück. Er war so perplex, dass er sich weder bedankte noch nach den näheren Umständen fragte, sondern vor der verdutzten Nachbarin die Tür ins Schloss fallen ließ.

Enttäuscht kehrte Frau Holtz zu ihrem Haus zurück.

*

Nach dem Besuch in der Kreisverwaltung fuhr Lüder zum Wohnsitz der Familie Rasmussen. Ihn interessierte, warum der Senior behauptet hatte, bereits ab Mittwoch zur Tagung des Kreisausschusses gereist zu sein, obwohl die Veranstaltung nach Aussage von Halenbergs erst am Donnerstag begonnen hatte. Lüder traf aber nur den Sohn an.

»Mein Vater und meine Frau besuchen Muddern in Kiel«, erklärte Peter Rasmussen. »Vater is jeden Tag da. Er hat sich ein Hotelzimmer genommen.«

»Wie geht es Ihrer Mutter?«

»So genau weiß man das nich. Sie hat ordentlich ein mitgekriegt. Auf ein Auge bleibt sie blind. Und ihre Hände sind auch weg. Gott sei Dank is sie aber außer Lebensgefahr. Ham Sie schon 'ne Idee, wer das gemacht hat?«

»Wir verfolgen mehrere Spuren«, antwortete Lüder ausweichend. »Kann der Täter gewusst haben, dass Ihr Vater ab Mittwoch für drei Tage verreist war?«

»Keine Ahnung. Um Vadderns Politik kümmer ich mich nich.«

»Kommt es öfter vor, dass er unterwegs ist?«

»Ja – schon. Aber das is seine Sache.«

»Sprechen Sie nicht über diese Dinge?«

»Früher hat er mal von sein Engaschemang erzählt. Aber wir ham das nich verstanden. Hat wohl auch kein von uns interessiert. So macht er das jetzt allein.«

»Sie wissen also nicht, worüber die Herren in Sankelmark gesprochen haben, nachdem er am Mittwoch – das war doch richtig? – abgereist war.«

»Ja – Mittwoch is er weg. Wie gesagt: Ich weiß nich, um was es ging.«

Zumindest hatte Lüder jetzt die Gewissheit, dass der alte Rasmussen sich bereits einen Tag früher verabschiedet hatte. Es wäre zu klären, wo er diese Zeit zugebracht hatte.

Wer als Tourist unterwegs ist und Zeit und Muße mitbringt, die abwechslungsreiche Landschaft zu genießen, der hat sicher seine Freude am Durchqueren des Landes. Lüder empfand es heute als notwendiges Übel, auch wenn ihm bewusst war, dass selbst weniger stark befahrene Nebenstraßen in einem guten Zustand waren und ein zügiges Vorankommen ermöglichten.

Er hatte herausgefunden, dass Staatssekretär Heiner Windgraf in Meldorf, der ehemaligen Hauptstadt Dithmarschens, beheimatet war. Niemand hatte ihm sagen können, ob man bereits versucht hatte, über diesen Weg Kontakt aufzunehmen. Bei strahlendem Sonnenschein fuhr er quer durch das Land über Heide an die Westküste.

Die schmucke Kleinstadt zeigte sich von ihrer besten Seite. Schon von Weitem war der Turm der St.-Johannis-Kirche zu sehen, die Meldorfer Dom genannt wurde, obwohl sie zu keiner Zeit Bischofssitz war. Lüder bog von der Bundesstraße ab und schlängelte sich über das Kopfsteinpflaster bis zum Parkplatz am Fuße der spätgotischen Backsteinbasilika, die unübersehbar der Mittelpunkt des historischen Stadtkerns war.

Direkt am Dom lag auch das Gebäude der Polizeizentralstation. Obwohl ein blau-silberner Variant vor der Tür stand, verkündete ein Schild in der Tür, dass die Dienststelle im Augenblick nicht besetzt sei.

Lüder umrundete die Kirche und überquerte den Marktplatz, dessen Rand von hübschen Giebelhäusern gesäumt wurde. Er steuerte an der alten Wasserpumpe vorbei eine Buchhandlung an, die mit einer einfallsreichen Dekoration vor der Ecktür Interessenten anlockte. Die Dame am Tresen gab ihm bereitwillig Auskunft, wo er das Notariat Windgraf finden würde.

Die Kanzlei befand sich in einem repräsentativen Gebäude in der Burgstraße, wenige Schritte vom Herzen der Stadt entfernt. Das weiß getünchte Bürgerhaus mit den grünen Fenstern machte einen gepflegten Eindruck. Eine ordnende Hand hatte ein passendes Blumenarrangement an der Vorderfront geschaffen, das hervorragend mit dem rustikalen Kopfsteinpflaster, dem Baum und der gediegenen Bogenlampe harmonierte.

Ein blank geputztes Messingschild zeigte an, dass Dr. Heinrich Windgraf, Rechtsanwalt und Notar a.D., und Frau Dr. Anneliese Windgraf, ebenfalls Anwältin und Notarin, hier ihre Kanzlei betrieben.

Klingelknopf und Türbeschläge waren ebenfalls aus Messing. Als Lüder den Knopf betätigte, war kein Ton zu hören, aber kurz darauf erklang eine warme Frauenstimme: »Ja, bitte?«

»Ich möchte zu Herrn oder Frau Dr. Windgraf.«

»Wie ist Ihr Name?«

»Lüders.«

»Haben Sie einen Termin?«

»Nein, aber es geht um den Junior.«

»Einen Moment bitte.«

Es dauerte zwei Minuten, bis der Summer ertönte.

Er drückte die schwere hölzerne Tür auf und stand in einer mit Fliesen ausgelegten Halle. Eine Frau in einem bunt kariertem Rock und einem beigefarbenen Pullover, über dem eine wuchtige Bernsteinkette baumelte, empfing ihn.

Sie bat ihn, ihr zu folgen, und führte ihn in das Arbeitszimmer des Seniors.

Die hohe Stuckdecke, die Wände mit Regalen voll juristischer Fachbücher und Gesetzestexte, der tiefe Teppich und der wuchtige Schreibtisch aus dunklem Eichenholz waren schon beeindruckend genug. Durch die großen Fenster fiel wie inszeniert ein Lichtstrahl und traf auf Dr. Heinrich Windgraf.

Der hochgewachsene Mann mit der hageren Gestalt, dem sorgfältig gekämmten schlohweißen Haar und den dichten Augenbrauen sah ihn aus dunklen Augen an. Er verzog keine Miene seines schmalen, von Falten durchzogenen Gesichts.

»Windgraf«, stellte er sich vor und gab Lüder seine gepflegte Hand.

Lüder nannte seinen Namen.

»Ich komme vom LKA aus Kiel. Es gibt keinen Anlass, zu erschrecken. Ich bin lediglich beauftragt, nach dem Aufenthaltsort Ihres Sohnes zu fragen.«

Der alte Rechtsanwalt zeigte keine Regung. »Haben Sie einen triftigen Grund?«

»Das Ministerium möchte mit dem Staatssekretär sprechen. Wir leisten lediglich Amthilfe, weil Ihr Sohn auf den bekannten Kommunikationswegen nicht erreichbar ist.«

Dr. Windgraf sah Lüder an, ohne dass sich ein Muskel in seinem Gesicht regte. Er antwortete nicht.

»Ihr Sohn wohnt mit Ihnen unter einem Dach?«

»Ja.«

»Wissen Sie, wo er sich momentan aufhält?«

»Ja.«

»Ist er hier, in Meldorf?«

»Nein. Woanders.«

»Wo ist das?«

»Wenn *er* es nicht preisgegeben hat, so sehe *ich* keine Veranlassung, es Ihnen zu sagen.«

Lüder musste innerlich schmunzeln. Die Dithmarscher galten

als der wortkargste Volksstamm Deutschlands. Ihm saß offenbar ein typischer Vertreter gegenüber.
»Sie kennen den Grund, weshalb Ihr Sohn zurückgetreten ist?«
»Ja.«
»Wissen Sie etwas über die Einzelheiten?«
»*Ich* bin, wie die Generationen vor mir, der Rechtspflege in Dithmarschen verpflichtet. Mein Sohn hat wertvolle Erfahrungen in der Politik gesammelt. Ich gehe davon aus, dass er die Familientradition fortsetzt und unsere Kanzlei übernimmt. Mehr habe ich nicht zu sagen.«
Verglichen mit seiner zuvor zur Schau gestellten Wortkargheit war das ein enorm langes Statement.
»Haben Sie sonstige Informationen, die mir weiterhelfen könnten?«
»Nein.«
»Dann habe ich eine letzte Bitte. Wenn Sie mit Ihrem Sohn sprechen, könnten Sie ihm ausrichten, dass er sich mit seinem Ministerium oder mit mir in Verbindung setzen möchte?«
»Nein«, erwiderte der alte Rechtsanwalt.
Der Besuch in Meldorf war unbefriedigend gewesen. Zumindest hatte Lüder erfahren, dass sich der Ex-Staatssekretär offensichtlich aus freien Stücken verborgen hielt, da sein Vater vorspielte, von seinem Aufenthaltsort zu wissen. Und was ist, wenn der junge Windgraf auch entführt worden ist und seine Eltern aufgefordert worden sind, gegenüber jedermann, insbesondere der Polizei, zu schweigen? Das wäre eine Erklärung für das eigentümliche Verhalten des alten Anwalts. Unter diesen Umständen könnte es sogar eine Verbindung zu den merkwürdigen Ereignissen im Kreis Schleswig geben. Aber welche?, überlegte Lüder. Was hat ein untergetauchter Staatssekretär mit einer Briefbombe und zwei entführten Kindern gemeinsam?
Er hatte den Schlüssel in die Zündung gesteckt, aber den Motor noch nicht gestartet, als sich das Telefon im Auto meldete. Es war die Mobilbox. Frauke Dobermann bat dringend um seinen Rückruf in der Bezirkskriminalinspektion Flensburg.
»Es hat eine neue Entwicklung im Fall Joost gegeben«, sagte die Hauptkommissarin. »Ist es Ihnen möglich, nach Flensburg zu kommen?«

»Worum geht es? Können Sie es mir nicht am Telefon sagen? Ich bin gerade am anderen Ende des Landes, in Meldorf.«

»Es wäre gut, wenn Sie nach Flensburg kommen könnten«, blieb Frauke Dobermann hart.

Lüder sicherte es zu. Erneut durchquerte er das Land, diesmal in östlicher Richtung. Ab Rendsburg nutzte er die Autobahn, die sich schnurgerade und nur mäßig ausgelastet gen Norden zog. Als er den Wikingturm, das markante Wegzeichen Schleswigs, passierte, war er immer noch im Unklaren darüber, warum ihn Holger Rasmussen hinsichtlich der Abwesenheit am vergangenen Mittwoch belogen hatte.

Die Bezirkskriminalinspektion war in dem historischen Gebäude am Norderhofenden untergebracht. Das weiße Haus glich mit seiner fantasiereich gestalteten Fassade von außen eher einem exklusiven Prachthotel an Nizzas Küste als dem Dienstsitz der Polizei in Deutschlands nördlichster Metropole.

Frauke Dobermann empfing ihn mit einem kurzen »Hallo« und führte ihn in einen Besprechungsraum, den man zum Lagezentrum umfunktioniert hatte. Rundherum herrschte Hektik.

Sie wies Lüder einen Stuhl am langen Tisch zu und fragte: »Kaffee?«, bevor sie sich über Eck setzte. Nachdem er genickt hatte, angelte sie eine Tasse und eine Thermoskanne herbei, füllte ihm ein und ihren Becher nach. Bevor sie fragen konnte, hatte Lüder seine Hand über die Tasse gehalten und »Danke, schwarz« gesagt. Ob mich der Besuch in Dithmarschen infiziert hat?, fragte er sich.

»Wir sind aus dem Geschäft«, begann die Hauptkommissarin zu berichten. Sie erzählte von der CD, die ein Unbekannter bei den Nachbarn in den Briefkasten geworfen hatte. Der Datenträger war inzwischen von Klaus Jürgensen und seinem Team untersucht worden. Es gab viele Spuren, die aber von den Nachbarn und den Joosts stammten. »Auf die Täter fanden sich keine Hinweise. Wir haben auch keine Nebengeräusche herausfiltern können, die uns etwas über die Umgebung verraten hätten. Wollen Sie den Inhalt hören?«

Sie wartete seine Antwort nicht ab und spielte ihm den Text von ihrem Notebook vor, auf den sie ihn übertragen hatte.

»Viele Hinweise finden sich darin nicht«, stellte Lüder fest, nachdem sie die Botschaft ein zweites Mal abgehört hatten. »Die Täter sind raffiniert. Sie lassen das Kind sprechen. Damit verraten sie nicht ihre Stimme und setzen gleichzeitig die Eltern unter Druck.«

»Und waren damit erfolgreich«, sagte Frauke Dobermann. »Die Joosts haben die Kollegen, die bei ihnen im Haus waren, sofort weggeschickt. Anschließend hat der Vater mit Graf von Halenberg gesprochen. Wir haben das Telefon überwacht und kennen daher das Gespräch. Er hat den Landrat aufgefordert, seinen Einfluss geltend zu machen, dass die Polizei sich sofort zurückzieht.«

»Und?«

»Eine Stunde später hatten wir Anweisungen aus Kiel, die Ermittlungen einzustellen. Der Landrat ist ein Parteifreund des Wirtschaftsministers. Der muss seinen Kollegen, den Innenminister, instruiert haben. Über diese Schiene kam dann die Weisung von oben.«

»Was wollen Sie jetzt unternehmen?«

Sie sah ihn eine Weile an. »Wir werden die Arbeit einstellen.« Die Hauptkommissarin beugte sich zu Lüder hinüber und sprach leise weiter. »Ich habe für mich beschlossen, dennoch weiter am Ball zu bleiben.«

»Hmh! Mir haben Sie vor nicht langer Zeit merkwürdige Ermittlungsmethoden vorgeworfen.«

»Da gab es auch noch keine Entwicklung wie diese.«

Er reichte ihr die Hand. »Mich hat noch keiner aus dem Rennen genommen. Willkommen im Team.«

Sie sah ihn erstaunt an, erwiderte aber seinen Händedruck. »Warum so pathetisch?«, fragte sie, machte aber keine Anstalten, seine Hand wieder loszulassen. »Und? Was unternehmen wir jetzt?«

Lüder berichtete von seinen Besuchen beim Landrat und in Meldorf.

»Dabei fällt mir ein«, unterbrach ihn die Hauptkommissarin. »Wir haben den Taxifahrer gefunden, der Harry Senkbiel heute Morgen aus dem Krankenhaus abgeholt hat. Der Mann war kaum bewegungstähig, hat sich aber zum Bahnhof in Rendsburg bringen lassen. Die Fahrkarte muss sich Senkbiel aus dem Automaten gezogen haben. Wir wissen also nicht, wohin er gefahren ist.«

»Der Typ fällt mit seinen Krücken doch auf.«

»Schon möglich. Im Bahnhof gibt es einen Zeitungskiosk. Dort kann man sich nicht an Senkbiel erinnern. Und in den Zügen gibt es keine Schaffner mehr. Die Fahrgäste kennen wir nicht. Wir müssten einen Aufruf in der Presse starten.«

»Und dazu fehlt uns die rechtliche Handhabe.«

»Es ist ausgesprochen merkwürdig, dass die Entführer noch keine Forderungen gestellt haben.«

»Oder sie wollen etwas anderes von Joost als Geld. Vielleicht hat er etwas oder weiß etwas, was für die Täter wichtig ist«, sagte Lüder.

»Und wenn Joost nur als Druckmittel für andere eingesetzt wird? Wenn die Erpressung gar nicht ihm, sondern dem Landrat gilt?«

»Das wäre eine aberwitzige, aber nicht unmögliche Erklärung. Schließlich ist das andere Opfer, Rasmussen, im gleichen Umfeld tätig.«

»Welche Funktion hatte eigentlich der Staatssekretär in der Landesregierung?«, fragte Frauke Dobermann.

»Haben Sie Internet?«, antwortete Lüder mit einer Gegenfrage.

Gemeinsam hockten sie sich vor den Bildschirm. Wenige Minuten später wussten sie, dass Heiner Windgraf für Technologie und Energie zuständig gewesen war.

Lüder sah aus dem Fenster. Es war nur noch ein letzter Schimmer Tageslicht zu erkennen. Wenn im Mai in Flensburg der Tag fast der Nacht gewichen war, musste es kurz vor Mitternacht sein. Ein Blick auf seine Uhr bestätigte es ihm.

»Ich werde jetzt nach Hause fahren«, beschloss Lüder. »Mehr können wir im Augenblick nicht veranlassen.«

Erneut stand ihm eine lange Fahrt durch Schleswig-Holstein bevor.

VIER

Das morgendliche Konzert der Vögel war einem sporadischen Zwitschern gewichen. Die Sonne stand schon relativ hoch am Himmel und schickte ihre Strahlen auf das leuchtende Blütenmeer der Stauden, die jetzt das Bild in Lüders Garten beherrschten.

Margit biss von ihrem Brötchen ab.

»Beim Bäcker habe ich die Schlagzeilen gelesen. In Schleswig sind die Kinder eines Spitzenpolitikers entführt worden. Die Eltern sind verzweifelt, und die Polizei ist ratlos. Hast du von dieser Sache gehört?«

Lüder stieß sie unterm Tisch vorsichtig gegen das Schienbein und lächelte dabei.

»Du solltest noch einmal abbeißen, bevor du mir etwas erzählst. Dann verstehe ich dich noch deutlicher.« Er streckte seinen Arm aus und killerte der kleinen Sinje am Bauch, was diese mit einem vergnügten kindlichen Glucksen und einem strahlenden Lächeln erwiderte.

Margit fuhr sich mit der Hand an den Mund. »Verzeihung«, sagte sie, »aber wir haben selten genug Gelegenheit, gemeinsam zu frühstücken.«

Lüder sah auf seine Uhr. Es war bereits neun. »Die Freiheit nehme ich mir heute. Schließlich bin ich erst um zwei Uhr zu Hause gewesen.«

Er ließ unerwähnt, dass er nach seiner Rückkehr noch eine Weile wach gelegen hatte, bevor ihn der Schlaf schließlich doch übermannte.

Margit hatte einen weiteren Bissen zu sich genommen und zu Ende gekaut, bevor sie Lüder fragte: »Hast du von dieser Entführung gehört?«

»Entfernt.«

»Schließlich sind es die Kinder eines Spitzenpolitikers. Das fällt doch auch in euer Ressort. Wer ist es denn?«

Er lächelte. »Wenn ich es wüsste, würde ich dir weder einen

Namen verraten noch dich in Einzelheiten einweihen. Außerdem ist der Vater kein Spitzenpolitiker, sondern Beamter.«

»Aber in der Zeitung steht doch ...« Plötzlich bemerkte sie, dass er doch um die Einzelheiten wissen musste, sonst hätte er ihr nicht sagen können, dass es sich bei den Eltern um einen Beamtenhaushalt handeln würde. Sie streckte ihm spaßhaft ihr Messer entgegen. »Du Spitzbube. Wolltest du mich wieder hereinlegen?«

»Wer den Schlagzeilen dieser Zeitungen Glauben schenkt, der wird erst recht den Worten eines ehrbaren Kriminalrats vertrauen.« Er wurde ernst und reichte Sinje einen weiteren Streifen Toastbrot, das mit einer Schokonougatcreme bestrichen war. Freudig umfasste die kleine Hand das Stück und führte es zum Mund. Von der Nasenspitze bis zum Kinn hatte sich ein runder schwarzer Kreis gebildet.

Margit hatte Lüders Blick bemerkt und wollte mit einem parat liegenden Tuch das kleine Gesicht wischen.

»Lass«, hielt Lüder sie davon ab. »Hand und Unterarm sind ebenfalls verschmiert. Und so viel werden wir schon in unseren kleinen Sonnenschein investieren, dass es uns nicht arm macht, wenn die Hälfte des Brotaufstrichs danebenlandet.«

Als hätte sie seine Worte verstanden, dankte Sinje ihm mit einem fröhlichen Kiekser.

Lüder wurde ernst. »Ich bin über den Fall informiert, auch wenn ich nicht in die Ermittlungen eingebunden bin. Was auch immer für Motive dahinterstehen, es ist besonders abscheulich, wenn Kinder mit einbezogen werden.«

Während er das aussprach, wurde ihm bewusst, dass er sich im Inneren von der Vorstellung, dass es sich um eine Lösegelderpressung handelte, befreit hatte. Margit hatte die Veränderung bei ihm registriert.

»Dich belastet doch etwas«, bohrte sie.

Lüder tupfte sich den Mund mit der Serviette ab, trank den letzten Schluck Kaffee aus und stand auf.

»Ich glaub, die Pflicht ruft«, antwortete er ausweichend und beugte sich noch einmal über seine Tochter, um ihr einen Kuss auf die Stirn zu geben. »Passt gut auf euch auf«, sagte er zum Abschied und nahm Margit in den Arm.

Die Fahrt zum Polizeizentrum Eichhof, in dem auch das Landeskriminalamt beheimatet war, verlief zügig. Um diese Zeit waren in Kiel nur Handwerker und Lieferanten unterwegs. Der Berufsverkehr war vorbei, und die privaten Fahrten würden erst später einsetzen.

Die Dienststelle befand sich auf einem Areal, das gut zwischen einem Wohngebiet mit engen Siedlungshäusern, einem Gewerbegebiet und der hinter einer Lärmschutzmauer unsichtbar verlaufenden Stadtautobahn versteckt war.

Unterwegs hatte Lüder sich verschiedene Tageszeitungen besorgt. Die regionalen Zeitungen berichteten gleich auf der ersten Seite über das Ereignis, ohne auf Namen oder Einzelheiten einzugehen. Das Blatt mit den Sensationsnachrichten auf der Vorderseite hatte mangels anderer die Massen erregender Nachrichten das Kidnapping der Kinder eines »Spitzenpolitikers« groß herausgebracht. Unter der Überschrift war das verschwommene Bild eines Mannes zu sehen, der einen schwarzen Balken über den Augen trug. »Der verzweifelte Vater«, stand dort. Das Blatt hatte auch nicht davor zurückgescheut, ein Bild des Hauses der Familie Joost zu zeigen. Wie wenig es den Zeitungsmachern um das Mitgefühl für die Eltern ging, war am großen Bild eines dürftig bekleideten Filmsternchens zu erkennen, das unter der zweiten knallroten Überschrift gedruckt war. Dort war zu lesen, dass die Frau bekifft an Sexorgien teilgenommen hätte.

Lüder konzentrierte sich auf den nur wenige Sätze umfassenden Artikel zur Entführung. Es wurden Vermutungen angestellt, dass es die Entführer auf geheime Pläne abgesehen hätten, die sich in den Händen des Vaters befinden sollten. Der Verfasser der Meldung ließ offen, um welche Art von Vorhaben es sich handelte.

Merkwürdigerweise deckte sich diese abenteuerliche Spekulation mit Lüders Vermutung, dass es den Kidnappern nicht um Geld ging. Schlimm war nur, dass durch die groß herausgebrachte Berichterstattung die Forderung der Täter, nicht die Polizei einzuschalten, ad absurdum geführt wurde. Es musste den Entführern noch weniger daran gelegen sein, dass die Öffentlichkeit über ihre Tat informiert wurde. Hoffentlich hatte das keine negativen Folgen für die Familie Joost.

Lüder setzte sich mit Sven Kayssen in Verbindung.

»Stammen die Informationen von uns?«

Der Pressesprecher war entrüstet. »Wir haben keine Meldung herausgegeben. Ganz im Gegenteil. Ich habe alle Anfragen zu diesem Fall abgewimmelt. Es ist ohnehin nicht viel, was wir wissen.«

Daraufhin nahm Lüder Kontakt zur Redaktion des Boulevardblattes auf. Es wurde fast eine Viertelstunde lang verbunden, bis er mit dem verantwortlichen Redakteur sprechen konnte.

»Hallo, Herr Münchhausen«, begrüßte ihn Lüder am Telefon.

Sein Gesprächspartner stutzte einen Moment.

»Mein Name ist Leif Stefan Ditters«, sagte der Mann. »Sind Sie falsch verbunden?«

»Ich fürchte nicht. Ich möchte mit dem Dichter sprechen, der den Artikel über die Kindesentführung verzapft hat.«

»Wollen Sie mir ergänzende Hinweise zu unserem Beitrag liefern?«, fragte Ditters. »Oder weshalb rufen Sie mich an?«

»Mich interessiert, wer sich die veröffentlichten Fehlinformationen aus dem Finger gesogen hat«, erwiderte Lüder.

Der Redakteur ließ ein verächtlich klingendes Lachen hören. »Es wäre nicht das erste Mal, dass die Presse erfolgreicher recherchiert als die Polizei. Beweisen Sie mir, dass wir etwas Falsches geschrieben haben.«

Lüder wollte sich nicht auf Diskussionen einlassen. Jedes Wort, das er von sich gegeben hätte, wäre von Ditters sinnentstellt in einem neuen Artikel verwendet worden.

»Können Sie mir Einblick in die Ihnen vorliegenden Dokumente geben, damit ich deren Echtheit verifizieren kann?«, fragte Lüder.

»Ich nenne Ihnen weder unsere Quellen, noch zeige ich Ihnen unser Material. Haben Sie schon einmal etwas vom Pressegeheimnis gehört? Wenn Sie mit Ihren Ermittlungen nicht vorankommen, so empfehle ich Ihnen, morgen einen Blick in unsere Zeitung zu werfen.« Die Stimme klang unangenehm arrogant.

»Grüßen Sie Ihren Bruder von mir«, beendete Lüder das Telefonat.

Jetzt klang die Stimme des Redakteurs überrascht. »Meinen Bruder? Kennen Sie den?«

»Natürlich. Seit den Gebrüdern Grimm sind es doch immer zwei, die Märchen erzählen.«

Lüder legte auf, bevor der Mann zu einer Erwiderung ansetzen konnte. Dann fuhr er in die Uniklinik. Man ließ ihn nicht auf die Intensivstation, holte aber Holger Rasmussen, der am Bett seiner Frau wachte, in den Besucherbereich.

»Es geht ihr nicht gut«, beantwortete der Lokalpolitiker Lüders Frage nach dem Zustand von Bärbel Rasmussen. »Sie wird nie wieder so sein wie früher. Wahrscheinlich bedarf sie lebenslanger Pflege.«

Rasmussen sah übernächtigt aus. Tiefe Schatten lagen um die Augen. Das Gesicht, von Sorgenfalten durchzogen, hatte eine fast graue Farbe angenommen. »Gibt es schon Anhaltspunkte, wer als Urheber in Frage kommt?«

»Wir verfolgen mehrere Spuren«, antwortete Lüder ausweichend. »Können Sie sich vorstellen, wer Ihnen eine Briefbombe ins Haus schicken könnte?«

Rasmussen musterte Lüder mit einem erstaunten Blick. »Das haben Sie mich schon mal gefragt. Wer sollte so etwas tun? Ich habe weder Streit mit jemandem, noch vertrete ich politische Ansichten, die extremistisch denkenden Fanatikern als Anlass für ein solches Verbrechen dienen könnten.«

»Worum ging es bei der Tagung in Sankelmark?«

Rasmussen atmete hörbar aus. »Um Allgemeines. Wir hatten mehrere Tagungspunkte. Es ging um die Entwicklung des Kreises als touristischer Standort. Wir können nicht einsehen, dass alle Fördermittel an die mecklenburgische Küste fließen und dort die beste Infrastruktur geschaffen wird, während bei uns das, was die Menschen in jahrzehntelanger Arbeit mühsam aufgebaut haben, mangels Unterstützung aus Berlin verkümmert. Sie haben sicher von den Klagen strukturschwacher Städte im Ruhrgebiet gehört, die von hoher Arbeitslosigkeit geplagt werden und trotz Finanznot immer noch ihren Solidaritätsbeitrag für die neuen Bundesländer erbringen müssen. Ähnlich ergeht es uns, nur dass wir keine öffentliche Lobby haben, weil bei uns weniger Menschen leben.«

»Sind Sie in eine Neiddebatte verstrickt?«

»Sie glauben … Das ist absurd. Niemand schickt mir eine Briefbombe, nur weil ich im Interesse meiner Heimat Missstände anprangere.«

»Haben Sie etwas im Köcher? Gibt es Geheimpläne, die anderen missfallen könnten?«

Rasmussen sah Lüder durchdringend an. »Was für Geheimpläne?« Er sah an Lüder vorbei und ließ seinen Blick über die kahle Wand des Wartezimmers streifen. »Sie meinen den Bericht in der Zeitung? Da ging es um die Kindesentführung. Was sollte es für Zusammenhänge geben?«

»Das würde ich gern von Ihnen erfahren. Schließlich war Joachim Joost auch bei der Arbeitstagung in Sankelmark anwesend.« Lüder zögerte einen Moment, bevor er weitersprach. »War er die vollen drei Tage anwesend?«

»Von Mittwoch bis Freitag. Sie müssen mich entschuldigen. Ich kann mich derzeit nicht auf Nebensächlichkeiten wie die Ausschusssitzung konzentrieren.«

»Hmh. Der Landrat war der Meinung, dass die Veranstaltung erst am Donnerstag begonnen hat.«

»Dann muss er sich irren«, erwiderte Holger Rasmussen.

Lüder bemerkte, dass der Mann ihm bei der Antwort nicht in die Augen sah.

»Ich wünsche Ihrer Frau gute Besserung.«

Lüder verließ die Uniklinik und schaltete sein Handy erst vor dem Gebäude wieder ein. Er hatte seinen BMW noch nicht erreicht, als sich die Mobilbox meldete. Der Landrat aus Schleswig bat um seinen Rückruf auf seinem Mobiltelefon. Er meldete sich mit »Hallo«.

»Herr von Halenberg?«, vergewisserte sich Lüder.

»Ja, am Apparat. Lassen Sie mich vorweg erklären, dass es nicht um Konventionen geht, wenn ich sage, dass ich Graf von Halenberg heiße.«

Lüder war ein wenig ungehalten. Er hatte für die Marotten des Adels wenig Verständnis. Natürlich waren die Halenbergs eine Familie mit geschichtsträchtiger Vergangenheit.

»Sie erwarten nicht, dass ich Sie mit Durchlaucht, Schnittlauch oder Herr Landvogt anrede?«

»Gerade darauf wollte ich Sie aufmerksam machen. Dann würde die Anrede Graf Henrik von Halenberg lauten. Adelsprädikate wurden in der Weimarer Republik aber abgeschafft, und der ›Graf‹ wurde Namensbestandteil. So heiße ich eben nicht Graf Henrik, sondern Henrik Graf von Halenberg. Ich wollte Ihnen aber sagen, dass man mich üblicherweise mit von Halenberg anredet. Die Erklärung dient nur der Klarstellung in der Papierform.«

»Sie wollten mir aber bestimmt keinen Vortrag über die deutschdänische Geschichte halten?«

»Ich würde gern noch einmal mit Ihnen sprechen.«

Lüder sah auf die Uhr. »Ich könnte in einer knappen Stunde bei Ihnen sein.«

»Nein«, wehrte der Landrat ab. »Ich ziehe einen neutralen Ort vor. Wollen wir uns zum Mittagessen im Hotel Aurora in Kappeln treffen? Es befindet sich direkt am Rathausmarkt.«

Lüder willigte ein.

Kappeln liegt am östlichen Ende der Schlei, kurz bevor diese in die Ostsee mündet. Das schmucke Städtchen ist nicht nur ein zentraler ländlicher Ort an der Grenze zwischen Angeln und Schwansen, sondern kann auch mit einer Reihe touristischer Sehenswürdigkeiten aufwarten. Mitten am engen Rathausmarkt lag das Restaurant, das Landrat von Halenberg als Treffpunkt vorgeschlagen hatte. Nachdem es in der langjährigen Fernsehserie »Der Landarzt« eine zentrale Rolle gespielt hatte, war es selbst zu einem Besuchermagnet geworden, zumal es mit dem Ur-Kieler Heinz Reincke in Verbindung gebracht wurde.

Vor dem ochsenblutroten Haus mit den weiß umränderten Sprossenfenstern waren zahlreiche Tische für die Außengastronomie aufgestellt. Da Lüder den Landrat nicht entdecken konnte, betrat er das Innere des Restaurants.

Auch hier war alles auf die Fernsehserie abgestellt. Einen großen Ecktisch zierte ein schwerer Aschenbecher, auf dessen Bügel »Landarztstammtisch« zu lesen war.

Von Halenberg saß in einer Ecke der rustikalen Gaststube und wartete schon. Er erhob sich, als Lüder an den Tisch trat, und fragte, ob Lüder eine gute Fahrt gehabt und den Treffpunkt schnell hatte finden können. Sie warfen einen Blick in die umfangreiche Karte mit vielen regionstypischen Gerichten und bestellten.

»Sie wollten mir ein Protokoll der Ausschusssitzung zukommen lassen«, begann Lüder.

»Ich habe es nicht vergessen, aber wir konnten es noch nicht fertigstellen, da Herr Joost aus bekannten Gründen verhindert ist.«

»Warum beharrt Rasmussen darauf, dass die Tagung bereits am Mittwoch begonnen hat?«, fragte Lüder.

Der Landrat hüstelte. Es klang fast ein wenig verlegen. »Das ist es, weshalb ich mit Ihnen sprechen wollte. Ich fühle mich nicht wohl dabei, Ihnen das jetzt anzuvertrauen, insbesondere da Rasmussens Frau schwer verletzt wurde.«

Sie wurden durch die Bedienung unterbrochen, die die Getränke brachte. Vorsichtig nippte von Halenberg an seinem Weißwein.

»Ich weiß nicht, wie ich beginnen soll. Rasmussen ist ein redlicher Mann, fest mit der Schlei verwurzelt. Eine ehrliche Haut, der auch in der Politik die Meinung seines Gegenübers gelten lässt. Nur in einem Punkt hat seine von mir so positiv dargestellte Persönlichkeit einen dunklen Fleck: Er hat ein Verhältnis.«

Diese Möglichkeit hatte Lüder durchaus in Erwägung gezogen. »Deshalb hat er sich unter dem Vorwand, in politischer Mission unterwegs zu sein, davongestohlen und behauptet, bereits am Mittwoch in Sankelmark gewesen zu sein?«

»Ich vermute es«, sagte der Landrat. »Wir sind zwar Parteifreunde und arbeiten auch politisch zusammen, aber in sein Privatleben hat er mich nicht einbezogen. Ich fürchte, Rasmussen geht davon aus, dass seine Liebschaft immer noch unentdeckt ist. Er unterschätzt die Sensationsgier seiner Mitbürger, die gerade in solchen Fällen nach Einzelheiten lechzen.«

»Weiß seine Familie von diesem Verhältnis?«

Von Halenberg schüttelte den Kopf. »Ich weiß es nicht.«

»Wissen Sie, wer die Frau ist?«

Der Landrat legte die Fingerspitzen zusammen und betrachtete eine Weile das Zeltdach, das er mit seinen Händen geformt hatte.

»Ja«, antwortete er eine Weile später.

»Dann nennen Sie mir den Namen.«

»Das ist eine delikate Angelegenheit. Bei der Dame handelt es sich um … die Bürgermeisterin von Schleswig.«

»Frau Blasius?«

»Genau. Beate Blasius.«

Von Halenberg war irritiert, als Lüder auflachte.

»*Nomen est omen*«, erklärte Lüder.

An der Miene seines Gegenübers konnte er erkennen, dass der Landrat für diesen Spott kein Verständnis hatte.

»Jeder in der Stadt tuschelt hinter vorgehaltener Hand, dass die Bürgermeisterin ein Verhältnis hat. Aber keiner wusste, mit wem.«

Lüder spielte mit einem Bierdeckel und ließ den Untersetzer kreisen.

»Natürlich bin ich nicht informiert, ob der Ehemann von Frau Blasius über die hm ... Nebengeräusche seiner Frau Bescheid weiß. Sie bekommen es aber doch heraus: Herbert Blasius ist Oberstudienrat und unterrichtet in Schleswig an der Lornsenschule Chemie.«

Da war allerdings eine große Überraschung. Als Chemiker war der Mann auch in der Lage, Sprengsätze zu basteln.

»Wollen Sie damit andeuten, dass Sie einen Verdacht gegen Blasius haben? Vermuten Sie ihn hinter dem Bombenattentat?«

Der Landrat hob abwehrend beide Hände in die Höhe.

»So einen Gedanken würde ich nicht aussprechen. Das ist Aufgabe der Polizei, weitere Rückschlüsse aus diesen Puzzleteilchen zu ziehen.«

»Warum erzählen Sie mir von Rasmussens Verhältnis?«

»Ich dachte, es wäre ein wichtiger Hinweis. Auch wenn sich viele bei solchen Neuigkeiten das Maul zerreißen, ist noch lange nicht gesagt, dass die Polizei davon erfährt.«

Die Bedienung brachte das Essen und unterbrach damit ihr Gespräch. Der Landrat wünschte guten Appetit und begann wortlos zu speisen. Lüder folgte seinem Beispiel.

Obwohl das Personal aufmerksam und freundlich war, konnte Lüder sich nicht des Eindrucks erwehren, dass alles auf die durchreisenden Touristenmassen abgestimmt war. Das galt auch für den Heringsteller, den er gewählt hatte.

Lüder war fast fertig, als er den Landrat unvermittelt fragte: »Worum ging es bei Ihrem Treffen in Sankelmark?«

Von Halenberg verschluckte sich, und es dauerte einen Moment, bis er sich frei gehustet hatte.

»Entschuldigung«, stammelte er, griff zur Serviette und tupfte sich den Mund ab. Dann nahm er einen Schluck Weißwein. Vorsichtig setzte er das Glas wieder ab, bevor er Lüder ansah.

»Es ging um die Fortentwicklung unseres Landkreises. Wir müssen etwas für die Beschäftigung tun. Die einheimische Wirtschaft stellt auf Dauer nicht genügend Arbeitsplätze zur Verfügung.«

»Und da gibt es konkrete Pläne, von denen auch die Zeitung schrieb?«

»Nein«, wehrte der Landrat ab, »wir sind in der Phase intensiven Nachdenkens. Alles ist rein hypothetisch.«

»Dann lassen Sie mich teilhaben an Ihrem Denkmodell.«

»Würde ich ja, wenn es etwas zu erzählen gäbe.«

Der Mann war Politiker und hatte Übung darin, auszuweichen. Lüder erinnerte sich an ihre erste Begegnung, als von Halenberg ihm erklärt hatte, sein persönlicher Referent Joachim Joost sei zwar über alle verwaltungsmäßigen Vorgänge informiert, nicht hingegen über politische Überlegungen. Warum sollte nicht auch in Schleswig der Klüngel regieren wie in anderen deutschen Städten?

Vorsichtig leitete der Landrat das Gespräch zu einem anderen Thema über.

»Wussten Sie, dass der Kreis flächenmäßig so groß wie das Saarland ist? Wir haben das Glück, nicht nur in einer intakten und wunderschönen Gegend zu leben, sondern auch in einer alten Kulturlandschaft. Wegen der beispielhaft guten Kontakte zu unseren skandinavischen Nachbarn und unserer Lage an der See treffen sich bei uns Menschen mit den unterschiedlichsten Interessen. Das zu fördern und das Leben weiterhin lebenswert zu gestalten und den Wohlstand zu mehren, dafür stehe ich mit dem Kreispräsidenten und den Abgeordneten des Kreistages.«

Es klang wie eine Wahlrede. Lüder beließ es bei diesem Schlusswort von Halenbergs.

Um die Mittagsstunde wirkte der Marktplatz wie ausgestorben. Wie in kleinen Hafenstädtchen rund ums Mittelmeer schien es, als würde auch in Kappeln das Leben Ruhe walten lassen. Von Halenberg gab Lüder die Hand.

»Mein Wagen steht unten am Hafen, dort, wo die Fahrgastschiffe anlegen.« Er verabschiedete sich.

Lüder wollte zu seinem BMW zurückkehren, als er gegenüber einen Mann bemerkte, der ihn und den Landrat fotografiert hatte.

Der untersetzte Brillenträger mit dem lichten Haarschopf ließ die Kamera in seine Hosentasche verschwinden, drehte sich um und ging gemächlich in Richtung altes Postamt.

Lüder wandte sich nach links, eilte an der Kirche vorbei, bog in eine kleine Gasse ab, die sich zu einem Platz öffnete, und hatte durch den Spurt über die Parallelstraße den Unbekannten überholt. Vor dem alten Postamt sah er den Mann. Auch der musste Lüder erkannt haben. Gelassen drehte er sich um und bog in eine kleine Straße ab.

Als Lüder die Hausecke erreicht hatte, sah er, dass der Weg, den der Fremde gewählt hatte, auf einem durch ein offenes Gitter begrenzten umbauten Hof endete. Der Mann war in eine Sackgasse geraten. Damit war für Lüder klar, dass er fremd war und den Weg nur gewählt hatte, um Lüder auszuweichen.

Der Mann hatte Lüder bemerkt und bog unvermittelt nach links hinter eine Hausecke ab. Hier hatte er sich endgültig in die Enge manövriert. Die rückwärtige Hausfront, ein Anbau und Mülltonnen begrenzten den Abstellplatz der Hausbewohner. Der Fremde konnte nicht mehr ausweichen. Er blieb stehen.

Lüder packte den Mann unvermittelt am Kragen und zog ihn zu sich heran. Er wollte sich zunächst nicht als Polizeibeamter zu erkennen geben.

»Was ist daran von Interesse, mich und meinen Freund zu fotografieren?«, fragte er sein Gegenüber. Der Mann machte keine Anstalten einer Gegenwehr. Er versuchte lediglich, Lüders Hand von seinem Kragen fortzudrücken, was ihm aber nicht gelang.

»Ich verstehe Sie nicht«, sagte er. »Wen soll ich fotografiert haben?«

Er sprach mit einer Klangfärbung, die nicht aus dieser Gegend stammte. Lüder tippte auf das Ruhrgebiet. Sein Kontrahent wirkte trotz der Bedrängnis nicht erschrocken, zumindest nicht in der Weise, wie jemand reagiert, der überfallen wird. Das bestärkte Lüder in der Vermutung, dass es der Mann auf ihn und den Landrat abgesehen hatte.

»Mit diesem Apparat.« Lüder tippte mit seinem Knie gegen die ausgebeulte Hosentasche des Mannes.

Der spielte den Unwissenden. »Das ist meine Digicam. Mit der mache ich ein paar Schnappschüsse.«

»Aber nicht von mir. Ich vertrete mein Recht an meinem eigenen Bild.«

Wäre sein Gegenüber der harmlose Tourist, der er zu sein vorgab, hätte er jetzt irritiert ausgesehen. Der Mann machte aber den Fehler, nicht auf Lüders Einwand zu reagieren. Ihm war klar, was Lüder ihm vorwarf.

»Wer sind Sie?«, fragte Lüder.

»Wieso wollen Sie das wissen?«

»Meine Mutter hat an mir schon die Neugierde gehasst. Kein Versteck für die Weihnachtsgeschenke war sicher genug. Also, los jetzt. Name?«

»Müller ist mein Name.«

Wie bei einem kleinen Kind sah Lüder dem Mann an der Nasenspitze an, dass er log. »Ausweis«, forderte er deshalb. »'n bisschen fix. Ich habe keine Lust auf eine lange Diskussion.«

Der Mann überlegte, ob er Lüders Ansinnen nachgeben sollte. Als Lüder aber den Druck am Kragen verstärkte, kapitulierte er und holte eine Brieftasche hervor, die er in seiner Gesäßtasche trug. Während der Mann nach seinem Ausweis fingerte, nahm ihm Lüder das kunstlederne Behältnis aus der Hand. Rasch warf er einen Blick auf den Führerschein.

Willi Kwiatkowski hieß der Fotograf. Er wohnte in Mühlheim an der Ruhr und war genauso alt wie Lüder. Diese Angabe reichte Lüder. Er wollte dem Mann gerade die Brieftasche zurückgeben, als sein Blick auf einen Satz Visitenkarten fiel, die Kwiatkowski bei sich trug. Neugierig zog Lüder eine hervor. Auf der Karte standen der Name sowie die Kontaktdaten des Mannes. Besondere Aufmerksamkeit erregte aber die Berufstätigkeit: private Ermittlungen.

»Sie sind ein Privatdetektiv?« Es war mehr eine Feststellung als eine Frage.

Während Kwiatkowski seine Brieftasche wieder verstaute, sah er Lüder an.

»Was dagegen?«

»Für wen arbeiten Sie?«

Nachdem sich die Situation entspannt hatte, grinste der Detektiv Lüder frech an.

»Berufsgeheimnis.«

Lüder war klar, dass er von Kwiatkowski nichts weiter erfahren würde.

»Was ist mit meinem Foto? Ich will jetzt keinen blöden Spruch hören, dass Sie mich nicht aufgenommen hätten.«

»Ist das nicht meine Sache?«

»Okay. Dann rufe ich die Polizei, und wir klären das mit denen.«

Kwiatkowski seufzte, holte den Fotoapparat aus seiner Hosentasche, öffnete eine Klappe und zog eine Speicherkarte hervor.

Lüder wollte danach greifen, aber der Detektiv war schneller. Mit einem weiteren Seufzer zerbrach er das Speichermedium.

»Kleiner«, forderte Lüder.

Der Detektiv ließ die Karte fallen und zermalmte sie mit seinem Absatz.

Lüder stieß Kwiatkowski vor die Brust, ohne dass der ins Straucheln geriet.

»Wenn ich Sie noch einmal in meiner Nähe erwische, gibt es Stress. Ist das klar?«

Kwiatkowski grinste immer noch. Es sollte lässig wirken.

»Soll das eine Drohung sein?«, fragte der Detektiv kess.

»Es bleibt Ihrer Intelligenz vorbehalten, das selbst herauszufinden. Kleine Kinder verstehen entweder die Warnung vor dem heißen Ofen, oder sie verbrennen sich die Finger. Mein persönlicher Rat für Sie: Beenden Sie Ihre Sightseeingtour in Kappeln und suchen Sie sich ein anderes lauschiges Plätzchen an unserer schönen Ostseeküste.«

Lüder wartete, bis sich Kwiatkowski in Richtung Hafen entfernt hatte. Er wusste nicht, ob der Mann über seine Identität informiert war. Es war unwahrscheinlich, dass der Detektiv Lüder gefolgt war. Vielmehr musste er im Schatten des Landrats hierhergelangt sein. Lüder wollte vermeiden, dass Kwiatkowski ihm zu seinem Auto nachspürte und über dessen Kennzeichen weitere Informationen erhalten könnte.

Vom Auto aus rief Lüder sein Büro an und bat um Infos über den Mülheimer Privatdetektiv und die Privatanschrift der Schleswiger Bürgermeisterin. Dann fuhr er über die Bundesstraße zurück nach Schleswig. Dieser Weg war schneller als über die kleinen gewundenen Straßen, die in der Nähe der Schlei durch die kuschelige Landschaft führten. Unterwegs stellte er sich die Frage, wer den Landrat bespitzelte. Und warum? Die Sache wurde immer verworrener.

Es war sicher ein Zufall, dass die Bürgermeisterin auch in der Klosterhofer Straße wohnte, allerdings wesentlich näher zur Stadtmitte als die Joosts. Lüder fuhr langsam die Straße entlang und fand das Anwesen in einer leichten S-Kurve. Direkt gegenüber gab es an einem kleinen Teich freie Parkplätze.

Das Einfamilienhaus der Blasius machte einen bürgerlichen Eindruck und unterschied sich in nichts von Bauten der Nachbarschaft, abgesehen davon, dass weder ein Fahrrad noch ein anderes Fortbewegungsmittel, das auf ein Kind schließen ließ, zu sehen waren. Der Vorgarten war gepflegt, strahlte aber keine individuelle Note aus, sondern wirkte wie aus dem Katalog eines Gartencenters.

Es dauerte eine Weile, bis die geölte Holztür geöffnet wurde. Ein Mann, der sicher nicht so alt war, wie er auf den ersten Blick aussah, musterte Lüder unwirsch.

»Herr Blasius?«

»Ja«, antwortete der Lehrer. Er hatte ein rundes Gesicht mit ungesund wirkender roter Gesichtsfarbe, das von kleinen blauen Adern durchzogen war. Die weißen Haare wiesen zahlreiche lichte Stellen auf. Fast lächerlich wirkte der Spitzbart, der überhaupt nicht zur übrigen Erscheinung des Mannes passte.

»Lüders. Ich komme von der Polizei.« Lüder zeigte seinen Dienstausweis. Blasius warf nur einen flüchtigen Blick darauf.

»Um was geht's?«

»Darf ich hereinkommen?«

Der Lehrer öffnete die Tür und bat Lüder in ein Esszimmer, das zum Garten hinausführte. Helles Birkenholz bestimmte die Einrichtung. Auf dem Tisch lagen Schulbücher und Hefte wahllos verstreut. Offenbar diente der Tisch Blasius als Arbeitsplatz. Achtlos schob er die Unterlagen beiseite und nahm Platz. Lüder setzte sich ihm gegenüber.

»Sie haben von den Ereignissen der letzten Zeit gehört?«

»Ich lese Zeitung.« Blasius erwies sich nicht als geschwätziger Zeitgenosse. Seine Gestik und die Art, seine Sätze zu formulieren, zeigten Ablehnung.

»Das Opfer der Briefbombe war die Frau eines Lokalpolitikers.«
»Holger Rasmussen. Ich habe von ihm gehört.«
»Von Ihrer Frau?«
Blasius zuckte unmerklich zusammen. »Kann sein. Schließlich ist sie auch in der Kommunalpolitik tätig.«
»Gibt es darüber hinaus noch andere Berührungspunkte?«
Der Lehrer kniff die Augen zusammen. »Wie meinen Sie das?«
»Privater Natur?«
»Wir sind nicht mit Rasmussen befreundet.«
»Vielleicht Sie nicht. Wie sieht es bei Ihrer Frau aus?«
Blasius knirschte hörbar mit den Zähnen, als er angestrengt seinen Unterkiefer bewegte.
»Was soll das ganze Theater? Kommen Sie endlich zum Wesentlichen.«
»Ihre Frau hat ein Verhältnis mit Rasmussen.«
Der Lehrer bog mit der rechten Hand die Finger der linken so weit nach hinten, dass es vernehmlich knackte. Dann sah er Lüder trotzig an. »Na und? Ist das ein Fall, der die Polizei beschäftigt?«
»Falls ein eifersüchtiger Ehemann versuchen sollte, mit Sprengstoff den Liebhaber seiner Frau aus dem Weg zu räumen, interessieren wir uns für jedes pikante Detail.«
»Macht es Spaß, in den Schlafzimmern anderer Menschen herumzuschnüffeln?«
»Wenig, wenn dabei der Geruchssinn in Mitleidenschaft gezogen wird, weil ein Fall zu stinken beginnt.« Lüder rümpfte die Nase. »Auch bei Ihnen riecht es merkwürdig.«
»Wollen Sie mir etwas anhängen?«
Lüder schüttelte den Kopf. »Ich meine, hier im Hause.«
Blasius entspannte sich ein wenig. »Ich unterrichte Chemie. Ich habe im Keller ein kleines Labor, in dem ich experimentiere.«
»Bereiten Sie sich dort auf den Unterricht vor?«
»Nein. Naturwissenschaftliche Fächer haben heute in den Lehrplänen keinen herausragenden Stellenwert mehr. Sie können die Schüler für Chemie kaum noch begeistern.«
»Sie scheinen mir in allem die personifizierte Verbiesterung zu sein.«
Der Lehrer holte tief Luft, als wollte er Lüder eine scharfe Erwiderung entgegenbringen, dann winkte er ab.

»Glauben Sie wirklich, dass es ein Vergnügen ist, heutzutage vor einer Schulklasse zu stehen? Und auch privat läuft es nicht gut.« Er machte eine Wischbewegung mit der Hand. »Sie haben es selbst erwähnt.«

»Dann hat Sie der Frust voll im Griff?«

»Ja.«

»Und den bauen Sie ab, indem Sie sich in Ihr Labor zurückziehen und es knallen lassen?« Misstrauisch musterte Blasius Lüder.

»Kann es sein, wenn wir mit einem Durchsuchungsbeschluss Ihr Labor untersuchen würden, dass wir dort Ingredienzen finden würden, die man zum Bau einer Briefbombe verwenden kann?«

»Sicher. Ich merke, Sie haben keine Ahnung von Chemie.«

»Haben *Sie* Rasmussen den Sprengstoff ins Haus geschickt?«

Blasius tippte sich an die Stirn.

»So 'n Blödsinn.« Dann stand er auf. »Ich glaube, Sie wollen gehen.«

Die Verabschiedung fiel äußerst knapp aus.

Lüder fuhr nach Kiel zurück und verschanzte sich in seinem Büro. Er hatte sich vorgenommen, die unterschiedlichsten Puzzleteile zu ordnen und nach Anhaltspunkten zu suchen, mochten sie noch so vage erscheinen, die auf eine Verbindung der beiden Fälle hinweisen könnten. Der gehörnte Ehemann der Schleswiger Bürgermeisterin strotzte vor Missmut. Ob das aber ein ausreichendes Tatmotiv für ein Sprengstoffattentat war? Lüder hatte Zweifel.

Er wurde durch einen Anruf der Kriminaltechnik unterbrochen.

»Hallo, Frau Dr. Braun. Sie wollen mir sicher die Lösung des Rätsels nennen. Dann müssen wir den Täter nur noch festnehmen.«

»Warum spotten Sie eigentlich immer über unsere Arbeit?«, beschwerte sich die Wissenschaftlerin. »Ohne unsere Analysen würden Sie manchen Täter nicht überführen können.«

»Da stimme ich Ihnen zu, liebe Frau Dr. Braun. Deshalb bin ich gespannt, womit Sie mir heute helfen können.«

Lüder hörte ein Stöhnen in der Leitung. »So gut wie Sie möchte ich es auch haben. Wir leiden unter Personalmangel und müssen unter erheblichem Zeitdruck präzise Analysen abliefern, die vor jedem Gericht standhalten müssen. Bei Ihnen ist es einfacher. Sie verhaften jemanden, und wenn Sie sich geirrt haben, lassen Sie ihn als ›falsche Spur‹ wieder laufen.«

So einfach war es sicher nicht, aber Lüder hatte keine Lust, mit Frau Dr. Braun eine Diskussion darüber zu führen, wessen Arbeit die schwierigere ist. Jeder im LKA kannte die Eigenart der Wissenschaftlerin, jedes Gespräch mit der Klage über die Unzumutbarkeit der an sie gestellten Anforderungen zu beginnen.

»Wir haben uns die CD noch einmal angehört und im Audio-Labor untersucht. Leider haben wir nichts Verwertbares finden können. Haben Sie bemerkt, dass das Kind von einer Frau gesprochen hat?«

Natürlich war das Lüder und Frauke Dobermann auch aufgefallen. Trotzdem bedankte er sich bei Frau Dr. Braun für diesen Hinweis.

Auf seinem Terminal sah er, dass eine neue Nachricht für ihn eingegangen war. Edith Beyer, eine tüchtige Mitarbeiterin der Abteilung, hatte ihm die angeforderten Informationen über den Privatdetektiv zugesandt.

Willi Kwiatkowski war neununddreißig Jahre alt und wohnte in Mülheim an der Ruhr. Er hatte eine Lehre als Bankkaufmann absolviert und war seit knapp zehn Jahren als Privatermittler tätig. Gegen den Mann lag nichts vor. Es hatte in der Vergangenheit Anzeigen gegen ihn wegen Hausfriedensbruch, Verdacht auf Einbruch und Verletzung der Persönlichkeitsrechte Dritter gegeben. Die Verfahren waren aber gegen Auflagen oder aus Mangel an Beweisen immer eingestellt worden. Daher war Kwiatkowski wohl auch sofort bereit gewesen, Lüder den Speicherchip seiner Digitalkamera auszuhändigen.

Der Detektiv hatte keine Mitarbeiter und war öfter als Subunternehmer für die Argus Wirtschaftsauskünfte GmbH mit Sitz in Essen tätig. Auch zu diesem Unternehmen hatte Edith Beyer Erkundigungen eingezogen. Den Unterlagen nach handelte es sich um ein in Westdeutschland bekanntes Unternehmen, das über einen größeren Mitarbeiterstamm verfügte und mit Tochterunternehmen auch Sicherheitsdienste und Geldtransporte anbot.

Lüder sah von seinem Bildschirm auf. Wer ließ den Landrat des Kreises durch einen Privatdetektiv bespitzeln? War doch etwas wahr an dem Gerücht, das die Boulevardzeitung verbreitet hatte, dass geheime Pläne vorliegen würden? Diese Vermutung verdichtete sich, als Lüder den letzten Teil des Dossiers las. Irgendwer hatte gründliche Arbeit geleistet und den Bericht über die Argus Wirtschaftsauskünfte um den Hinweis ergänzt, dass diese eng mit der Anwaltskanzlei »Goldstein Latham van Scholven« verbunden sei. Von dieser Großkanzlei hatte Lüder schon gehört. Sie rühmte sich bester Kontakte zu internationalen Multis und unterhielt Büros in New York, London, Paris und anderen wichtigen Finanzplätzen der Welt. In Deutschland waren die Anwälte an den beiden bedeutendsten Schaltzentralen des großen Geldes vertreten: in Frankfurt und in Düsseldorf.

Das sollte für heute reichen, beschloss Lüder. Dann griff er trotzdem noch einmal zum Telefon und rief Frauke Dobermann an. Das Schicksal der Kinder ließ ihm keine Ruhe.

»Wir haben keine richterliche Genehmigung für die Überwachung der Telefone der Eheleute Joost bekommen. Es gibt keine neuen Spuren oder Hinweise auf die Täter. Wir tappen derzeit absolut im Dunkeln«, fasste die Hauptkommissarin den aktuellen Stand zusammen.

Lüder konnte die Beklommenheit nicht abschütteln, als er heimfuhr. Es war ein Gefühl der Ohnmacht, wenn er an die Kinder und ihre Eltern und an die durch die Täter erzwungene Tatenlosigkeit der Polizei dachte. Natürlich würden Frauke Dobermann und ihr Team im Verborgenen weiter ermitteln, aber die Möglichkeiten waren doch erheblich eingeschränkt, weil sie von allen Informationen, die auf die Entführer weisen könnten, abgehängt waren.

*

Zu Beginn des zweiten Jahrtausends unserer Zeitrechnung hatten die streitlustigen und eroberungslüsternen Wikinger am südlichen Ende der Schlei, gegenüber dem heutigen Schleswig, mit Haithabu den bedeutendsten Handelsplatz Nordeuropas geschaffen. Heute galt der Ort als eines der wichtigsten Zeugnisse dieser Epoche.

Es war genau zweiundzwanzig Uhr dreiundvierzig, als in der Rettungsleitstelle des Landkreises in Schleswig die Meldung einlief, dass auf dem Parkplatz vor dem Freilichtmuseum ein Fahrzeug brennen würde. Der stille Alarm wurde über Funkempfänger ausgelöst, und wenig später waren die Männer des Löschzugs 3 der Feuerwehr Schleswig zum Einsatzort unterwegs. Schon von Weitem sahen sie den Feuerschein.

Der Zugführer musste die Besatzungen des TLF 16 nicht groß einweisen. Jeder Handgriff saß. Bereits während der Anfahrt hatten sich die beiden Feuerwehrleute des Angriffstrupps mit Atemschutz ausgerüstet, um sich vor den bei Pkw-Bränden häufig auftretenden Kunststoffdämpfen zu schützen.

Während seine Kameraden das S-Rohr für den Schnellangriff am Tanklöschfahrzeug aufbauten, suchte der Mann am Rohr die günstigste Position zum brennenden Fahrzeug, ohne dem Brandherd zu nahe zu kommen.

»Sieht aus wie ein BMW«, sagte der Zugführer, der den hell auflodernden Flammen ebenso zusah wie die anderen Männer seiner Wehr. Der zweite Mann des Angriffstrupps stand in der Nähe seines Kameraden und hielt die Brechstange in der Hand, um hiermit bei Bedarf die Motorhaube aufbrechen zu können.

Obwohl es im Gegensatz zu den effektheischenden Darstellungen in Actionfilmen in der Praxis selten zu explodierenden Benzintanks kam, war Vorsicht geboten. Das wussten auch die Feuerwehrleute, die sich trotz großer Erfahrung mit Respekt dem Brandherd näherten.

Eine weiße Rauchfahne zog fast steil zum sternenklaren Himmel empor. Gott sei Dank war es nahezu windstill, und die stinkende Qualmwolke wurde nicht über Wohngebiete abgetrieben.

»Das Ding hat jemand in Brand gesteckt«, sagte der Zugführer und drehte sich erschrocken um, als eine fremde Stimme neben ihm antwortete: »Das sieht so aus.«

Der Polizeihauptmeister, der unbemerkt mit seinem Kollegen zu den Feuerwehrleuten dazugestoßen war, ließ seiner Zustimmung ein »'n Abend« folgen. »Wir sollten die Kollegen von der Kripo verständigen.«

Sein Kollege nickte. »Mach ich.«

»Brandbeschleuniger?«, fragte der Polizist.

Der Zugführer der Feuerwehr wiegte den Kopf. »Von hier aus schwer zu sagen. Ich würde auf 'nen Kanister Benzin tippen.«

»Wahrscheinlich ist der Wagen irgendwo geklaut. 'nen BMW, oder?«

»Jo, glöv ick ock«, stimmte der Feuerwehrmann zu.

Beide schraken zusammen, als es laut knallte.

»Das war ein Reifen. Die platzen bei den Temperaturen«, erklärte der Blaurock und grinste ein wenig, weil der Polizist instinktiv die Arme schützend vor das Gesicht gerissen hatte. »Ich möchte fast wetten, dass die anderen auch noch ›buff‹ machen.«

Sie sahen eine Weile schweigend den knisternden Flammen zu. Es war fast ein wenig gespensterhaft, wie der harte Wasserstrahl mit einem lauten Zischen in die Feuerglut fuhr.

»Dauert das immer so lange?«, fragte der Polizist.

»So 'n Auto hat 'ne Menge Zeugs; das brennt wie Zunder.«

Der zweite Reifen platzte. Wenig später folgte der dritte.

Die Flammen wurden kleiner, und die Hitze ging ein wenig zurück. Die Feuerwehrmänner näherten sich vorsichtig dem glühenden Fahrzeuggerippe. An mehreren Stellen züngelte es noch.

»Verdammt«, rief plötzlich der zweite Mann des Angrifftrupps, der die Brechstange hielt, und zeigte auf das Fahrzeuginnere. »Ich glaub, da liegt einer drin.«

Jetzt sahen es auch die anderen. Im ausgebrannten Wagen konnte man die Konturen eines Menschen erkennen.

»Verflixter Mist«, sagte der Polizist. »Das ist 'ne faustdicke Überraschung.« Er wandte sich ein wenig in den Hintergrund, um erneut mit der Kripo zu sprechen und von der ungeahnten Entwicklung zu berichten.

Inzwischen waren auch die letzten Flammen erstickt. Vorsichtig näherte sich der Zugführer dem Wrack. Durch die Hitze war der Lack abgeplatzt. Die Reste des Wagens waren weiß und rostfarben. Es sah aus, als hätte jemand unsachgemäß das Fahrzeuggerippe mit einer Spachtelmasse grob bearbeitet.

Im Wageninneren sah es ebenso trostlos aus. Die Teppiche und die Kunststoffteile waren verbrannt. Nackte Drähte hingen herum. Skurril sahen die Sitze aus. Von ihnen waren wie bei einem alten Sofa nur noch die Federn zu sehen. Das ehemals gepolsterte Lenkrad glich einem dünnen Metallkranz.

Vor der offenen Autotür kniete, halb ins Wageninnere gebeugt, die zur Unkenntlichkeit verbrannte Leiche eines Menschen.

Der Zugführer wandte sich ab. Gott sei Dank wurde selbst ein erfahrener Feuerwehrmann wie er nicht allzu häufig mit einer solchen Situation konfrontiert.

»War das 'nen BMW?« Ein gut fünfzigjähriger Mann mit Bauchansatz hatte sich bis zum Polizeihauptmeister vorgedrängelt.

Der Uniformierte sah den Neugierigen böse an.

»Sie sollten zurückweichen, um den Rettungskräften freien Zugang zu gewähren«, antwortete er barsch, doch der Zuschauer ließ sich nicht abweisen.

»Ich glaub, ich hab den Wagen schon mal geseh'n.«

Instinktiv warf der Polizist einen Blick auf das ausgebrannte Wrack. So wie das, was übrig geblieben war, hätten viele Autos aussehen können.

Der Mann bemerkte das Misstrauen des Hauptmeisters.

»Ich war das, der die Feuerwehr angerufen hat. Als das Ding anfing zu brenn'n, war noch 'nen büschen mehr zu sehen gewesen. Wissen Sie, ich glaub, ich hab den Wagen schon mal geseh'n. Am Montag. Auf'n Parkplatz inne Nähe von Schloss. Sah so aus, als hätt 'ne Familie ihre Kinder von ein Wagen zu'n annern umgeladen. Hab noch zu meine Frau gesagt: Die ham aber Stress mit ihre Görn. Weil die Lütten sich doch so heftig gewehrt ham.« Der Mann lachte. »Wollten wohl nich so wie die Ollen. Ham ihr'n eigenen Kopf.«

Der Polizist zog den Mann am Ärmel in den Hintergrund. Noch hatte keiner der Zuschauer den Toten entdeckt.

»Das ist interessant, was Sie zu berichten haben. Wir sollten Ihre Aussage zu Protokoll nehmen. Am besten ist es, Sie warten noch ein wenig, bis die Kripo da ist.«

»Kripo?«, fragte der Mann erstaunt.

»Reine Routine«, sagte der Polizist. »Wenn der Wagen geklaut und von den Dieben hier in Brand gesteckt wurde, interessiert das die Kriminalpolizei.«

»Donnerlüttchen. Natürlich hab ich noch Zeit. Is ja Bürgerpflicht, in so 'n Fall zu helfen, nich wahr?«

Eine Weile später traf Frauke Dobermann mit ihrem Team ein. Die Hauptkommissarin sah überarbeitet aus. Die Ringe unter ihren Augen fielen aber nicht auf, auch wenn die Feuerwehr den Brandort gut ausgeleuchtet hatte. Die Polizei konnte die Neugierigen zwar nicht ganz vertreiben, hatte sie aber so weit zurückgedrängt, dass die Menschen den verbrannten Körper nicht sehen konnten.

Nahezu zeitgleich war auch Klaus Jürgensen mit seinen Kriminaltechnikern angekommen.

»Schon wieder so eine ›Iihh-Bähh-Leiche‹«, fluchte der Hauptkommissar. »Warum immer ich?«

Nachdem sie einen Sichtschutz aufgebaut hatten, begannen die Männer in den weißen Schutzanzügen mit ihrer Arbeit, während der Zeuge Frauke Dobermann gegenübersaß und mit wichtiger Miene seine Beobachtungen erneut erzählen durfte.

FÜNF

Das Hoch »Hektor« hielt sich hartnäckig. Ein mildes, sonniges Frühlingswetter erfreute schon seit Tagen die Menschen und schenkte ihnen das Lebensgefühl, das man gern mit dem »Wonnemonat Mai« verbindet. Eine leichte Brise wehte von Nordwest herüber und streichelte mehr das Grün der Bäume, als dass sie es in Bewegung setzte. Irgendwie roch es nach Wasser, aber ohne den für die Westküste typischen Salzgeschmack.

Lüder hatte das Fenster in seinem Büro geöffnet, genoss den Kaffee aus dem großen Henkelbecher und blätterte die Morgenpresse durch. Natürlich war das Entführungsdrama immer noch eine Erwähnung auf der ersten Seite wert, es hatte aber in der Boulevardzeitung der Schlagzeile »Warum isst der Ministerpräsident keinen Hering mehr?« weichen müssen. Daneben war eine Fotomontage abgebildet, die den weißbärtigen Landesvater zeigte, wie er einen Hering betrachtete. Lüder legte die Zeitung zur Seite. Er verspürte nicht die geringste Neugierde zu erfahren, ob und warum der erste Mann im Land seine Essgewohnheiten geändert haben sollte. Wenn das unsere Probleme wären, dachte er, dann wären wir ein glückliches Völkchen.

Davon war die Familie Joost weit entfernt. Und deren Kinder durchlebten sicher alles andere als glückliche Tage.

Lüder rief in Flensburg an. Dort erhielt er aber nur die Auskunft, dass Frauke Dobermann nicht im Büro sei. Auf ihrem Handy meldete sich nur die Mobilbox. Er hinterließ die Nachricht, dass sie ihn bitte zurückrufen möge.

In der Sache des verschwundenen Staatssekretärs war er noch nicht weitergekommen. Er beschloss, das Wirtschaftsministerium aufzusuchen und sich dort umzuhören.

Die Fahrt zum Düsternbrooker Weg war kurz. Dort, an der Förde, lagen das Landeshaus und eine Reihe der Ministerien wie an einer Perlenkette aufgereiht. War es schon schwierig, die Eingangskontrolle zu überwinden, gestaltete sich die Suche nach einem Ansprechpartner als aussichtsloses Unterfangen. Lüder war enttäuscht. Das nördlichste Bundesland war sonst ein Musterbeispiel für bürgernahe Verwaltung und eine volkstümliche Politik, aber heute hatte er keinen Erfolg. Niemand erklärte sich für zuständig oder kompetent, ihm Auskünfte zu erteilen. Lüder bat schließlich um einen Termin beim zweiten Staatssekretär. Das ließ sein Gegenüber aufhorchen.

»Beim Staatssekretär?«, wiederholte der Beamte.

»Ja, und zwar kurzfristig. Ich bin im Auftrag des Ministers unterwegs, und wenn wir nicht sehr schnell zu einem Ergebnis kommen, wird es sicher unangenehme Folgen haben. Wie war Ihr Name?«

Der Mann zuckte zusammen, unterließ es aber, seinen Namen zu nennen. Stattdessen griff er zum Telefon und führte ein paar Gespräche.

»Der Herr Staatssekretär kann Sie leider nicht empfangen«, fasste er das Ergebnis seiner Bemühungen zusammen. »Aber wenn Sie mit dem Abteilungsleiter für Technologie und Energie sprechen möchten …?«

Lüder sah demonstrativ auf seine Uhr. »Wenn es in den nächsten zehn Minuten geschieht – ja. Sonst werde ich meinen Bericht über die mangelhafte Mitwirkung des Hauses an den Minister abfassen.«

Der Beamte schluckte, zog sich sein Sakko über und bat Lüder, ihm zu folgen. Er führte ihn zum Vorzimmer des Abteilungsleiters. Eine junge Frau mit blonden Strähnen im nussbraunen Haar bat Lüder um ein wenig Geduld.

Etwa zehn Minuten später öffnete sich die Tür, und zwei Männer verließen das Büro.

Ein grau melierter Endvierziger im mausgrauen Anzug und mit dunkler Hornbrille schüttelte einem hochgewachsenen Mann die Hand.

»Auf Wiedersehen, Herr Buurhove«, verabschiedete der Abteilungsleiter seinen Gast. Der warf Lüder einen kurzen Blick zu, konzentrierte sich dann aber wieder auf den leitenden Beamten.

Lüder musterte den Besucher. Der Mann war in einen dunkelblauen Maßanzug gekleidet. Ein farblich darauf abgestimmtes Hemd mit dem Signet eines Edelschneiders passte ebenso hervorragend dazu wie die tadellos gebundene Krawatte mit dem dezenten Streifenmuster. Die Füße steckten in handgenähten Schuhen. Unter dem linken Arm hielt der Mann eine schwarze Ledermappe. Am meisten beeindruckte Lüder aber der Kopf. Der war rundum von einer gesunden Bräune, die mehr nach der sorgfältigen Arbeit eines Maskenbildners aussah als nach südlicher Sonne. Besonders markant war die maskulin wirkende Glatze, die von der Sonne verwöhnt war.

»Ich danke Ihnen für das offene Gespräch. Wir bleiben in Verbindung«, sagte der Mann zum Abteilungsleiter, verbeugte sich leicht und verließ, ohne die anderen Personen im Raum eines Blickes zu würdigen, das Zimmer.

Der Abteilungsleiter wandte sich nun Lüder zu und reichte ihm die Hand.

»Diedrichsen«, stellte er sich vor. Lüder hatte auf dem Schild im Flur gelesen, dass Diedrichsen promoviert hatte.

»Guten Tag, Herr Dr. Diedrichsen«, erwiderte er. »Mein Name ist Lüders. Ich komme vom Landeskriminalamt. Es geht um einen Fall, an dem Ihr Minister ein besonderes Interesse hat.«

»Kommen Sie bitte«, bat Dr. Diedrichsen und legte seine Hand auf Lüders Rücken, um ihn sachte in sein Büro zu schieben. Auf dem Besprechungstisch waren zwei gebrauchte Tassen sowie eine silberfarbene Thermoskanne abgestellt. Auf einem Tablett fanden sich Zucker, Milch und eine Keksauswahl.

Bevor Lüder einen Blick auf die Notizen, die sich der Abteilungsleiter handschriftlich angefertigt hatte, werfen konnte, räumte Dr. Diedrichsen die Unterlagen zur Seite und legte sie auf seinen übergroßen Schreibtisch. Das Büro war stilvoll, aber praktisch eingerichtet. Durch das Fenster hatte man einen herrlichen Blick auf die Förde und die Schwentinemündung. Am gegenüberliegenden Ufer ragten der hohe Schornstein und die Anlagen des Kraftwerks in den Himmel. Im Ostuferhafen wurde ein Ro-Ro-Schiff beladen. Der Blick zum Ostufer wurde ihm genommen, als die Norwegenfähre »Color Fantasy« majestätisch am Fenster vorbeizog.

»Es besteht seitens der Landesregierung Interesse, einen Kontakt zu Dr. Windgraf herzustellen«, stapelte Lüder hoch. »Ich bin mit diesem Vorgang betraut.«

»Aha«, war Dr. Diedrichsens ganzer Kommentar.

»Ich suche nach Anhaltspunkten, wo sich Ihr ehemaliger Chef aufhalten könnte.«

Der Abteilungsleiter spitzte seinen Mund, bevor er antwortete. »Ich habe mit Herrn Windgraf eng und vertrauensvoll zusammengearbeitet. Das ging aber nicht so weit, dass wir Vertraulichkeiten ausgetauscht hätten. Sein Rücktritt hat mich genauso überrascht wie seine temporäre Abwesenheit.«

»Kennen Sie politische Freunde, die etwas über den derzeitigen Aufenthaltsort von Windgraf wissen könnten?«

»Ich sagte schon, dass es keinen persönlichen Draht zum Staatssekretär gab. Politische Freunde, wie Sie es nennen, sind mir schon gar nicht bekannt. Wir sind eine Behörde, und ich bin Beamter. Da gibt es keine parteipolitisch geprägten Beziehungen.«

Lüder musterte Dr. Diedrichsen. Diese Aussage wollte er ihm nicht abnehmen.

»Kennen Sie den Grund, weshalb Dr. Windgraf für alle überraschend zurückgetreten ist?«

»Darüber wird hier im Ministerium viel spekuliert«, wich der Abteilungsleiter aus.

»Was erzählt man sich so?«

»Da es nichts Fundiertes ist, weigere ich mich, Gerüchte weiterzutragen.«

»Die würden mich aber dennoch interessieren.«

Doch Dr. Diedrichsen blieb hartnäckig. »Es ist nicht meine Art, unbestätigten Tratsch zu verbreiten.«

»Woran hat Dr. Windgraf aktuell gearbeitet?«, wechselte Lüder das Thema.

»Ein Staatssekretär beschäftigt sich mit vielen Dingen.«

»Konkret?«

»Viele.«

»Gibt es ein besonders herausragendes Projekt, das Dr. Windgraf am Herzen lag?«

Dr. Diedrichsen sah demonstrativ auf seine Uhr. »Ich fürchte, in diesem Punkt bin ich nicht der richtige Ansprechpartner.«

Beim Aufstehen erheischte Lüder noch einen Blick auf die Visitenkarte, die der vorherige Besucher Dr. Diedrichsen überreicht hatte.

»Dr. rer. pol. Dr. jur. Cornelius F. Buurhove«, las Lüder über

Kopf. Doch das war nicht das Überraschende. Viel mehr interessierte ihn der Name der Anwaltskanzlei, für die der smarte Mann tätig war: Goldstein Latham van Scholven. Genau für diese sollte angeblich auch Willi Kwiatkowski, der Privatdetektiv, arbeiten, mit dem Lüder in Kappeln zusammengestoßen war und der sich so sehr für sein Treffen mit dem Schleswiger Landrat interessierte.

Zum ersten Mal in diesem Fall gab es zarte Bande der Verknüpfung zwischen Kiel und Schleswig.

Lüder war schon im Türrahmen, als er sich noch einmal umdrehte.

»Dr. Windgraf hatte sicher ein Diensthandy.«

»Mehrere«, erwiderte Dr. Diedrichsen und sah Lüder verdutzt an.

»Könnte ich die vielleicht bekommen?«

»Ich weiß nicht, ob das so einfach möglich ist. Wenn Sie mir Ihre Karte geben, werde ich es prüfen und Sie dann benachrichtigen.«

Auch wenn Lüders Bemühungen, etwas über den Aufenthaltsort des zurückgetretenen Staatssekretärs in Erfahrung zubringen, kein Erfolg beschieden war, hatte er durch die zufällige Begegnung mit dem Düsseldorfer Wirtschaftsanwalt einen ersten weiteren Hinweis erhalten. Was bewegte eine renommierte Kanzlei mit hochkarätigen internationalen Mandaten, sich in Schleswig-Holstein zu engagieren und sogar einen Detektiv an die Schlei zu schicken? Gab es vielleicht doch irgendwelche Pläne, von denen das Boulevardblatt geschrieben hatte? Doch im Moment stieß Lüder nur auf eine Mauer des Schweigens.

Im Auto schaltete Lüder sein Mobiltelefon wieder ein und hörte als Erstes eine Nachricht von Frauke Dobermann ab, die um seinen Rückruf bat. Dann war die kindliche Stimme seines Sohnes Jonas zu hören.

»Weißt du, Lüder, dass der Alexander ein blödes Stinktier ist?« Jonas beklagte sich aufgeregt über seinen Klassenkameraden, den er sonst als seinen besten Freund bezeichnete und den er nun aufgrund eines Ereignisses, das er aber unerwähnt ließ, zur Hölle wünschte.

Lüder lächelte vergnügt. Er war bekennender Familienmensch

und freute sich insgeheim, dass ihn die Kinder mit ihren kleinen, aus ihrer Sicht aber so immens wichtigen Sorgen auch während der Dienstzeit behelligten, selbst wenn er ihnen den Anruf auf dem Diensthandy untersagt hatte.

Er wartete, bis er im Büro war, sich einen Kaffee besorgt hatte, um dann Frauke Dobermann anzurufen.

Die Hauptkommissarin berichtete vom Autobrand in Schleswig.

»Wenn der Zeuge recht hat, dann könnte das ausgebrannte Fahrzeug als zweiter Fluchtwagen von den Entführern benutzt worden sein«, sagte Lüder.

»Davon ist auszugehen. Es steht inzwischen fest, dass es sich um einen 5er-BMW handelt. Wenn die Kriminaltechnik es anhand der Fahrgestellnummer bestätigt, könnte der Wagen zwei Tage zuvor in Glücksburg gestohlen worden sein. Den Diebstahl hat ein Urlauber aus Schwelm bei Wuppertal angezeigt.«

»Gibt es weitere Anhaltspunkte? Hinweise auf den Toten?«

»Leider nicht. Die Leiche war bis zur Unkenntlichkeit verbrannt. Daher wissen wir auch noch nicht, ob Fremdeinwirkung vorliegt. Wenn wir viel Pech haben, bleibt das Rätsel vorerst ungelöst, so wie die Reste aussahen.«

»Sie sollten unsere wissenschaftlichen Mitarbeiter nicht unterschätzen«, warf Lüder ein. »Die reden nicht nur ausdauernd, sondern haben auch bei der Spurensuche viel Geduld.«

»Soll das ein frauenfeindlicher Anwurf sein?«, fragte die Hauptkommissarin zurück. »Schließlich kenne auch ich Frau Dr. Braun.« Lüder hörte, wie Frauke Dobermann tief die Luft einsog. »Wir haben inzwischen einen Bericht von der Spurensicherung erhalten. Im Golf, dem ersten Fluchtfahrzeug, sind alle Spuren dem Besitzer, seiner Freundin und anderen Leuten aus seinem Umfeld oder den Kindern zuordenbar. Die Entführer haben nichts hinterlassen.«

»Es gibt also immer noch keine Spur.«

»Hören Sie mir nicht zu? Das habe ich gerade erklärt.«

Lüder ging auf Frauke Dobermanns Spitze nicht ein.

»Haben sich die Täter inzwischen wieder bei den Eltern gemeldet?«

»Uns liegen keine Informationen vor. Wir hören die Leitungen mit richterlicher Genehmigung ab. Auch der E-Mail-Verkehr wird überwacht. Aber bisher gab es keine erneute Kontaktaufnahme. Ob die Entführer ihre Forderungen über einen anderen Weg an die Eltern herangetragen haben, wissen wir nicht. Schließlich haben sie auch beim ersten Mal den fantasievollen Weg über die den Nachbarn zugeschickte CD gewählt.«

»Wenn wir nur wüssten, welche Forderungen die Gangster haben. Man entführt schließlich nicht zwei kleine Kinder, ohne handfeste Lösegelder oder andere Gegenleistungen zu erpressen«, sagte Lüder.

»Leider ist es uns untersagt, die Medien einzuschalten. Sonst hätten wir einen Aufruf an die Bevölkerung starten können und um Hinweise gebeten, dass uns Beobachtungen aus der Nachbarschaft gemeldet werden. Wo gibt es seit Kurzem Kinderlärm? Wer kauft Kindernahrung ein? Der kleine Junge ist außerdem noch nicht trocken und benötigt Windeln.«

»Es sei denn, die Täter kümmern sich nicht um das Wohl der Kinder und deren hygienische Bedürfnisse.«

»Auch das können wir nicht ausschließen. Dazu sind ja manchmal sogar die eigenen Eltern fähig.«

Lüder musste der Hauptkommissarin recht geben.

»Ich wünsche uns weiterhin viel Erfolg bei der Spurensuche«, schloss er das Gespräch.

Danach suchte er Nathusius auf. Der Kriminaldirektor war allein in seinem Büro. Lüder berichtete von seinem Besuch im Wirtschaftsministerium.

»Nachdem alle anderen Bemühungen, den Ex-Staatssekretär ausfindig zu machen, vergeblich waren, würde ich gern seine Diensthandys untersuchen. Leider sind uns die Hände gebunden, und wir können die Standardmaßnahmen bei einer Personenfahndung nicht einsetzen: Überprüfung der Flughäfen, Reisebüros, Kreditkartenanalyse und Handyortung. Ich gehe davon aus, dass der Vater weiß, wo sich sein Sohn samt Familie aufhält. Aber der Senior schweigt eisern. Im schlimmsten Fall ist auch Heiner Windgraf entführt worden, und der Alte wagt es nicht, darüber zu sprechen.«

»Sie sollten nicht zu sehr dramatisieren, Lüders.« Nathusius zeigte ein fast weises Lächeln. »Wir haben hier zwar eine wesentlich geringere Bevölkerungsdichte als in anderen Bundesländern, aber niemand wird das halbe Land entführen.« Dann wurde der Kriminaldirektor wieder ernst. Auch er hatte Kinder. »Uns alle trifft es, dass wir noch keine Spur haben und nicht wissen, wie es den beiden Kleinen geht. Es ist das Gefühl der Ohnmacht, das uns dabei befällt.«

»Ich glaube, dass es Zusammenhänge zwischen den drei Fällen gibt«, sagte Lüder. »Wissen Sie etwas über ›geheimnisvolle Pläne‹, die möglicherweise an der Schlei verwirklicht werden sollen?«

Nathusius war ein brillanter Analytiker und intimer Kenner der politischen Szene. Wenn jemand in der Landespolizei etwas von den Hintergründen gehört hatte, davon war Lüder überzeugt, so war es der Kriminaldirektor. Doch der schüttelte den Kopf.

»Ich teile Ihre Vermutung, dass mehr dahinter steckt. Sonst würde sich eine so hochkarätige Wirtschaftskanzlei nicht hierher bemühen. Aber ich habe im Augenblick auch keine Idee, welches Interesse diese Leute nach Schleswig-Holstein führen könnte. Wenn wir einmal vage vermuten, dass es um industrielle Projekte geht, zum Beispiel eine spektakuläre Firmenübernahme, dann verstehe ich nicht, weshalb sich das Ganze auf Schleswig und die Schlei erstreckt. Kiel – Lübeck – oder der Hamburger Speckgürtel ... vielleicht mit Abstrichen Itzehoe. Ja. Das würde Sinn machen. Aber Schleswig?« Nathusius schüttelte ratlos seinen rotblonden Kopf. »Da bin ich überfragt.«

»Wir haben in der Vergangenheit öfter von spektakulären Übernahmeschlachten gehört. Denken Sie an die Inder, die Arcor Stahl übernommen haben. In Erinnerung ist uns auch noch die Mannesmann-Übernahme durch die britische Vodafone, die noch lange danach rechtlich aufgearbeitet wurde und in die sogar der Vorstandschef der größten deutschen Bank verstrickt war. Schering ist ein anderes Beispiel. Aber es fällt mir schwer, in solchen Fällen zu glauben, dass dort mit Briefbomben und Kindesentführungen gearbeitet wurde.«

»Mein lieber Lüders. Leider gibt es in solchen Kreisen nicht nur Saubermänner. Sonst würden wir nicht mit Nachrichten über Korruption und Bestechlichkeiten selbst aus den Unternehmen überrascht werden, von denen wir glaubten, sie wären das Aushängeschild der deutschen Wirtschaft.«

»Vermutlich haben Sie recht«, stimmte Lüder zu. »Ich werde jetzt nach Schleswig fahren. Vielleicht kann ich doch jemanden bewegen, die Mauer des Schweigens zu brechen.«

Die Fahrt war ereignislos verlaufen. Lüder hatte zunächst NDR Welle Nord gehört, weil ihn die ausführlichen Nachrichten interessierten. Es war das übliche Gemisch von Meldungen. In der Weltpolitik gab es keine wirklich positiven Entwicklungen. Im Wirtschaftsteil drohte der Nachrichtensprecher mit weiter steigenden Preisen für die Energie, gleich ob es den Autofahrer betraf oder Gas und Strom für den heimischen Verbraucher. Die regionalen Nachrichten ließen die Lüder betreffenden Ereignisse unerwähnt. Lediglich der Wetterbericht war positiv, verhieß er doch eine Ablösung des derzeitigen Hochs »Hektor« durch das nächste Hoch. Auch »Ingo« sollte Sonne, Frühling und gute Stimmung bringen. Wenigstens etwas.

Lüder rollte langsam den Berg hinab, an dessen Ende die Zufahrt zum Parkplatz der Schleswiger Kreisverwaltung lag. Jetzt, am Nachmittag, gab es ausreichend freie Plätze. Er umkreiste ein Rondell, als er Dr. Dr. Buurhove sah. Der schlanke Mann mit dem auffallenden kahl geschorenen Schädel verließ zielstrebig den Seitenausgang des Behördengebäudes und steuerte auf einen schwarzen Mercedes CLK mit Düsseldorfer Kennzeichen zu, während er sein Handy am Ohr hatte und lebhaft in das kleine Gerät hineinsprach.

Es kann kein Zufall sein, dachte Lüder, dass mir der Mann heute das zweite Mal begegnet. Zielstrebig schien der Wirtschaftsjurist die Orte anzusteuern, an denen Lüder vielleicht eine erste Spur zu entdecken hoffte.

Buurhove setzte sich hinter das Steuer, fuhr aber nicht los, sondern kramte in seiner eleganten Ledermappe. Er zog mehrere Schriftstücke hervor und las offensichtlich etwas aus seinen Notizen vor. Das Ganze dauerte fast eine Viertelstunde. Dann beendete er das Gespräch, schob die Unterlagen in die Mappe zurück und wählte erneut eine Nummer auf seinem Handy. Er klemmte das kleine Gerät zwischen Schulter und Ohr ein, startete seinen Wagen und fuhr los. Lüder folgte ihm.

Am oberen Ende der Windallee galt es, dem Verkehr auf der

Flensburger Straße die Vorfahrt zu gewähren. Offensichtlich war der Anwalt so sehr mit seinem Telefonat beschäftigt, dass er fast einen Unfall verursacht hätte. Er bog nach rechts ab und fuhr zur Schlei hinunter. Dort bog er nach links ab und rollte so langsam die Königstraße entlang, dass die ihm folgenden Autofahrer ungeduldig zu hupen begannen. An der Einfahrt zum ZOB-Parkhaus trat Buurhove abrupt auf die Bremse und bog in die Einfahrt ab. Lüder sah, dass der Mann immer noch angeregt telefonierte.

Lüder folgte ihm und fand gleich im unteren Parkdeck einen Platz. Dann suchte er die Stellplätze ab, bis er den Mercedes fand. Der Anwalt saß immer noch hinter dem Steuer und sprach in sein Mobiltelefon.

Lüders Geduld wurde auf eine harte Probe gestellt. Er musste, zwischen zwei parkenden Fahrzeugen kauernd, über eine halbe Stunde warten, bis Buurhove ausstieg. Der Anwalt hatte seine Ledermappe unter den Arm geklemmt und wählte erneut eine Nummer auf seinem Handy, während er sich umsah und das Parkhaus schließlich auf der Seite verließ, durch die er hineingefahren war. Er wirkte ein wenig orientierungslos und ging mit zögerndem Schritt über den Bahnsteig des Busbahnhofs in Richtung des ZOB-Bistros. Lüder folgte ihm in gebührendem Abstand. Hätte Jonas ihn dabei beobachtet, hätte das Kind seine helle Freude an diesem »Detektivspiel« gehabt. So stellte sich der Junge den Beruf seines Vaters vor, abgesehen von den Höhepunkten, die aus wilden Schießereien und Verfolgungsjagden mit rasanten Sportwagen bestanden.

Der Mann ging auf eine Kreuzung zu. Er ließ zwei Fahrzeuge passieren und überquerte dann bei Rot die Königstraße, um auf der gegenüberliegenden Seite in ein weißes Gebäude zu verschwinden. »Alter Kreisbahnhof«, las Lüder. Heute waren in dem denkmalgeschützten Haus ein Hotel und ein Restaurant untergebracht. Er wartete einen Moment und folgte Buurhove dann. Lüder war sich nicht sicher, ob der Anwalt ihn wiedererkennen würde.

Eine behutsame Umgestaltung hatte das Flair des alten Bahnhofs bewahrt, und mit den Deckenbalken und der Holzverkleidung strahlte das Restaurant ein behagliches Ambiente aus.

Buurhove hatte an einem der runden Tische mit dem Rücken

zur Tür Platz genommen. Ihm gegenüber saß Willi Kwiatkowski. Der Privatdetektiv erkannte Lüder sofort, als dieser den Raum betrat, und konnte seine Überraschung nicht verbergen. Der Mann zuckte deutlich zusammen. Die Reaktion war so offenkundig, dass sich auch der Anwalt umdrehte und seine Rede unterbrach.

Lüder steuerte einen benachbarten Tisch an, nickte den beiden ein freundliches »Moin, die Herren« zu und setzte sich. Mit seinem Erscheinen hatte er sogar den so selbstsicher wirkenden Dr. Dr. Buurhove aus dem Konzept gebracht. Jedenfalls setzte der Anwalt seine Ausführungen nicht fort.

Kwiatkowski beugte sich über den Tisch und raunte Buurhove etwas zu. Dabei sprach er so leise, dass Lüder es nicht verstand. Daraufhin erhob sich der Anwalt und trat an Lüders Tisch.

»Guten Tag«, sagte er mit einer angenehm sonoren Stimme. »Macht es Ihnen etwas aus, einen anderen Tisch zu wählen? Ich habe mit dem Herrn etwas zu besprechen.«

Lüder setzte eine vergnügt wirkende Miene auf.

»Nö«, sagte er nur.

Buurhove blickte einen Moment ratlos.

»Was heißt das?«, fragte er schließlich, weil Lüder keine Anstalten machte, aufzustehen.

»Ich habe nicht die Absicht, Tischlein-wechsle-dich zu spielen, was auch immer Sie mit Kwiatkowski zu besprechen haben, Herr Buurhove.«

An einem leichten Flackern in den Augen des Anwalts erkannte Lüder, dass sein provozierendes Verhalten sein Gegenüber für einen kurzen Moment überrascht hatte. Es mochte auch daran gelegen haben, dass Lüder die Namen der beiden Männer kannte.

»Wenn Sie meinen Namen kennen, darf ich Sie bitten, mich mit Dr. Buurhove anzusprechen«, gewann der Anwalt seine Fassung sofort wieder. »Mögen Sie mir Ihren Namen verraten?«

Lüder schenkte dem Mann ein verschmitztes Grinsen. Offensichtlich wussten die beiden weder seinen Namen noch dass er Polizist war.

»Sie haben doch einen fähigen Schnüffler.« Lüder zeigte auf Kwiatkowski. »Oder ist er sein Geld doch nicht wert?« Lüder zog hörbar die Nase hoch. »Scheint so, als wären wir am gleichen Objekt interessiert.«

Erneut war es ihm gelungen, den so smart wirkenden Dr. Buurhove zu irritieren. Der musterte Lüder aus leicht zusammengekniffenen Augen, als könne er aus Lüders Antlitz etwas herauslesen.

»Was auch immer Sie beabsichtigen, es wird wenig erfolgreich sein.« Der Anwalt sprach mit unveränderter Stimme, schaffte es aber doch, seinen Worten einen drohenden Unterton beizumischen. Lüder musste eingestehen, dass der Mann Format hatte. Sein Auftreten, seine Art zu sprechen, all das hatte Stil. Und die zweifache Promotion in Jura und Wirtschaftswissenschaften ließ auch keine Zweifel an Buurhoves Fähigkeiten aufkommen.

»Ich wett mit Ihnen um 'nen Sack Flens, dass ich gewinn.« Lüder hatte bewusst einen überzogenen norddeutschen Slang gewählt und dabei sogar von einem »Sack« Flens gesprochen. Der andere schien den Sinn nicht verstanden zu haben.

»Ich glaube, Sie sind kein adäquater Gesprächspartner für uns«, sagte Dr. Buurhove.

Lüder grinste ihn an. »Ich wett noch mal: Im Strafrecht bin ich besser als Sie.«

Der Anwalt warf ihm einen letzten Blick zu, winkte ab und wechselte mit einem ratlos dreinblickenden Kwiatkowski den Tisch.

Die Begegnung hatte nicht nur Aufschluss über die Verbindung zwischen dem Privatdetektiv und der Wirtschaftskanzlei gebracht, sondern einen leichten Stachel bei den beiden hinterlassen.

Ich bin auch Jurist, dachte Lüder, auch wenn ich seit sechs Jahren an meiner Doktorarbeit schreibe. Stets war etwas dazwischengekommen. Aber innerhalb des nächsten Jahres wollte er sie endgültig abgeschlossen haben. Aber selbst dann würde er nie in den Höhen schweben, wie es der smarte Dr. Dr. Buurhove tat.

Lüder zahlte seinen Kaffee und verließ das Restaurant. Sein freundliches Nicken in Richtung der beiden Männer blieb unerwidert.

Er schlenderte langsam in Richtung Fußgängerzone, um ein paar Schritte zu laufen. Im Stadtweg herrschte, wie bei seinem ersten Besuch, lebhafter Betrieb. Schon von Weitem sah er den Demonstrationszug. Mit Lärm und Trillerpfeifen kam ihm die Gruppe entgegen. Er zog sich unter die Markise der Buchhandlung zurück und ließ den Trupp passieren. Er schätzte die Anzahl der Protestierer auf vielleicht fünfzig Leute. Mit Transparenten und grünen Plastiküberzügen bekannten sie sich zu Greenpeace und forderten ein sofortiges Ende der Atomkraft. Einige der Marschierer verteilten Flugblätter an die Passanten.

Lüder war überrascht, als er mitten im Zug Herbert Blasius entdeckte, den gehörnten Ehemann der Bürgermeisterin. Ob es ein Vorurteil ist, dass sich hauptsächlich Lehrer bei solchen Aktionen engagieren?, überlegte Lüder. Oder hat diese Berufsgruppe nur mehr Zeit und Gelegenheit, kritisch über Fragen zu unserer Zukunft nachzudenken? Blasius marschierte mit, hielt sich aber ein wenig im Hintergrund. Er trug kein Plakat und beteiligte sich auch nicht am Sprechgesang seiner Mitprotestierer.

Der Zug verlangsamte sein Tempo und bog auf den Capitolplatz ab, eine kleine Anlage mit rotem Betonpflaster, ein paar Sitzgelegenheiten, etwas Grün und einem Straßencafé im Hintergrund.

Die Demonstranten bildeten einen Halbkreis. Neugierig blieben ein paar weitere Passanten stehen, während andere den Kopf schüttelten und weitergingen.

»Die sollen lieber arbeiten«, hörte Lüder einen älteren Mann sagen, der sich aber die Argumente der Demonstranten nicht anhören wollte.

Einer der Greenpeaceleute hatte ein Megafon in die Hand genommen und versuchte, seine »lieben Mitbürger« über die Gefahren der Atomkraft aufzuklären. Er erinnerte an die leidvollen Erfahrungen mit Tschernobyl, die Störfälle in Schweden, Sellafield und Three Mile Island und stellte die Frage, welche Ereignisse von den Betreibern erfolgreich vertuscht wurden. »Das macht doch nichts, das merkt doch keiner«, hatte einst der Satiriker Hans Scheibner gesungen, als aus dem Kernkraftwerk »ein kleines bisschen Oho entwich«.

Lüder wechselte die Straßenseite und ging unter den Arkaden der Nordostsee-Sparkasse langsam zum Parkhaus zurück.

Dr. Buurhoves Mercedes stand immer noch dort.

Lüder fuhr zum Reihenhaus der Familie Joost. Es gab immer noch keinen Hinweis, welche Forderungen die Entführer stellten. Vielleicht hatte er mehr Glück als die geballte Polizeimacht und konnte das Gespräch mit den Eltern finden.

Er stellte seinen Wagen in einer Querstraße ab, nachdem er festgestellt hatte, dass vor dem Haus der Eltern Ruhe herrschte. Weit und breit war kein verdächtigtes Fahrzeug zu sehen, das auf Polizei oder die Presse hätte schließen lassen. Auch Passanten waren in dieser ruhigen Gegend nicht unterwegs.

Lüder klingelte. Es dauerte eine Weile, bis geöffnet wurde. Joachim Joost sah Lüder fragend an. »Ja?« Die Stimme des Vaters klang heiser. Der Mann sah übernächtigt aus.

»Lüders. Ich bin nicht nur vom Landeskriminalamt, sondern auch Vater von vier Kindern«, machte Lüder Margits Kinder zu seinen eigenen. »Ich würde gern außerhalb des offiziellen Weges mit Ihnen sprechen.«

Joachim Joost sah Lüder einen Moment unschlüssig an. Es schien, als wollte er die Tür ganz öffnen. Dann besann er sich doch. An Lüder vorbei warf er einen raschen Blick auf die Straße und suchte die Umgebung ab.

»Gehen Sie. Wir wollen keine Polizei. Machen Sie, dass Sie davonkommen. Ich will Sie hier nicht wieder sehen«, sagte er hastig und schloss hektisch die Tür, ohne Lüders Antwort abzuwarten.

Selten war Lüder einem Menschen begegnet, dem die Angst so offenkundig ins Gesicht geschrieben stand.

Nachdenklich machte er sich auf den Heimweg nach Kiel.

»Hektor«, das Hoch, das noch das Wetter über Schleswig-Holstein bestimmte, hatte viele Autofahrer auf die Straße gelockt. So dauerte es etwas länger, bis der ungeduldig werdende Lüder vor der Uniklinik in Kiel vorfuhr. Er wollte sich nach dem Zustand von Bärbel Rasmussen erkundigen. Vielleicht konnte er mit ein wenig Glück selbst mit der Frau sprechen.

»Auf keinen Fall«, antwortete ihm eine energisch auftretende Krankenschwester mit asiatischem Einschlag. Die zierliche junge Frau ragte ihm nicht einmal bis zur Schulter. Ihre grazile Gestalt kompensierte sie aber durch ihr unmissverständlich konsequentes Auftreten.

»Ist der Ehemann bei der Patientin?«, fragte Lüder.

Die Krankenschwester nickte mit dem Kopf in Richtung Fahrstuhl. »Der ist vor zwei Minuten gegangen. Eigentlich hätten Sie ihn treffen müssen.«

»Danke«, antwortete Lüder und drehte sich um. Er würde mit Holger Rasmussen vorliebnehmen müssen. Es dauerte ewig, bis sich der große Fahrstuhl ins Erdgeschoss gekämpft hatte. Zwei Patienten, einer mit einer Gehhilfe und der zweite am Stock, brauchten unendlich viel Zeit, um den Fahrstuhl zu verlassen und den Weg für die anderen Mitfahrer freizugeben.

Rasmussen war weder in der Eingangshalle noch auf dem Vorplatz zu entdecken. Lüder eilte zu den Parkplätzen. Schon von Weitem sah er den Kommunalpolitiker, der sich in den Kofferraum eines Porsche Cayenne beugte. Aus einem unerfindlichen Grund zögerte Lüder.

Nach einer Weile tauchte Rasmussen aus dem Wageninneren auf und schlug die Heckklappe zu. Es musste sich um dessen eigenes Fahrzeug handeln, stellte Lüder fest, als er auf dem Kennzeichen die Buchstabenkombination »SL-HR« bemerkte.

Ohne sich umzusehen, wandte sich Rasmussen einem Taxistand zu. Dabei trug er einen Aktenordner unter dem Arm. Der Mann stieg in den Fond des ersten Wagens.

Als die Taxe angefahren war, sprang Lüder in die nächste wartende Taxe.

»Tach«, grüßte der Fahrer und legte die Tageszeitung mit den bunten Bildern und den großen Buchstaben auf den Beifahrersitz. Er sah über die Schulter und fragte in freundlichem Ton, ohne dabei den breiten norddeutschen Dialekt zu verhehlen: »Wohin, Chef?«

»Folgen Sie bitte Ihrem Kollegen«, bat Lüder.

»Das mach ich aber gar nicht gern. Was soll das?«

»Der Typ hat sich an meine Frau rangemacht. Jetzt will ich wissen, wo der Kerl wohnt.«

Der Taxifahrer zeigte zwei Reihen gelber Zähne und startete seinen Diesel.

»Das is was anners. Dann wüllt wi mol.« Er reihte sich hinter das andere Taxi ein und folgte seinem Kollegen, der in nördliche Richtung fuhr.

»So 'n Schiet«, schwadronierte der Fahrer. »Da kommt so 'n Gigolo an und will nur mal am Nektar naschen. Aber für 'n Honigtopf will er nix berappen. Ich kenn 'nen Kumpel, bei dem is …«

Lüder hatte abgeschaltet und achtete nicht auf den Inhalt der Worte, die unentwegt aus dem Taxifahrer hervorsprudelten. Da soll mir noch jemand erzählen, die Norddeutschen wären wortkarg und mundfaul, überlegte er. Wer so etwas behauptet, dem schicke ich diesen Mann auf den Hals.

Die Fahrt war nur kurz. Am Blücherplatz ließ Rasmussen halten und verließ das Fahrzeug ohne seinen Aktenordner.

»Und nun?«, fragte Lüders Fahrer, gab aber sogleich selbst die Antwort. »War wohl doch nich so 'n Gigolo.« Der Mann kratzte sich am Hals. »So 'n Schiet, Meister. Der Kerl geht zum Anwalt.«

Auch Lüder hatte das blank polierte Messingschild gelesen: »Julius Voss, Rechtsanwalt«.

»Wir warten einen Moment«, bat er den Taxifahrer, der langsam Gefallen an der Verfolgungsjagd gewann.

Nach wenigen Minuten erschien Rasmussen wieder. Er trug einen weißen Umschlag in der Hand, setzte sich in sein Taxi und nannte dem Fahrer ein neues Ziel.

»Was 's nich alles geben tut«, stellte der Fahrer fest und folgte seinem Kollegen, der zum Steigenberger Conti Hansa Hotel fuhr und direkt vor dem Haupteingang hielt. Rasmussen zahlte, stieg aus und verschwand auf direktem Wege durch die Automatiktür ins Hotel.

»Pett dem Kerl orndlich in' Hintern«, gab der Taxifahrer Lüder eine kostenfreie Lebenshilfe mit auf den Weg und griente dabei.

Hinter der Doppeltür des Hoteleingangs ging es geradeaus zur Hotelrezeption, während links der Zugang zum Restaurant »Jakob« abzweigte. Davor war das Bistro, das man auf dem Weg ins Restaurant durchqueren musste.

Lüder blieb abrupt stehen, als er Rasmussen bemerkte, der ein älteres Paar mit Handschlag begrüßte, ein paar Worte wechselte und sich dann am Tisch der beiden niederließ.

Rasmussens Gesprächspartner waren schon älter. Lüder schätzte sie im reifen Pensionsalter. Die Frau trug einen in Schottenmuster karierten Rock, eine weiße Bluse und darüber eine unifarbene Weste mit konservativem Schnitt. Um den Hals baumelte eine mehrreihige Perlenkette. Das faltenreiche Gesicht war dezent geschminkt, und der leichte Blauton in den weißen Haaren passte hervorragend zum restlichen Erscheinungsbild. An der feingliedrigen Hand, die eine Kaffeetasse an den Mund führte, sah Lüder einen großen gefassten Stein.

Der Mann gegenüber hörte aufmerksam Rasmussens Ausführungen zu. Sein Gesicht war ebenfalls mit Falten gezeichnet, die aber gut mit der gesunden braunen Farbe und dem vollen schlohweißen Haar harmonierten.

Zum dunkelgrauen Anzug trug er ein weißes Hemd und eine korrekt gebundene Krawatte.

Lüder überlegte einen Moment, ob er die drei ansprechen sollte. Es gab aber keine Veranlassung, die Unterredung zu stören, und er hätte auch nicht nach dem Grund der Zusammenkunft fragen können. Deshalb verließ er das Hotel wieder und wartete ein wenig abseits auf der gegenüberliegenden Straßenseite.

Er musste sich in Geduld fassen und über eine Stunde Ausdauer zeigen, bis Rasmussen auf die Straße trat, nach einem Taxi rief und davonfuhr. Nachdem das weiße Fahrzeug verschwunden war, kehrte Lüder ins Hotel zurück.

An dem kleinen Bistrotisch saß nur noch der ältere Herr. Die Frau war verschwunden. Lüder trat zu ihm. Der Mann blickte auf und sah Lüder fragend an.

»Darf ich mich einen Moment zu Ihnen setzen?«

Der Mann musterte Lüder. Er schien sich über seine Antwort nicht schlüssig zu sein.

»Ich würde gern ein wenig mit Ihnen plaudern«, erklärte Lüder und stellte sich vor.

Ein erschrecktes Aufflackern zeigte sich in den Augen des Mannes. Er stand auf, hielt sich mit der linken Hand das Sakko in Höhe des mittleren Knopfs zu, verbeugte sich leicht und wies mit der rechten Hand auf einen freien Stuhl.

»Bitte.«

Dieses eine Wort hatte Lüder gereicht, um anhand des Dialekts die Herkunft des Mannes zu erraten. Er hatte es mit Schweizern zu tun.

»Was will die Geheimpolizei von mir?«

Lüder machte mit der Hand eine besänftigende Bewegung.

»Bei uns heißt es Kriminalpolizei. Das klingt weniger furchterregend. Zunächst einmal möchte ich Ihnen versichern, dass es keinen Grund zur Aufregung gibt. Ich erkläre ausdrücklich, dass es reine Routine ist.«

»Geht es um das Unglück an Frau Rasmussen?«, fragte der Schweizer.

Lüder war dankbar, dass der Mann das Thema ansprach. So war der Anlass für diese Befragung aus der Sicht des Gastes unverfänglich und stellte auch Holger Rasmussen nicht in ein fragwürdiges Licht, selbst wenn Lüder betonte, dass es keinen Grund gab, an der Rechtschaffenheit des Mannes zu zweifeln.

»Sie haben davon gehört?«

Der ältere Mann nickte und erhob sich, als seine Frau an den Tisch trat.

»Der Herr ist von der Kriminalpolizei.«

Lüder war auch aufgestanden und reichte der Frau die Hand. »Lüder Lüders«, stellte er sich vor.

Sie hielt ihm ihre feingliedrige Hand entgegen.

»Martha Jäcki«, sagte sie und nahm Platz.

»Und Sie sind der Ehemann?«

Der Schweizer nickte. »Ja, ich bin Friedrich Jäcki.« Er lachte ein wenig. »Wie Sie wahrscheinlich schon gehört haben – wir kommen aus der Schweiz.«

»Aus Bad Ragaz. Das ist ein Kurort in Graubünden, nicht weit von Chur«, erklärte Frau Jäcki und strahlte aus ihren faltenumsäumten Augen. »Kennen Sie es?«

»Ich hatte leider noch nicht das Glück«, wich Lüder aus.

»Da müssen Sie einmal hin«, ergänzte ihr Mann. »Wissen Sie, was wir mit Düsseldorf und Köln gemeinsam haben?«

Bevor Lüder antworten konnte, erklärte es ihm Frau Jäcki. »Den Rhein. Wir haben es dort wirklich schön und genießen es, seit mein Mann Pensionist ist.«

»Aber Martha«, wehrte der ab. »Der Herr Inspektor möchte bestimmt nichts über unsere Verhältnisse wissen.«

»Mich interessiert Ihre Verbindung zu Herrn Rasmussen«, sagte Lüder.

»Das ist rein geschäftlich.« Friedrich Jäcki hatte sich vorgebeugt.

»Stimmt«, unterbrach ihn seine Frau und erntete dafür einen liebevoll aufgesetzten Blick, der ein Vorwurf sein sollte. Doch die ältere Dame zeigte sich dadurch nicht beeindruckt. »Wir haben ein wenig Geld über und suchen dafür eine solide Anlage. Für die Kinder – später«, plauderte sie munter weiter.

»Ob das den Herrn Kommissar interessiert?«, warf ihr Mann skeptisch ein.

Lüder schmunzelte innerlich. Bei der Frau war er vorhin »Inspektor« gewesen, jetzt hatte er den Rang eines »Kommissars«. Er unterließ es, diese Anreden richtigzustellen. Stattdessen sagte er: »Ich finde das interessant.«

Herr Jäcki seufzte. Da seine Frau bereits mit der Erklärung begonnen hatte, konnte er Lüder die ganze Geschichte offenbaren.

»Uns war es vergönnt, während des Arbeitslebens ein wenig Geld beiseitezuschaffen.« Als er Lüders belustigten Gesichtsausdruck wahrnahm, ergänzte er rasch: »Legal verdientes Geld, das wir nicht fürs Leben brauchten.«

»Wir haben einen sehr engagierten Berater bei der Volksbank«, mischte sich seine Frau erneut ein.

»Und der hat uns geraten, einen kleinen Teil in Windenergieanlagen zu investieren. Alle Welt hungert nach Strom, und gerade Deutschland mit ständig wachsendem Bedarf ...«

»... wie alle anderen Länder auch, besonders in Asien«, mischte sich die alte Dame ein. Offenbar war es in der Ehe Jäcki ein Ritual, dass sie ihren Mann ständig unterbrach.

»Wo war ich stehen geblieben?«, fragte Friedrich Jäcki ein wenig irritiert und fasste sich an die Stirn. »Ach ja. Also der junge Mann von der Bank glaubt, dass alternative Energien in Deutschland zukunftsweisend sind. Dafür sorgen die Grünen, die für saubere Luft und gegen Atom- und Kohlekraftwerke sind«, fasste der Schweizer alle energiepolitischen Fragestellungen in einem Satz zusammen. »Und da Herr Rasmussen schon Windanlagen gebaut hat und sein Vorhaben erweitern möchte, sind wir zueinandergekommen. Jetzt will er uns seine neuen Konzepte vorstellen.«

»Und wenn sie uns überzeugen, werden wir vielleicht ein wenig investieren«, erklärte Frau Jäcki.

»Darf ich fragen, über welche Größenordnung Sie nachdenken?«, wollte Lüder wissen.

Wenn sich das Ehepaar auch erstaunlich auskunftswillig gezeigt hatte, so zeigten sie sich jetzt so verschlossen wie Schweizer

Banken. Zur Frage der Höhe ihres Engagements war beiden keine Antwort zu entlocken.

»Sollen wir nun unsere Überlegungen einstellen?«, fragte Herr Jäcki. Zwischen den Augenbrauen bildete sich eine senkrechte Sorgenfalte.

»Zur Frage des Investitionsrisikos kann ich Ihnen keine Antwort geben. Das ist ganz allein Ihre Entscheidung. Aus polizeilicher Sicht gibt es keine Bedenken gegen geschäftliche Kontakte zu Herrn Rasmussen.«

Frau Jäcki strahlte. »Also würden Sie uns zuraten?«

»Nein, Martha«, erwiderte an Lüders Stelle der Ehemann. »Der Herr Kommissar hat nur gesagt, dass gegen Herrn Rasmussen nichts vorliegt. Ob sich eine Kapitalbeteiligung wirtschaftlich lohnt, wird auch in Deutschland nicht von der Polizei geprüft.«

»Ach so«, gab Martha Jäcki enttäuscht zurück. »Dann müssen wir uns morgen anhören, was der Anwalt zu sagen hat.«

Lüder war hellhörig geworden. War das der Grund, weshalb der Düsseldorfer Wirtschaftsanwalt Dr. Dr. Buurhove in Schleswig unterwegs war?

»Wissen Sie, wie der Anwalt heißt?«

Während Herr Jäcki bedauernd den Kopf schüttelte, glaubte sich seine Frau zu erinnern. »Hat Herr Rasmussen nicht einen Namen genannt? Voss oder so ähnlich?«

Lüder stand auf. Das Ehepaar Jäcki tat es ihm gleich. Er verabschiedete sich per Handschlag, wünschte den beiden viel Erfolg und noch ein paar schöne Tage an der Förde.

Während er den kurzen Weg zu seinem vor der Uniklinik geparkten BMW zurückging, rief Lüder Frauke Dobermann an.

»Leider gibt es noch keine Neuigkeiten«, sagte die Hauptkommissarin. »Unsere Bemühungen mit der verdeckten Ermittlung haben uns nicht weitergebracht. Ich habe in der Zwischenzeit noch einmal mit meinem Vorgesetzten gesprochen, und ...«

»Wer ist das?«, unterbrach Lüder.

»Kriminaldirektor Dr. Starke. Der meint, wir können nichts gegen die Kieler Anweisungen unternehmen. Die Verantwortung läge damit allerdings auch in der Landeshauptstadt.«

»Der Mann heißt nicht zufällig Pontius mit Vornamen?«

»Wieso?«, kam es zögernd über die Leitung.

»Wie Pontius Pilatus. Der hat seine Hände auch in Unschuld gewaschen. Es geht hier um das Wohl zweier Kinder. Und das der Eltern«, schob Lüder hinterher und dachte an seinen eigenen Vorgesetzten, Kriminaldirektor Jochen Nathusius, der nie Zweifel an seiner Loyalität gegenüber dem Dienstherrn aufkommen ließ, dabei aber immer maßvoll den Erfolg in der Sache in den Vordergrund stellte und stets Wege und Möglichkeiten fand, beides miteinander zu vereinen. Dieser Dr. Starke schien ein ausgemachter Hasenfuß zu sein.

»Das sind Momente in unserer Arbeit, die wenig Spaß machen«, hörte er Frauke Dobermann sagen.

Lüder stimmte ihr zu, versuchte noch einige aufmunternde Worte zu finden und verabschiedete sich von der Hauptkommissarin.

Bevor er seinen Wagen bestieg, hatte er registriert, dass der Porsche Cayenne nicht mehr auf dem Parkplatz stand. Holger Rasmussen war abgefahren.

SECHS

Auf dem Flur des Landeskriminalamtes traf Lüder Friedjof, den Büroboten, der allerdings formell-korrekt Mitarbeiter im Post- und Verteildienst hieß. Doch der junge Mann mit der Mehrfachbehinderung störte sich nicht an der traditionellen Berufsbezeichnung.

»Moin, Friedhof«, grüßte Lüder ihn von Weitem.

»Hallo, Herr Obergefreiter«, antwortete der junge Mann. »Wie geht es dir?«

Lüder zeigte auf die Regentropfen auf seinem Sakko.

»Hast du Stress mit Petrus, Friedhof? Oder hat der Kachelmann den Hektor vergrault?«

»Ich habe nur Stress mit so einem komischen Kieler Sherlock Holmes«, lachte Friedjof. »Aber wer ist Hektor?«

»Das Hoch, das uns laut Kachelmann noch eine Weile beglücken sollte.« Lüder zeigte auf seine feuchte Jacke. »Der Bursche scheint zu lügen wie unsere Kunden. Hektor ist kein Hoch mehr, sondern ein bösartiges Hündchen, das vom Kieler Himmel pinkelt.«

»Das trifft immer den Richtigen«, sagte Friedjof und zog mit seinem rollenden Drahtgestell weiter.

In seinem Büro hatte sich Lüder einen Becher Kaffee besorgt. Er nippte daran und überlegte, der wievielte Kaffee es an diesem Tag schon war und wie viele noch folgen würden. In Detektivromanen pumpten die Helden unentwegt Koffein und Alkohol in sich hinein, ohne von der Wirkung dieser Drogen beeinträchtigt zu werden. Lüder spürte, wie der Kaffee langsam seinen Magen in Mitleidenschaft zog. Das ist für heute der letzte, beschloss er, und zu Hause gönnst du dir ein kühles Bier im Kreise der Familie. Aber bis dahin steht dir noch ein ganzer Tag bevor.

In der Mail fand er zwei Benachrichtigungen. Nathusius bat um seinen Besuch, und Dr. Diether, der Pathologe, wollte zurückgerufen werden. Lüder beschloss, sich zuerst an den Gerichtsmediziner zu wenden.

Das der Christian-Albrechts-Universität angeschlossene Institut für Rechtsmedizin befand sich in einem unscheinbaren Gebäude in der Arnold-Heller-Straße. Dem Oberarzt, Privatdozent Dr. Karl-Heinz Diether, war Lüder früher schon einmal begegnet.

Der Pathologe begrüßte ihn freundlich. Wegen seines gutmütig wirkenden Äußeren und des ruhigen Auftretens hätte ein Außenstehender bei einer zufälligen Begegnung nicht den erfahrenen Wissenschaftler vermutet, schon gar nicht den Rechtsmediziner.

»Es geht um den Toten, der in Schleswig verbrannt ist. Leider kann ich Ihnen noch nicht viel sagen, weil weitere Analysen ausstehen, insbesondere wollen wir noch eine biochemische Altersbestimmung auf der Basis der Razemisierung von Asparaginsäure durchführen. Bei Leichen, die so zugerichtet sind wie in diesem Fall, gestaltet sich das oftmals etwas schwieriger. Ich gehe davon aus, dass es sich um einen Mann gehandelt hat. Er war nicht sonderlich groß. Ich schätze, ungefähr einen Meter siebzig. Mit leichten Abweichungen in beide Richtungen. Auch die ethnische Herkunft haben wir noch nicht identifizieren können. Dafür gibt es aber etwas anderes, was ich Ihnen unbedingt zeigen wollte.«

Dr. Diether griff eine Petrischale, die auf einem Sideboard hinter seinem Schreibtisch stand. Als er sie vor Lüder stellte, klirrte es leise.

»Hier«, sagte der Arzt.

In dem Gefäß lag ein kleines Stück Metall, vielleicht vier Quadratzentimeter groß. Es war silberfarben, wirkte aber eher stumpf. Die Form war eigenartig. Es war keine Platte, sondern ein wenig gebogen und erinnerte Lüder an eine Art Obstschale im Miniaturformat, auf deren Außenseite Riefen eingefräst waren.

»Was ist das?«, fragte Lüder.

»Titan. Bei höheren Temperaturen versprödet es sehr schnell durch Aufnahme von Sauerstoff, Stickstoff und Wasserstoff. Wir haben Glück gehabt, dass wir es noch gefunden haben. Das lag vermutlich daran, dass der Tote halb vor dem Auto hockte und das Knie nicht direkt dem Feuer ausgesetzt war.«

»Und wo haben Sie es gefunden?«

Dr. Diether lehnte sich zurück und strich sich fast behaglich über seinen Bauch.

»Es ist ein Ersatzteil, das man dem Toten eingepflanzt hatte.« Der Arzt machte es spannend.

Aber Lüder wusste, wo. »Wenn Sie mir jetzt bestätigen, dass es sich um eine Kniescheibe handelt, bin ich sehr zufrieden.«

Der Mediziner schien ein wenig enttäuscht. »In der Tat. Es ist ein künstliches Kniegelenk. Der Mann muss einen Unfall gehabt haben, bei dem seine eigene Kniescheibe zertrümmert worden ist. Dann hat man ihm eine künstliche eingesetzt.«

»Das haben Ihre Kollegen in Rendsburg gemacht«, erwiderte Lüder. »Dank Ihrer Gründlichkeit, Herr Dr. Diether, kenne ich jetzt auch die Identität des Opfers. Der Mann hieß Harry Senkbiel.«

Sie tauschten noch ein paar Freundlichkeiten aus. Dann verabschiedete sich Lüder.

»Vielen Dank. Sie haben uns – wieder einmal – sehr geholfen. Ich werde Sie weiterempfehlen.«

Dr. Diether lachte. »Es gibt viele Dienstleistungen, die wir hier im Institut verrichten. Ich fürchte, die forensische Obduktion ist aber die letzte, die potenzielle Kunden als Empfehlung gern annehmen.«

Als Lüder ins Polizeizentrum Eichhof zurückkehrte, suchte er direkt Nathusius auf. Er hatte Glück. Der Kriminaldirektor war in seinem Büro.

»Ich habe zwei Informationen für Sie. Die unerfreuliche lautet, dass Oberstaatsanwalt Brechmann in Erwägung zieht, ein Disziplinarverfahren gegen Sie anzustrengen, da er mit Ihrer Vorgehensweise bei der Durchsuchung von Senkbiels Wohnung in Rendsburg nicht einverstanden ist. Sein wahres Motiv ist wahrscheinlich, dass er sich übergangen fühlt, weil Sie sich den Beschluss nach seiner Ablehnung über die Flensburger Staatsanwaltschaft besorgt haben.«

Seitdem Brechmann die Nachfolge des ermordeten Staatsanwalts Falko Kremer angetreten und bei der Aufklärung des Mordes am argentinischen Marineoffizier eine unglückliche Rolle gespielt hatte, war das Verhältnis zwischen ihm und Lüder gespannt.

»Dem sehe ich gelassen entgegen, weil ich mit meinem Verdacht richtiggelegen habe.« Lüder berichtete von seinem Besuch in der Rechtsmedizin und der wahrscheinlichen Beteiligung Senkbiels an der Entführung der Kinder.

»Welchen Zusammenhang vermuten Sie?«, fragte Nathusius.

»Es ist wirklich nur eine Ahnung. Beweisen kann ich noch nichts. Aber die drei Vorgänge gehören zusammen. Senkbiel fühlte sich nach unserem Besuch im Krankenhaus ertappt. Deshalb ist er auf eigenen Wunsch und gegen den Rat der Ärzte aus dem Krankenhaus entlassen worden. Ich bin mir sicher, dass Senkbiel zwar nicht der Bombenbastler war, aber sein Wissen an den eigentlichen Täter weitergegeben hat.«

»Und darum ist Senkbiel ermordet worden?«

»Ich glaube eher, dass es ein dummer Unfall war. Wenn ich mit meiner Theorie recht habe, dass der Bombenbastler und der Entführer ein und dieselbe Person sind, dann hat dieser Senkbiel beauftragt, genötigt oder sogar gezwungen, das zweite Fluchtfahrzeug zu entsorgen. Senkbiel ist mit dem BMW zum abseits gelegenen Parkplatz bei Haithabu gefahren und hat den Wagen in Brand gesetzt. Auf Grund seines Handicaps, des lädierten Knies, ist er aber nicht rechtzeitig aus der Gefahrenzone gekommen und wurde unfreiwillig selbst Opfer seines Tuns.«

Der Kriminaldirektor spitzte die Lippen.

»So könnte es gewesen sein«, stimmte er zu. »Aber wie wollte Senkbiel von dort wegkommen?«

»Vielleicht hat der Haupttäter, wenn ich ihn einmal so bezeichnen darf, mit einem zweiten Wagen dort gewartet. Und weil Senkbiels Aktion misslungen war, ist er geflüchtet. Natürlich war er nicht daran interessiert, Senkbiel Hilfe zu leisten.«

»Könnte es sein, dass der Haupttäter Senkbiel absichtlich verbrennen ließ, indem er ihn zum Beispiel an der Flucht hinderte? Er könnte ihn niedergeschlagen haben.«

»Das ist nicht auszuschließen«, stimmte Lüder zu. »Ich hoffe, die Rechtsmediziner können uns hier weiterhelfen.«

Dann berichtete er Nathusius von seiner Begegnung mit dem Schweizer Ehepaar.

»Es klingt nicht plausibel, dass jemand wegen ein paar Windkraftanlagen einen solchen Zauber veranstaltet«, meinte der Kriminaldirektor. »Die Systeme stehen über ganz Schleswig-Holstein verteilt. Auch entlang der Schlei finden sich welche.«

»Mit Schwerpunkt rund um Rasmussens Heimatort«, ergänzte Lüder. »Ich frage mich, warum der Mann aus seinen Aktivitäten ein solches Geheimnis macht.«

»Ich könnte es verstehen, wenn er sich um weitere Investitionen bemüht und darüber nicht groß sprechen möchte, bevor andere hellhörig werden und ihm die mittlerweile raren Standorte streitig machen könnten.«

»Sicher gibt es auch in dieser Branche ein zähes Ringen um die besten Plätze. Die Konkurrenz schläft nicht. Unter diesem Aspekt könnte ich Rasmussens diskretes Handeln verstehen. Ich frage mich aber, ob da alles mit rechten Dingen zugeht.«

Nathusius sah Lüder versonnen an. »Wie meinen Sie das?«

»Rasmussen ist sehr in der Kommunalpolitik engagiert. Zufällig ist er auch Vorsitzender des Ausschusses für Wirtschaft, Kreisentwicklung und Umwelt im Schleswiger Kreistag. Wenn da nicht eine Maus im fremden Stroh raschelt.«

»Gut, da könnte hinter den Kulissen mehr ablaufen, als wir im Moment erkennen. Es wäre nicht das erste Mal, dass Politiker öffentliche und private Interessen miteinander verquicken.«

Lüder schmunzelte. »Obwohl wir nicht in Köln sind ...«

Nathusius schüttelte missbilligend den Kopf. »Mit etwas Fantasie könnte man sich vorstellen, dass ein Mitbewerber oder Neider Rasmussen zur Warnung eine Briefbombe ins Haus schickt.«

»Ein normal denkender Mensch kann sich das nicht vorstellen, aber keine Idee ist so abwegig, als dass man sie nicht verfolgen sollte. Und es könnte sich eine Querverbindung zum Rücktritt des Staatssekretärs herauskristallisieren. Schließlich war die Energiewirtschaft eines seiner Themen.«

Der Kriminaldirektor nickte nachdenklich. »Dazu habe ich noch eine Information für Sie. Der Leiter des LKA hat mich informiert, dass im Wirtschaftsministerium Ihre Bitte nach dem Handy des ehemaligen Staatssekretärs geprüft wird. Offenkundig fühlt sich niemand kompetent genug, diese Frage zu entscheiden. Deshalb soll sie dem Minister persönlich vorgelegt werden.«

»Und was sagt der dazu?«

»Hmh, das wissen wir nicht. Der ist bis Montag mit einer Wirtschaftsdelegation in China.«

»Das ist auch wichtig«, brummte Lüder. »Wir benötigen unbedingt neue Investoren in Schleswig-Holstein. Es gibt noch viele kleine Gemeinden ohne eigene Chinakneipe.«

Nathusius lachte. »Wenn Oberstaatsanwalt Brechmann mit seinen Bemühungen um ein Disziplinarverfahren gegen Sie erfolgreich ist, dann werden Sie mit Ihrem losen Mundwerk sicher der neue Pressesprecher des LKA.«

Lüder beließ es bei einem Grinsen und verabschiedete sich von seinem Vorgesetzten.

Von seinem Büro aus telefonierte er mit daheim und hörte, dass dort alles ruhig war.

»Alles ruhig« hieß in Margits Jargon, dass die drei Großen mit ihrer Lebendigkeit das Haus auf den Kopf stellten, Sinje sich lautstark ihr Recht erfocht und Frau Mönckhagen in der Nachbarschaft insgeheim überlegte, ob sie nicht doch in die stille Weite Nordschwedens auswandern sollte.

Lüder beschloss jetzt, das Gespräch mit dem Landrat zu führen, von dem er am Vortag abgehalten worden war, als er Dr. Dr. Buurhove auf dem Parkplatz der Kreisverwaltung getroffen hatte und diesem zum überraschenden Treffen mit dem Privatdetektiv gefolgt war.

Der Regen vom Morgen hatte aufgehört, das tiefe Grau war einem in Auflösung begriffenen Schleier gewichen, und zwischendurch zeigten sich die ersten blauen Flecken am Himmel. Auf der Fahrt gen Norden wurden auch die zunehmend größer, und über Schleswig lachte schon wieder die Maisonne.

Es bedurfte einiger Überredungskunst, die Verteidigerin des gräflichen Vorzimmers dazu zu bewegen, Lüder Zugang zum Landrat zu verschaffen.

Als Lüder in das Büro Graf von Halenbergs eintrat, standen eine Frau in mausgrauer unauffälliger Kleidung und zwei Männer auf und verabschiedeten sich.

»Ich komme in dieser Angelegenheit noch einmal auf Sie zu«, sagte einer von ihnen zum Landrat, bevor er den Raum verließ.

»Hallo, Herr Lüders. Bitte, nehmen Sie Platz«, begrüßte ihn Henrik von Halenberg. »Hier können Sie hautnah erleben, dass die Arbeit als Verwaltungschef aus lauter Einzelaktionen besteht und Sie den halben Tag mit Dienstbesprechungen mit den Mitarbeitern zubringen. Was führt Sie zu mir?«

»Mir müssen Sie das nicht groß erklären«, schmunzelte Lüder. »Vergessen Sie nicht, dass ich auch bei einer Behörde arbeite.«

»Ich kann mir vorstellen, dass Ihre Arbeit in vielen Punkten abwechslungsreicher ist. Sie sitzen nicht nur am Schreibtisch und betreiben Aktenstudien, sondern kommen viel herum.«

Ja, dachte Lüder, ich bin gerade in der letzten Zeit immer wieder quer durch unser schönes Schleswig-Holstein unterwegs. Ob diese ewige Fahrerei so spannend ist, wage ich zu bezweifeln. Laut sagte er: »Wenn Sie die Beschäftigung mit Opfern von Bombenanschlägen und Entführungsopfern aufregend finden, mögen Sie vielleicht recht haben. Ich denke, jeder Beruf hat seine Licht- und Schattenseiten. Und manche Tätigkeit hat sogar zwei dunkle Seiten, wenn Sie bedenken, welche Vergütung die Menschen für teilweise sehr anstrengende Arbeiten erhalten.«

»Dann wollen wir uns nicht beklagen«, sagte von Halenberg. »Aber ich nehme an, dass Sie mich nicht aufgesucht haben, um gemeinsam mit mir die Ungerechtigkeit dieser Welt zu beklagen.«

»Ich fürchte, dazu würde unser beider Zeit nicht reichen. Ich bin aus einem anderen Grund hier. Sie wollten mir noch das Protokoll der Arbeitstagung in der Akademie Sankelmark zukommen lassen.«

Der Landrat fasste sich an die Stirn. »Oh, Verzeihung. Das war mir entfallen. Moment bitte.« Er griff zum Telefon und wählte eine Nummer. »Da Herr Joost ausgefallen ist, habe ich Herrn Robert Manthling gebeten, das Protokoll zu schreiben. Er vertritt den Leiter des zuständigen Fachdienstes und hat an der Sitzung teilgenommen. Er scheint im Augenblick nicht am Platz zu sein. Ich nehme an, das ist aber nicht der einzige Grund Ihres Besuchs. Gibt es Neues von den Kindern?«

»Leider nicht. Sie wissen ja, dass der Polizei die Hände gebunden sind und wir Weisung haben, alle Ermittlungen einzustellen. Sie selbst haben an dieser Entwicklung mitgewirkt.«

Der Landrat lehnte sich zurück und legte die Spitzen der gefalteten Hände gegen die Nasenspitze.

»Das war eine schwierige Entscheidung, Herr Lüders. Das mögen Sie mir glauben. Die Eltern haben mich darum ersucht, und ich habe diese dringende Bitte nur nach Kiel weitergetragen. Frau und Herr Joost sind in dringender Sorge um ihre Kinder und wollen weiteres Leid von den Kleinen abwenden, indem sie sich an die Weisungen der Täter halten.«

»Die Erfahrung zeigt, dass das Wort von Verbrechern selten gilt. Ich würde es für sinnvoller halten, der Polizei freie Hand zu geben und die Fachleute mit Fingerspitzengefühl ermitteln zu lassen. Sie verschaffen den Tätern nur Freiräume, die bestimmt nicht dem Kindeswohl dienlich sind. Je länger die Kleinen in den Händen der Entführer sind, umso größer wird die psychische Belastung für die Kinder.«

»Es nützt Ihnen nicht, wenn ich Ihre Auffassung teile. Und Eltern handeln in einer solchen Situation bestimmt nicht rational.«

Das trifft allerdings zu, dachte Lüder. Dann wechselte er das Thema.

»Sind Sie in Sankelmark bei Ihren Überlegungen hinsichtlich der Windkraftanlagen zu einem gemeinsamen und tragfähigen Ergebnis gekommen?«, startete er einen Versuchsballon.

Von Halenberg stutzte einen Moment. »Entscheidungen standen dort nicht auf der Tagesordnung«, wich er aus.

»Wir kennen den Findungsprozess«, kürzte Lüder ein langes Hin und Her nichtssagender Phrasen ab. »Die Beschlussvorlagen werden in Arbeitsgremien vorbereitet und später dem Kreistag zur Entscheidung vorgelegt. Dabei ist es weniger eine wirkliche Wahl, sondern eher ein Durchnicken der Vorlage bei der Mehrheit, die Sie hinter sich wissen.«

»Sie verkennen die Spielregeln der Demokratie«, protestierte der Landrat, doch Lüder winkte ab.

»Die Demokratie reduziert sich bei uns auf die Stimmabgabe der Wähler. Ansonsten werden die Dinge nicht im Parlament diskutiert, abgesehen von den medienwirksamen Wortgefechten, sondern in Ausschüssen, interfraktionellen Sitzungen oder am Biertisch vorbereitet. Für mich ist es immer ein Graus, wenn ich höre, dass bei der Wahl eines Parteivorsitzenden die Geschlossenheit gestört wird, wenn ein Gegenkandidat antritt. Voller Bewunderung lesen wir dann, dass dieser oder jener mit weit über neunzig Prozent wiedergewählt wurde. Solche Traumergebnisse hätte Honecker auch gern gehabt.«

»Nun übertreiben Sie aber, Herr Lüders. Es ist schon richtig, dass Sie die Dinge vorbereiten müssen. Aber die demokratische Abstimmung erfolgt immer noch im Parlament.«

»Ich fürchte, in diesem Punkt kommen wir nicht zueinander«,

sagte Lüder. »Aber wie war es nun? Wurde in Sankelmark ein Konsens erreicht?«

»Wir haben die Sache nicht abschließend diskutiert«, bekannte der Landrat. »Es gibt wie bei allen Dingen stets mehrere Betrachtungsweisen. Zum einen ist es richtig, sich Gedanken um die Sicherung des Energiebedarfs zu machen. Andererseits entstehen mit jedem Windpark aber Belastungen für die Bevölkerung im Umkreis. Wir müssen an den Tourismus denken, ein bedeutender Wirtschaftszweig in unserem Landesteil. Hinzu kommen viele Einzelprobleme, die zu erörtern an dieser Stelle zu weit führen würde.«

»Wie löst denn Herr Rasmussen sein ganz persönliches Problem?«

Graf von Halenberg sah Lüder an. »Ich kann Ihnen nicht folgen. Wie meinen Sie das?«

»Als Vorsitzender des Ausschusses, der sich mit Für und Wider einer solchen Anlage befasst, hat seine Stimme Gewicht. Steht dem sein Interesse als Privatmann nicht entgegen? Immerhin investiert er in nicht geringem Maße in Windenergieanlagen.«

»Ach, so!« Der Landrat lehnte sich entspannt zurück. »Es sei Ihnen versichert, dass der Holger zwischen diesen beiden Welten differenzieren kann. Er ist so weit Demokrat und fühlt sich der Politik verantwortlich, dass er sich niemals von persönlichen Interessen leiten lassen würde.«

»Kennen Sie das achte Gebot?«

Der Landrat machte ein betroffenes Gesicht. »Du sollst nicht ehebrechen?«, riet er.

Lüder lachte. »Das gilt eher für die Bürgermeisterin von Schleswig. Lesen Sie ruhig nach, was im achten steht.«

Wenn es möglich war, die Betroffenheit im Ausdruck noch zu steigern, so war dies Graf von Halenberg gelungen. Der Landrat stand auf und reichte Lüder die Hand.

»Auf Wiedersehen«, sagte er.

»Moment«, protestierte Lüder. »Bevor ich gehe, möchte ich noch das Sitzungsprotokoll aus Sankelmark.«

»Ach, das hätte ich nun fast wieder vergessen. Kommen Sie, wir werden zu Herrn Manthling gehen.«

Lüder folgte dem Landrat durch die verwinkelten Flure, bis von Halenberg vor einer Tür stehen blieb, kurz klopfte und das

Büro betrat. Der Raum war leer, während der Schreibtisch noch mit Unterlagen und Arbeitsutensilien bedeckt war und auf dem Rechner der Bildschirmschoner lief.

Der Landrat trat an den Schreibtisch und blieb einen Moment ratlos stehen. »Herr Manthling scheint nicht an seinem Platz zu sein.« Er ließ seinen Blick suchend über die Arbeitsfläche schweifen und kramte dann in den Papierstapeln. »Vielleicht finde ich etwas«, murmelte er dabei. Nach einer Weile schien er fündig geworden zu sein.

»Ich glaube, hier liegt ein erster Entwurf«, sagte er und hielt das Papier mit gestrecktem Arm von sich. »Ich habe meine Brille nicht dabei, aber soweit ich es erkennen kann, sind das Notizen zur Ausschusssitzung in Sankelmark.« Er überreichte Lüder das Papier. »Selbst wenn der Text noch nicht ausgereift ist, sollte es als Information für Sie reichen.«

Dann verließ der Landrat nach Lüder Manthlings Büro und verabschiedete sich an der Treppe, die ins Freie führte.

Im Auto nahm Lüder das Papier zur Hand. Der Entwurf war auf einem Blankobogen gedruckt. Für ein Sitzungsprotokoll war es ein ungewöhnlicher Text:

Sitzung des Ausschusses für Wirtschaft, Kreisentwicklung und Umwelt in der Akademie Sankelmark. Anwesend waren der Vorsitzende, H. Rasmussen, die Mitglieder ...

Es folgte eine namentliche Nennung der anderen Mitglieder. *Der persönliche Referent des Landrats, Joachim Joost, ich als Vertreter des Fachdienstleiters und zeitweise Landrat Graf von Halenberg.*

Rasmussen hat die Sitzung am Freitagvormittag plötzlich und ohne Angabe von Gründen verlassen, nachdem er einen Telefonanruf erhalten hatte.

Während der Arbeitstagung wurde eine Reihe von Programmpunkten behandelt. Der Schwerpunkt der Beratungen lag auf der Erweiterung der Flächennutzung für weitere Windkraftanlagen entlang der Schlei im Bereich der Ämter Süderbrarup und Kappeln-Land.

Es gibt Pläne, weitere Windanlagen zu installieren. Insbesondere Rasmussen hat sich dafür eingesetzt. Marholt (Steinberg-Kir-

che) hat ihm vorgeworfen, damit nur seine eigenen Interessen zu verfolgen. Dieser Meinung hat sich auch Kilian (Maasholm) angeschlossen, der um die Entwicklung des Tourismus fürchtet. Anmerkung: Kilian betreibt ein Hotel in Kappeln und eine Pension in Maasholm.

Landrat v.H. hat während seiner Anwesenheit keine eindeutige Position bezogen. Aus seinem Verhalten und seiner Argumentation schließe ich aber, dass er dem Projekt skeptisch gegenübersteht. Er deutete an, dass sich in dieser Angelegenheit noch Grundsätzliches ergeben könnte, ließ aber auf Befragen offen, um was es gehen würde. Angeblich soll Kiel involviert sein.

In einem Pausengespräch zwischen Rasmussen und Dehn (Tarp) habe ich mitbekommen, dass sich auch die Bürgermeisterin aus Schleswig, Beate Blasius, hinter den Kulissen eingeschaltet haben soll. Leider wurde nicht erwähnt, mit welcher Zielrichtung. Von ihrem Mann, Lehrer am hiesigen Gymnasium, ist bekannt, dass er sich bei Greenpeace engagiert und seit Langem alternative Energiemodelle befürwortet. Unter der Hand wird geraunt, er würde damit im Widerspruch zu seiner Frau stehen.

Ich bedauere, dass es aufgrund der vorzeitigen Abreise von Rasmussen keinen Beschluss gab und die Entscheidung vertagt wurde.

Lüder las das Papier ein zweites Mal. Was auch immer Robert Manthling dort geschrieben hatte – es war auf keinen Fall der Entwurf für das Arbeitsprotokoll. Vielmehr schien es, als sollte der Bericht jemandem Insiderinformationen über die Arbeit des Ausschusses und das Verhalten einzelner Mitglieder liefern. Das war eine faustdicke Überraschung. Wen versorgte der Beamte mit vertraulichen Interna? Wer interessierte sich für die Arbeit der Kommunalpolitiker? Jedenfalls war es ein ausgesprochen glücklicher Umstand, dass ihm dieses Papier in die Hände gefallen war.

Lüder deponierte das Papier in der Seitenablage der Fahrertür, stieg aus und kehrte noch einmal zum Büro des Landrats zurück. Der war sichtlich überrascht, als Lüder erschien.

»Haben Sie etwas vergessen?«

»Ich habe noch eine Frage. Wer sind die ständigen Mitglieder bei solchen Arbeitstagungen wie dieser in Sankelmark?«

Graf von Halenberg runzelte die Stirn. »Die gewählten Mitglieder des Ausschusses.«

»Und sonst?«

»Das hängt von der Themenstellung ab. Manchmal bin ich dabei oder aber auch Fachleute aus der Verwaltung.«

»Gibt es Beamte, die ständig – oder häufiger – beteiligt sind?«

»Jaa«, antwortete der Landrat gedehnt. »Joost führt meistens das Protokoll, und sehr oft nimmt Manthling an den Besprechungen teil, damit die Politiker gleich einen fachkompetenten Ansprechpartner haben. Wieso fragen Sie?«

»Ach, nur so«, antwortete Lüder lapidar und verabschiedete sich.

Man konnte folglich davon ausgehen, dass Robert Manthling über die vertraulichen Gespräche informiert war. Wen setzte der Mann davon in Kenntnis? War es möglicherweise die Presse? Auf jeden Fall erfolgten die Spitzeldienste nicht uneigennützig. Dieser Spur wollte Lüder als Nächstes nachgehen. Er kehrte zum Büro des Beamten zurück. Es war immer noch leer. Das traf auch auf den benachbarten Raum zu.

Von der anderen Seite des Flures erklang lautes Stimmengewirr, unterbrochen von Lachsalven. Auf Lüders Pro-forma-Klopfen wurde nicht reagiert. Als er eintrat, blickten ihn vier Männer und eine Frau an, die entweder an den Schreibtischen saßen oder auf deren Kanten hockten.

»Hier ist kein Publikumsverkehr«, herrschte ihn ein mittelgroßer Mann in einem selbst gestrickten Pullunder an, ohne nach seinem Begehr zu fragen.

»Ich suche Manthling«, erwiderte Lüder und unterdrückte sowohl eine Begrüßung wie das »Herr« vor dem Namen.

Prompt kam es zurück.

»Bei uns heißt es ›Herr‹ Manthling«, antwortete der Mann mit dem Pullunder und der Jeans, die Lüder höchstens bei der Gartenarbeit getragen hätte.

»Ob er ein ›Herr‹ ist, wird er mir im Gespräch selbst verraten. Also, was ist? Ist er hier?«

»Wer hat Sie überhaupt hereingebeten?« Der selbst ernannte Wortführer wollte sich vor seinen Kollegen beweisen.

»Der Landgraf«, erwiderte Lüder und erntete dafür verständnislose Blicke. Deshalb ergänzte er: »Von Halenberg.«

Die Leute im Büro sahen sich an.

»Soll ich Ihren Chef holen, damit er mir zeigt, wer Manthling ist?«, fragte Lüder.

Von der Schreibtischkante erhob sich ein zu leichtem Übergewicht neigender Mann mit aschblondem, zurückgekämmtem Haar, das an der Stirn tiefen kahlen Buchten gewichen war.

»Ich bin es«, sagte der Mann und drehte seine Kaffeetasse, die er zuvor auf einer schlichten Untertasse balanciert hatte. »Was wollen Sie von mir?«

»Ich hätte Sie gern unter vier Augen gesprochen.«

Gestärkt durch das forsche Auftreten seines Kollegen wollte sich auch Robert Manthling keine Blöße geben.

»Wenn Sie mir sagen, um welche Angelegenheit es sich handelt, kann ich Ihnen hier und sofort weiterhelfen.«

Lüder war die Diskussion leid. Mochten diese Mitarbeiter der Kreisverwaltung ihr außerdienstliches Pläuschchen gern halten. Er hatte versucht, den Mann diskret unter vier Augen zu sprechen. Jetzt platzte ihm der Kragen.

»Lüders. Landeskriminalamt«, stellte er sich vor. »Wollen Sie jetzt mit mir kommen? Oder soll ich meine Forderung noch eindringlicher vortragen?«

Nicht nur der Angesprochene wurde bleich. Auch seine eben noch so widerborstig erscheinenden Kollegen erstarrten.

Ohne ein weiteres Wort strebte Robert Manthling zur Tür. Lüder folge ihm in sein Büro.

»Was kann ich für Sie tun?«, fragte der Beamte, ohne nach Lüders Legitimationspapier zu fragen.

»Sie haben an der Ausschusssitzung in Sankelmark teilgenommen und waren nach dem Ausfall von Herrn Joost damit beauftragt, das Protokoll zu schreiben?«

Manthling sah Lüder an, ohne zu antworten. Er spielte nervös mit seinen Händen. Als er registrierte, dass Lüder seine Unruhe bemerkte, nahm er einen Kugelschreiber von der Kunststoffunterlage vor sich und drückte auf den Knopf zum Herausfahren der Mine.

»Sie haben aber nicht nur das interne Protokoll verfasst, sondern auch einen Bericht für Außenstehende erstellt und damit gegen Ihre Dienstpflichten verstoßen.«

»Ich ... ich verstehe nicht recht«, stammelte der Beamte. Er war kreideweiß geworden, und ein leichter Schweißfilm schimmerte auf seiner Gesichtshaut.

»Spielen Sie nicht den Ahnungslosen«, fuhr ihn Lüder an und nutzte den Überraschungsmoment aus.

Manthling war so perplex, dass er instinktiv zwischen den Papieren auf seinem Schreibtisch zu suchen begann.

»Das liegt dort nicht mehr. Der Landrat und ich haben uns das Dokument angeeignet«, sagte Lüder. »Für wen ist es bestimmt?«

Der Mann war so überrascht, dass er überhaupt nicht an ein Leugnen dachte. Er machte den Eindruck eines gestellten Bösewichts.

»Das kann ich erklären«, sagte er in einem fast weinerlichen Ton. Es war eher das Selbstmitleid, das bei ihm mitschwang, als die Reue über sein Vergehen.

»Erklärungen und Rechtfertigungsversuche dürfen Sie an anderer Stelle abgeben. Ich will wissen, wer der Empfänger ist.«

»Sie müssen mir glauben. Ich habe so etwas noch nie zuvor gemacht. Ich war mir ...«

Lüder gebot Manthling mit einer Handbewegung, zu schweigen.

»Für wen?«

Der Beamte fingerte ein Papiertaschentuch aus einer Packung und tupfte sich die Stirn.

»Ich kenne den Namen nicht«, gestand er. »Der Mann hat mich auf der Straße angesprochen.«

»Das klingt unglaubwürdig. Sie erweisen doch keinem wildfremden Menschen einen Gefallen und verraten Dienstgeheimnisse.«

Manthling sackte wie ein leerer Mehlsack in seinem Stuhl in sich zusammen.

»Ich kenne den Namen wirklich nicht. Der Mann hat mir fünfhundert Euro geboten. Zweihundert habe ich schon erhalten. Den Rest wollte er mir geben, wenn ich das Papier übergebe.«

»Wie sah der Mann aus?«

Stockend schilderte Robert Manthling das Aussehen des Unbekannten, um ergänzend hinterherzuschieben: »Ich war der Meinung, dass es sich um einen Journalisten handelt.«

Aus der Beschreibung konnte Lüder entnehmen, wer den Beamten bestochen hatte.

»Wann soll die Übergabe des Papiers erfolgen?«

»Heute Abend, um halb sechs. Im Straßencafé in der Fußgängerzone.«

»In welchem?«

»Zwischen der Buchhandlung und dem Schuhladen. Gleich vorne, in der Nähe des Capitolplatzes.«

Lüder sah auf die Uhr. Bis dahin war es noch Zeit. »Gut. Sie werden dort sein. Bis dahin nehme ich Sie aber in meine Obhut.«

»Ja, aber ...«, stotterte Manthling.

»Folgen Sie mir freiwillig, oder soll ich eine Streife anfordern, die Sie abholt?«

Manthling überlegte einen Moment, entschloss sich dann aber, zu folgen. Mit wankendem Schritt begleitete er Lüder zum Parkplatz und stieg in dessen BMW ein.

Lüder fuhr mit dem Beamten das kurze Stück zur Schleswiger Polizei. Der quaderförmige schlichte Betonklotz mit dem hohen Funkmast im Hintergrund und dem Findling vor der Tür mit dem Landeswappen und dem Schriftzug »Polizei« gewann durch den mutigen Anstrich in knalligem Ochsenblutrot an Kontur.

Lüder lieferte Manthling bei der Kripostelle Schleswig ab, bat darum, die Personalien und ein Geständnis aufzunehmen, und ordnete an, dass Manthling bis zum frühen Abend, wenn Lüder ihn abholen würde, keinen Kontakt nach außen aufnehmen durfte.

»Aber ich muss doch meine Frau verständigen ... Und meine Abwesenheit im Amt ... Ich kann doch nicht einfach fernbleiben.«

Lüder schenkte dem Mann ein Lächeln. »Das ist eine merkwürdige Auffassung. Sie lassen sich bestechen, begehen ein Dienstvergehen und haben Sorge, weil Sie die Dienststelle ohne Abmelden verlassen haben. Ich gehe davon aus, dass Sie freiwillig Wohlverhalten an den Tag legen, sonst besorge ich mir einen Haftbefehl.« Das war eine Drohung, die Lüder nie hätte in die Tat umsetzen können, aber sie zeigte Wirkung. Es kam darauf an, dass Manthling weder absichtlich noch unbedacht den Mann warnen konnte, mit dem er verabredet war und den Lüder auf frischer Tat erwischen wollte.

Die Kreisstraße verdiente, zumindest auf den ersten Kilometern, diese Bezeichnung nicht. Es war mehr eine Aneinanderreihung von Schlaglöchern und Flickstellen. Lüder hatte den Eindruck, dass Graf von Halenberg das knappe Budget lieber in den repräsentativen Neubau der Kreisverwaltung investiert hatte als in die Verkehrsinfrastruktur, zumindest diesen Abschnitt betreffend. Natürlich hatte darüber nicht der Landrat zu befinden, aber das Interesse von dritter Seite an den Entwicklungen im Landkreis schien außerordentlich hoch.
Auch wenn gelegentlich von einer bedenklichen Entwicklung hinsichtlich der Korruption in Deutschland berichtet wird und das Land in der Bewertung von Transparency International an Boden verloren hatte, gab es immer noch eine intakte und fast unbestechliche Verwaltung. Robert Manthling war eine unrühmliche Ausnahme. Lüder konnte nicht verstehen, weshalb ein langjähriger Beamter, der als Familienvater zudem noch die Verantwortung für die Kinder trug, Beruf und Karriere für lausige fünfhundert Euro aufs Spiel setzte. Oder war es nicht das erste Mal, dass der Mann schwach geworden war? Doch das würden andere Kollegen weiterverfolgen.
Die Straße schlängelte sich durch die liebliche Hügellandschaft, durchschnitt kleine beschauliche Orte, in denen die Zeit stehen geblieben schien, und mündete schließlich auf die Verbindung, die zur Klappbrücke bei Lindaunis führte. Kurz vorher bog Lüder ab und fuhr weiter direkt unten an der Schlei entlang. In einer Marina dümpelten zahlreiche Segelboote. Zur linken Hand folgte ein großes Feld mit Sonnenblumen, bevor sich der Fahrweg vom ruhigen Wasser des Fjords entfernte und leicht anstieg. Doch immer wieder gaben die kleinen Busch- und Baumgruppen den Blick auf das Seglerparadies frei. Sanft fielen die zum Teil landwirtschaftlich genutzten Flächen von der Straße zum Ufer ab.
An einem dieser Felder zwang eines der wenigen entgegenkommenden Fahrzeuge Lüder zum Bremsen, weil auf seiner Fahrspur ein Fiat Ducato den Weg versperrte. Der Wagen mit der Aufschrift »Göttinger Vermessungsgesellschaft Dipl.-Ing. Wenzel GmbH«

ragte halb auf die enge Straße. Direkt dahinter stand ein wuchtiger Trecker mit einem einachsigen Anhänger.

Lüder warf einen Blick auf das Gelände und sah dort vier Männer heftig miteinander diskutieren. Es hatte den Anschein, als stünde die Auseinandersetzung kurz vor der Eskalation, als ein einzelner in Arbeitskleidung auf die anderen drei zuging.

Beim zweiten Blick erkannte Lüder, dass der junge Rasmussen beteiligt war. Er stoppte seinen BMW hinter den beiden anderen Fahrzeugen, schaltete die Warnblinkanlage ein und stapfte über die unebene grüne Wiese auf die Gruppe zu.

Peter Rasmussen wirkte enorm erregt und packte jetzt einen der Männer am Kragen, worauf einer seiner Kollegen diesem zu Hilfe kam und versuchte, den Jungbauern zu umklammern und festzuhalten. Der ließ von seinem ersten Opfer ab und wandte sich dem zweiten Widersacher zu. Rasmussen stieß den Mann heftig gegen die Brust, dass der strauchelte und sich mit Mühe im Rückwärtsstolpern auf den Beinen halten konnte.

»Stopp!«, rief Lüder von Weitem und zog damit die Aufmerksamkeit der vier Männer auf sich.

»Mann, gut dass Sie da sind«, keuchte Peter Rasmussen, machte erneut einen Schritt auf einen der Männer zu und erklärte: »Das ist ein Polizeibeamter.« Er zeigte auf Lüder. »Der da.«

»Was ist hier los?«, wandte sich Lüder an den Jungbauern.

»Die Typen treiben sich auf unserer Wisch'n rum. Ich wollt den klarmachen, dass Sie hier nix zu suchen hab'n. Aber die hab'n nich gehört.«

»Sie sind wirklich von der Polizei?«, fragte einer der Männer, der anscheinend der Wortführer war. Er trug eine grobe Stoffhose, einen leichten Sommerblouson und darüber eine orangefarbene Signalweste.

Als Lüder nickte, atmete der Mann tief durch. »Gott sei Dank. Der junge Mann ist wie ein Wilder auf uns los. Er hat uns keine Chance gegeben, ihm unser Tun zu erklären.«

»Da gibt's nix zu sabbeln«, mischte sich Rasmussen ein. »Das ist unser Land. Da habt ihr nix zu suchen. Basta.«

»Meyerhoff«, stellte sich der Mann mit der Warnweste vor. »Ich bin der Teamleiter. Wir sind beauftragt, hier Vermessungsarbeiten vorzunehmen. Dabei beschädigen wir weder das Land, noch beunruhigen wir die Tiere.« Wie zum Beweis ließ er seinen Arm kreisen und zeigte an, dass auf dieser Koppel keine Kühe weideten.

»Kein ein hat euch den Auftrag gegeben«, brüllte der immer noch erregte Jungbauer. »Ich wüsste es.«

»Nun mal sachte«, versuchte Lüder Rasmussen zu beruhigen. »Das werden wir sicher klären können.«

»Danke«, sagte Meyerhoff erleichtert. »Also, wie ich schon sagte: Wir führen hier nur Vermessungsarbeiten durch. Wir sind Landvermesser.«

»Was prüfen Sie?«, fragte Lüder.

»Wir vermessen bestimmte Gebiete, die uns im Arbeitsauftrag vorgegeben sind. Dazu gehören eine Reihe landwirtschaftlicher Flächen. Unser Auftrag umfasst die Areale, aber besonders die Topografie.«

»Und was soll der ganze Mist? Ich weiß, wo unser Land is«, schimpfte Peter Rasmussen. »Dazu brauch ich euch Heinis nich.«

»In wessen Auftrag sind Sie hier unterwegs?«, wandte sich Lüder an Meyerhoff.

Der zuckte mit den Schultern. Es war ein Zeichen ehrlichen Bedauerns. »Das kann ich Ihnen nicht sagen. Wir sind nur Techniker. Wer den Auftrag erteilt hat, weiß unser Büro.«

Lüder ließ sich die Namen der drei Männer geben und notierte die Kontaktdaten ihres Arbeitgebers. »Damit dürfte alles geregelt sein«, erklärte er.

»Nee, nix da.« Rasmussen fuchtelte wild mit den Armen in der Luft herum. »Nehm'n Sie man gleich 'ne Anzeige wegen Dingsda ... Wie heißt das noch gleich?«

»Hausfriedensbruch«, half Lüder.

»Genau, wegen das da.«

»Tja, das ist nicht mein Gebiet.« Lüder griff zum Handy. »Da werde ich die Kollegen von der Schutzpolizei aus Kappeln rufen.«

»Süderbrarup«, warf Rasmussen ein. »Unsere Polizei kommt aus Süderbrarup.«

Lüder ließ sich nicht irritieren und verständigte die Polizeizentralstation Kappeln, die auch für die Polizeistation im nächstgrößeren Ort zuständig war.

Während sie auf die Ankunft der uniformierten Beamten warteten, wechselten sie kein Wort. Lediglich als sich einer der Vermessungstechniker eine Zigarette anzünden wollte, fuhr ihn Rasmussen barsch an: »Das tust du nich auf mein Land.«

Es dauerte nicht lange, bis sich zu den drei Fahrzeugen auf der schmalen Straße der blausilberne Mercedes Vito der Kappelner Polizei gesellte.

Lüder erklärte den beiden Beamten den Sachverhalt, wies sich als Kollege aus und bat die beiden besonnen wirkenden Polizisten um die weitere Klärung. Dann kehrte er zu seinem Wagen zurück und setzte seine Fahrt fort. Kurz darauf bog er von der Straße auf die alleenartige Zufahrt zum Hof Rasmussen ab. Schon von Weitem sah er den Porsche Cayenne vor dem Haus stehen. Lüder hatte Glück. Der Senior war zu Hause.

Man hatte seine Ankunft schon bemerkt. Jette Rasmussen, die Schwiegertochter, trat vor die Tür und hielt die Hand über die Augen, als sie gegen die Sonne blinzelte.

»Moin«, begrüßte sie Lüder. »Mein Mann is nich da.«

Lüder wollte sich Rückfragen der jungen Frau ersparen und ließ deshalb unerwähnt, dass er ihrem Ehemann vor Kurzem begegnet war. »Ich wollte zum Senior.«

»Der is in seinem Büro. Kommen Sie man mit durch.«

Sie ging voran und führte Lüder durch die geräumige Diele mit der verstauben Erntekrone in der Mitte zu einem Raum, dessen Tür nur angelehnt war. Jette Rasmussen stieß sie ganz auf.

»Vadder. Da will jemand was von dir.«

Holger Rasmussen saß hinter einem wuchtigen antiken Eichenholzschreibtisch und sah von seinem PC auf. Er nahm die Brille ab, kaute auf dem Bügel und nickte Lüder zu.

»Moin, Herr Lüders. Bitte, nehmen Sie Platz.« Er wies auf eine mit Stoff bespannte Couch, die an der Rücken- und den Seitenlehnen mit kunstvoll gedrechseltem Holz verziert war. »Jette, kannst du uns einen Kaffee machen?«, bat er seine Schwiegertochter. Die junge Frau nickte stumm und verschwand.

»Sind Sie bei Ihren Ermittlungen vorangekommen?«

»Ja, ich denke.«

»Und? Wissen Sie, wer das abscheuliche Verbrechen an meiner Frau verübt hat?«

»Leider noch nicht. Häufig führt der Weg zum Täter über das Motiv.«

Rasmussen schüttelte den Kopf, als würde er an Lüders Worten zweifeln.

»Da gibt es kein Motiv. Ich wüsste nicht, warum jemand unserer Familie eine Briefbombe ins Haus schicken sollte.«

»Überlegen Sie bitte noch einmal. Haben Sie mit irgendjemandem Streit? Privat, politisch oder geschäftlich?«

»Quatsch.«

»Warum haben Sie nie etwas über Ihr wirtschaftliches Engagement in der Energiegewinnung durch Windkraft erzählt?«

»In welchem Zusammenhang soll das mit dem Anschlag auf meine Frau stehen?«, erwiderte Rasmussen unwirsch mit einer Gegenfrage.

»Vielleicht gibt es missliebige Konkurrenten oder Neider?«

»Sicher wollen viele auf diesen Zug springen. Wir haben frühzeitig diese Lücke erkannt und unsere Chancen genutzt.« Der Mann schwieg einen Augenblick. »Es ist nicht auszuschließen, dass manch anderer das auch gern getan hätte. Heute haben wir einen Vorsprung an Know-how und bei den Anlagen.«

»Ihre Kontakte reichen sogar über die Grenzen bis in die Schweiz.«

Ein durchdringender Blick traf Lüder. »Woher wissen Sie das?«

»Nun, wir sind die Polizei. Können Sie mir Namen von Leuten nennen, die gern in Ihre Geschäfte einsteigen möchten?«

Sie wurden durch Jette Rasmussen unterbrochen, die den Kaffee brachte. Die junge Frau schenkte ein und zog sich dann wieder diskret zurück. Schweigend tranken die beiden aus ihren Tassen. Dann schüttelte Rasmussen bedächtig den Kopf.

»Ich mag es nicht glauben, dass jemand dazu fähig ist, unserer Familie eine Briefbombe ins Haus zu schicken. Natürlich gibt es wie bei jedem Projekt Leute, die dagegen sind. Nicht jeder kann sich mit den Windkraftanlagen anfreunden. Nachbarn fühlen sich gestört, und die Tourismusbranche bricht auch nicht in Begeisterung aus. Dazu gehört mein Nachbar Hinrich Petersen. Seit Generationen bewirtschaften die beiden Familien die Höfe. Doch niemand kann voraussagen, wie lange wir noch einträglich von der Landwirtschaft leben können. Deshalb suchen wir nach Alternativen. Während ich mich auf die Energiegewinnung konzentriere, hat Hinrich in den Fremdenverkehr investiert. Er hat eigenes Land auf der anderen Schleiseite, drüben in Schwansen. Bei Kopperby hat er Ferienhäuser gebaut. Auch in Damp und Schönhagen ist er dabei. Unsere gute Nachbarschaft hat einen Knacks bekommen, weil Petersen um zahlungskräftige Gäste fürchtet, wenn noch mehr Windanlagen in der Landschaft stehen und sie verschandeln, wie er sagt.«

»Ist es bei Ihnen Idealismus oder Geschäftssinn?«

»Was?«

»Ihr Engagement in erneuerbare Energie.«

Rasmussen lehnte sich zurück. Seine Gesichtszüge nahmen einen fast entspannten Ausdruck an.

»Seit Generationen sind die Rasmussens Bauern. Wir haben nicht nur fleißig die Scholle bearbeitet, sondern uns auch stets dem Wandel unterworfen. Gehen Sie heute einmal auf einem Bauernhof in den Stall. Da finden Sie ein teures Equipment. Der Bauer von früher ist tot. Heute sind wir Agrarunternehmer. Wenn Sie im Mai, Juni durch unsere Gegend fahren, erfreuen Sie sich am gelben Blütenmeer des Rapses. Ist Ihnen bewusst, dass der in den heute produzierten Mengen nicht nur für Speisezwecke verwendet wird, sondern für viele andere Dinge Verwendung findet? Im Biodiesel zum Beispiel. Die Landwirtschaft ist heute nicht nur Produzent von Nahrungsmitteln, sondern auch innovativ auf der Suche nach neuen Anwendungsmöglichkeiten in der Energiewirtschaft. So ist mir die Idee gekommen, mich auf dem Sektor der erneuerbaren Energie zu engagieren.«

»Also kein Idealismus.«

»Bedingt«, räumte Rasmussen ein. »Die globale Erderwärmung hat zum Beispiel zur Folge, dass zwei der größten Gletscher Grönlands schmelzen und zwar zwei- bis dreimal so schnell wie noch vor vier Jahren. Der Grund ist wahrscheinlich der globale Klimawandel. So hat sich die Fließgeschwindigkeit des Kangerdlugssuaq in Grönland seit 2001 verdreifacht. Das trifft aber auch auf andere Gletscher zu. Und dies hat direkte Auswirkungen auf den Meeresspiegel. Die zusätzlichen Wassermassen aus Gletscher- und Polareis haben im vergangenen Jahrhundert den Meeresspiegel schätzungsweise um zehn bis zwanzig Zentimeter steigen lassen. Das ist eine Dreisatzaufgabe, wann wir hier alle absaufen.« Wie um seine Ausführungen zu unterstreichen, zeigte er mit ausgestrecktem Arm einmal in die Runde.

»Das werden wir nicht mehr erleben«, warf Lüder ein. »Das stört Sie aber nicht, sich bis dahin noch ein gutes Leben zu gönnen.«

Rasmussen war aufgestanden und hatte die Tür eines massiven dunkel getönten Eichenschranks geöffnet.

»Auch einen Cognac?«, fragte er.

Lüder lehnte dankend ab.

Rasmussen entnahm dem Schrank eine angestaubte Flasche Cognac Vieux von Peuchet & Cie, füllte einen großzügigen Schluck in ein schweres geschliffenes Kristallglas von Nachtmann und trank den Alkohol noch im Stehen aus. Dann goss er erneut ein und kehrte mit dem Getränk in der Hand zu seinem Sitzplatz zurück.

»Ich kann die Dummheit der Menschheit nicht bremsen, aber versuchen, als Unternehmer und als Politiker ein wenig einzuschränken. Natürlich verdiene ich daran, aber ich habe auch ein wenig Verantwortung für die Zukunft übernommen.«

Er nippte an seiner Kaffeetasse und trank erneut vom Cognac.

»Wissen Sie von den Landvermessern, die heute auf Ihrem Grund und Boden unterwegs waren?«

Rasmussen sah Lüder erstaunt an. »Landvermesser?«

Lüder berichtete von der Begegnung mit dem Junior des Hauses und dem Vermessungstrupp.

Sein Gegenüber lächelte versonnen. »Peter ist ein Hitzkopf, aber ein liebenswerter«, fügt er etwas leiser hinzu. »Der Junge ist mit Leib und Seele Bauer. Dies hier«, Rasmussen zeigte auf den Schreibtisch und den Computer, »ist nicht seine Welt. Nein, von einer Landvermessung weiß ich nichts.«

»Wer könnte die beauftragt haben? Die Behörde?«

Der Mann schüttelte seinen grauen Kopf. »Davon wüsste ich. Wenn sich da etwas tut, da höre ich davon. Das ist *mein* politisches Betätigungsfeld.«

Er griff erneut zum Cognacglas. »Ich verstehe aber Peters Erregung. Schließlich waren schon zwei Mal Leute hier, die sich für unser Land interessierten.«

Lüder setzte sich gerade auf dem Sofa auf. Rasmussen verstand die Geste richtig als Zeichen besonderen Interesses.

»Vor zwei oder drei Monaten tauchten hier zwei Männer auf.

Die sahen aus wie Pat und Patachon. Sie gaben vor, von einer Unternehmensberatung zu kommen, und wollten wissen, ob wir an einen Verkauf von Flächen interessiert wären.«

»Erinnern Sie sich noch an die Namen der Leute? Oder an die Firma, von der sie kamen?«

Rasmussen schüttelte den Kopf. »Nein. Sie haben mir ihre Visitenkarten gegeben, aber die habe ich ungelesen in den Müll geworfen. Später habe ich mich gewundert, weil ein anderer aufgetaucht ist. Ein fürchterlich gelackter Mensch. Der wurde richtig lästig und wollte sich nicht abwimmeln lassen. Der hat uns sogar Bargeld versprochen, wenn wir einen Verkauf nur in Erwägung ziehen sollten. Es sagte, das sollte nur ein kleiner Denkanstoß sein.«

»Wie viel?«

»Da ich ihm vorher die Tür gewiesen habe, sind wir nicht so weit gekommen. Außerdem hätte das als Bestechlichkeit ausgelegt werden können. Schließlich bin ich Politiker.«

»Kennen Sie seinen Namen?«

»Selbstverständlich.«

»Und?«

»Dr. Burofen oder so ähnlich.«

»Wie sieht es mit anderen Nachbarn aus? Oder ist Petersen der einzige?«

»Hier betreiben nicht mehr viele die Landwirtschaft als Vollerwerb. Erich Joost zum Beispiel – der steht kurz vor dem Ruin. Der hat es mit Bio und Öko versucht, aber das hat nicht geklappt. Man munkelt, dass bei ihm der Gerichtsvollzieher ein und aus geht.«

Lüder stutzte.

»Sagten Sie *Joost*?«

»Ja. Wieso? Was ist mit dem?«

»Ist es Zufall, oder ist der verwandt mit Joachim Joost, dem persönlichen Referenten des Landrats?«

Rasmussen winkte ab. »Joachim ist Erichs Neffe. Der Junge war aber oft hier bei seinem Onkel. Joachim ist vier Jahre älter als unser Peter.«

Lüder bedankte sich bei Holger Rasmussen. Er hatte das Gefühl, wieder ein kleines Teilchen des großen Mosaiks gefunden zu haben. Aber noch zeichnete sich nicht ab, um was es hier ging. Dr. Dr. Buurhove aus Düsseldorf schien ein großes Interesse an dieser Region zu haben. Ich werde mich einmal intensiver mit dem Mann und seinen Zielen beschäftigen müssen, beschloss Lüder, bevor er die Rückfahrt nach Schleswig antrat.

Unterwegs stellte er fest, dass er es nicht mehr bis zum Polizeigebäude in Schleswig schaffen würde, um rechtzeitig mit Robert Manthling zum vereinbarten Treffpunkt mit dem Empfänger des Dossiers fahren zu können. Er telefonierte mit der Kriminalpolizeistelle und wurde mit Kommissar Holtgrebe verbunden. Die Stimme klang noch recht jung.

»Wie hat sich Manthling verhalten?«

»Der macht einen zerknirschten Eindruck und verzehrt sich in Selbstmitleid. Er wollte jedem Kollegen auf der Dienststelle erklären, auf welche dumme Weise er in die Sache hineingerutscht ist und wie tief er es bedauert.«

Lüder schmunzelte. So eine Reaktion hatte er oft bei Leuten erlebt, die bei einer Dummheit ertappt wurden und plötzlich alles und jeden für ihre missliche Lage verantwortlich machten.

»Wissen Sie, wie die Übergabe stattfinden soll?«

»Ja«, erwiderte Holtgrebe. »Der Verdächtigte wird von mir und einem Kollegen begleitet. Wir werden uns im Straßencafé und vor der benachbarten Buchhandlung aufhalten. Was soll geschehen, wenn der Kontakt hergestellt ist?«

»Es wäre gut, wenn Sie noch einen weiteren Beamten mitnehmen könnten«, schlug Lüder vor. »Nehmen Sie Manthlings Kontaktmann mit und bringen Sie ihn zur Dienststelle. Dort möchte ich mich mit beiden unterhalten.«

Holtgrebe sicherte Lüder zu, entsprechend zu verfahren. »Mit dem dritten Kollegen wird es schwierig«, schränkte er allerdings ein. »Wir haben Freitagnachmittag. Da ist die Dienststelle dünn besetzt.«

Lüder dachte noch einmal über die merkwürdige Konstellation nach. Rasmussen betätigte sich politisch mit dem Schwerpunkt der Kreisentwicklung und der Umwelt. Man konnte sich gut vorstellen, dass diese Arbeit sich nicht nachteilig auf seine persönlichen Interessen als Investor für Windenergieanlagen auswirkte.

Seinen Nachbarn Petersen störte das offensichtlich. Und Joost, der eine wirtschaftlich weniger gute Entwicklung als die beiden anderen durchlebt hat, könnte in Anbetracht seiner desolaten finanziellen Situation neidisch auf Rasmussens Erfolg sein. Aber welche Beziehung gab es zu seinem Neffen, dessen Kinder entführt wurden?

Und der verschwundene Staatssekretär hatte auch etwas mit diesem Metier zu tun. Durch die Unbeweglichkeit der Bürokraten im Ministerium waren die Ermittlungen auf dieser Schiene ins Stocken geraten. Im Hinterkopf schwirrte Lüder immer noch der gehörnte Ehemann der Schleswiger Bürgermeisterin herum, der sich nicht nur als Greenpeaceaktivist geoutet hatte, sondern auch noch Chemielehrer war.

Lüder steuerte das Schleswiger ZOB-Parkhaus an und fluchte über die nach einem Platz suchenden Autofahrer vor ihm. Mit schnellen Schritten eilte er über den Capitolplatz zur Fußgängerzone. Als er um die Ecke bog, sah er schon von Weitem Manthling an einem der Tische vor dem Café sitzen.

Lüder atmete tief durch. Er hatte es noch rechtzeitig geschafft, vor dem Treffen des Beamten der Kreisverwaltung mit dem Unbekannten hier zu sein.

Zwei Tische neben Manthling saß ein junger Mann mit sportlich geöffnetem Hemdkragen. Die Sonnenbrille hatte er in die Haare hochgeschoben. Ohne Manthling eines Blickes zu würdigen, sah er den vorbeiflanierenden Passanten nach und schenkte seine besondere Aufmerksamkeit den jüngeren Fußgängerinnen.

Ein anderer leger gekleideter Mann – er mochte Anfang dreißig sein – stöberte angeregt in den Angebotskörben der benachbarten Buchhandlung und warf alle paar Augenblicke einen Blick auf den Zeiger der großen Normaluhr, die an dieser Stelle den »Stadtweg« bereicherte.

Aha, dachte Lüder. So sieht es also aus, wenn die Kripo Beschattungen vornimmt. Ob es auf andere auch so wirkt wie auf mich?

Aus Manthlings Beschreibung wusste Lüder, mit wem sich der bestochene Beamte hier treffen wollte. Da der Mann Lüder auch kannte, hielt er sich im Hintergrund. Sie wurden auf eine Geduldsprobe gestellt, denn erst nach einer halben Stunde tauchte der Mann auf. Er kam aus der entgegengesetzten Richtung, schlenderte langsam am Café vorbei und schenkte Manthling und den anderen Gästen keine Beachtung. Dann blieb er vor der Buchhandlung stehen, direkt neben dem zweiten Kripobeamten. Lüder stockte der Atem.

Er wusste nicht, ob es Instinkt oder Berufserfahrung war. Der dort wartende Kollege sah den Mann an, nickte ihm freundlich zu, schnappte sich eines der Sonderangebote und verschwand damit im Laden.

Jetzt drehte sich der Mann um, ging gemächlich zum Café zurück, tat, als würde er einen freien Platz suchen, und ließ sich direkt neben Manthling nieder. Der begann den Fehler und fiel gleich über ihn her, zog ein Blatt Papier aus seiner Tasche und wedelte damit herum, ohne es aber zu übergeben.

Lüder war unbemerkt von hinten an die beiden herangetreten.

»Guten Abend, Herr Kwiatkowski«, begrüßte er den Privatdetektiv, der mit dem rätselhaften Wirtschaftsanwalt aus Düsseldorf zusammenarbeitete.

Kwiatkowski sah überrascht über die Schulter.

»Guten Abend, Herr ähh ...«, erwiderte er, weil er Lüders Namen immer noch nicht kannte.

»Das ist aber eine Überraschung«, sagte Lüder. »Sind Sie geschäftlich hier?«

»Ein Bekannter.«

Kwiatkowski neigte den Kopf leicht in Manthlings Richtung.

»Der spannende Dinge von Ihnen zu berichten wusste«, ergänzte Lüder.

Der Privatdetektiv sah Lüder an. Dann schob er seinen Stuhl zurück, stand auf und sagte leichthin: »Ich glaube, ich habe noch etwas zu erledigen.«

Lüder war auch aufgestanden. Kommissar Holtgrebe folgte dem Beispiel. Als sich jetzt auch noch der zweite Schleswiger Kripobeamte näherte, resignierte Kwiatkowski, insbesondere als Manthling aufgeregt sagte: »Die sind von der Polizei.«

Ohne Widerstand folgten Kwiatkowski und Manthling den beiden Polizisten zur Dienststelle. Die ganze Aktion war so mustergültig abgelaufen, dass kein Passant etwas davon mitbekommen hatte. Lediglich die Bedienung des Cafés schien ein wenig verwundert, als plötzlich eine Gruppe von Gästen aufbrach.

Während Willi Kwiatkowski die Prozedur der Aufnahme seiner Personalien durchlief, rief Lüder zu Hause an. Natürlich war Jonas als Erster am Apparat.

»Wo bist du?«, fragte er in seiner hastigen Sprechweise. Der Junge war ein unbremsbares Energiebündel und erledigte stets mehrere Dinge gleichzeitig. Man konnte den Eindruck gewinnen, dass Jonas innerhalb eines Tages das Pensum von achtundvierzig Stunden abspulte.

»Ich habe noch zu tun.«

»Wo?«, fiel ihm Jonas ins Wort.

»An der Schlei.«

»Segelst du?«

Lüder lachte. »Nein, dann hätte ich dich bestimmt mitgenommen. Ist Mutti zu sprechen?«

Statt einer Antwort hörte Lüder einen markerschütternden Schrei. Das war Jonas' Art, eine Nachricht im Hause zirkulieren zu lassen. Dann polterte es. Für Jonas war das Telefon erledigt. Er hatte pflichtgemäß Lüders Bitte weitergegeben. Alles Weitere entzog sich seiner Zuständigkeit.

Es dauerte eine Weile, bis sich Viveka meldete. »Jonas, der Blödmann«, schimpfte sie. »Wirft einfach das Telefon hin. Mutti kümmert sich gerade um Sinje. Ich soll dich fragen, was los ist und ob du bald kommst. Wir wollen zu Abend essen. Mensch, habe ich Hunger.« Die letzte Feststellung kam aus tiefster Brust.

Lüder musste lachen. »Damit ich keine Hungertoten vorfinde, wenn ich komme, solltet ihr schon ohne mich beginnen. Ich bin noch verhindert und habe in Schleswig zu tun. Richtest du das aus?«

»Klaro«, erwiderte Viveka.

Inzwischen wartete Kommissar Holtgrebe auf Lüder, um Kwiatkowskis Verhör zu beginnen.

»Was soll das Ganze hier?«, ging der Privatdetektiv in die Offensive.

»Kennen Sie Robert Manthling?«

»Wer soll das sein?«

»Nun verkaufen Sie uns nicht für dumm. Also?«

Kwiatkowski verschränkte die Arme vor der Brust. »Sie sind

ein heiterer Geselle. Greifen mich von der Straße weg und geben keinen Grund dafür an.«

»Ich hatte Ihnen eine Frage gestellt.«

»Wie soll der heißen?«, stellte dich der Detektiv dumm.

Lüder wollte die Zeit nicht mit solchen Phrasen verschenken. Er nickte Holtgrebe zu. »Holen Sie bitte Herrn Manthling.«

Kurz darauf führte der junge Kommissar den Beamten der Kreisverwaltung ins Zimmer.

»Herr Manthling, kennen Sie diesen Herrn?«

Der Beamte war kreidebleich, so sehr hatten ihn die Ereignisse mitgenommen.

»Ich kenne seinen Namen nicht, aber das ist er. Der hat mir zweihundertfünfzig Euro Vorschuss gegeben. Die zweite Hälfte des Geldes sollte ich heute bekommen, bei unserem Treffen im Café. Dort sollte ich das Papier übergeben.«

Kwiatkowski zwinkerte nervös mit den Augen und vermied es, jemanden anzusehen. »Ich habe keine Ahnung, wovon Sie sprechen.«

»Sie werden der Beamtenbestechung beschuldigt«, erklärte ihm Lüder. »Sie haben es selbst vom Zeugen gehört.«

Der Detektiv drückte das Kreuz durch und saß kerzengerade.

»So einen hanebüchenen Blödsinn habe ich schon lange nicht mehr gehört. Ich werde nichts mehr sagen, sondern verlange meinen Anwalt.«

»Kennen Sie einen in Schleswig?«

»Ich benötige mein Handy, das Sie mir unverschämterweise genommen haben.«

Lüder nickte Holtgrebe zu, der das Mobiltelefon besorgte.

In Gegenwart der beiden Polizisten drückte Kwiatkowski eine Kurzwahltaste. Nach einer Weile begann er zu sprechen: »Hallo, Herr Dr. Buurhove. Hier Kwiatkowski. Da ist eine dumme Sache passiert. Die Polizei hält mich fest.«

Dann sprach der Anwalt.

»Ein völlig absurder Vorwurf. Doch dazu möchte ich am Telefon nichts sagen.«

Der Detektiv lauschte einen Moment ins Telefon.

»Wo? In der Polizeiwache in Schleswig.« Er sah Holtgrebe an. »Wie heißt das hier?«

Nachdem ihm der Kommissar geantwortet hatte, sprach Kwiatkowski weiter. »Friedrich-Ebert-Straße.«
Der Anwalt schien ihm einen etwas längeren Vortrag zu halten.
»Gut«, beendete der Privatdetektiv das Telefonat. »Ich warte auf Sie.«
Danach wurde er abgeführt, während Robert Manthling bereit war, ein volles Geständnis abzulegen.

Sie mussten über drei Stunden warten, bis ein scheinbar gut gelaunter Dr. Buurhove aufkreuzte. Als er Lüder erkannte, verharrte er einen Moment in seiner Bewegung.

»Das hätte ich mir doch gleich denken können, dass ein so impertinent unfreundlicher Mitbürger nur Polizeibeamter sein kann. Wie ist Ihr Name? Kommissar …?«, stichelte der Anwalt. Lüder war die Vorgehensweise verständlich. Dr. Buurhove wollte seinen Zorn wecken. Und im Groll verlor man schnell die Kontrolle über das Gespräch. Deshalb ging Lüder nicht darauf ein, sondern erwiderte in einer honigsüßen Tonlage: »Herr Buurhove, das ist aber nett, dass Sie uns Ihre Aufwartung machen. Nach einem hervorragenden Diner und einem guten Glas Rotwein plaudert es sich doch wesentlich angenehmer. Es ist schön, dass wir Ihnen mit norddeutscher Gastfreundschaft begegnen dürfen.«

»Dr. Buurhove ist mein Name.«

»Schön, Herr Buurhove. Ich heiße übrigens Lüders. Kriminalrat vom Landeskriminalamt.«

Der Anwalt hatte bei Lüders ersten Worten schon den Mund zum erneuten Protest geöffnet, unterdrückte jetzt aber die Antwort, als sich Lüder als Beamter des höheren Dienstes vorstellte.

»Was liegt gegen meinen Mandanten vor?«

»Haben Sie eine Vollmacht?«, hielt Lüder dagegen und lehnte sich zurück.

Buurhove funkelte ihn aus halb geschlossenen Augen böse an. »Was sollen solche Formalitäten?«

»Sie bestehen doch auf den Umgangsformen.«

Zornig stand der Anwalt auf. »Führen Sie mich zu meinem Mandaten«, sagte er. Man merkte ihm an, dass er über Lüders Vorgehensweise überrascht war. Er schien kurzfristig aus seinem Konzept gebracht.

Dann erhielt er Gelegenheit, ungestört mit Kwiatkowski zu sprechen. Nach einer weiteren halben Stunde signalisierten die beiden, dass sie Lüder wieder zur Verfügung stehen würden.

»Mein Mandant hat mir von den gegen ihn erhobenen Vorwürfen berichtet. Das sind völlig haltlose und unberechtigte Verdächtigungen, die Sie dort aussprechen. Es gibt weder Beweise noch stichhaltige Hinweise, die einen solchen absurden Vorwurf fundiert begründen könnten. Ich gehe davon aus, dass Sie inzwischen selbst zu diesem Schluss gekommen sind und sich bei Herrn Kwiatkowski für Ihr Fehlverhalten entschuldigen möchten. Dessen unbeschadet erwäge ich, weitere Schritte gegen Sie einzuleiten.«

»Diese Drohung hören wir von jedem der Kleinganoven, mit denen wir uns täglich auseinandersetzen.«

Dr. Buurhove fuhr in die Höhe. »Wollen Sie meinen Mandanten als Kleinganoven bezeichnen?«

Lüder lächelte ihn milde an. »Habe ich so etwas gesagt? Aber vielleicht hören wir uns gemeinsam an, was Herr Manthling zu erklären hat.«

Kommissar Holtgrebe verschwand auf dieses Stichwort und kehrte kurz darauf mit dem Beamten der Kreisverwaltung zurück.

Auf Lüders Aufforderung sprudelte es aus Manthling wie ein Wasserfall heraus. Er wiederholte alle Anschuldigungen gegen Kwiatkowski, der sichtlich verlegen wurde, während sein Anwalt keine Miene verzog.

»Hier steht Aussage gegen Aussage. Ich halte Ihren sogenannten Zeugen nicht für glaubwürdig.«

Manthling lief puterrot an. Es hatte ihm die Sprache verschlagen. Nach all den niederschmetternden Erlebnissen des Tages wurde er jetzt auch noch der Lüge bezichtigt. Er hatte sich immer noch nicht wieder beruhigt, als ihn Kommissar Holtgrebe wieder hinausführte.

»Sie sind sich bewusst, dass mein Mandant gegen Sie eine Anzeige wegen Nötigung und Sachbeschädigung stellen wird?«

Lüder lächelte Dr. Buurhove an. Er ahnte, worauf der Anwalt hinauswollte. »Ich bin mir keiner Schuld bewusst.«

»Sie haben ihn in Kappeln widerrechtlich genötigt und sein Eigentum zerstört. Da wird noch einiges auf Sie zukommen.« Der

Anwalt schüttelte den Kopf. »Merkwürdige Methoden scheinen Sie hier in Schleswig-Holstein zu haben.«

»Die Wikinger haben es schon immer verstanden, sich gegen unerwünschte Eindringlinge zur Wehr zu setzen. Im Übrigen weiß ich nicht, wovon Ihr Mandant spricht. Was glauben Sie? Wird man jemandem vertrauen, der Beamte besticht, oder dem Wort eines *unbestechlichen* Staatsdieners Beachtung schenken?«

Der Anwalt stand auf. »Kommen Sie«, wandte er sich an Willi Kwiatkowski. »Ihr unfreiwilliger Aufenthalt an dieser ungastlichen Stätte ist eine abgeschlossene Episode.«

Lüder ließ die beiden Männer gehen. Er hatte keine rechtliche Handhabe, den Privatdetektiv noch länger in Gewahrsam zu behalten. Noch ahnte der Düsseldorfer Wirtschaftsanwalt nicht, dass Lüder die ersten vorsichtigen Informationen über ihn zusammentrug. Dann machte er sich auf den Heimweg nach Kiel. Er würde auch heute erst nach Mitternacht dort eintreffen.

SIEBEN

Es war einer jener Tage, an denen man schon vor dem Frühstück das Kalenderblatt auf den folgenden Tag vorblättern möchte. Noch lieber wäre es Lüder gewesen, um zwei Tage nach vorn zu springen. Dann wäre wieder Montag gewesen.
Sinje kämpfte mit dem Durchbruch neuer Zähne.
»Wie gut, dass morgen Sonnabend ist«, hatte Margit irgendwann im Laufe der Nacht festgestellt. »Dann können wir ein wenig länger schlafen.«
Doch Jonas hatte andere Vorstellungen von Nachtruhe. Gerade nachdem die Jüngste sich ein wenig beruhigt hatte, tauchte er mit einem großen Plüschlöwen, seinem Betttier, auf und beanspruchte den Platz in der Mitte zwischen Margit und Lüder für sich. Er rollte sich in Lüders Bettdecke ein und überließ es den Erwachsenen, sich in anderer Weise vor der nächtlichen Kühle zu schützen. Das Wollknäuel, das die wuschelige Schwanzquaste des Löwen bildete, fand besonders Gefallen an Margits Nasenspitze, die dafür im Halbschlaf Lüder verantwortlich machte, der aber dem nächtlichen Bewegungsdrang seines im Tiefschlaf mit imaginären Ungeheuern kämpfenden Sohnes ausgesetzt war.
Kinder unterhalb des Diskoalters kennen anscheinend noch nicht den Unterschied zwischen Werktagen und Wochenende, sodass alle Hoffnungen auf ein etwas längeres Verweilen in Morpheus' Armen vergeblich waren.
Beim Frühstück stieß Jonas sein noch gut gefülltes Glas mit Schokoladenmilch um, Thorolf war das Ei zu weich, Margit hatte Vivekas Marmelade nicht nachgekauft, und Lüder war ohnehin an allem schuld.
Dieser Auffassung war Margit letztlich auch, als Lüder ihr eröffnete: »Ich muss heute Vormittag noch einmal an die Schlei.«
»Das ist nicht dein Ernst«, zürnte Margit. »Wenigstens am Wochenende könnten wir die Zeit miteinander verbringen.«
»Wir könnten alle zusammen nach Kappeln fahren. Während

ihr dort bummeln geht, erledige ich schnell meine Aufgaben, und dann genießen wir den Rest des Tages gemeinsam.«

»Manno, wieder so lange im Auto hocken«, protestierte Thorolf. Viveka hatte eine Verabredung, Jonas verkündete schlicht: »Hab keinen Bock«, und Margit schwankte zwischen Protest und Hilflosigkeit, da sie auf Lüders Hilfe im Haushalt und beim Einkauf gehofft hatte.

So war er eine halbe Stunde später allein mit schlechtem Gewissen Richtung Norden unterwegs. Dennoch musste er schmunzeln, als er noch einmal die häuslichen Turbulenzen Revue passieren ließ. Wir sind eben eine ganz normale Familie, dachte er sich, als er von der gewundenen Landstraße auf die Zufahrt zu Hinrich Petersens Anwesen abbog. Sein Wagen rollte noch, als hinter der Hausecke ein kräftig gebauter Schäferhund hervorgeschossen kam und wütend gegen die Fahrertür sprang. Während der Hund heftig bellte, zeigte er zwei Reihen Zähne, deren nähere Bekanntschaft Lüder nicht machen wollte. Der Hund ließ auch nicht von seinen Attacken ab, als in der Tür des Gebäudes ein stabil gebauter Mann erschien und die Szene gelassen beobachtete. Lüder betrachtete den Grauhaarigen in seiner derben Cordhose, die durch Hosenträger gehalten wurde. Die Ärmel des karierten Flanellhemdes waren hochgerollt und gaben den Blick auf zwei kräftige Unterarme frei.

Er ließ den Hund noch einen Moment wütend toben, gab dann ein Kommando und wartete, bis das Tier zu ihm zurückkehrte.

Lüder ließ die Scheibe auf der Beifahrerseite herunter.

»Herr Petersen?«, fragte er.

»Was wollen Sie?«, gab der Mann als Antwort zurück.

»Polizei. Können Sie den Hund wegsperren?«

Der Mann grinste breit. »Polizei? Einer von der feigen Sorte? Unsere grünen Jungs aus Kappeln haben keine Angst vor Haustieren.«

Trotzdem bequemte er sich, den Hund ins Haus zu führen. Kurz darauf erschien er wieder und blieb auf dem Treppenabsatz stehen.

Lüder stieg aus und kam ihm entgegen. »Sind Sie Herr Petersen?«, fragte er erneut.

»Ja.«

»Ich möchte mit Ihnen sprechen.«

»Warum?«

Petersen kramte in der ausgebeulten Tasche seiner Hose und holte eine Pfeife hervor. Mit dem Daumen drückte er den Tabak im Kopf fest, zündete sich die Pfeife an und zog lang und genussvoll daran.

»Es geht um den Anschlag auf Ihre Nachbarin.«

»Da haben wir nix mit am Hut.«

»Trotzdem klopfen wir das Umfeld des Opfers ab. Ist es Ihnen lieber, wenn ich Ihnen eine Vorladung zukommen lasse?«

»Zu einem Verhör?« Petersen kniff die Augen zu einem schmalen Schlitz zusammen.

»Zu einer Befragung.«

Der Mann wies mit seiner Pfeife auf eine weiß lackierte Holzbank an der Hauswand. Dann setzte er sich. Lüder folgte seinem Beispiel.

»Sie investieren in Ferienanlagen?«, begann Lüder.

Petersen warf ihm einen Seitenblick zu. »Was hat das mit der Sache bei Rasmussen zu tun?«

»Vielleicht beantworten Sie einfach meine Fragen«, schlug Lüder vor.

»Ja, kann sein«, sagte Petersen.

»Es interessiert uns nicht, was Sie mit Ihrem Geld machen. Es geht darum, zu ergründen, ob Rasmussen mit seinen Windkraftanlagen jemandem ins Handwerk pfuscht, dass der sich rächen möchte. Vielleicht sollte mit der Briefbombe auch nur ein Zeichen gesetzt werden.«

Petersen nahm die Pfeife aus dem Mund und tippte sich mit dem Mundstück gegen die Stirn. »Wer das glaubt, ist wohl 'nen bisschen malle, was?«

»Soll ich daraus schließen, dass Sie das neue Bestätigungsfeld von Rasmussen voll unterstützen?«

Mit dieser Formulierung hatte Lüder ins Schwarze getroffen.

»Bin ich denn jeck? Bei dem tickt das doch nicht richtig. Diese Scheißdinger brummen den ganzen Tag herum, werfen Schlagschatten und sehen auch noch bescheuert aus. Der verjagt die ganzen Touris mit dem Schiet. Wer will schon Urlaub inner Stromfabrik machen?«

»Folglich gibt es Diskrepanzen zwischen Ihnen und Ihrem Nachbarn?«

Petersen zog an seiner Pfeife, bevor er antwortete. »Das kannst wohl glauben.«

»Haben Sie versucht, Rasmussen Land abzukaufen?«

»Wieso das denn?«

»Um darauf Ferienanlagen zu errichten.«

Der Mann schaute Lüder mitleidig lächelnd an. »Glaubst du wirklich, dass wir die ganzen Ufer der Schlei zubauen können? Die Leute, die herkommen, wollen auch Grün sehen. Und Felder. Hast du das große Sonnenblumenfeld gesehen? Kurz hinter Lindaunis?«

Lüder nickte.

»Siehste. Das ist es, was die Gäste haben wollen.«

»Dann haben Sie auch keine Landvermesser beauftragt, hier in der Gegend tätig zu werden?«

»Landvermesser? Was soll ich damit? Alle Bauern wissen seit Jahrhunderten, wie weit ihre Scholle reicht.«

»Wollen Sie sich denn aus der Landwirtschaft zurückziehen?«

Petersen ließ seinen Blick über den Horizont schweifen.

»Eigentlich bin ich gern Bauer. Mit Leib und Seele.« Er hielt Lüder seine schwieligen Hände hin. »Mein Sohn will allerdings nicht weitermachen. Nun hoff ich, dass eine meiner Töchter den richtigen Knaben an Land zieht.« Erneut blickte er versonnen gen Süden, wo in der Sonne das Wasser der Schlei glitzerte und heute, am Sonnabend, eine schier endlos erscheinende Kette von Segelbooten dahinglitt. Dazwischen rumpelte die »Schlei Princess«, ein nachgebauter Raddampfer, mit fröhlichen Menschen an Bord, von Kappeln Richtung Schleswig.

»Man darf es ja nicht laut sagen, wissen Sie. Die Welt ist voller Neider. Aber uns Bauern ist es nicht schlecht gegangen in den letzten Jahrzehnten. Wer tüchtig war, bei dem ist ordentlich was hängen geblieben.« Petersen rieb die Spitzen von Daumen und Zeigefinger aneinander. »Aber die Zukunft? Ob die so rosig aussieht?«

Petersen wechselte wie selbstverständlich zwischen Du und Sie hin und her, zog erneut an seiner Pfeife und blies kunstvoll blaue Kringel in die Luft. »Die Doofmatzen in Brüssel haben den Überblick verloren. Da holen die jede Menge neuer Länder in die EU und versprechen denen das Blaue vom Himmel. Wer soll das bezahlen? Das geht doch zu unseren Lasten.« Er tippte sich mit dem Pfeifenstiel gegen die Brust. »Uns werden ständig die Mittel gekürzt, damit wir den Polen und all den anderen dahinten den Aufbau bezahlen. Und wenn die modernisiert haben, ruinieren sie uns mit subventionierten Preisen, zu denen wir nicht produzieren können. Nee, mein Lieber, da schlafen unsere. Die sägen den Ast ab, auf dem wir alle hocken.«

Petersen war richtig zornig geworden.

»Und deshalb steigen Sie um auf die Tourismusbranche?«, warf Lüder ein.

»Tja, das hatte ich mir eigentlich gedacht. Da habe ich schon Ende der Siebziger mit angefangen. Und dann? Plötzlich kam die Maueröffnung. Da pumpen sie unser sauer verdientes Geld in den Osten. Hier ist doch bald nichts mehr. Daddeldu. Die ganzen Mäuse kriegen die an Mecklenburgs Küste. Die da drüben locken uns die Touristen weg. Und wer hat das alles bezahlt? Wir!«

»Und deshalb sind Sie verärgert und haben einen Groll auf die Politiker?«

»Ach, hör doch auf damit. Das ist doch alles ein Pack. Sieh dir doch den Rasmussen an. Der versucht doch auch, seine Schäflein ins Trockene zu bringen. Diese ganze Ökoscheiße mit seinen Windmühlen … Was glaubst du, warum der im Kreistag ist? Da kann er sich einen großen Teil vom Kuchen abschneiden, der da verteilt wird.«

»Was meinen Sie damit? Von welchem Schatz sprechen Sie, der dort gehoben und verteilt werden soll?«

Doch Petersen winkte ab. »Lass mich an Land. Die Brüder sind doch alle gleich. Das ist doch alles ein Gesindel. Wer weiß, was die im Schilde führen. Nicht umsonst sind die Burschen hier aufgekreuzt und haben gefragt, ob wir unser Land verkaufen wollen.«

»Wer hat Sie besucht?«

Der Mann ließ sich mit der Antwort Zeit.

»Mehrere. Zuerst tauchten zwei windschiefe Gestalten auf. So ein langer Dürrer und ein kleiner Dicker. Die sahen wie Komiker aus.«

Lüder erinnerte sich. Auch Rasmussen hatte die beiden erwähnt und von »Pat und Patachon« gesprochen.

»Kennen Sie die Namen? Oder können Sie die Männer beschreiben?«

Petersen zeigte seine gelben Raucherzähne. »Sie haben doch den Hund vorhin gesehen? Das war meine Antwort. Und dann war da noch so ein gelackter Typ. Doktor Doktor und so. Der hat mir sogar ein Handgeld von fünfundzwanzigtausend Talern versprochen. In bar und ohne Quittung, wenn wir einen unverbindlichen Vorvertrag machen.«

Das konnte nur Dr. Dr. Cornelius F. Buurhove gewesen sein, der Düsseldorfer Wirtschaftsanwalt.

Bevor Lüder weitere Fragen stellen konnte, setzte Hinrich Petersen seine sehr individuellen Anklagen gegen die Politik und deren Macher fort. Lüder sah ein, dass aus dem Mann außer Schimpftiraden nichts mehr herauszuholen war, und verabschiedete sich.

Das Anwesen von Joost machte einen heruntergekommenen Eindruck. Es mochte eine Sache sein, dass ein Hof in finanzielle Nöte geraten war und die Mittel für Farbe und Außengestaltung fehlten. Sicher war der Engpass aber kein Grund, Abfälle und Unrat achtlos auf dem Vorplatz liegen zu lassen. Der Vorgarten war verwildert, und tapfer kämpften ein paar Tagetes, die sich aus verstreuten Samen des Vorjahres entwickelt hatten, gegen die Ödnis.

Nachdem niemand auf sein Klingeln an der Haustür, von der die Farbe abblätterte, reagiert hatte, umrundete Lüder das Gebäude und fand auf der Rückseite eine geöffnete Tür, die in eine Wohnküche führte.

Eine Frau im geblümten Kittel war mit Hausarbeit beschäftigt, während am Tisch mit der Wachstuchdecke ein stoppelbärtiger Mann saß, der den Kopf in die Hände stützte und Zeitung las.

»Moin«, grüßte Lüder. »Herr und Frau Joost?«

Der Mann sah auf und musterte Lüder über den Rand seiner Brille hinweg. Die Frau wischte sich die Hände an ihrer Kittelschürze ab.

»Ja«, antwortete sie.

»Lüders. Kripo Kiel. Haben Sie einen Moment Zeit für mich?«

»Polizei?«, fragte Frau Joost mit einem ungläubigen Unterton. »Wollen Sie zu uns?«

»Ich habe ein paar Fragen zu Leuten, die sich in jüngster Zeit in der Gegend aufgehalten haben und reges Interesse an landwirtschaftlichen Flächen zeigten.«

Die Frau fuhr sich mit der Hand an den Mund. »O Gott, Erich«, stammelte sie und sah ihren Mann mit weit aufgerissenen Augen an.

»Halt die Klappe, Lisbeth«, fuhr Joost seine Frau barsch an. Dann wandte er sich an Lüder. »Hier war keiner. Nicht bei uns.«

»Darf ich?« Lüder setzte sich, ohne die Antwort abzuwarten, dem Mann gegenüber an den Tisch. »Natürlich waren die Leute auch bei Ihnen. Das wissen wir. Es macht keinen Sinn, wenn Sie das bestreiten.«

»Na und? Mehr habe ich dazu auch nicht zu sagen.«

»Wollen Sie verkaufen?«

Joost zog geräuschvoll die Nase hoch. »Geht das die Polizei was an?«

»Das hängt von den Umständen ab. Wenn solche Transaktionen mit Bombenattentaten und Kindesentführungen einhergehen, interessiert es uns brennend.«

»Das ist doch Humbug, was Sie da von sich geben. Sehen Sie sich doch um. Hier ist doch nichts weiter übrig geblieben als diese Bruchbude.«

»Sie haben ökologische Landwirtschaft betrieben?«

Erneut zog Joost die Nase hoch. »Ich bin auf den Zug aufgesprungen, nachdem man uns weisgemacht hat, dass das die Zukunft wäre. Aber das Ganze war 'ne Pleite. Das hat Unmengen gekostet. Und hinterher wollte keiner den Mehraufwand bezahlen. Das war's dann.«

»Das heißt, Ihnen kommen Leute, die sich für Ihr Land interessieren, gerade recht?«

»Tünkram. Glauben Sie, dass hier noch irgendwas uns gehört? Da haben überall die Banken ihren Daumen drauf.«

Die Frau fing still an zu weinen. Mit einem Papiertaschentuch tupfte sie sich die Tränen aus den Augenwinkeln.

»Können *Sie* mir sagen, wie es weitergehen soll? Wissen Sie, wie alt wir sind? Hier!« Joost zeigte Lüder die rauen Hände. »Mein ganzes Leben habe ich geschuftet. Und nun ist alles hin.«

»Und da kamen Ihnen die Euro, die Ihnen der Anwalt zugesteckt hat, gerade zur rechten Zeit?«

Joost war aufgestanden und stützte sich auf der Tischplatte ab. »Ich hab kein Geld gekriegt. Verdammt noch mal.«

Währenddessen war seine Frau an seine Seite getreten. Vorsichtig legte sie ihren Arm auf seinen. Zuerst sah es aus, als würde er sie abschütteln wollen, doch dann besann er sich und nahm sie vorsichtig in den Arm.

»Ach, nun ist es auch egal«, sagte Joost mit müder Stimme. »Das Geld ist ohnehin schon ausgegeben. Wir haben davon die Stromrechnung bezahlt, weil man uns das Licht abgedreht hat. Und etwas für den Kühlschrank.«

»Wie viel haben Sie bekommen?«

Der Mann zögerte eine Weile, bis es ganz leise über die Lippen kam. »Zweitausend.« Dann sah er Lüder an. »Ist das strafbar? Nur weil ich diesen Wisch unterschrieben habe?«

»Nein, da ist nichts Strafbares dran. Sie sollten aber Ihren Steuerberater informieren.«

»Ich dachte, weil die Banken doch die Konten gesperrt haben und wir das Geld unter der Hand in bar entgegengenommen haben.«

»Das ist keine Sache, die uns als Polizei interessiert.«

Frau Joost gab einen hörbaren Stoßseufzer von sich. »Siehst du, Erich. Da haben wir aber Glück gehabt.«

»Was für einen Vertrag haben Sie unterschrieben?«, fragte Lüder.

»Na, so 'n Wisch, dass wir an den Anwalt verkaufen. Und nur an ihn.«

»Darf ich einen Blick auf das Papier werfen?«, bat Lüder.

»Geht nicht«, erwiderte Erich Joost. »Das hat er wieder mitgenommen.«

»Und Ihnen keine Kopie gelassen?«

»Nee.«

»Wie hieß der Anwalt?«

Joost fuhr sich mit der Hand durch die Haare. Dann fasste er sich an die Stirn. »Mensch, wie war das noch gleich? Buhrofen oder so ähnlich. Auf jeden Fall war er ein Doktor.«

»Der sah richtig seriös aus«, mischte sich Lisbeth Joost ein.

Lüder war nicht einmal sonderlich erstaunt. In Notlagen denken Menschen häufig nicht an die kleinsten Selbstverständlichkeiten. Den Leuten musste das Wasser wirklich bis zum Hals stehen.

Sie hatten nur den Strohhalm in Gestalt der zweitausend Euro gesehen. Und das Ende ihres Hofes zeichnete sich ohnehin ab. Da war das Geld ein Geschenk des Himmels. Zweitausend. Allein daran konnte man den Charakter von Dr. Buurhove erkennen. Petersen, der sich in keiner Notlage befand, hatte der Wirtschaftsanwalt fünfundzwanzigtausend geboten. Und Joost hatte wahrscheinlich nur Glück und überhaupt ein Almosen erhalten, weil sich eine andere Interessentengruppe in der Region tummelte, die von einigen als »Pat und Patachon« bezeichnet wurde.

Lüder überreichte Erich Joost seine Karte. »Verständigen Sie mich bitte, wenn sich in dieser Sache jemand bei Ihnen meldet.«

Der Landwirt las die Karte. »Machen wir, Herr Kriminalrat«, versprach er.

»Lüders. Die Anrede mit dem Dienstrang ist bei uns in Schleswig-Holstein nicht üblich.«

Lüder beobachtete, wie Joost unruhig mit der Visitenkarte spielte und sie zusammenrollte. Vorsichtshalber zog er eine zweite Karte hervor und überreichte sie Frau Joost. »An Sie habe ich die gleiche Bitte.«

Zögernd griff die Frau nach der Pappe. »Das Problem ist nur, dass wir im Augenblick nicht telefonieren können. Die Telekom hat uns den Anschluss gesperrt, verstehen Sie?«

Lüder tat, als würde er aufstehen. Beiläufig fragte er: »Sind Sie verwandt mit Joachim Joost aus Schleswig?«

Das Ehepaar sah sich erschrocken an. »Ja«, gab Erich Joost zur Antwort.

»Sie haben von den Vorfällen gehört?«

Jetzt fing Lisbeth Joost wieder an zu schluchzen. »Die armen Kinder. Joachim war früher oft in den Ferien bei uns auf dem Hof. Damals, als die Zeiten noch besser waren.«

»In den letzten Jahren kaum noch«, ergänzte ihr Mann. »Da war es bei uns nicht mehr so, dass wir Besuch empfangen konnten. Schon gar nicht Kinder.«

»Kennen Sie Joachims Söhne? David und Josh?«

Während Erich Joost nickte, erklärte seine Frau: »David schon. Aber den kleinen Josh haben wir nur ein einziges Mal gesehen, kurz nach der Geburt. Da waren wir zur Taufe eingeladen.«

Als Lüder wieder in seinem Auto saß, schaltete er sein Handy auf Empfang. Die Mobilbox meldete sich. Margit fragte an, wann er wieder zu Hause sein würde. Schließlich war es Wochenende, und sie würde auch gern etwas von ihm haben.

Lüder wählte seinen Privatanschluss. Natürlich war es Jonas, der zuerst am Apparat war.

»Ist Mama da?«

»Die ist sauer auf dich, weil du unterwegs bist«, sprudelte es wie immer aufgeregt aus dem Kindermund. Jonas schien nie genügend Zeit zu haben, um eine Sache in Ruhe zu Ende bringen zu können. »Außerdem hat die komische Frau wieder angerufen.«

»Welche Frau?«

»Die olle Ziege, die gemeckert hat, als ich mich mit Kalle Blomquist gemeldet habe.«

»Hat sie was gesagt?«

»Nicht so richtig.«

»Jonas! Das ist wichtig. Also, was hat sie gesagt?«

»Das war fast zu erwarten, hat sie gesagt.«

»Warum?«

»Als ich ihr erzählt habe, dass du mit ein paar Kumpels und einer Kiste Bier zum Segeln auf die Förde raus bist.«

Bevor Lüder antworten konnte, hörte er das Besetztzeichen, als Jonas schnell aufgelegt hatte.

Lüder atmete tief durch. Dann wählte er Frauke Dobermanns Handynummer.

»Wie ist das Wetter auf dem Wasser? Haben Sie eine steife Brise?«, fragte sie anstelle einer Begrüßung.

Lüder erklärte ihr, dass er Rasmussen, Petersen und Joost besucht hätte.

»Ihr Sohn hat am Telefon aber etwas anderes erzählt. Der scheint es mit der Wahrheit nicht allzu genau zu nehmen.«

Lüder unterließ es, Frauke Dobermann zu antworten. Wie hätte er ihr Jonas' Lebhaftigkeit erklären sollen. »Der Junge ist genau wie du«, pflegte Margit stets zu sagen und verwies darauf, dass es sicher an den gemeinsamen Genen liegen würde. »Jonas ist ein unschuldiges Kind. Das hat er alles von dir geerbt.«

»Mir liegt der Bericht der Rechtsmedizin vor«, sagte die Hauptkommissarin. »Mit hoher Wahrscheinlichkeit ist Senkbiel verbrannt. Es konnten keine anderen Verletzungen festgestellt werden. Aber das ist relativ vage, weil die Leiche übel zugerichtet war. Wenn Senkbiel unfreiwillig verbrannt ist, dann hat das Feuer die Spuren verwischt.«

»Ich teile Ihre Vermutung. Der Bursche wollte das Tatfahrzeug abfackeln. Und mit seinem kranken Knie ist er nicht schnell genug aus dem Gefahrenbereich gekommen. Das Ganze war höchstwahrscheinlich ein selbst verschuldeter Unglücksfall.«

Frauke Dobermann räusperte sich. »Wir haben noch einmal Senkbiels Umfeld abgeklopft. Seine Freunde, Familie. Auch seine Wohnung haben wir noch einmal gründlich durchsucht. Nichts! Keine verwertbaren Kontakte. Der Mann scheint seine Wohnung nur zum Einkaufen verlassen zu haben. Die Nachbarn haben keine Besuche registriert. Senkbiel lebte in totaler Abgeschiedenheit.«

»Der Mann muss doch irgendwelche sozialen Kontakte gehabt haben.«

»Keine, über die wir etwas in Erfahrung bringen konnten. Ein kompletter Eremit.«

»Merkwürdig. Ich bin mir sicher, dass Senkbiel die Anleitung zum Basteln der Briefbombe weitergegeben hat, wenn er nicht selbst der Urheber war.«

»Das können wir fast ausschließen, ich meine, dass er sie selbst gebaut hat. Wir haben aber nicht rekonstruieren können, wie er mit den anderen Tätern im Kontakt stand. Er hat noch ein altes analoges Telefon. Und auf seinem im Übrigen schon recht betagten PC haben wir auch nichts entdecken können.«

»Also keine Hinweise auf irgendwelche Mittäter, von denen wir vermuten, dass sie mit der Kindesentführung in Verbindung stehen.«

»Leider nicht.« Frauke Dobermanns Stimme klang plötzlich müde. »Wir sind auch hier nicht untätig gewesen und haben alle erdenklichen Varianten durchgespielt. Wer könnte als Täter in Frage kommen? Wer verfügt über ein solches Gewaltpotenzial oder ist schon einmal mit Kindesentführung in Verbindung gebracht worden? Da haben wir einen Iraner, der seine eigenen Kinder entführt hat, weil er abgeschoben wurde. Ein Kinderschänder, der die Opfer auch zeitweise in seine Gewalt gebracht hatte, sitzt in Hamburg-Fuhlsbüttel. Auch die Frau, die einen Säugling von der Entbindungsstation entführt hat, kommt nicht in Frage. Der Letzte auf unserer Liste ist ein Pädophiler, der in der forensischen Abteilung im Landeskrankenhaus Neustadt weggeschlossen ist.«

»Auf keinen von denen dürfte unser Täterprofil passen«, sagte Lüder. »Sonst gibt es niemanden bei uns im Norden, der in diesem Bereich vorbestraft oder auffällig geworden ist und frei herumläuft?«

»Niemand.«

»Der Zufall wäre zu groß gewesen, wenn Sie auf diesem Weg eine Spur hätten entdecken können. Wo können wir noch suchen? Mir erscheint es ebenso undenkbar, den Onkel von Joost in den Kreis der Verdächtigen einzubeziehen. Der hat zwar immense finanzielle Probleme, aber ich halte ihn nicht für fähig, eine solche Tat zu organisieren.«

»Und wenn er doch dahintersteckt und ihm die ganze Sache aus den Händen geglitten ist?«

»Sicher! Kein Gedanke ist so abwegig, dass er nicht verfolgt werden sollte«, stimmte Lüder zu. »Aber Erich Joost, der Onkel, weiß, dass sein Neffe kein Lösegeld zahlen kann.«

»Wieso haben die Entführer bisher noch keine Forderungen gestellt? Wenn das Lösegeld nun darin besteht, dass die Banken von ihrem Würgegriff gegen den Onkel zurücktreten?«

»Ich kann mir kaum vorstellen, dass diese Erpressung von Erfolg gekrönt wäre, da die Banken nicht direkt betroffen sind. Für das Schicksal der Kinder übernehmen die keine Verantwortung.«

»Und wenn das Ziel der Erpresser gar nicht die Eltern sind, sondern der Landkreis?«, fragte Frauke Dobermann.

»Ein solcher Gedanke ist mir auch schon gekommen. Es ist merkwürdig, mit welcher Vehemenz sich der Landrat über seine politischen Kanäle dafür eingesetzt hat, dass die Polizei auf Anweisung aus Kiel sämtliche Ermittlungen einstellen musste.«

»Das schmutzige politische Geschäft ist Ihr Metier«, erinnerte ihn die Hauptkommissarin.

»Ich fürchte, Ihre Analyse ist richtig. Falls sich noch etwas ergeben sollte, können Sie mich jederzeit erreichen. *Auch* am *Wochenende*«, sagte Lüder zur Verabschiedung. Dann rief er seinen Freund Schönberg an, der in Kiel-Wik eine kleine Werbeagentur betrieb.

»Ich brauche deine Hilfe, Horst.«

»Oh nee, nä? Kommt gar nicht in die Tüte«, wehrte der sich. »Immer wenn du so beginnst, soll ich dir bei einer krummen Sache helfen. Ich will gar nicht an die Pornobilder denken, die ich dir für diesen britischen Diplomaten gebastelt habe.«

»Das ist für einen guten Zweck. Du dienst damit der Gerechtigkeit an herausragender Stelle.«

»Für Volk und Vaterland«, höhnte der Freund, konnte seine Neugierde aber doch nicht unterdrücken. »Um was geht es denn?«

»Diesmal ist es völlig harmlos. Du hast doch Zugriff auf die Informationen einer Wirtschaftsauskunftei.«

»Du meinst Creditreform?«

»Von mir aus. Kannst du mir Informationen über Holger Rasmussen, Hinrich Petersen und Erich Joost besorgen? Alle wohnen in Boren an der Schlei.«

»Ist das dein Ernst? Ich denke, du bist bei der Polizei.«

»Das schon, aber ob du es glaubst oder nicht, unsere Möglichkeiten sind begrenzt.«

»Ich dachte immer, dass es eine Unmenge staatlicher Schnüffelbehörden gibt, die bis in die intimsten Geheimnisse von uns Bürgern vorstoßen.«

»Darüber sollten wir einmal bei einem Glas Rotwein sprechen. Die Sicherheitsbehörden gehören zumindest nicht dazu. Jedenfalls nicht die Polizei.«

»Das wird aber ein sehr großes Glas Rotwein«, antwortete Horst Schönberg. »Okay, ich werde mein Bestes versuchen.«

Dann fuhr Lüder auf direktem Weg nach Hause. Der Rest des Wochenendes sollte exklusiv seiner Familie gehören.

ACHT

Das Kontinentalhoch über Russland und ein Islandtief sorgten für einen Druckausgleich, der sich als Wind über Norddeutschland bemerkbar machte. Es mochte Windstärke vier herrschen, was manchen Binnenländer sicher zu der Erkenntnis kommen ließ, er hätte seinen Aufenthalt an der Küste mit einem »Sturm« gekrönt. Bei vorsichtigen Zeitgenossen begann es leicht im Magen zu rumoren, wenn sie dabei an einen Segeltörn in der Außenförde dachten.

Lüder schenkte dem Wetter keine Beachtung. Es war jetzt genau eine Woche her, dass die Joost-Kinder entführt worden waren. Und sie hatten bisher keine Spur gefunden. Auch über das Motiv herrschte immer noch Ungewissheit. Die wurde zusätzlich durch das eigenartige Verhalten der Täter geschürt, die sich nicht meldeten, weder mit einem Lebenszeichen noch mit einer Forderung traten sie an die Eltern heran. Oder war alles so diskret verlaufen, dass die Polizei es nicht mitbekommen hatte?

Lüder versuchte zum wiederholten Mal, seinen Freund Horst zu erreichen. Der war bekennender Spätaufsteher, und mehr konnte ihm eine junge Mitarbeiterin der Werbeagentur auch nach dem dritten Anruf nicht sagen. Erst nach einer weiteren halben Stunde meldete sich eine verschlafen klingende Stimme.

»Ich denke, du bist Beamter? Wieso machst du in aller Herrgottsfrühe die Welt verrückt?«

Lüder sah auf die Uhr. »Weißt du, wie spät es ist? Nach halb elf.«

»Na und? Als Kreativer arbeite ich bis spät in die Nacht hinein.« Wie um das zu beweisen, vernahm Lüder ein herzhaftes Gähnen am anderen Ende der Leitung. »Dafür habe ich etwas für dich. Alle drei sind gewerblich tätig, deshalb gibt es auch Auskünfte über sie. Rasmussen hat eine gute Bonität. Er verfügt über ein überdurchschnittliches Einkommen und hat sich neben seiner Landwirtschaft, die ihm immer noch gehört, mit mehreren Gesellschaften im Windparkgeschäft ausgebreitet.«

»Was heißt ›mit mehreren Gesellschaften‹?«

»Ist doch ganz easy. Er hat zwei GmbHs. Bei denen ist die Haftung begrenzt. Die sind wiederum Komplementäre von einer Reihe von Kommanditgesellschaften. Und dort lässt er fremde Investoren als Geldgeber mitwirken. Die treten dann als Kommanditisten ein. So weit alles klar?«

»Ist das windig? Ich meine, das Geschäftsmodell, nicht die Branche.«

»Überhaupt nicht. Damit verteilt er geschickt das Risiko auf verschiedene Gesellschaften. Wenn eine floppt, weil die Technik versagt, der Standort wider alle Prognosen ungünstig ist oder was weiß ich passiert, dann bricht nicht sein ganzes Miniimperium zusammen. Im Übrigen scheint er ein solider Geschäftsmann zu sein. Es gibt keine negativen Aussagen über ihn. Und seine Kredite, die tilgt er im vereinbarten Rahmen.«

»Trifft das auf Petersen auch zu?«

»Der nagt ebenfalls nicht am Hungertuch. Der hat eine Menge in Ferienanlagen investiert. Darüber hinaus ist er stiller Gesellschafter an einem Hotel und einer Pension. Im Unterschied zu Rasmussen musste er aber immer wieder einmal Rückschläge wegstecken. Da war der Einbruch ein paar Jahre nach der Wende. Die Urlauberströme wurden an die Mecklenburgische Küste umgelenkt. Und wenn Petrus es in einem Jahr nicht gut mit unserer Gegend meint, dann merkt Petersen es an rückläufigen Buchungszahlen. Da ist es schon vorgekommen, dass er mit seinen Kredittilgungen ein wenig ins Stocken geraten ist. Seine Hausbank hat ihn daraufhin um eine Stufe nach unten gesetzt. Das darf man aber nicht überbewerten. Das sind unternehmerische Risiken. Er selbst gilt als solide und steht mit Sicherheit nicht auf tönernen Füßen.«

»Und was hast du über Joost in Erfahrung bringen können?«

»Das ist ein trauriger Fall. Der duzt sich inzwischen mit dem Gerichtsvollzieher. Dem haben sie alle Konten gesperrt, der zahlt seine Stromrechnung nicht, vom Auto haben sie ihm die Plakette abgekratzt, weil er seine Steuern nicht bezahlt und ohne Versicherungsschutz herumfährt. Das scheint eine arme Sau zu sein. Bei dem sind die letzten Mäuse wegen Hunger aus seiner Scheune ausgewandert.«

Lüder bedankte sich bei Horst Schönberg.

»Wo soll ich dir die Rechnung hinschicken?«, fragte sein Freund.
»Rechnung?«
»Sicher. Das kostet dich mehr als ein Glas besten Rotwein.«
»Ist in Ordnung«, lachte Lüder.
Dann versuchte er, bei der Göttinger Ingenieurgesellschaft jemanden zu erreichen, der ihm Auskünfte über den Auftraggeber der Vermessungsarbeiten auf Rasmussens Land erteilen konnte. Eine Frau erklärte ihm mit schnippischer Stimme, dass niemand im Hause sei, der ihm die gewünschten Informationen geben könnte.
»Wann erreiche ich den Geschäftsführer?«
»Das kann ich Ihnen nicht sagen. Herr Wenzel ist viel unterwegs.«
»Dann geben Sie mir seine Handynummer.«
»Die darf ich nicht herausgeben.«
»Ich erwarte, dass Ihr Chef mich in der nächsten halben Stunde anruft.«
»Ich werde es ausrichten«, erwiderte die Frau stereotyp.
Kurz darauf meldete sich Kriminaldirektor Nathusius.
»Ich habe eine gute Nachricht. Im Wirtschaftsministerium wartet Dr. Diedrichsen auf Sie. Der Minister hat nach seiner Rückkehr aus China zugestimmt, dass Sie sich in Gegenwart seines Abteilungsleiters das Mobiltelefon vom zurückgetretenen Staatssekretär Windgraf ansehen dürfen.«
Wenig später wartete Lüder im Wirtschaftsministerium auf Dr. Diedrichsen. Obwohl ihm versichert wurde, der Abteilungsleiter würde sich sofort um Lüders Anliegen kümmern, musste er fast eine halbe Stunde warten.
In Kriminalfilmen stürmt der Held stets ungestüm vorwärts, überlegte Lüder. Ich möchte nicht nachrechnen, wie viel Zeit ich schon mit Warten vergeudet habe. Doch dann lächelte er still in sich hinein. Manchmal bediente er sich auch der »Methode Vorwärts«, doch hier, im Ministerium, musste er sich in Geduld fassen.
Dr. Diedrichsen entschuldigte sich für seine Verspätung, als er atemlos ins Vorzimmer stürmte. »Der Minister hat mich aufgehalten«, erklärte er und bat Lüder in sein Büro. Er ließ einen Kaffee kommen und forderte telefonisch Windgrafs Handy an. Trotz ei-

ner zwischenzeitlichen Ermahnung des leitenden Ministerialbeamten dauerte es weitere zwanzig Minuten, bis jemand das Mobiltelefon brachte.

»Ist es seit dem Ausscheiden des Staatssekretärs benutzt worden?«, fragte Lüder.

Dr. Diedrichsen schüttelte bedauernd die Schultern. »Da kann ich nichts zu sagen.«

Lüder schaltete es ein und war erstaunt, dass das Gerät nicht durch einen PIN-Code geschützt war.

»Das pflegen viele Leitende so zu handhaben«, erklärte der Abteilungsleiter. »Die meisten der Herren können sich den Code nicht merken und sind ziemlich hilflos, wenn es um den Einsatz moderner Techniken geht. Unsere Bundeskanzlerin ist eine rühmliche Ausnahme. Die schreibt ihre SMS selbst. Andere sind ständig abgeschirmt und haben jeden Kontakt zum Alltagsleben der Bürger verloren.«

Der Mann mochte mit seiner für einen hohen Beamten in seiner Position erstaunlich offenen Kritik recht haben, dachte Lüder und sah sich die im Handy gespeicherten Kontaktdaten an.

Windgraf schien auch ein Vertreter der Gruppe zu sein, die sich bei der Handynutzung auf das Telefonieren beschränkte. Jedenfalls gab es weder eingehende noch versandte SMS. Auch die Mediendatenbank war leer.

Dafür fand Lüder jede Menge Telefonnummern, die den Staatssekretär angerufen hatten oder die er angewählt hatte. Lüder notierte sich die Liste.

»Ich weiß nicht, ob Sie diese Daten einsehen oder gar mitnehmen dürfen«, warf Dr. Diedrichsen ein.

»Der Minister hat dem ausdrücklich zugestimmt.«

»Vielleicht hat er die Konsequenzen nicht überblickt«, bemerkte der Abteilungsleiter, war sich aber sofort bewusst, dass in dieser Bemerkung eine Kritik an seinem Minister steckte. Lüder sah ihn deshalb auch nur kurz an. Der Beamte schluckte und schwieg.

Als Lüder seine Notizen abgeschlossen hatte, warf Dr. Diedrichsen über Lüders Kopf einen neugierigen Blick darauf.

»Wenn Sie möchten, helfe ich Ihnen bei der Identifikation der Rufnummern«, bot er an und zog ein Handheld hervor, als Lüder nickte.

Gemeinsam gingen sie die Liste der Telefonnummern durch. Zu einem großen Teil konnte Dr. Diedrichsen den Namen des anderen Teilnehmers beisteuern. Es blieben weniger als eine Handvoll nicht identifizierter Rufnummern übrig, mit denen Lüder sich in sein Büro im Landeskriminalamt zurückzog.

Er war erstaunt, als dort Frauke Dobermann auf ihn wartete.

»Ich hatte in der Rechtsmedizin zu tun«, erklärte sie. »Und da ich schon einmal in der *heiß geliebten Landeshauptstadt* bin«, sagte sie betont, »wollte ich die Gelegenheit nutzen, mit Ihnen zu sprechen.« Sie sah auf die Uhr. »Wie wär's? Laden Sie mich zum Essen in die Kantine ein?«

Wenig später saßen sie sich an einem Resopaltisch gegenüber. Die Hauptkommissarin berichtete noch einmal vom Stand der bisherigen Ermittlungen, während Lüder sie über seine neuen Ergebnisse in Kenntnis setzte.

Den Kaffee tranken sie in seinem Büro. Lüder wartete ungeduldig darauf, dass sich die Flensburgerin verabschiedete, aber Frauke Dobermann wollte noch mithören, ob Lüders Nachforschungen nach den Telefonnummern aus Windgrafs Handy erfolgreich waren.

Die erste Rufnummer gehörte einem Zahnarzt. Unter der zweiten Nummer meldete sich ein Anrufbeantworter, und eine munter klingende Frauenstimme erklärte, dass »Barbara und Michael« nicht zu Hause seien, aber gern zurückrufen würden, wenn man eine Nachricht für sie hinterlasse.

Die dritte unbekannte Rufnummer gehörte der Meldorfer Gelehrtenschule, dem Gymnasium der ehemaligen Dithmarscher Hauptstadt. Es folgte das Sekretariat des Golfclubs »Gut Apeldör«, der ebenfalls unweit von Windgrafs Heimatstadt angesiedelt ist. Die nächste Telefonnummer gehörte ebenfalls einem Golfclub.

»Sagt Ihnen der Donnersberg etwas?«, fragte Frauke Dobermann, nachdem sich am anderen Ende der Leitung jemand mit »Golfclub am Donnersberg« gemeldet hatte.

Lüder musste passen. Es war wie so häufig, dass man einen Begriff schon einmal gehört hatte, aber ihn im Augenblick nicht zuordnen konnte. Er gab den Namen als Suchbegriff auf seinem Rechner ein und erfuhr, dass der Donnersberg die höchste Erhebung der Pfalz ist und im Nordpfälzer Bergland zwischen Kaiserslautern, Ludwigshafen und Worms liegt.

Interessant, dass Windgraf mit dem dortigen Golfclub telefoniert hatte, und zwar am Tag seines überraschenden Rücktritts. Man sollte annehmen, dass einen Menschen in einer solchen Situation andere Sorgen als das Interesse an seinem Sport plagen.

Die letzte Nummer hatte eine ähnliche Vorwahl wie der Golfclub.

»Hotel Klostermühle«, meldete sich eine sympathische Männerstimme.

»Holstein«, meldete sich Lüder, was Frauke Dobermann mit einem Lächeln quittierte. Es stand ihr gut, überlegte Lüder, besser als der ernste, manchmal verbissen wirkende Zug um die Mundwinkel. »Ich hätte gern Herrn Windgraf gesprochen.«

Der junge Mann am anderen Ende zögerte einen Moment. »Windgraf? Soll der bei uns Gast sein? Der Name sagt mir nichts.«

»Entschuldigung«, erwiderte Lüder. »Das ist ein Freund von uns. So nennen wir ihn bei uns in Dithmarschen. Er hat nämlich einen runden Geburtstag, und nun ist der Feigling mit seiner Familie geflüchtet. Wir wollen ihn aber trotzdem überraschen.«

»Ich verstehe«, sagte die freundliche Stimme im Telefon. »Das kann nur die Familie Müller sein.«

»Der ›alte‹ Müller. Na, so was. Glaubt der doch glatt, sich mit seinem Spitznamen vor seinem Geburtstag drücken zu können. Nur sein Auto mit dem Kennzeichen ›HEI‹ hat ihn verraten. Und seine Frau und Tochter sind bestimmt auch da.«

»Dann haben Sie Ihren Freund gefunden«, bestätigte der Mann vom Hotel. »Die Familie Müller ist vorhin weggefahren. Kann ich etwas ausrichten?«

»Nein, danke«, sagte Lüder. »Das soll eine Überraschung werden. Der Schlawiner. Vielen Dank.«

»Oh, bitte«, freute sich der junge Mann in der fernen Pfalz, dass er hatte helfen können.

»Sie Schwindler.« Die Hauptkommissarin drohte Lüder scherzhaft mit dem Zeigefinger. »Wie haben Sie herausgefunden, dass er mit seiner Familie unterwegs ist?«

»Das war nicht schwer zu kombinieren. Er hat bei seinen Anrufen in der Meldorfer Schule seine Tochter vorübergehend abwesend gemeldet, als ordentlicher Mensch wahrscheinlich einen Termin bei seinem Heimatgolfclub abgesagt und sich dann unter falschem Namen in diesem Hotel eingebucht.«

Lüder setzte sich erneut an die Tastatur seines Rechners und tippte etwas ein. Dann begann der Drucker, ein Blatt Papier auszuspucken. Lüder stand auf.

»Was wollen Sie jetzt machen?«, fragte Frauke Dobermann.

»Ich fahre dorthin.«

Die Hauptkommissarin war ebenfalls aufgestanden.

»Ich komme mit«, beschloss sie entschieden.

»Kommt gar nicht in Frage.«

»Doch!«

Frauke Dobermann hatte es sich auf dem Beifahrersitz eingerichtet. Die Fahrt war bisher überwiegend schweigend verlaufen. Der Elbtunnel hatte dank der vier Röhren keine Verzögerung durch Stau gebracht, und bei Bremen zeigten sich sogar einige blaue Stellen am Himmel.

Auf der Höhe von Münster regnete es allerdings heftig.

»Das ist der Meimel«, erklärte Lüder.

Die Hauptkommissarin sah ihn ratlos an.

»So nennen die Münsteraner den Regen. Die Einheimischen sind der Auffassung, er gehört ebenso zu ihrer Stadt wie die vielen Kirchen und die wunderbar wiederaufgebaute Altstadt.«

»Woher kennen Sie Münster?«, fragte Frauke Dobermann matt. Es klang eher höflich als interessiert.

»Dort ist die Führungsakademie der deutschen Polizei.«

»Ach ja.«

Lüder hatte den Eindruck, seine Mitfahrerin würde gegen die aufkommende Müdigkeit kämpfen.

Er hatte recht. Sie verschlief das ganze Bergische Land. Erst kurz vor Köln schreckte sie hoch, als er an einer Stelle schärfer bremsen musste. Sie sagte zwar nichts, aber ihn streifte ein vorwurfsvoller Blick.

Plötzlich spürte Lüder, wie sie vertraulich ihre Hand auf seinen Unterarm legte.

»Da.« Mit der rechten Hand zeigte sie nach vorn. »Der Kölner Dom. Für mich ist das immer wieder ein gigantischer Anblick.«

»Das ist richtig. Und trotzdem geschehen auch unter den Türmen dieser imposanten Kirche Verbrechen. Denken Sie an den Müllskandal, der unglaubliche Verstrickungen und Korruption ans Tageslicht gebracht hat. Aber wir wollen nicht mit Steinen werfen. Es sieht so aus, als würde sich an der Schlei etwas Ähnliches entwickeln.«

Ihre Hand ruhte immer noch auf seinem Unterarm, während sie versonnen auf die Türme der Kathedrale blickte. Sie wurde erst durch den Rhein abgelenkt, als sie den Fluss überquerten.

»Da sind eine Menge Schiffe unterwegs«, stellte sie fest.

Lüder nickte. »So putzig niedliche kleine Kähne, was? Da sind wir etwas anderes gewohnt.«

»Müssen Sie immer mit großen Sprüchen aufwarten?«

»Ja.«

Sie beließ es bei einem Kopfschütteln, das sie mit einem gebrummten »Hmh« begleitete.

»Ich möchte gern wissen, was den Staatssekretär zu seinem plötzlichen Rücktritt veranlasst hat. Es muss mit den Ereignissen in Schleswig zusammenhängen. Da steckt etwas hinter, was wir noch nicht herausgefunden haben.«

»Sind Sie immer so beharrlich in der Verfolgung Ihrer Ziele? Ich meine – in *allen*. Oder beschränkt sich Ihre Tatkraft allein auf Ihren Beruf?«

»Wenn ich meiner Aufgabe als Kriminalbeamter nachgehe, liege ich im Allgemeinen nicht auf der faulen Haut. Das bleibt der Freizeit vorbehalten.«

Zumindest hatte dieser kleine Dialog den Erfolg, dass sie ihre Hand zurückzog.

Die waldreiche Landschaft, die großzügigen Autobahnbrücken über die tiefen Täler, insbesondere die Moselüberquerung, rauschten ebenso an den beiden vorbei wie der Regen, der sie im Hunsrück überfiel. Danach öffnete sich die weite Ebene des Rheingaus mit den Weinlagen, die teilweise direkt bis an die Autobahn gingen.

»Gau Stinkelsheimer Abgasaltärchen, trocken ausgebaut«, lästerte Lüder unterwegs.

Nach einer schier endlos erscheinenden Fahrt verkündete die Stimme aus dem Navigationscomputer: »Nächste Ausfahrt rechts abbiegen.« Winnweiler hieß die Abfahrt. Der Bordcomputer führte sie danach ein kurzes Stück über eine Landstraße, bis sie erneut abbiegen mussten. Von dort war Münchweiler, ihr Ziel, schon zu sehen. Das Hotel »Klostermühle«, Bestandteil einer historischen Hofanlage aus dem zwölften Jahrhundert, war das erste Gebäude am Ortseingang. Schon als sie auf den Parkplatz einbogen, bemerkten sie den dunkelblauen Audi Avant mit dem Kennzeichen »HEI-IW«.

»Ich denke, Windgraf heißt Heiner mit Vornamen«, sagte Frauke Dobermann.

»Das könnte der Wagen seiner Frau sein. Dr. Ilka Preuße-Windgraf«, erklärte Lüder.

»Die Doppelnamen sind richtig in Mode gekommen.« Die Hauptkommissarin stieg aus und ließ ein »Uff« folgen. Dabei streckte sie sich und fasste sich ins Kreuz.

Lüder lächelte. »Das ist ein Attribut der Jahre, die uns trennen.« Er sah ihrem Gesichtsausdruck an, dass seine Bemerkung nur für ihn heiter klang.

Im Hotel begrüßte sie ein junger Mann. »Guten Tag. Was kann ich für Sie tun?« An der Stimme glaubte Lüder, seinen telefonischen Gesprächspartner zu erkennen.

»Wir haben heute Vormittag miteinander telefoniert. Wir sind Freunde der Familie Müller.«

»Ich erinnere mich. Da haben Sie aber Glück. Die sitzen im Garten und trinken Kaffee.« Der junge Mann ging durch das Restaurant auf die Terrasse und zeigte auf eine majestätische Eiche, unter der ein Tisch stand.

Lüder erkannte den ehemaligen Staatssekretär wieder. Dr. Heiner Windgraf hatte ein dezent gemustertes Sporthemd an, wobei er die oberen Knöpfe geöffnet hatte und seinen braun gebrannten Brustansatz zeigte. Die langen Beine, die in einer dunkelblauen Leinenhose steckten, hatte er übereinandergeschlagen. An den Füßen wippten Sneakers. Die Sonnenbrille zierte das volle dunkelblonde Haar. Der Mann sah gut erholt aus. Das sonnengebräunte Gesicht mit der markanten Nase und dem Bart rund um den Mund passte besser zu einem zufriedenen Urlauber als zu jemandem, dessen politische Karriere abrupt beendet worden war.

Neben ihm saß eine schlanke Frau mit stufig geschnittenem

Kurzhaar, das durch Strähnen in unterschiedlichen Blondtönen aufgelockert wurde. Dr. Preuße-Windgraf machte auch hier, in der Abgeschiedenheit dieses vorübergehenden Asyls, einen eleganten Eindruck.

Die Tochter saß mit dem Rücken zu den beiden Beamten und blätterte gelangweilt in einem Comic.

Als Windgraf Lüder und Frauke Dobermann erblickte, schrak er zusammen. Das galt auch für seine Frau. Beide musterten die Neuankömmlinge mit einer nicht zu leugnenden Spannung. Der ehemalige Staatssekretär hockte auf seinem Stuhl wie eine gespannte Feder, die jeden Moment die Arretierung lösen und den beiden Beamten entgegenspringen konnte.

»Hallo, Herr Müller«, sagte Lüder betont locker, als sie vor den beiden standen. »Es gibt keinen Grund zur Beunruhigung. Mein Name ist Lüders. Das ist meine Kollegin Frau Dobermann. Wir kommen von der Landespolizei Schleswig-Holstein.«

Windgraf musterte Lüder immer noch misstrauisch. Erst als dieser seinen Dienstausweis gezogen und vorgelegt hatte, entspannte sich die Haltung der beiden Windgrafs.

»Ja?«, fragte der Ex-Staatssekretär.

»Es gibt wohlmeinende Leute aus Ihrem ehemaligen Wirkungskreis, die sich Sorgen um Sie gemacht haben.«

»Wie haben Sie uns gefunden?«, wollte Windgraf wissen. »Meine Eltern?«, schob er als Frage gleich hinterher.

Lüder schüttelte den Kopf. »Ihr Vater schweigt eiserner als ein Schweizer Bankier. Wir haben andere Möglichkeiten.« Lüder vermied es, eine Erklärung abzugeben.

Windgraf sah Lüder und dann Frauke Dobermann abwartend an.

»Dürfen wir uns setzen?«, fragte Lüder.

Erst jetzt fiel Windgraf auf, dass er den beiden keinen Platz angeboten hatte.

»Ja, bitte.«

Seine Frau beugte sich zur Tochter hinüber und sagte leise zu ihr: »Schätzchen, kannst du uns einen Augenblick allein lassen?«

Das etwa elfjährige, schlaksig wirkende Mädchen wischte sich mit einer Handbewegung die langen Haare aus dem Gesicht.

»Warum denn?«, protestierte sie.

»Bitte, Schätzchen.« Windgrafs Frau hatte Entschiedenheit in ihre Stimme gelegt.

»Ach manno«, maulte die Tochter, stand aber auf und trottete langsam über die Wiese in Richtung Bahndamm, der das Areal im Hintergrund begrenzte und doch unerreichbar war, weil davor, durch dichten Uferbewuchs unsichtbar, die Alsenz floss, die an dieser Stelle allerdings nicht mehr als ein schmaler Bach war.

Lüder sah sich um. »Schön haben Sie es hier.«

Heiner Windgraf wirkte jetzt ein wenig entspannter. »Wir haben dieses kleine Paradies vor einigen Jahren entdeckt. Seitdem fühlen wir uns hier wohl. Fern von Kiel und unter anderem Namen, wenn Sie diese kleine Schwindelei entschuldigen, können wir ausspannen, ohne befürchten zu müssen, von jedem erkannt zu werden.«

»Das sind Dinge, die weder unser Interesse wecken noch unserer Beurteilung unterliegen. Wir haben Sie im Auftrag Ihres ehemaligen Ministers und des Landtagspräsidenten gesucht.«

Lüder ließ unerwähnt, dass die Polizei auch dringend nach Verbindungen zwischen den beiden Verbrechen in Schleswig und Windgrafs Rücktritt suchte.

»Ich verstehe nicht, weshalb die Landesregierung oder der Landtagspräsident nach uns suchen lassen«, mischte sich Frau Dr. Preuße-Windgraf ein. Ihre Stimme war eine Spur zu tief und wirkte durch die Härte nicht feminin.

Bevor Lüder antworten konnte, erklärte ihr Mann: »Es geht nicht nur um den Rücktritt, sondern auch um die mysteriöse Geldüberweisung auf unserer Schweizer Konto.«

»Die du nicht zu vertreten hast. Wir wissen nicht, woher das Geld stammt. Und du hast es sofort dem Minister und dem Landtagspräsidenten gemeldet und den Betrag dort deponiert.«

»Das stimmt alles«, mischte sich Lüder ein, bevor die Diskussion zwischen den Eheleuten weiter eskalierte. »Es liegt auch kein Verdacht auf Bestechlichkeit gegen Ihren Mann vor.« Lüder hatte dabei die Ehefrau angesehen. Ohne es auszusprechen, dachte er dabei an das Schweizer Ehepaar Jäcki, die einen vermutlich nicht unerheblichen Betrag an der Schlei investieren wollten. Das war schon die zweite Spur, die in das Geldparadies in den Alpen führte. »Warum sind Sie so überraschend von Ihrem Amt zurückgetreten, wenn Sie weder den Urheber des Bestechungsversuches noch den Grund dafür kennen?«

Windgraf fuhr sich mit der Hand über den Hals. »Das Ganze ist sehr rätselhaft. Schließlich handelt es sich bei einem Betrag von siebenhunderttausend Euro um eine sehr hohe Summe.«

»Niemand wird so viel Geld für nichts aus dem Fenster werfen«, überlegte Lüder laut und dachte an die Geldangebote, die Rasmussen, Petersen und Joost unterbreitet wurden. Im Vergleich waren die Beträge für Joost und auch die Bestechungssumme für den Schleswiger Beamten Manthling wahre Peanuts. »Irgendwer muss ein massives Interesse daran haben, Sie entweder auf seine Seite zu ziehen oder Sie mit dem Erpressungsversuch politisch so unmöglich zu machen, dass Sie kaltgestellt werden.«

Das Ehepaar Windgraf wechselte einen raschen Blick, der den beiden Polizeibeamten nicht entgangen war.

»Für all das gibt es keine rationale Erklärung«, sagte die Ehefrau.

»Sie haben sich nichts vorzuwerfen und den Fall sofort gemeldet«, sagte Lüder.

»Ich denke, dass ist eine ganz persönliche Entscheid...«, sagte Frau Windgraf. Ihr Mann unterbrach sie aber mit einer Handbewegung.

»Es gibt auch ein Leben *außerhalb* der Politik und ein Leben *nach* der Politik. Ich habe Verantwortung für die Bürger Schleswig-Holsteins getragen. Die gleiche Bürde obliegt mir aber auch für meine Familie. Meine Vorfahren sind seit Generationen der Rechtspflege in Dithmarschen verbunden. Es ist nahezu undenkbar, dass unsere Kinder nicht Juristen werden.« Windgraf sah zum Ende des Grundstücks, wo seine Tochter mit einem Stock in der Alsenz herumstocherte und aufsah, als ein Triebwagen über die Bahngleise rumpelte. »Leider fragen die Medien, zumindest nicht alle, aber auch der politische Gegner nicht nach objektiven Tatbeständen. Für die Auflage ist es viel spektakulärer, die als Vermutung umkleidete Behauptung in den Raum zu stellen, dass der Staatssekretär korrumpierbar ist. Den letzten Halbsatz, dass es sich um einen gescheiterten Versuch handelt, liest keiner mehr. Und den meisten fällt es schwer, zu verstehen, dass ein Unbekannter undenkbar viel Geld ausgibt, ohne einen konkreten Grund zu haben. Das ruft einen Untersuchungsausschuss ins Leben, in dem die Fakten unwichtig werden. Da werden nur noch parteitaktische Überlegungen artikuliert. Ich wollte nicht, dass das auf Kosten meiner Familie erfolgt. Und meiner Zukunft, die ich in Meldorf als Partner meines Vaters in der Kanzlei sehe.«

Wenn das wirklich die Gedanken des Mannes waren, dachte Lüder, dann war er einer der wenigen Politiker mit unverrückbaren ethischen Grundsätzen. Diese Idee wurde aber sogleich von einer Anmerkung der Ehefrau zerstört.

»Darüber hinaus gab es auch Drohungen gegen die Familie. Das konnten wir unserem Kind nicht zumuten«, sagte Dr. Preuße-Windgraf.

Der ehemalige Staatssekretär nickte. »Das stimmt. Meine Frau erreichten telefonische Drohungen, falls ich mich nicht konform verhalten würde.«

Frauke Dobermann und Lüder fuhren gleichzeitig in die Höhe.

»Was heißt *konform*? Um was geht es hier?« Lüder war die ständigen Andeutungen in diesem Fall leid.

Heiner Windgraf atmete tief durch und ließ sich kurz von einer Katze ablenken, die neugierig ihren Kopf zwischen dem Blattwerk eines Busches herausstreckte, sich aber sofort zurückzog, als alle anderen ihr auch Aufmerksamkeit widmeten.

»Ich denke, wir sollten ein etwas intensiveres Gespräch miteinander führen«, schlug der Ex-Staatssekretär vor und sah über die Schulter. »Dort, hinter dem kleinen Weiher, sehen Sie den Hügel? Da ist eine lauschige Sitzgruppe. Wollen wir uns dorthin zurückziehen?«

Lüder nickte und stand auf. Frauke Dobermann folgte seinem Beispiel.

»Nein«, beschied Windgraf sie mit Bestimmtheit. »Ich möchte mit dem Kriminalrat unter vier Augen reden.«

»Ja, aber ...«, protestierte die Hauptkommissarin, aber Windgraf blieb unnachgiebig.

Sie hatten sich gerade von den Plätzen erhoben, als ihnen der junge Mann aus dem Hotel entgegenkam.

»Claudius«, sagte Windgraf. »Wir wollen hinter der Kneippanlage ein wenig miteinander plaudern. Können Sie uns eine Flasche Dornfelder und zwei Gläser bringen?« Dieser Zwischenfall ersparte ihnen eine verbale Auseinandersetzung mit Frauke Dobermann.

»Gern, Herr Müller«, antwortete Claudius, von dem Lüder nun den Vornamen kannte und der in dieser urgemütlichen Anlage für das Hotel und das Restaurant gleichermaßen zuständig schien. Das unterstrich zweifellos den familiären Charakter des Refugiums.

Als könne er Gedanken lesen, erklärte Heiner Windgraf auf den Weg zum neuen Standort: »Das ist ein echter Familienbetrieb. Die Mutter des jungen Mannes managt das Ganze und ist zudem ein echtes Talent in der Küche. Sie werden es beim Abendessen selbst erleben.«

Schweigend trotteten sie über die Wiese und an einem kleinen Teich vorbei, auf dem Seerosen blühten. Das Ufer des Weihers war mit Pompesel zugewuchert. Direkt hinter dem Teich lag eine Kneipp'sche Wassertretanlage. Daran schloss sich auf einem kleinen Hügel eine Gruppe von zwei über Eck gestellten rustikalen Holzbänken an, die sich um einen ebensolchen Tisch gruppierten.

Lüder ergriff als Erster das Wort. »Sie sprachen von Drohungen, die gegen Sie und Ihre Familie ausgesprochen wurden.«

Windgraf winkte ab. »Das gehört zum Leben eines Politikers dazu. Ich nehme das nicht ernst.«

»Immerhin haben Sie sich unter falschem Namen hierher geflüchtet und halten Ihre Tochter vom Schulbesuch fern.«

»Woher wissen Sie das?«

Lüder hatte es nur geraten, nachdem er auf Windgrafs Handy die Telefonnummer der Meldorfer Gelehrtenschule entdeckt hatte, bevor die Familie aus dem Blickwinkel der Öffentlichkeit untertauchte.

»Polizeiliche Ermittlungsarbeit«, antwortete Lüder ausweichend. »Aber Sie wollten mir erzählen, warum Sie sich nicht *konform* verhielten.«

Der ehemalige Staatssekretär guckte an Lüder vorbei. Dann streckte er die Hand aus und wies auf ein unscheinbares Gebäude aus gelbem Putz, das etwas außerhalb des Ortes an der Zufahrtsstraße stand. »Pfalzwerke«, stand in großen Lettern an der Fassade. Hinter dem Haus ragten Strommasten in den makellosen Pfälzer Himmel. Lüder vermutete ein Umspannwerk.

»Darum geht es«, sagte Windgraf.
»Um Energie?«
»Richtig. Genauer um Strom.«
Also hatte Lüder recht mit seiner Vermutung, dass alle Vorfälle miteinander verknüpft waren.
»Gibt es handfeste Auseinandersetzungen um die alternative Windenergie an der Schlei? Wollen sich die dortigen Platzhirsche das Revier nicht streitig machen lassen und wehren sich gegen andere, die auf den Markt drängen?«
Windgraf musterte ihn halb amüsiert. »Die alternative Energie spielt dort eine nachgeordnete Rolle. Es geht um viel mehr. Da sind Millionenwerte im Gespräch. Was sage ich – Milliarden.«
Lüder musste wohl ein wenig irritiert ausgesehen haben, denn Windgraf lachte jungenhaft. Sie wurden durch Claudius unterbrochen, der sich über die Wiese näherte und auf einem Tablett eine Flasche Wein und zwei Gläser balancierte. Der junge Mann hatte außerdem eine kleine Decke mitgebracht. Behände öffnete er die Flasche Dornfelder und schenkte Windgraf ein. Der nahm geistesabwesend einen Probeschluck und murmelte: »Danke, ist gut so.«
Nachdem auch Lüders Glas gefüllt war, hob Windgraf das seine leicht an, nickte Lüder zu und nahm einen Schluck. Lüder ließ den roten Rebensaft über die Zunge rollen. Es war ein ehrlicher Wein, der gut zu einer Unterhaltung passte.
Windgraf drehte das Glas in der Hand, hielt es gegen die schon tiefer stehende Sonne und sagte unvermittelt: »Es geht um Atomkraft.«
»Was?« Lüder war so erstaunt, dass er zunächst nur dieses eine Wort hervorbrachte.
»Sie haben richtig gehört: Atomkraft.«
»Sie wollen doch nicht behaupten, dass an der Schlei ein Atomkraftwerk gebaut werden soll?«
»Nun einmal langsam«, dämpfte Windgraf Lüders Erregung. »Vorerst werden nur Überlegungen angestellt.«
»Das verstehe ich nicht. Es gibt doch eine eindeutige Aussage der Regierung, dass der Ausstieg aus der Atomkraft beschlossen ist.«
Windgraf nickte. »Das trifft zu. Das sind die Nebelkerzen für das Volk. Denken Sie an Franz Müntefering Empörung, dass es

unfair wäre, wenn der Bürger nach der Wahl auf die Einhaltung der Wahlaussagen bestehen würde. So wird jetzt an verschiedenen Stellen darüber nachgedacht, ob der Ausstieg aus der Kernenergie richtig war.«

»Das war aber in einem anderen Zusammenhang, ich meine, die Aussage von Münte«, warf Lüder ein.

»Mag sein. Aber inzwischen haben sich viele Parameter geändert. Wir müssen uns die Frage gefallen lassen, ob der Verzicht auf Kernenergie nicht zu ideologisch geprägt war. Jedenfalls haben viele Verantwortliche auf dem Energiegipfel erkannt, dass alternative Energie unseren steigenden Hunger nach Strom nicht decken kann. Und fossile Energieressourcen sind auch nur begrenzt einsetzbar. Die Stromversorgungslücke muss irgendwie geschlossen werden. Öl und Gas werden immer teurer, und die Reserven schwinden. Und mit Wind und Wasserkraft oder Solarstrom sind Sie von den Kosten her weder wettbewerbsfähig noch versorgungssicher. Wie wollen Sie in einer windstillen Winternacht den hohen Bedarf decken?«

Windgraf wurde durch Kirchenglocken unterbrochen, die von einem Berghang hinter dem Bahndamm herüberschallten. Es war ein heller Ton, der durch seine schnelle Abfolge fast ein wenig hektisch klang und sich vom sonoren Bimbam der alten Dorfkirche im Zentrum des Ortes unterschied.

Der ehemalige Staatssekretär trank sein Glas aus und verteilte den Rest aus der Flasche auf die beiden Gläser. Unter den grünen Sonnenschirmen der Hotelterrasse erspähte er Claudius und schwenkte die leere Flasche als Zeichen dafür, dass sie eine neue wünschten.

Lüder war erstaunt, wie schnell sie den Dornfelder ausgetrunken hatten.

Windgraf reckte sich und streckte dabei beide Arme in die Luft. »Schön, nicht wahr? Viele Menschen freuen sich über die Wärme und können nicht verstehen, weshalb sich wissenschaftliche Mahner über zwei läppische Grad Erderwärmung aufregen. Und den CO_2-Ausstoß, beispielsweise durch Braunkohlekraftwerke, riecht man nicht. Wir haben ja das Russengas als Alternative, werden Sie sagen. Aber wie zuverlässig können wir auf die Russen bauen? Wer kennt die politische Entwicklung? Die arabische Welt hat das

Erdöl auch als Machtinstrument entdeckt. Nein! Neue Atomkraftwerke müssen an neuen Standorten entstehen, weil sich bis 2100 das Klima global in Deutschland erwärmen wird, in West- und Süddeutschland, aber auch im Nordosten. Dort könnte es zu Problemen mit dem Kühlwasser kommen. Man rechnet mit einer globalen Erwärmung um zwei Komma fünf bis drei Grad. Das bedeutet heiße Sommer und im Winter mehr Niederschläge und eine erhöhte Hochwassergefahr. Die Energieversorgung sollte aber unabhängig von anderen Regierungen und sicher sein. Das können idealerweise Atomkraftwerke leisten.«

Windgraf hatte sich bei seinem Vortrag richtiggehend ereifert. Lüder spürte, dass seinem Gegenüber das Thema am Herzen lag. Es klang nicht wie das inhaltlose Herunterreden eines Politikers auf einer Wahlkampfveranstaltung.

»Und weil Sie sich dafür eingesetzt haben, hat man Sie erpresst. Sind die Atomkraftgegner so mächtig?«

Windgraf lachte auf. Es klang ein wenig zu schrill und irritierte den jungen Mann vom Hotel, der ihnen die neue Flasche Dornfelder brachte.

»Ist alles in Ordnung?«, fragte Claudius höflich.

»Ja, vielen Dank«, antwortete Lüder.

»Das ist das Paradoxe an dieser ganzen Sache. Auch wenn ich eben ein Plädoyer *für* die Atomkraft gehalten habe, bin ich der Überzeugung, dass die Gefahren, die davon ausgehen, zu groß sind. Die graue Theorie der Atomgefahr ist schon längst Wirklichkeit geworden. Die Verantwortlichen haben nicht einmal die Folgen *einer* Atomkatastrophe wie in Tschernobyl im Griff und belügen uns, was die Opferzahlen anbetrifft. Niemand ist an der wirklichen Größenordnung interessiert und an den Folgen für künftige Generationen. Und wohin mit dem Müll? Vergraben ist auch keine Dauerlösung. Das ist ein brisantes Erbe, was wir den kommenden Generationen hinterlassen.«

Das war für Lüder eine unverhoffte Wendung, nachdem es zuerst so geklungen hatte, als würde Windgraf sich für ein neues Atomkraftwerk einsetzen.

»Sie stehen also den Interessen der Atomlobby im Wege?«

Windgraf nickte. »Vielleicht. Es geht hier um sehr viel Geld. Und um Macht. Ich habe im vertrauten Kreis die Ansicht vertreten, dass die Monopolstellung der Energieerzeuger durch neue Konkurrenten aufgebrochen werden muss.«

»Kann es sein, dass dieses dem einen oder anderen nicht passt und er Sie durch das Geld, das Ihnen zugespielt wurde, entweder bestechen und auf seine Seite ziehen oder Sie durch diese Tat politisch unschädlich machen wollte?«

»Das vermute ich«, bestätigte Windgraf.

»Wie stehen denn andere Politiker zu der Idee, an der Schlei ein Atomkraftwerk zu errichten?«

»Nun einmal langsam. Erstens sind alle Planungen, die ja im Moment nur Ideen sind, streng geheim. Der Kreis der Eingeweihten dürfte sehr klein sein. Aber Sie können es dennoch nicht vermeiden, dass etwas nach draußen dringt. Und zweitens werde ich Ihnen nicht alle Gesprächsinhalte der Überlegungen und Abwägungen unserer Landesregierung und der Auseinandersetzung mit Berlin offenbaren, selbst wenn ich Ihnen schon mehr erzählt habe, als ich eigentlich wollte.«

Lüder hob wie zur Beschwörung die Hand. »Ich versichere Ihnen, dass alles, was Sie mir anvertrauen, bei mir bleibt. Aber was sagt der Landrat zu den Überlegungen, ein solches Monstrum an die Schlei zu setzen?«

Windgraf nahm erst einen Schluck Wein und wartete dann, bis die nahe Bahn vorbeigerumpelt war.

»Der hat sich dagegen ausgesprochen. Zuerst war er ein Feuerschwert schwingender Gegner. Und er hatte recht mit seinen Argumenten. Die Schlei ist viel zu schmal und zu flach und hat hinter Lindaunis keinen Wasseraustausch mehr, sondern nur noch überwiegend Brackwasser. Das führt zu einer ökologischen Katastrophe. Außerdem hatte Graf von Halenberg wohl seine Wähler im Hinterkopf. Alle örtlichen Politiker werden doch von der Bevölkerung in die Büsche gejagt. Wer will schon ein Atomkraftwerk vor der Haustür?«

»Man könnte argumentieren, dass es Arbeitsplätze schafft und die regionale Wirtschaft fördert.«

»Davon hat der Einzelne doch nichts. Die Jobs werden an Spezialisten vergeben, die von auswärts kommen.«

»Eine letzte Frage: Warum hat man sich ausgerechnet die Schlei als Standort ausgesucht?«

Windgraf nippte an seinem Glas. »Auch das hat mich ärgerlich gemacht. Alle wollen günstige und sichere Energie, aber Kraftwerke vor der Haustür wünscht niemand. Das Sankt-Florians-Prinzip. Mächtige Provinzfürsten in anderen Bundesländern haben schon bei den allerersten Überlegungen ihr Veto eingelegt. Man glaubt in Berlin offensichtlich, in Schleswig-Holstein mit der nicht so starken Bevölkerungsdichte auf weniger Widerstand zu stoßen. Vielleicht unterschätzt man auch die Menschen, die dort leben.«

»Also stehen hier ein paar Gegner dieses Vorhabens einer geballten Streitmacht aus Politik und Wirtschaft gegenüber. Das sind die Atomlobby, die anderen Bundesländer und diejenigen, die von einem Atomkraftwerk profitieren wie die Hersteller, die Banken und was weiß ich.«

»Bravo«, sagte Heiner Windgraf mit leicht schwerer Zunge und klatschte dabei in die Hände. »Sie haben es begriffen. Und irgendwo in diesem Sumpf finden Sie die Leute, die mir das Geld geschickt haben und damit meine politische Karriere zerstörten, die meine Familie bedrohen und skrupellos die Lebensqualität der Menschen an der Schlei vernichten wollen.«

Und die die Gesundheit Bärbel Rasmussens und die friedliche Zukunft ihrer Familie auf dem Gewissen haben sowie die Joost-Kinder entführten, setzte Lüder für sich Windgrafs Gedanken fort.

»Kommen Sie«, sagte Windgraf und stand auf. »Ich glaube, die Frauen warten auf uns.«

Lüder hatte den Eindruck, dass der ehemalige Staatssekretär erleichtert klang, nachdem er einmal sein Herz hatte ausschütten können, ohne dabei seine Worte nach politischer Zweckmäßigkeit ausrichten zu müssen. Er folge Windgraf, der mit schwankendem Gang zum Terrasseneingang des Hotels zurückkehrte. Auch Lüder spürte, dass die Wirkung des Weins bei ihm nicht folgenlos geblieben war.

Frauke Dobermann und Lüder saßen sich an einem Zweiertisch in einer Fensternische des vieleckigen Hotelrestaurants gegenüber. Die Hauptkommissarin griff zu ihrem Sherryglas und zeigte damit auf das Mineralwasser, das vor Lüder stand. »Ist das Vernunft?

Oder die Konsequenz aus dem Alkohol, den Ihre *Männerrunde* vorhin genossen hat?«

Lüder zog es vor, nicht zu antworten.

»Ich empfand es als nicht zeitgemäßes Machogehabe, dass Sie mich vorhin von dem Gespräch mit Windgraf ausgeschlossen haben.«

»Sie verdrehen die Fakten, meine Liebste.«

»Ich bin nicht Ihre Liebste«, fauchte sie dazwischen.

»Wie dem auch sei. Heiner Windgraf hat darauf bestanden, mit mir allein zu sprechen. Ich glaube nicht, dass er die Dinge so ausgebreitet hätte, wenn wir zu dritt gewesen wären.«

»Ihren Zweifel kann ich nicht teilen. Jedenfalls ist es ein tolle Geschichte, die er sich zurechtgelegt hat.«

Lüder hatte der Hauptkommissarin in groben Zügen vom Inhalt seines Gesprächs berichtet. Er hatte Windgraf Vertraulichkeit zugesichert, war aber absolut davon überzeugt, dass er diese auch bei Frauke Dobermann voraussetzen konnte. Wenn er ihr gegenüber geschwiegen hätte, wäre nicht nur Misstrauen zwischen ihnen entstanden, sondern Lüder hätte auch auf die Mitwirkung der Kollegin und ihre wichtigen Ideen verzichten müssen.

Sie sahen beide zur Familie Windgraf hinüber, die an einem Tisch am anderen Ende des Restaurants zu Abend aß.

»Betrachten Sie es bitte nicht als Geringschätzung«, hatte Heiner Windgraf gesagt und um Verständnis gebeten, »aber meine Frau und insbesondere meine Tochter benötigen jetzt meine Aufmerksamkeit.«

Frauke Dobermann hatte bereits die Antipasti gegessen. Jetzt sah sie auf Bandnudeln mit Champignons, Thymian und Parmesan, während Lüder sich über Variationen von hausgemachtem Saumagen freute.

Mein Vater hätte seine wahre Freude an diesem rustikalen Gericht, dachte er.

»Was hat Frau Dr. Preuße-Windgraf in der Zwischenzeit zum Besten gegeben?«, fragte er zwischen zwei Bissen.

»Nichts. Die Frau ist verschwiegen wie eine waschechte Dithmarscherin. Dabei stammt sie aus der Nähe von Wuppertal. Die beiden haben sich während des Studiums kennengelernt.«

»In Kiel?«

»Ich nehme an, da haben Sie Jura studiert. Nein, Windgraf war auf einer renommierten Uni. In Münster«, lästerte die Hauptkommissarin. »Ich habe aber nicht nur das ›Damenprogramm‹ über mich ergehen lassen, sondern mich auch um die Logistik gekümmert, während Sie *dienstlich* Wein konsumiert haben.«

»Was will der Dichter damit sagen?«

»Wollen Sie heute noch zurückfahren?«

»Kaum«, gab Lüder zu. »Wir werden sicher ein Hotel finden.«

»Dies ist das einzige im weiten Umkreis. Ich war ein paar Schritte im Dorf unterwegs. Die Hauptstraße sieht aus wie in Frankreich.«

»Wie soll ich das verstehen?«

»Die Häuser machen zum Teil einen fast verfallenen Eindruck, und viele von ihnen könnten Farbe gebrauchen. Dafür habe ich den Dorfladen entdeckt. Auf kleinster Fläche wird dort ein erstaunenswertes Sortiment angeboten. Ich habe Zahnbürsten und für Sie etwas zum Rasieren erworben.«

»Danke. Und was ist nun mit dem Hotel? Wir könnten doch hier übernachten?«

Frauke Dobermann zeigte in die Runde des Restaurants. Fast alle Tische waren inzwischen besetzt.

»Die sind ausgebucht.«

»Was?« Lüder war erstaunt.

»So gut – wie. Es gab lediglich ein Zimmer.«

»Das haben Sie hoffentlich genommen?«

»Natürlich.« Sie griff zu ihrem Weinglas und prostete ihm zu. »Es war das letzte. Ein Doppelzimmer.« Dann lächelte sie verschmitzt.

»Das geht doch nicht. Wir können doch ...« Lüder unterbrach seinen Satz, winkte der Bedienung, einer jungen Frau, zu, und bestellte sich ein großes Bier der regionalen Brauerei.

NEUN

Es war ein wolkenloser blassblauer Himmel. Die Helligkeit war schon vor einer Stunde aus dem Osten gekommen, langsam und fast unmerklich. Nur wenige Menschen hatten das registriert, weil die Mehrheit zu dieser frühen Stunde noch schlief.

Bashkim Ahmeti genoss die morgendliche Stille. Ihn störte das frühe Aufstehen nicht. Die Deutschen sind fleißig und klagen nicht über ungünstige Arbeitszeiten, pflegte er zu erklären. In dieser Feststellung schwang der Stolz mit, deutscher Staatsbürger zu sein. Und nicht nur das. Er war auch noch »bei Deutschland« angestellt, genau genommen bei der Stadt Schleswig. Fröhlich schwang er seinen Besen über den mit Kleingranit und Katzenköpfen gepflasterten Rathausmarkt in Schleswigs Altstadt und dachte dabei an seine Frau Karin und die beiden Söhne Fatos und Ramiz. Bashkim Ahmeti liebte Kinder über alles, besonders natürlich seine eigenen. Er war wirklich stolz, der Mann aus Korça, einer Stadt auf einer Hochebene im Südosten Albaniens, unweit der griechischen Grenze. Ob jemand in seiner alten Heimat glauben würde, dass er im fernen Schleswig glücklich und zufrieden sein Leben verbrachte?

Bashkim pfiff vergnügt eine Melodie und konzentrierte sich auf das Pflaster. Zwischen den Steinen wucherte das Unkraut. Eigentlich, so dachte Bashkim manchmal, wäre es doch schön, wenn sich der Platz in einem noch besseren Zustand den Besuchern präsentieren würde. Bäume mit Kronen, die wie Sonnenschirme aussahen, säumten das Rund. In einem der gemütlichen Häuser zur Linken befand sich ein Straßencafé, von dem jetzt nur die zusammengeketteten Korbstühle zu sehen waren. Genauso verlassen waren die rustikalen Sitzbänke zur Rechten, die einem anderen gastronomischen Betrieb gehörten.

Bashkim nahm das Plätschern des achteckigen Marktbrunnens kaum war, der eine kleine Wasserfläche bildete, aus dem drei Bronzesäulen herausragten, die abgebrochenen Lanzen ähnelten und das Wasser spendeten. Erst als er rund um den Brunnen zu fegen begann, gewahrte er das Kleidungsbündel, das jemand an dieser Stelle im Wasser entsorgt hatte.

»Leute werden immer komischer«, sagte Bashkim auf Deutsch zu sich selbst. »Unverschämtheit, dass sie werfen weg ihre alten Sachen mitten in unsere schöne Stadt.«

Er würde »Pulle« benachrichtigen, seinen Teamleiter, der mit dem kleinen Kehrfahrzeug die Straßen rund um den Dom fegte. Sein »Chef« wurde von allen »Pulle« genannt, weil er seine Truppe stets aufmunternd mit »Los, Leute, nun aber volle Pulle ran« anzuspornen pflegte. Pulle würde das Lumpenbündel auf seinem Wagen mitnehmen.

Doch dann stutzte er. Irgendetwas irritierte ihn an dem Paket. Er lehnte seinen Besen gegen den Brunnenrand aus dunklen Backsteinen, beugte sich vor und zog das Bündel zu sich heran. Urplötzlich fuhr er zurück und starrte entsetzt auf das Gesicht eines kleinen Kindes, das aus dem Paket hervorlugte. Der Mund des Kindes war leicht geöffnet, die Augen blickten starr an Bashkim vorbei ins Nirgendwo.

Der Mann hatte im ersten Schreck sein Fundstück wieder losgelassen, sodass es ins Wasser zurückrutschte. Erst hielt er sich die Hände vor den Mund, dann an die Schläfen. Er wollte sich umdrehen und »Pulle« zu Hilfe rufen. Doch dann besann er sich eines anderen. So konnte er das Kind nicht im Wasser liegen lassen. Auch wenn das Kind tot war, wie er glaubte, so musste er das kleine Wesen aus dem Wasser holen. Er beugte sich erneut vor, rutschte dabei ab und stützte sich im Brunnen auf. Mit der anderen Hand zog er an dem Bündel, bis er es beidhändig greifen konnte. Dann legte er das triefende Paket vorsichtig auf dem Brunnenrand ab. Erst jetzt drehte er sich um und lief in Richtung Süderdomstraße, wo er »Pulle« vermutete.

»Was ist mit dir los?«, fragte der Vorarbeiter und nahm sich den Ohrenschutz vom Kopf.

»Da liegt ein totes Kind im Brunnen auf dem Rathausmarkt«, stammelte Bashkim und zeigte in die Richtung, aus der er gekommen war.

»Ehrlich? Irrst du dich auch nicht?«

»Nee, Pulle. Wirklich.«

Der Vorarbeiter setzte sein Gefährt in Betrieb und fuhr über das holprige Pflaster der Altstadtstraßen zum angegeben Ort. Als Bashkim auch dort eintraf, war Pulle schon ausgestiegen und starrte auf das verschnürte Paket. Dann kratzte er sich am Hinterkopf und suchte in den Weiten seiner Arbeitshose nach seinem Handy. Zweimal musste er neu beginnen, weil er sich in der Aufregung vertippte. Schließlich meldete sich eine ruhige Männerstimme: »Polizei Schleswig.«

»Wir haben ein totes Baby im Rathausbrunnen gefunden.«

»Wo genau?«, wollte der Polizist wissen.

»Im Brunnen auf dem Rathausmarkt. Mensch, das hab ich doch schon gesagt.«

»Ihr Name?«

»Johannsmeier«, sagte Pulle mit aufgeregter Stimme.

»Bleiben Sie bitte dort. Die Kollegen sind gleich da.«

In erstaunlicher kurzer Zeit rollte ein blau-silberner VW-Passat auf den Marktplatz. Ihm entstiegen zwei Polizisten. Der jüngere trug einen silbernen Stern auf dem Schulterstück, während der stämmige ältere Beamte vier grüne Sterne als Dienstgradabzeichen führte. Er setzte sich seine Mütze auf und kam auf die beiden Männer von der Stadtreinigung zu.

»Moin. Sie haben einen verdächtigen Fund gemacht?«

Pulle nickte und wies auf das Bündel.

Während der jüngere Beamte das tote Kind in Augenschein nahm, fragte sein Kollege: »Wer hat das entdeckt?«

»Ich, nein wir«, antwortete Pulle und kratzte sich erneut am Hinterkopf. Dann zeigte er auf den bleichen Bashkim. »Eigentlich er.«

Der jüngere Beamte war vom Brunnen zurückgekehrt und auf dem Weg zum Streifenwagen.

»Ich verständige die Kripo«, sagte er im Vorbeigehen.

Der ältere Beamte zupfte Bashkim am Ärmel. »Kommen Sie ein Stück nach da drüben«, sagte er und zog ihn in Richtung der Möbel des Straßencafés.

Dann warteten sie eine Weile, bis ein Opel Vectra auftauchte, dem ein junger Mann entstieg.

»Das ist Kommissar Holtgrebe von der Kripo«, erklärte der Streifenbeamte Bashkim. Der zuckte unwillkürlich zusammen. Ein Kommissar. Und dann von der Kripo. So etwas kannte er nur vom Fernsehen. Ihm erschien der »Polizeichef« noch sehr jung.

Und überhaupt ... Polizisten, die keine Uniform trugen, waren ihm nicht ganz geheuer.

Der Kommissar machte einen freundlichen Eindruck und grüßte mit »Moin«. Dann sah er sich das tote Kind an, wechselte ein paar Worte mit den beiden uniformierten Polizisten und kam auf Bashkim zu.

»Sie haben es gefunden?«, fragte er.

Der städtische Arbeiter nickte, während Holtgrebe ein kleines Notizbuch hervorzog.

»Wie ist Ihr Name?«

»Bashkim Ahmeti. Ich bin Deutscher«, versicherte er ungefragt und zauberte mit dieser Feststellung den Anflug eines Lächelns auf Holtgrebes Antlitz.

»Lassen Sie, ich glaube Ihnen«, sagte der Kommissar, als Bashkim in seinem Arbeitsanzug vergeblich nach seinem Ausweis kramte.

Dann ließ sich der Kripobeamte erklären, wie Bashkim das Kind entdeckt hatte.

»Das ist eine schlimm Sache«, schloss der Mann in der orangefarbenen Kluft. »Ich versteh das nicht, Herr Kommissar. Ich hab selbst zwei Kinder. Kinder sind das Leben. Mein Frau und ich sind so stolz auf unsere Söhn. Wer macht so was? Legt totes Kind in Brunnen.« Traurig schüttelte Bashkim sein langsam grau werdendes Haupt. Dann kramte er wieder in seinen Taschen. »Schade. Ich hab kein Bild von meine Söhn dabei. Ich hätt Ihnen gern gezeigt.«

Danach waren zwei weitere Fahrzeuge eingetroffen, aus denen mehrere Männer stiegen. Bashkim kam sich jetzt ein wenig verloren vor. Niemand kümmerte sich mehr um ihn. Er beobachtete, wie die Leute einen Sichtschutz rund um die Fundstelle aufbauten. Trotz der frühen Stunde hatte sich eine Reihe von Schaulustigen eingefunden.

Das Kommando führte ein kleiner, fast glatzköpfiger Mann, der sich fortwährend räusperte und zwischendurch auch niesen musste.

Bashkim war ein wenig enttäuscht, dass sich keiner der anwesenden Beamten mehr für ihn interessierte. Schließlich registrierte Kommissar Holtgrebe, dass er immer noch am Rande stand und geduldig wartete.

»Vielen Dank, Herr Ahmeti. Sie haben uns sehr geholfen. Wir brauchen Sie im Moment nicht mehr. Falls wir noch Fragen haben sollten, werden wir uns an Sie wenden.« Der Kommissar reichte ihm sogar, ohne zu zögern, die Hand, obwohl er, Bashkim, schmutzige Hände vom Straßenreinigen hatte.
Der Vorarbeiter klopfte ihm auf die Schulter.
»Los, Junge, nun aber volle Pulle ran an die Arbeit. Wir haben einiges aufzuholen.«

*

Es schien, als hätte sich alles gegen sie verschworen. Sie waren von einem Stau in den nächsten geraten, obwohl das Navigationsgerät fortwährend mit der Meldung kam: »Die Route wird auf Grund aktueller Verkehrsmeldungen neu berechnet.«
Doch der Bordcomputer war nicht der Einzige, der Schwerstarbeit leistete.
Frauke Dobermann und Lüder hatten beim Frühstück im Hotel in Münchweiler gesessen, als das Handy der Hauptkommissarin klingelte. Sie hatte sich gemeldet, einen Moment stumm gelauscht und war dann aufgestanden, um das Gespräch außerhalb des Gastraums fortzusetzen.
Lüder hatte den Eindruck, dass seine Kollegin überhaupt nicht mehr an den Frühstückstisch zurückkehren wollte. Sie war ohnehin sehr einsilbig gewesen, nachdem sich am Vorabend herausgestellt hatte, dass ein glücklicher Umstand, das Fernbleiben eines anderen Hotelgastes, ein weiteres Zimmer erbrachte und Lüder nicht mit Frauke Dobermann in einem Raum hatte übernachten müssen.
Es hatte ewig gedauert, bis die Hauptkommissarin sich kurz an Lüders Tisch setzte.
»Man hat in Schleswig ein totes Kind gefunden. Etwa zwei Jahre alt. Mehr wissen wir noch nicht«, hatte sie erklärt und war dann wieder aufgestanden, um vor der Tür weitere Telefonate zu führen.
Da abzusehen war, dass Frauke Dobermann nicht zurückkehren würde, hatte Lüder Brötchen für die Reise geschmiert, die Rechnung bezahlt und geduldig darauf gewartet, dass die Haupt-

kommissarin ihre wenigen Utensilien aus ihrem Zimmer geräumt hatte.

Während der Fahrt hatte sie von ihrem Handy auf Lüders Autotelefon umgestellt, da sich die Batteriekapazität irgendwann erschöpfte.

Es war der Frau anzumerken, wie es sie nervte, nicht selbst vor Ort zu sein. Sie erteilte ihre Anweisungen, machte auf dies und jenes aufmerksam, fragte ab, wie die Mitarbeiter der Mordkommission vor Ort vorgehen würden, und war dennoch unzufrieden, alles nur aus der Ferne lenken zu können.

Lüder hatte kurz überlegt, ob es sinnvoll wäre, nach Frankfurt zu fahren und die Hauptkommissarin in einen ICE nach Hamburg zu setzen. Dann hätte man sie dort abholen können.

Zwischendurch hatten sie Gelegenheit, ein paar Worte zu wechseln. Lüder erfuhr, was sich in Schleswig ereignet hatte.

»Gibt es schon Hinweise auf die Identität des Kindes?«

»Nein«, hatte Frauke Dobermann geantwortet. »Ich habe aber einen schlimmen Verdacht.«

Den hatte Lüder auch. »Sie glauben, es könnte eines der Joost-Kinder sein?«

Sie hatte nur stumm genickt.

Jetzt waren sie bei Neumünster. Lüder trommelte ungeduldig auf das Lenkrad, weil sich die Fahrzeuge auf der linken Spur seiner Meinung nach zu gemächlich an der nicht abreißenden Kette von Lkws vorbeischoben. So war es ihnen während der ganzen Fahrt ergangen. Besonders ärgerlich waren die Situationen, in denen es zu »Elefantenrennen« kam und Lüder den Eindruck hatte, sie würden überhaupt nicht vorankommen.

Das Autotelefon schnarrte, und Lüder nahm das Gespräch durch einen Druck auf die Taste im Lenkrad an.

»Jürgensen«, hörten sie die Stimme des Leiters der Flensburger Kriminaltechnik. »Ist die Dobermann da?«

»Frau Dobermann, bitte.« Die Hauptkommissarin brachte es trotz aller Anspannung fertig, Pikiertheit in ihre Stimme zu legen.

Klaus Jürgensen unterließ es, einen seiner Kommentare abzugeben. Es folgte auch nicht das für ihn typische Räuspern oder Niesen.

»Wir haben das Kind identifiziert«, sagte er. »Es handelt sich um den zweijährigen Josh Joost.«

»Mein Gott«, stöhnte Frauke Dobermann auf, obwohl sie es längst befürchtet hatten. »Sind die Eltern verständigt?«

»Ja. Man kümmert sich um sie.«

»Gibt es sonst irgendwelche Erkenntnisse?«

Jetzt räusperte sich Jürgensen. Es klang aber anders als sonst.

»Wir gehen zunächst davon aus, dass das Kind erstickt wurde. Bis zu seinem Tod scheint es aber einigermaßen versorgt worden zu sein.«

»Was heißt das?«

»Nun ja«, kam es zögernd aus dem Lautsprecher. »Dem kleinen Jungen war eine Windel umgelegt worden, die wohl sauber war, bis der Tod eingetreten ist.« Jürgensen deutete damit den Umstand an, dass es bei Eintritt des Todes häufig zu einer Darmentleerung kam. »Das Kind ist in annähernd sauberer Kleidung aufgefunden worden. Es machte auch den Anschein, als wäre es ernährt und gewaschen worden.«

»Das ist kein Trost«, mischte sich Lüder ein. »Die Entführung der Kinder ist schon ein ungeheuerliches Verbrechen. Und jetzt – der sinnlose Tod eines Zweijährigen.«

Frauke Dobermann knetete schweigend ihre Hände, nachdem Jürgensen aufgelegt hatte.

»Da kann einen der heilige Zorn packen, wenn man unterstellt, dass diese Taten ebenso wie der Bombenanschlag auf Bärbel Rasmussen nur als Druckmittel eingesetzt werden, um einen milliardenschweren Wirtschaftsdeal durchzusetzen.«

»Wenn Sie sich da nicht in irgendetwas verrannt haben«, wagte die Hauptkommissarin einzuwerfen. »Man kann sich kaum vorstellen, dass selbst die größten und gierigsten Industrieunternehmen im wahrsten Sinne des Wortes über Leichen gehen. Noch sind das alles unbestätigte Vermutungen. Wir kennen die Motive nicht. Was ist, wenn wir es mit zwei Tätern zu tun haben, die unabhängig voneinander agieren? Wenn der eifersüchtige Ehemann der Schleswiger Bürgermeisterin seinem Nebenbuhler ans Leder wollte? Und wenn die Familie Joost aus ganz anderen Gründen erpresst wird?«

Leider hatte seine Beifahrerin recht, musste Lüder insgeheim eingestehen. Sie tappten immer noch im Dunkeln, was das Motiv anbetraf.

Ab dem Bordesholmer Dreieck wurde die Autobahn leerer, und Lüder konnte wieder zügiger fahren. Als er das Hinweisschild Richtung Bordesholm gelesen hatte, war ihm die Querverbindung vom Bordesholmer zu dem von Hans Brüggemann geschaffenen Altar in den Sinn gekommen, der im Schleswiger Dom stand und die Besucher in Massen anlockte. Nicht einen Steinwurf davon entfernt hatte man den kleinen Josh Joost gefunden.

Als Lüder auf dem Polizeigelände Eichhof hielt, fragte er Frauke Dobermann: »Können Sie fahren?«

Sie warf ihm einen giftigen Blick zu. »Macho. Ich erledige meinen Job genauso wie Sie.« Dann schlug sie die Tür von Lüders BMW zu und ging zu ihrem Fahrzeug, das sie am Vortag dort abgestellt hatte.

Lüder war sich sicher, dass für die Flensburger Hauptkommissarin der Arbeitstag noch lange nicht beendet sein würde, während er selbst Nathusius aufsuchte.

Geduldig hörte sich der Kriminaldirektor Lüders Bericht an.

»Das klingt ja sehr abenteuerlich«, stellte er fest, nachdem Lüder geendet hatte. »Wo soll denn Ihrer Meinung nach das Atomkraftwerk an der Schlei entstehen?«

Lüder war aufgestanden und zur Wandkarte gegangen, die hinter Nathusius hing. Die Spitze seines Kugelschreibers als Zeigestock benutzend, erklärte er: »Hier hat die Schlei fast den Charakter eines Binnensees.« Lüder umfuhr die Ufer der Förde zwischen Schleswig und der Landenge bei Missunde. »Danach ist sie ein relativ enger Fjord, der in Lindaunis erneut eingeengt wird. Deshalb spekulieren die Strategen mit dem Areal zwischen der Klappbrücke und Bad Arnis, ungefähr gegenüber von Sieseby. Dort haben sie auch eine relativ dünne Besiedelung. Und Schleswig ist zudem ein Stück entfernt.«

Nathusius räusperte sich. »Hmh«. Ohne dass er es sagte, war ihm anzumerken, dass er Zweifel an Lüders Theorie hegte, sich aber davor hütete, sie als völlig abwegig abzutun.

»Es wäre wichtig, herauszufinden, wie weit die Planungen wirklich gediehen sind. Ist es nur eine grobe Idee? Oder sind die

Karten hinter den Kulissen schon so weit gemischt, dass die Frage nicht *ob*, sondern nur noch *wann* und *wer* lautet.«

Der Kriminaldirektor überlegte eine Weile, bevor er antwortete: »Nehmen wir einmal an, dass etwas an Ihrer Vermutung dran ist, dann steckt in dieser Sache so viel politischer Sprengstoff, dass sie nicht öffentlich bekannt werden darf. Berlin würde sein Gesicht verlieren, da man sich unzweideutig gegen den Atomstrom ausgesprochen hat. Die Landesregierung würde unter Druck geraten. Und wir hätten binnen kurzer Zeit an der Schlei eine Situation, gegen die Gorleben, Brokdorf und Wackersdorf gar nichts waren. Da wären nicht nur die Einheimischen, die mit lebhaften Protesten ihre Sorgen und Ängste kundtun würden, sondern auch die Berufsopportunisten, denen seit einiger Zeit lohnende Ziele abhandengekommen sind.«

Lüder lehnte sich zurück und faltete die Hände. »Es wäre hilfreich, wenn wir über den Stand der Planungen informiert wären. Ich denke, am ehesten würde uns ein Gespräch mit dem Minister weiterführen.«

»Die Polizei ist in politische Entscheidungsprozesse nicht eingebunden«, gab Nathusius zu bedenken. »Da hat sie prinzipiell auch nichts zu suchen. Ich glaube nicht, dass wir den Minister zu einem Gespräch mit uns bewegen können, selbst in unserem eher liberalen Schleswig-Holstein.« Der Kriminaldirektor schüttelte den Kopf. »Das ginge nur über die Staatsanwaltschaft. Immer noch führt sie die Ermittlungen, und wir sind ihr Hilfsorgan.«

Leider hatte Nathusius recht. Und Oberstaatsanwalt Brechmann konnte man nicht in diesen Fall einweihen. Oft genug war sein Verhalten in der Vergangenheit zu fragwürdig gewesen. Kremer hätte sich da anders verhalten. Lüder erinnerte sich an den jungen couragierten Staatsanwalt, der im vergangenen Jahr brutal ermordet worden war, nachdem er sich nicht hatte beugen wollen. Es sah so aus, als wären sie wieder einmal auf sich allein gestellt.

»Wir werden sehen, was sich erreichen lässt«, schloss der Kriminaldirektor die Unterredung.

Von seinem Büro aus versuchte Lüder erneut, einen Verantwortlichen der Göttinger Dipl.-Ing. Wenzel GmbH zu erreichen, der ihm Auskünfte darüber hätte geben können, wer der Auftraggeber für die Vermessungsarbeiten an der Schlei war. Auch diesmal verweigerte man ihm jede Information. Nun wollte er sich nicht länger zum Narren halten lassen. Er suchte sich die Telefonnummer der Polizeiinspektion Göttingen heraus, wurde mit dem zentralen Kriminaldauerdienst verbunden und landete schließlich beim vierten Fachkommissariat, das für Staatsschutzdelikte und politisch motivierte Straftaten zuständig ist. Lüder vermied es, dem Göttinger Kollegen die Hintergründe auseinanderzusetzen, bat aber auf dem kurzen Dienstweg um Amtshilfe. Der Dienststellenleiter, ein Hauptkommissar, sicherte Lüder zu, spätestens am nächsten Tag das Göttinger Unternehmen aufzusuchen und sich um die Einholung der gewünschten Informationen zu bemühen.

Frau Dr. Braun von der naturwissenschaftlichen Kriminaltechnik zeigte sich erstaunt, als Lüder sie anschließend anrief.

»Wissen Sie, wie spät es schon ist? Ich hatte gehofft, ein Mal – wenigstens *ein Mal* – den Arbeitsplatz zu einer Zeit verlassen zu können, die für alle anderen Leute als selbstverständlich gilt.«

»Liebe Frau Dr. Braun, ich denke, es gibt jede Menge Mitbürger, für die das Arbeiten um diese Zeit der Normalfall ist oder die jetzt erst Arbeitsbeginn haben.«

»Ich glaube, nicht, dass das vergleichbar ist.« Die Wissenschaftlerin sprach in einem nahezu jammernden Tonfall. »Ich hoffe, Sie haben nicht noch etwas auf dem Herzen.«

»Ich fürchte, doch«, erklärte Lüder und bat um zwei Kriminaltechniker, die ihn nach Schleswig begleiten sollten.

»Muss das unbedingt sein? Die Leute arbeiten an der Belastungsgrenze. Niemand in diesem Haus hat Verständnis dafür, was uns abverlangt wird.«

»Wir alle wissen Ihre Arbeit zu schätzen. Leider hat es sich aber noch nicht bis in die Ganovenkreise herumgesprochen, dass Sie einem standardisierten Arbeitstag den Vorzug geben würden.«

Lüder hörte, wie die Frau die Luft tief einsog.

»Ich hatte bisher nicht gewusst, dass auch Sie zu denjenigen gehören, die stets nur ihre eigene Arbeit über Gebühr zu loben wissen«, empörte sich Frau Dr. Braun.

Wenig später saß Lüder mit einem Oberkommissar und einem Zivilangestellten des Landeskriminalamts im Auto und fuhr Richtung Schleswig. Sie kamen nur mühsam voran, weil es den Anschein hatte, als würden alle Bürger des Landes Frau Dr. Brauns

Überzeugung bestätigen wollen, dass außer der Wissenschaftlerin niemand mehr arbeiten würde und alle um diese Zeit den Heimweg antraten.

Seine beiden Begleiter waren erfreulicherweise schweigsame Leute und hatten sich auf der Fahrt von Lüder erläutern lassen, weshalb er um ihre Unterstützung gebeten hatte. Alle beide schienen den Einsatz als Normalität zu betrachten und zeigten nicht einen Hauch von Unmut über die Aktion.

Sie parkten auf dem Platz neben dem versifften Teich. In der Einfahrt vor dem Haus der Bürgermeisterin standen zwei Fahrzeuge.

Lüder klingelte an der Haustür. Es dauerte eine Weile, bis der Chemielehrer die Tür öffnete. Blasius machte einen müden Eindruck. Er trug eine abgewetzte Jeans und ein an den Ärmeln und am Kragen abgestoßenes Sweatshirt. Er hatte Lüder wiedererkannt und brummte: »Was kann ich für Sie tun?«

»Uns hereinbitten.«

Blasius machte keine Anstalten, die Tür weiter zu öffnen.

»Wieso?«, fragte er stattdessen.

»Meine beiden Kollegen würden sich gern Ihr Labor ansehen. Sie interessieren sich brennend für bestimmte Fragen.«

»Muss ich das? Haben Sie einen Durchsuchungsbefehl?«

»Durchsuchungsbeschluss heißt das. Ich denke, Sie werden uns auch ohne hereinbitten. Stellen Sie sich vor, wie sich die Schleswiger daran begeistern könnten, wenn im Hause ihrer Bürgermeisterin ganz offiziell ein Polizeikommando antritt. Und Ihre Schüler hätten sicher auch für eine Weile anregenden Gesprächsstoff. Nun sagen Sie schon ›Danke, Herr Lüders‹.«

Blasius machte keinen glücklichen Eindruck.

»Wofür soll ich mich bedanken?«

»Dass Ihre Nachbarn glauben, drei nette Freunde hätten an Ihrer Tür geklingelt.« Lüder wies mit dem Kopf zum Nachbarhaus, wo ein älterer Mann im durchgeschwitzten Unterhemd im Vorgarten arbeitete und das Geschehen an der Haustür der Familie Blasius als willkommene Unterbrechung betrachtete.

Der Lehrer trat einen Schritt zurück und öffnete die Haustür ganz. »Kommen Sie rein.«

Er führte die drei Beamten zu einer Kellertreppe und stieg die nackten Betonstufen abwärts. Durch einen mit einer trüben Funzel ausgeleuchteten Vorkeller erreichten sie Blasius' Labor. Es war offensichtlich der ehemalige Waschkeller des Hauses, in dem jemand eine alte Küche eingebaut hatte. Auf den Arbeitsflächen und zwei weiteren Tischen standen wahllos Reagenzgläser, Gefäße mit verschiedenfarbigen Substanzen, einige Lüder unbekannte Geräte und andere Gegenstände, an die er sich aus dem Chemieunterricht zu erinnern glaubte.

In einem Regal aus dem Katalog eines schwedischen Möbelhauses standen eine Reihe von Fachbüchern.

»Wollen wir meinen Kollegen Gesellschaft leisten, oder ist es ratsamer, die Zeit mit einem Gespräch zu dritt zu verbringen?«, fragte Lüder.

»Wieso zu dritt?«

»Ich dachte, wir beziehen Ihre Frau mit ein.«

Blasius zog wortlos die Schultern in die Höhe und stapfte voraus. Im Erdgeschoss stand die Tür zum Esszimmer, das Lüder bei seinem ersten Besuch in diesem Haus kennengelernt hatte, offen. Irgendwo lief ein Fernseher. Auf dem Tisch standen achtlos platzierte Verpackungen von Wurst und Käse. Das Schwarzbrot hatte Blasius ebenso in der Cellophanverpackung belassen wie die Butter im Stanniol. Die Polizisten schienen den Mann beim Abendbrot gestört zu haben. Sehr anheimelnd wirkte die Atmosphäre nicht, die sich der Chemielehrer gönnte.

Blasius blieb vor einer Tür mit Riffelglas stehen, klopfte kurz an und steckte den Kopf durch den Türspalt.

»Wir haben Besuch«, erklärte er.

»Besuch? Wer ist es?«, antwortete eine Frauenstimme. Sie hatte einen festen, nahezu energischen Klang.

»Polizei.«

Blasius öffnete die Tür ganz und trat in den Raum. Jetzt sah Lüder die Schleswiger Bürgermeisterin. Beate Blasius saß hinter einem Schreibtisch, nahm ihre dunkle Hornbrille ab und musterte Lüder. Die Frau war schlank, fast hager. Ein schmales Gesicht, umrahmt von schulterlangen blonden Haaren, schmale Schultern, zartgliedrige Hände und ein kaum wahrnehmbarer Brustansatz. Sie trug einen Rock und eine Bluse, die fast bis zum Hals zugeknöpft war. Eine mittellange Perlenkette zierte den mageren Hals.

Wenn die Frau überrascht war über das Erscheinen der Polizei, dann ließ sie es sich nicht anmerken.

»Was kann ich für Sie tun?«, fragte sie ohne ein Wort der Begrüßung.

Herbert Blasius fuhr sich mit der Hand durch die Haare. »Man vermutet einen Zusammenhang zwischen der Briefbombe an Bärbel Rasmussen und meinem Labor«, antwortete der Mann, bevor Lüder etwas sagen konnte.

Beate Blasius hatte leicht die linke Augenbraue in die Höhe gezogen. »Das ist nicht dein Ernst«, sagte sie in vorwurfsvollem Ton an ihren Mann gewandt, als würde er die Verantwortung für diese Situation tragen.

»Zwei Kollegen von Herrn Lüders sind in meinem Labor und suchen dort etwas.« Der Lehrer drehte sich zu Lüder um. »Was hoffen Sie dort eigentlich zu finden?«

»Sie haben es schon gesagt«, erwiderte Lüder.

Die Bürgermeisterin spitzte die Lippen. »So.« Dieses Wort kam wie ein abgefeuerter Pfeil aus ihrem schmalen Mund. »Was sollte mein Mann für ein Motiv haben?«

Lüder wunderte es, dass Beate Blasius bisher keinen Laut des Protestes gegen das Erscheinen der Polizei von sich gegeben hatte.

»Ich denke, Sie können es sich selbst zusammenreimen. Der Sprengsatz war nicht an Bärbel Rasmussen, sondern an ihren Mann adressiert.«

Die Bürgermeisterin drehte ihre Brille am Bügel, nahm das Ende schließlich in den Mund und saugte daran. Während der ganzen Zeit beobachtete sie Lüder durchdringend. Schließlich hielt sie die Sehhilfe wieder am Bügel fest und ließ sie sanft pendeln.

»Sie halten es für denkbar, dass mein Mann, ein angesehener Bürger der Stadt, zu einer solch abstrusen Tat fähig ist?«

»Wir müssen jeder nur denkbaren Spur nachgehen.«

»Aber doch nicht jeder Absurdität.«

»Es gibt ein denkbares Motiv.«

Beate Blasius legte ihre Brille auf die Schreibtischunterlage, legte die Finger beider Hände ineinander, stützte die Ellenbogen auf die Tischfläche und gab mit dieser Konstruktion, die einer Brücke glich, ihrem Kinn Halt.

Ihr Mann musterte sie, bevor er zögernd sagte: »Sie gehen doch nicht davon aus, dass ich der Familie Rasmussen einen Sprengsatz ins Haus schicke, nur weil dieses aberwitzige Gerücht durch Schleswig kreist.«

»Eifersucht ist in der Kriminalgeschichte häufig ein starkes Motiv gewesen«, entgegnete Lüder.

»Dann müssten in unserem Land täglich zahlreiche Bomben hochgehen. Jede dritte Ehe wird geschieden, und ich möchte nicht wissen, was sich in den Partnerschaften sonst noch abspielt. Wenn jede Demütigung in einer Beziehung durch Gewaltanwendungen beantwortet würde, hätte sich die halbe Bevölkerung gegenseitig ausgerottet.«

Lüder musste nicht antworten. Der Blick von Beate Blasius, der ihren Mann traf, sagte ihm genug. Er selbst sprach von Demütigung. Natürlich konnte es ihm nicht gleichgültig gewesen sein, dass man hinter seinem Rücken vom Verhältnis seiner Frau sprach. Der Mann, der betrogen wurde, galt als Depp, während eine hintergangene Ehefrau eher als Opfer angesehen wurde.

»Haben Sie eine Briefbombe gebastelt?«, fragte Lüder.

»Natürlich nicht«, beteuerte Blasius und gestikulierte dabei nervös mit seinen Händen.

»Im Übrigen müssen weder mein Mann noch ich unbestätigte Gerüchte kommentieren«, mischte sich die Bürgermeisterin ein. »Wer Erfolg hat, zieht Neider an. Da weckt eine böswillige Verleumdung die Fantasie der Leute.«

»Wollen Sie damit sagen, dass Sie kein Verhältnis mit Holger Rasmussen haben?«

Es war still geworden im Raum. Herbert Blasius' Augen hingen förmlich an den schmalen Lippen seiner Frau.

»Ich glaube nicht, dass ich mein Intimleben vor den Augen und Ohren der Öffentlichkeit ausbreiten muss.«

»Wir sind aber nicht die öffentliche Meinung, sondern die Polizei, und es gilt, ein hinterhältiges Verbrechen aufzuklären.«

»Mit dem wir beide, mein Mann und ich, definitiv nichts zu tun haben.« Beate Blasius hatte während des ganzen Gesprächs nie die Contenance verloren. Man merkte ihr die Erfahrungen eines Politikerlebens an.

»Mich interessiert noch ein anderes Verbrechen. Sie haben von der Entführung der Joost-Kinder und der Ermordung des jüngsten gehört?«

Die Bürgermeisterin wechselte wie auf Kommando ihren Gesichtsausdruck. Es gelang ihr, eine Spur Betroffenheit ins Antlitz zu zaubern.

»Eine schlimme Sache, besonders für die Eltern. Alle Schleswiger empfinden tiefes Mitgefühl mit der Familie. Trauer und Zorn über die Verbrecher vereinigen sich in den Herzen der Menschen dieser Stadt.«

Lüder machte eine wegwerfende Handbewegung. »Hören Sie doch auf mit diesem Geschwätz. Ehrliches Mitleid können *Sie* doch nicht empfinden. Wollen Sie die Wirkung Ihres Statements, das Sie vor der Öffentlichkeit ausbreiten, an mir ausprobieren? Wenn Sie wirklich an die Opfer denken würden, dann müsste Ihre Handlungsweise in vielerlei Hinsicht anders sein.«

Seine Hoffnung, Beate Blasius mit diesem Anwurf aus der Reserve locken zu können, wurde nicht erfüllt. Die Bürgermeisterin stellte weiterhin ihre Gelassenheit zur Schau.

»Sie schätzen Menschen wohl immer falsch ein«, sagte sie.

Lüder ging nicht darauf ein. »Wissen Sie um die Hintergründe der Entführung?«

»Woher sollte ich? Niemand hat sie mir vorgetragen. Das ist doch eine Sache der Polizei und nicht der Stadtverwaltung oder der Politik.«

»Können Sie sich vorstellen, dass es einen Zusammenhang zwischen dem Verbrechen gegen die Joost-Kinder und dem geplanten Großvorhaben an der Schlei gibt?«

Zum ersten Mal flatterten ihre Augenlider nervös. Sie sah ihren Mann an, dem dieser kurze Moment der Unsicherheit auch nicht verborgen geblieben war.

»Was für ein Großprojekt?«

Lüder war erstaunt. Bisher hatte er den Lehrer nur als Softie erlebt. Die an seine Frau gestellte Frage kam aber scharf über seine Lippen.

»Ach, nichts«, wehrte die Bürgermeisterin ab.

Blasius machte einen Schritt auf den Schreibtisch zu. »Wegen *nichts* werden keine Kinder entführt oder ermordet. Was meint der Polizist mit dem geplanten Großvorhaben?«

»Es handelt sich um eine grobe Idee, die von Kiel verfolgt wird.«
Wohl eher von Berlin, dachte Lüder, wollte sich aber in den Disput der Eheleute nicht einmischen. Herbert Blasius war für Greenpeace aktiv, wie Lüder seit der Demo in der Schleswiger Innenstadt wusste. Da war es nicht angebracht, die hochbrisanten und vertraulichen Überlegungen der Regierungen in Kiel und Berlin weiterzutragen.

»Da muss doch mehr dahinterstecken«, bohrte Blasius nach, aber seine Frau machte keine Anstalten, darauf einzugehen.

»Aber Sie sind im vollen Umfang über den aktuellen Stand informiert«, mischte sich Lüder ein.

Beate Blasius zuckte mit den Schultern. »Ich habe einen ersten Einblick bekommen. Wie tief der ist, kann ich nicht sagen. Daher vermag ich Ihre Frage auch nicht zutreffend zu beantworten.«

Sie wurden durch die beiden Beamten unterbrochen, die aus dem Keller zurückgekehrt waren.

»Und? Haben Sie etwas gefunden?«, fragte Herbert Blasius wissbegierig.

»Das erfahren Sie früh genug«, erwiderte Lüder und wandte sich zum Ausgang. »Sie werden von uns hören. Und Ihre Frau ebenso.«

Erst als sie im Auto saßen, sagte der Oberkommissar: »Es ist nicht überraschend, wenn in einem Labor wie dem von Herrn Blasius Materialien gefunden werden, die von Leuten mit Sachkunde zum Bau eines Sprengsatzes genutzt werden könnten. Wir haben aber nichts finden können, das positive Rückschlüsse auf die beim Attentat auf Frau Rasmussen verwendete Briefbombe zulassen würde.«

»Es hat also den Anschein, als hätte Blasius den Sprengsatz nicht gebaut. Zumindest nicht in seinem Keller«, übersetzte Lüder die vorsichtige Aussage des Kriminaltechnikers.

»Korrektamente«, pflichtete der zweite Sprengstoffexperte bei. »Und jetzt? Zurück nach Kiel?«

»Ich würde gern noch einen weiteren Besuch in Schleswig abstatten, auch wenn Ihre Anwesenheit dabei nicht erforderlich ist.«

Die beiden Kriminaltechniker hatten keine Einwände.

Kurz darauf hielt das neutrale Polizeifahrzeug vor dem Wohnhaus des Landrats. Lüder stieg aus. Das Gebäude war rundum hell erleuchtet. Schon von Weitem hörte Lüder ausgelassene Heiterkeit durch die Fenster nach außen dringen.

Auf sein Klingeln hin öffnete Graf von Halenberg. Als er Lüder erkannte, machte er einen überraschten Eindruck.

»Guten Abend, Herr, ähh ...«

»Lüders. Vom Landeskriminalamt. Störe ich Sie bei einer Party?«

»Nein«, stammelte der Landrat ein wenig verlegen. »Es ist nur die Familie. Wir pflegen die Hausmusik. Und das hat durchaus seine heiteren Seiten, da wir es nicht verkrampft angehen lassen. Es kommt uns nicht auf das letzte i-Tüpfelchen an. Meine Frau und ich betonen mehr die gesellschaftliche und unterhaltende Note. Es soll für die Kinder keine Pflichtübung, sondern eine positive Erfahrung sein.«

Graf von Halenberg trug eine helle gürtellose Leinenhose und ein kurzärmeliges Freizeithemd mit einem Hauch von Safarilook. Die Füße steckten in bequemen Sandalen.

»Ich möchte mit Ihnen kurz über die Ermordung des kleinen Josh Joost sprechen.«

In der Mimik des Landrats vollzog sich der gleiche Wandel, den Lüder zuvor bei der Bürgermeisterin bemerkt hatte. Offensichtlich gehörte es zum Vermögen von Politikern an verantwortlicher Stelle, auf Knopfdruck ihrem Gesicht einen anderen Ausdruck verleihen zu können.

»Das ist eine schlimme Sache. Mir fehlen im Augenblick die rechten Worte, um das ausdrücken zu können, was ich empfinde. Es ist unfassbar, was Sophie und Joachim Joost widerfahren ist. Schließlich ist der Vater mein engster Mitarbeiter.«

Das hält dich Heuchler aber nicht davon ab, den Abend entspannt und ausgelassen zu verleben, dachte sich Lüder.

»Wollen wir unter dem Türrahmen miteinander sprechen?«, fragte Lüder stattdessen.

Sie wurden durch ein junges Mädchen unterbrochen, das aus einem Raum auf sie zukam. Der Teenager mochte fünfzehn Jahre sein und hatte eine schlanke Gestalt. Jeans und Top waren passgenau. Lange dunkle Haare fielen über die Schultern bis fast unter die Schulterblätter.

»Mam fragt, wo du bleibst«, sagte das Mädchen.

»Meine Tochter Chiara«, stellte Graf von Halenberg vor. Zu

dem Teenager gewandt erklärte er: »Sag Mam, ich habe dringenden Besuch bekommen. Wir müssen einen Moment unterbrechen.«

»Okay«, antwortete Chiara, warf Lüder eine lässige Handbewegung zu und verabschiedete sich mit einem »Ciao«.

»Kommen Sie bitte«, bat der Landrat und führte Lüder in sein Arbeitszimmer im Obergeschoss. Nachdem er Lüder Platz auf einem stoffbespannten Stuhl angeboten und sich selbst hinter den Schreibtisch gesetzt hatte, fragte er: »Gibt es schon erste Ergebnisse bei der Suche nach den Mördern?«

»Wieso sprechen Sie von Mördern im Plural?«

Graf von Halenberg sah irritiert auf. »Tut man das nicht?«

»Es kann sich doch auch um einen Einzeltäter handeln.«

»Ja, natürlich.«

»Aus ermittlungstaktischen Gründen werde ich keine Erklärungen zum aktuellen Stand abgeben. Dass die Polizei massiv in ihrer Arbeit behindert wurde, ist Ihnen hinreichend bekannt. Sie selbst haben daran maßgeblichen Anteil gehabt.«

»Ich konnte nicht anders. Joost hat mich bedrängt, im Interesse seiner Kinder so zu handeln. Das war eine Forderung der Entführer. Was macht man nicht alles zum Wohlergehen der Opfer«, klagte der Landrat.

»Wir haben den Verdacht, dass die Tat im Zusammenhang mit der Sitzung des Ausschusses für Wirtschaft, Kreisentwicklung und Umwelt in Sankelmark steht. Was wurde dort besprochen, das nicht im Protokoll steht?«

Von Halenberg seufzte, holte tief Luft und sagte leise: »Es war am Rande der Ausschusssitzung. Wir haben im kleinen Kreise über ein Vorhaben gesprochen, das einige wenige beschäftigt.«

»Wer war der ›kleine Kreis‹?«

»Rasmussen und ich.«

»Ein sehr kleiner Kreis. War Manthling daran beteiligt, oder kann er etwas von Ihrem Gespräch mitbekommen haben?«

»Um Gottes willen. Manthling sollte das Protokoll führen. Vertrauliche Details sind nichts für seine Ohren.«

»Da haben Sie aber Glück gehabt, sonst hätte Ihr bestechlicher Mitarbeiter das weitergetragen.«

Erneut atmete der Landrat tief durch. »Da haben Sie recht.«

»Also, noch einmal. Um welches Thema ging es?«

Von Halenberg sah Lüder eine Weile an, bevor er antwortete: »Um die Ansiedlung eines größeren Industrieunternehmens an der Schlei. Das bringt Arbeit und Wohlstand. So ein Vorhaben weckt natürlich Begehrlichkeiten, wenn es vor der Zeit publik wird.«

Lüder registrierte, dass der Landrat jeden Hinweis auf ein Atomkraftwerk vermied.

»Waren Sie unterschiedlicher Auffassung dieses Vorhaben betreffend?«

»Es gibt in der Politik nicht nur Schwarz und Weiß«, versuchte von Halenberg auszuweichen.

»Beantworten Sie bitte meine Frage.«

»Für jede Sache gibt es unterschiedliche Betrachtungsweisen. Man muss sorgfältig alle Seiten abwägen. Vielleicht ergeben sich bei gründlichem Nachdenken auch Alternativen. Deshalb kann man Ihre Frage nicht mit Ja oder Nein beantworten.«

Lüder lächelte. »Das bewundere ich stets an den Antworten der Politiker. Sie schaffen es, mit gesetzten Formulierungen nichts zu sagen. Darum lassen Sie mich raten: Holger Rasmussen ist der heimatlichen Scholle verbunden und Landwirt. Seine Familie siedelt seit Generationen an der Schlei. Der Mann ist ganz bestimmt nicht an der Ansiedelung eines Industrieunternehmens interessiert. Im Unterschied zu Ihnen.«

Der Landrat zuckte nur hilflos mit den Schultern.

Für Lüder hatte sich ein großer Widerspruch aufgetan. Am Vortag hatte der ehemalige Staatssekretär im Garten der ›Klostermühle‹ davon gesprochen, dass Henrik Graf von Halenberg ein leidenschaftlicher Gegner des geplanten Atomkraftwerks sei. Es gebe nicht nur sachliche Argumente gegen dieses Vorhaben, sondern der Landrat fürchte auch um die Wählerstimmen, wenn er sich für den Bau aussprechen würde. Und heute bekundete von Halenberg eine Pro-Kraftwerk-Einstellung. Was hatte den Gesinnungswandel des Politikers veranlasst? Im ärgsten aller Fälle war der umtriebige Wirtschaftsanwalt Dr. Dr. Buurhove vorstellig geworden und hatte mit einem Geldbündel oder anderen Versprechungen gelockt.

Nachdenklich machte sich Lüder auf den Heimweg nach Kiel und war froh, dass einer der beiden Kriminaltechniker das Fahren übernahm.

ZEHN

Gedämpftes Stimmengemurmel durchdrang den Besprechungsraum der Flensburger Kripo. Ein rundes Dutzend Männer und Frauen hatte sich eingefunden und unterhielt sich leise, bis die Aufmerksamkeit durch das energische Klopfen eines Kugelschreibers auf der Tischfläche angezogen wurde.

»Guten Morgen«, begrüßte Frauke Dobermann die Versammlung. »Ich hoffe, Sie sind alle ausgeschlafen zu dieser frühen Stunde.« Sie warf einen Blick auf die Wanduhr. Es war gerade acht Uhr. »Besonders begrüßen möchte ich die Kollegen Holtgrebe aus Schleswig und Mommsen aus Husum, die uns vorübergehend unterstützen werden. Ich gebe Ihnen erst einmal einen Überblick über die Lage.«

Routiniert und präzise berichtete die Hauptkommissarin über den Stand der Ermittlungen in Sachen Entführung der beiden Kinder und Ermordung des kleinen Josh. Unerwähnt ließ sie die mutmaßlichen Verbindungen zu den anderen Straftaten. Ebenso vermied sie jede Andeutung hinsichtlich des geplanten Atomkraftwerks an der Schlei.

Als sie ihren Vortrag beendet hatte, wandte sie sich an den Leiter der Spurensicherung, der neben ihr saß.

»Der Kollege Jürgensen wird uns nun über die bisherigen Ergebnisse der Kriminaltechnik berichten.«

Der kleine Hauptkommissar fingerte an dem Notebook herum, das vor ihm stand, bat einen Beamten, das Licht zu dimmen, und warf mit dem angeschlossenen Beamer mehrere Aufnahmen des Fundortes auf ein Whiteboard. Dazu erklärte er die Situation am Brunnen auf Schleswigs Rathausmarkt. Als er Aufnahmen des toten Kindes zeigte, ging ein Raunen durch den Raum. Die Begegnung mit Tod und Gewalt gehörte zum Geschäft der Frauen und Männer, aber wenn ein Kind das Opfer war, berührte es die Beamten in einer besonders tiefen Weise.

Jürgensen hielt inne, als die Abbildung einer herkömmlichen Einmalwindel zu sehen war.

»Josh war gerade zwei Jahre alt und noch nicht trocken. Merkwürdig ist, dass die Täter sich offenbar in der Zeit der Entführung um das Wohlergehen des Kindes gekümmert haben. Der Junge wurde zwar nicht professionell, aber doch so weit versorgt, dass es keine Anzeichen von Wundsein oder gar Misshandlungen gab. Unsere derzeit wichtigste Spur ist diese Windel. Sie ist innen mit saugfähigem Zellstoff ausgekleidet und hat außen eine Kunststoffhülle. Und auf dieser haben wir Fingerabdrücke sicherstellen können.«

»Das ist der erste Fehler der Täter«, warf Holtgrebe ein und wurde für seinen Zwischenruf mit einem bösen Blick der Hauptkommissarin abgestraft. Das hielt Mommsen aber nicht davon ab, eine Frage zu stellen.

»Konnte der Abdruck identifiziert werden?«

»Wir arbeiten hier professionell, Herr Mommsen. Geben Sie dem Kollegen Jürgensen Gelegenheit, seine Ausführungen abzuschließen. Dann haben wir Zeit für Verständnisfragen«, wies ihn Frauke Dobermann zurecht.

Jürgensen räusperte sich. »Wir hatten Glück. Der Abdruck ist uns tatsächlich bekannt. Es handelt sich um Rotraud Kiesberger. Die Frau ist achtunddreißig Jahre alt und wegen Verstoß gegen das Betäubungsmittelgesetz vorbestraft. Sie stammt aus Kölleda im Landkreis Sömmerda. Das liegt in Thüringen. Der letzte uns bekannte Wohnsitz ist Gera, ebenfalls Thüringen. Wir haben bei der örtlichen Polizei ein Bild angefordert, das uns aber noch nicht vorliegt.«

Erneut unterbrach Mommsen. »Was liegt genau gegen die Frau vor?«

»Ich hatte Sie gebeten, nicht zu unterbrechen. Das können Sie bei Ihrem Herrn Johannes in Husum machen«, fuhr Frauke Dobermann dazwischen.

Aber Mommsen ließ sich nicht irritieren. »Dort pflegen wir den konstruktiven Dialog.«

Bevor die Hauptkommissarin antworten konnte, versuchte Klaus Jürgensen die Situation zu entkrampfen. »Rotraud Kiesberger ist als Konsumentin von Betäubungsmitteln in Erscheinung getreten. Außerdem war sie als Kurier für einen Verteilerring tätig. Nach unserem jetzigen Wissensstand ist sie ohne Beschäftigung und bezieht Arbeitslosengeld zwei, also Hartz IV, wie der Volksmund sagt.«

»Bevor wieder jemand unterbricht«, fuhr Frauke Dobermann fort, »muss ich Ihnen leider mitteilen, dass wir noch keine Erkenntnisse über den Umgang der Frau haben, über Freunde, Bekannte, soziale Kontakte. Sie ist ledig, hat keine Kinder, und der örtlichen Polizei sind keine partnerschaftlichen Beziehungen bekannt. Die Kollegen in Sömmerda sind informiert und werden uns benachrichtigen, sobald sie Näheres wissen. Ich werde Ihnen jetzt Ihre weiteren Aufgaben zuweisen.« Sie sah in die Gesichter der Anwesenden und blieb zum Schluss bei Harm Mommsen hängen. »Sie und Herr Holtgrebe kommen nach der Besprechung noch einmal zu mir«, ordnete sie an.

*

Lüder besah sich seine Fingerkuppen. Er hatte den Eindruck, sie beschmutzt zu haben, nachdem er in der Morgenausgabe der Boulevardzeitung geblättert hatte.

*»Türkischer Straßenfeger findet grässlich zugerichtete Kinderleiche
An der Schlei haben Eltern Todesangst um ihre Kinder.«*

Allein das waren schon blutrünstige Lügen, die in keiner Weise den Tatsachen entsprachen. Dann wurden fragwürdige Vermutungen aufgestellt, die mit der Feststellung, dass die Ermittlungsbehörden eklatant versagt hätten, schlossen.

Lüder konnte nicht verstehen, weshalb nicht alle Journalisten ausgewogen und sachgerecht die Nachrichten vermitteln konnten. Natürlich hatten auch andere Zeitungen über das Ereignis berichtet, sich aber an die wenigen bisher veröffentlichten Tatsachen gehalten. Das traf auch auf die Nachrichten im Radio zu, die Lüder gehört hatte.

Er stand auf und verließ sein Büro. Kurz darauf saß er Nathusius gegenüber. Der Kriminaldirektor war wie immer akkurat gekleidet. Das rosafarbene Hemd passte hervorragend zu dem braunen Anzug mit den dezenten Streifen.

»Wir sprachen gestern darüber, dass es hilfreich wäre, wenn wir ein Gespräch mit dem Minister führen könnten. Ich verspreche mir davon Aufklärung über den Stand der Planungen und Erkenntnisse, wer offiziell in die ganze Sache eingebunden ist. Vielleicht könnten wir dann den Kreis der Beteiligten in zwei Gruppen gliedern: Die Personen, die formell um die Sache wissen und daran arbeiten – oder auch nur mitsprechen. Und jene, die aus irgendeiner Quelle davon erfahren haben und versuchen, ihr eigenes Süppchen zu kochen. Irgendwo in diesem Umfeld befindet sich das Zentrum des Bösen.«

Nathusius nahm vorsichtig einen Schluck Kaffee, bevor er antwortete. »Ich habe mit Oberstaatsanwalt Brechmann gesprochen, ohne die Hintergründe um die Planungen des Atomkraftwerkes zu erläutern. Er lehnt Ihren Wunsch rundweg ab und sieht dafür weder die Notwendigkeit, noch hält er es für angebracht, den Minister zu behelligen.«

»Gibt es keinen anderen Weg, Kontakt zum Minister zu knüpfen? Die Mitglieder unserer Landesregierung geben sich sehr volksnah und legen Wert darauf, keine allzu große Distanz zu den Menschen im Land aufkommen zu lassen.«

»Das ist zutreffend. Aber als Behörde sind wir an gewisse Formalismen gebunden. Und an der Staatsanwaltschaft führt kein Weg vorbei.«

»Zumindest nicht an dieser Flachpfeife.«

Der Kriminaldirektor hüstelte ermahnend als Antwort auf Lüders Feststellung.

»Im Unterschied zu den Geheimdiensten, mögen sie Nachrichtendienst oder Verfassungsschutz heißen, sind uns in vielerlei Hinsicht die Hände gebunden.«

»Das ist der kleine, aber entscheidende Unterschied. Gerade wir vom polizeilichen Staatsschutz tummeln uns oft genug im Schmutz der Politik und politisch oder terroristisch motivierter Straftaten. Dabei erwarten aber alle, dass wir die vorgegebenen Normen unseres Rechtssystems achten, auch wenn gerade Ihre Methoden manchmal ein wenig unkonventionell erscheinen.«

Lüder machte ein gespielt erstauntes Gesicht. »Meine Methoden?« Dann dachte er an seinen Vater, den bodenständigen Zimmermeister aus Mittelholstein, der ihm die Lebensweisheit vermittelt hatte: »Du darfst alles machen, dich aber nicht erwischen lassen.« Laut sagte er: »Es ist deprimierend, mit welchen Argumenten unsere Arbeit torpediert wird. Auch die Politiker haben sich unserem Rechtssystem unterzuordnen. Manchmal glaube ich, dass einige von ihnen das vergessen und nicht mehr daran denken, dass das Amt nur vom obersten Souverän, dem Volk, geliehen ist.«

»Anspruch und Wirklichkeit passen häufig nicht zueinander«, stimmte der Kriminaldirektor zu. »Ich weiß die Sache bei Ihnen in besten Händen, auch wenn Ihnen auf dem geraden Weg immer wieder Knüppel zwischen die Beine geworfen werden.«

Lüder stand auf. »Danke für die Blumen, aber ein paar weniger Probleme durch ›die da oben‹ wären der Sache dienlich.«

Dann kehrte er in sein Büro zurück. Dort fand er eine Notiz vor, dass sich die Göttinger Kripo gemeldet hatte. Hauptkommissar Eisermann bat um Rückruf.

»Sie hatten uns gestern um Amtshilfe gebeten. Wir wissen jetzt, wer die hier ansässige Ingenieurgesellschaft beauftragt hat, bei Ihnen an der Schlei Vermessungsarbeiten vorzunehmen.«

»Wir haben Sie das geschafft?«, fragte Lüder und erinnerte sich an seine vergeblichen Bemühungen, einen Ansprechpartner zu erreichen.

Eisermann lachte kehlig ins Telefon. »Ich habe einen Kollegen hingeschickt, von dem ich weiß, dass er sich nicht abschütteln lässt. Ein Vertreter der alten Garde. Ich frage bei solchen Gelegenheiten vorsichtshalber nicht nach Details.«

»Kompliment. Was haben Sie nun herausgefunden?«

»Das war ein wenig komplexer. Die Göttinger haben ihren Auftrag von der Buschmann GmbH aus Schwerte erhalten.«

»Ich fürchte, dieses Unternehmen sagt mir nichts.«

»Wahrscheinlich gibt es dort nur einen Briefkasten«, erklärte Eisermann. »Die Buschmann GmbH ist ein Tochterunternehmen der Niederrhein Entwicklungsgesellschaft, die in Wesel sitzt. Die gehört wiederum zu den Westfälischen Überlandwerken. Und das ist eine Tochter im Konzernverbund der DEU.«

Das Ende dieser Kette überraschte Lüder nicht. Die Deutsche Energie Union AG aus Düsseldorf war eines der größten Energieversorgungsunternehmen Europas und hatte sich den deutschen

Strommarkt mit wenigen anderen aufgeteilt. Die Macht dieses Energiekartells war inzwischen ein Politikum. Hinter der DEU verbarg sich ein unübersehbares wirtschaftliches Potenzial. Und dass es diesem Oligopolisten daran gelegen war, jedem anderen Mitbewerber den Marktzutritt unmöglich zu machen, konnte man sich gut vorstellen. Natürlich hatten diese mächtigen Unternehmen ihre Interessenvertreter an exponierter Position in Berlin und über diese Lobbyisten vorzeitig von der Idee, über neue Atomkraftwerke nachzudenken, Kenntnis erhalten. Lüder fragte sich, ob es Cleverness oder Dreistigkeit war, schon in einem solchen frühen Stadium auf fremdem Grund und Boden Vermessungsarbeiten in Auftrag zu geben.

»Hallo? Sind Sie noch da?«, riss ihn Hauptkommissar Eisermann aus seinen Gedanken.

Lüder dankte dem Göttinger Kripobeamten für die gute Arbeit und versprach, sich bei passender Gelegenheit gern zu revanchieren.

Die Information, dass die DEU dahintersteckte, erklärte auch die Aktivität der hochkarätigen Düsseldorfer Anwaltskanzlei, für die Dr. Dr. Buurhove an der Schlei tätig war. Und der bediente sich der Essener Wirtschaftsdetektei. Diese hatte den Mülheimer Privatdetektiv Willi Kwiatkowski beauftragt, der die dreckige Arbeit wie die Bestechung des Schleswiger Beamten erledigte. Auf diese Weise machten sich die eigentlich Verantwortlichen die Hände nicht schmutzig, sondern würden sich immer wieder von den durch Kwiatkowski angewandten Methoden distanzieren können.

Aber der aalglatte Anwalt hatte Spuren hinterlassen, indem er Rasmussen und Petersen Geld angeboten und Joost sogar gegeben hatte. Das waren ein paar kleine Mosaiksteine. Ob das ausreichen würde, Dr. Buurhove rechtlich etwas anzuhaben, mussten die Juristen später klären.

Damit blieb aber eine andere Frage offen. Wer waren die beiden Männer, die als »Pat und Patachon« bezeichnet wurden? Hatte das geheimnisvolle Vorhaben, ein Atomkraftwerk an der Schlei zu errichten, die Begierde weiterer Interessenten geweckt?

Das alles erklärte aber immer noch nicht die Gewalttaten an Bärbel Rasmussen und die Ermordung des kleinen Josh Joost. Es war unvorstellbar, dass selbst ansonsten skrupellose Konzerne sich solcher Mittel bedienten. Wer mischte noch in diesem schmutzigen Spiel mit?, fragte sich Lüder.

*

In den Räumen der Flensburger Mordkommission herrschte emsige Betriebsamkeit. Es wurde telefoniert, die Beamten tauschten Informationen und Meinungen aus, diskutierten diese und jene Vorgehensweise.

Frauke Dobermann saß an ihrem Schreibtisch. Die Flurtür stand offen. Sie griff zu ihrer Kaffeetasse, nahm einen Schluck und stellte das Trinkgefäß angewidert wieder zurück.

»Busch«, rief sie einem zufällig auf dem Flur vorbeilaufenden Mitarbeiter der Mordkommission zu.

Der Angesprochene blieb abrupt stehen und fragte: »Ja?«

Die Hauptkommissarin wies auf ihre Tasse. »Bringen Sie mir mal 'nen neuen. Dieser ist kalt. Das schmeckt ja ekelhaft.«

Wortlos griff der Beamte die Tasse und verschwand damit, um kurz darauf mit einer frisch gefüllten zurückzukehren. Immerhin bequemte sich seine Vorgesetzte zu einem »Danke, Busch«.

Sie war immer noch verärgert über das Auftreten von Harm Mommsen. In ihrem Team duldete sie keinen Widerspruch. Ihre Mitarbeiter wussten darum und verhielten sich entsprechend. Seitdem sie Mommsen früher einmal als Verstärkung für die Mordkommission bei dem rätselhaften Mord in Bredstedt angefordert hatte, wo ein Nachwuchsmanager vom Himmel gefallen zu sein schien, war das Verhältnis zwischen ihr und dem jungen Kommissar aus Husum gespannt. Womöglich bildete sich der Schönling ein, er hätte eine Chance bei ihr, nur weil ihm, dem smarten Typen, andere Frauen hinterblinzelten.

Nach der Teambesprechung hatte sie Mommsen und Holtgrebe aus Schleswig zur Rede gestellt. Doch beide zeigten sich uneinsichtig. Das nagte immer noch an ihr. Sie hatte die beiden nach Schleswig geschickt, um dort im Umfeld der Wohnung der Eltern die Nachbarn erneut zu befragen und um die Super- und Drogeriemärkte abzuklappern. Vielleicht würde ein Angestellter eines Geschäftes sich an die Frau erinnern. Mommsen hatte eingewendet, dass es seiner Auffassung nach günstiger wäre, auf das Foto von Rotraud Kiesberger aus Sömmerda zu warten, doch Frauke Dobermann hatte auf ihrer Weisungsbefugnis beharrt.

Busch erschien erneut, blieb im Türrahmen stehen und klopfte gegen die offene Tür.

»Entschuldigung, Frau Dobermann, aber soeben ist das Bild der Kiesberger eingetroffen.«

»Gut. Schicken Sie es sofort zur Kripostelle nach Schleswig weiter und benachrichtigen Sie Holtgrebe, dass die beiden sich das Bild dort abholen können.«

Der Mann wollte sich umdrehen, als ihm die Hauptkommissarin hinterherrief: »Busch, ich will auch einen Blick draufwerfen.«

Wenig später brachte Busch die Ablichtung. Sie zeigte ein typisches Polizeifoto. Rotraud Kiesberger hatte ein Allerweltsgesicht. Hohe Wangenknochen, eine zu dünne Nase, schmale Lippen und ein spitz zulaufendes Kinn. Auf dem Bild trug sie einen Pferdeschwanz, der am Hinterkopf mit einem Zierband gehalten wurde. Der Kopf ging in einen ebenfalls dünnen, langen Hals über.

»Wissen wir inzwischen mehr über die Kontakte der Frau?«, fragte sie Busch.

Der schüttelte den Kopf. »Wir haben noch nichts von den Thüringern gehört.«

»Warum dauert das alles so lange?«, schimpfte Frauke Dobermann. »Vor der Wiedervereinigung funktionierte deren Polizei besser.« Sie war sich bewusst, dass ihre Bemerkung unsachlich war, aber es war ein Ventil für die Ungeduld, die sie gepackt hatte.

Wie auf Kommando klingelte das Telefon.

»Meyer. Polizei Gera. Sind Sie die zuständige Sachbearbeiterin, die sich nach Rotraud Kiesberger erkundigt hat?«

Die Stimme klang unüberhörbar sächsisch, obwohl die Hauptkommissarin im Augenblick nicht zu sagen vermochte, wo der Unterschied zum Thüringer Dialekt war. Vor ihrem geistigen Auge tauchte das Bild von Wolfgang Stumph auf.

»Ich bin nicht die Sachbearbeiterin, sondern die Leiterin der Flensburger Mordkommission und verantwortlich für die Ermittlungen.«

»Bei uns heißt das Sachbearbeiter«, blieb der Thüringer stur. »Die Kollegen haben am Wohnsitz der Gesuchten herumgestöbert und die Nachbarn befragt. Viel wussten die nicht zu berichten. Da soll gelegentlich ein Mann verkehrt haben, zu dessen Beschreibung es widersprüchliche Angaben gibt. Meine Mitarbeiter sind aber mit zwei Bewohnern des Hauses auf dem Weg ins Präsidium. Wir werden Phantomzeichnungen erstellen und mit unserer Datei abgleichen.«

»Wie lange wird das dauern?«

»Nun aber sachte. Wir helfen Ihnen ja gern, aber schneller als Einstein können wir auch nicht sein.«

Frauke Dobermann hatte ein »Danke« zwischen den Zähnen hervorgepresst. Ihr dauerte alles zu lange.

Dann griff sie wieder zum Telefon, um Lüder Lüders anzurufen.

*

Die abwechslungsreiche, maigrüne Landschaft flog nicht am Fenster vorbei, sondern zog sich zäh neben der Autobahn her. Schuld daran war ein Lkw, der sich schon seit zwei Kilometern vergeblich bemühte, einen anderen Brummi auf der Autobahn zu überholen. Dahinter hatte sich notgedrungen eine lange Schlange von Fahrzeugen gebildet.

Lüder war ungeduldig, weil der überholende Kapitän der Landstraße keine Anstalten machte, den Überholversuch abzubrechen.

Wenn man mich fragen würde, schoss es ihm durch den Kopf, dann dürften Lkws nicht mehr überholen. Dann müssten ... Er verwarf diese Gedanken als unausgewogen. Sie entsprangen dem Wunsch, die Distanz zwischen Kiel und Ahrensburg möglichst schnell zurückzulegen. Dort, in der herausgeputzten Stadt im Speckgürtel rund um Hamburg, hatte die DEU Holsten Power GmbH ihren Sitz. Das Unternehmen war die regionale Tochtergesellschaft der DEU Deutsche Energie Union AG aus Düsseldorf, die sich mit weniger als einer Handvoll anderer Multis den deutschen Strommarkt geteilt hatte.

Lüder hatte einen Termin mit dem Geschäftsführer der Tochter

Holsten Power vereinbart. Vielleicht war man dort über die vagen Planungen zum Atomkraftwerk an der Schlei informiert. Jetzt blickte er sorgenvoll auf die Uhr im Armaturenbrett. Wenn der Lkw weiter die Überholspur blockierte, würde der vereinbarte Termin kaum einzuhalten sein.

Das Telefon unterbrach seine Gedanken.

»Dobermann«, vernahm er die Stimme der Hauptkommissarin. »Ich habe ein paar Neuigkeiten für Sie.« Dann berichtete sie von der ersten Spur, die zu Rotraud Kiesberger führen könnte. »Mit etwas Glück bringt uns die Frau zum zweiten Täter«, schloss Frauke Dobermann optimistisch ihren Bericht. »Wenn die Thüringer nur nicht so viel Zeit benötigen würden.«

Lüder musste lachen. Eben war er selbst noch voller Ungeduld gewesen, jetzt hörte er, dass es der Flensburgerin nicht anders ging.

»Es ist immer wieder erstaunlich, welche Fehler die Täter manchmal begehen, die uns auf ihre Spuren führen. Mit Sicherheit haben die Entführer nicht an die Windel gedacht. Und wer versorgt ein kleines Kind schon mit Handschuhen, um etwaige Spuren zu verwischen? Woher stammt die Frau?«

»Die letzte gemeldete Adresse ist Gera. Die Frau selbst stammt aus Kölleda.«

»Nie gehört. Wo ist das?«

Frauke Dobermann erklärte es ihm.

»Ich lass das einmal unkommentiert«, sagte Lüder.

»Das ist auch besser so, allein wegen der Political Correctness«, pflichtete ihm die Hauptkommissarin bei. »Sobald wir Neuigkeiten haben, melde ich mich wieder. Was machen Sie übrigens gerade?«

Lüder berichtete, dass er auf dem Weg nach Ahrensburg sei und mit wem er dort sprechen wollte.

Endlich hatte der Trucker ein Einsehen und reihte sich wieder hinter seinem Konkurrenten ein, den er nicht hatte bezwingen können. Langsam löste sich die Schlange genervter Pkw-Fahrer auf, und Lüder kam wieder zügiger voran.

Mit zehnminütiger Verspätung erreichte er sein Ziel. Der Sitz der Regionalverwaltung lag im Ahrensburger Gewerbegebiet Nord. Westlich zogen sich die Eisenbahngleise der Hauptstrecke

Hamburg–Lübeck entlang, während der Beimoorweg, dem das Areal den Namen verdankte, in einem Bogen nach rechts schwenkte. Auf der linken Straßenseite beherrschte ein über die Grenzen der Stadt hinaus bekanntes Gewürzwerk die Szene, im Hintergrund lag das Gelände der Großdruckerei des Axel-Springer-Verlages. In diesem illustren Umfeld hatte sich der Energieversorger niedergelassen.

Das Gebäude war ein postmoderner Neubau. Die Fassade bestand nur aus Aluminium und blauem Spiegelglas, das den Einblick ins Haus verwehrte. In der gepflegten Grünanlage vor dem Sitz der DEU Holsten Power standen zwei Fahnenmasten, von denen die Europaflagge und die Schleswig-Holstein-Flagge wehten. Auf einem Sockel fand sich der dezente Verweis auf den Besucherparkplatz und die Hausnummer. Lüder sah hingegen nirgendwo einen Hinweis auf den Namen des Unternehmens, das hier residierte. Er fragte sich, ob der Stromgigant sich in die Anonymität flüchten wollte, weil er den Neid der Kunden beim Anblick dieses elegant-luxuriösen Hauses fürchtete, oder ob das Understatement ein unbewusster Schutz vor wütenden Konsumenten oder engagierten Umweltfanatikern war.

Lüder hielt vor einer Schranke und wurde über eine Gegensprechanlage gefragt, ob er mit einem Mitarbeiter des Energieunternehmens verabredet sei.

»Ich habe einen Termin mit Herrn Grimm.« Die Nennung des Geschäftsführers beeindruckte den unsichtbaren Gesprächspartner in keiner Weise. Stattdessen wurde Lüder nach seinem Namen gefragt und um einen Moment Geduld gebeten. Eine Kamera in der Rufsäule sowie eine zweite hinter der Parkschranke rundeten die Sicherheitsmaßnahmen gegen unliebsame Besucher ab.

Schließlich meldete sich die Lautsprecherstimme wieder und gab die Zufahrt frei.

Die gleiche Prozedur wiederholte sich, als Lüder ins Haus hineinwollte. Auch an der verschlossenen Tür wurde er befragt und von einer Kamera beobachtet.

Nachdem ein Summen anzeigte, dass der Türverschluss freigeben war, konnte er die repräsentative Eingangshalle betreten. Dunkler gebrochener Schiefer bedeckte den Fußboden. Sorgfältig gepflegte Hydrokulturen lockerten die nüchterne Atmosphäre auf. Am Ende der Halle befand sich ein indirekt beleuchteter Tresen, vor dem eine weitere Zugangssperre mit Drehkreuzen den freien Eintritt verwehrte.

Die ausgeklügelten Sicherheitssysteme überraschten Lüder. Offensichtlich hielten die Hausherren ihren Betrieb für sicherheitsgefährdet.

Eine attraktive Mittdreißigerin kam auf Lüder zu.

»Herr Lüders?«, fragte sie, und als er nickte, bat sie ihn, ihr zu folgen.

Der gläserne Fahrstuhl im lichten Atrium, das sich im Inneren des Gebäudes verbarg, schwebte lautlos in die zweite Etage. Von dort führte die Frau Lüder zum Vorzimmer des Geschäftsführers. Auffällig war, dass im Gebäude kaum Menschen zu sehen waren. Entweder waren hier kaum welche beschäftigt, oder die Mitarbeiter hockten alle in ihren Bürowaben und werkelten emsig an der Mehrung des Shareholder-Values.

In der Verbindungstür zwischen Vor- und Chefzimmer stand Reiner Grimm. Der Mann mochte einen Meter achtzig groß sein und neigte zu Fülle. Dazu passte auch der Ansatz eines Doppelkinns im runden Gesicht, das schwammig aussah. Die Gesichtszüge wirkten weich und strahlten nicht die Energie aus, die man von einem Mann in seiner Position allgemein erwartet. Ein kleiner Schnauzbart deckte die wulstige Oberlippe ein wenig ab.

Die locker nach hinten gekämmten Haare und die Ansätze von Geheimratsecken passten zum Gesamteindruck. Dafür war der Rest vom Feinsten. Ein tadellos gebügelter mittelblauer Armani-Anzug, ein Hermès-Gürtel, dazu ein makelloses weißes Hemd und eine dezent gemusterte Krawatte sowie handgenähte Schuhe zeugten vom erlesenen Geschmack des Trägers oder zumindest von guten Beratern.

»Herr Lüders«, begrüßte der Manager Lüder mit einer gar nicht zu seinem Äußeren passenden angenehmen Stimme, die aber einen sächsischen Akzent nicht verhehlen konnte.

Die Stimme war das einzig Dynamische, denn der Händedruck, der folgte, war lasch.

Grimm trat zur Seite und wies Lüder mit der Hand den Weg in sein Büro.

Der Raum war ebenso nüchtern ausgestattet wie der Rest des

Hauses. Ein großer Schreibtisch aus Glas und Chrom, ein fast zierlicher Schreibtischsessel und Funktionsmöbel beherrschten das Interieur. Lediglich die an dünnen Fäden von der Decke herabhängenden Grafiken belebten die auf Lüder trist wirkende Raumgestaltung. Die Bilder waren von jener Machart, bei der man nie weiß, wie herum sie richtig aufzuhängen sind.

In der Besucherecke war Kaffeegeschirr für zwei Personen eingedeckt. Die Mitarbeiterin, die Lüder am Empfang abgeholt hatte, schenkte ein und zog sich dann diskret und wortlos zurück.

»Verstehen Sie es bitte nicht als Misstrauen, aber dürfte ich noch einmal Ihre Legitimation sehen?«, bat Grimm.

Lüder reichte ihm seinen Dienstausweis, den der Manager aufmerksam studierte.

»Ich bitte um Entschuldigung«, sagte Grimm und gab das Dokument zurück. »Was kann ich für Sie tun?«

»Vielleicht erläutern Sie mir zunächst einmal, was Ihr Unternehmen macht.«

Grimm lehnte sich entspannt zurück, schlug die Beine übereinander und achtete dabei darauf, dass zuvor die Bügelfalten an den Knien zurechtgezupft wurden.

»Wir erfüllen eine wichtige volkswirtschaftliche Funktion, indem wir Industrie, Gewerbe und private Haushalte mit Energie versorgen, ganz abgesehen von den öffentlichen Einrichtungen wie Schulen, Krankenhäusern, Behörden und vielen mehr.«

Lüder gab sich betont unwissend. »Ich denke, das macht die DEU Deutsche Energie Union AG aus Düsseldorf.«

Der Manager lächelte nachsichtig. »Das ist unsere Konzernmutter.«

Lüder fuhr sich hilflos mit den Fingerspitzen über die Mundwinkel. »Das verstehe ich nicht. Alle Welt spricht davon, dass wir in einer globalisierten Welt leben und die Unternehmen nur bestehen können, wenn sie immer größer werden und sich dem internationalen Wettbewerb stellen, während die DEU sich aufsplittet und für das gemessen an Europa doch überschaubare Schleswig-Holstein einen eigenen Stromversorger unterhält. Das kostet doch zusätzliches Geld.«

»Nicht nur das nördliche Bundesland, sondern auch Hamburg fällt in unser Geschäftsgebiet. Es würde zu weit führen, Ihnen die betriebswirtschaftlichen Hintergründe für diese Vorgehensweise zu erläutern. Glauben Sie mir aber, dass es Sinn macht.«

Lüder war es recht, dass Grimm sich überlegen fühlte und Lüder für einen mit dieser Materie nicht vertrauten Beamten hielt.

»Kann es damit zusammenhängen, dass es der DEU über diesen Weg eher möglich ist, durch die Aufgliederung in mehrere rechtlich scheinbar selbständige Unternehmen Verrechnungspreise untereinander zu verlangen, die sich letztlich auf den Endpreis niederschlagen?«

»Wie meinen Sie das?« Grimm war hellhörig geworden.

»Die Stromproduktion wird von einem anderen Konzernunternehmen vorgenommen. Das verkauft die Energie zu Marktpreisen an Sie wie an einen Fremden. Sie profitieren damit schon im Konzern durch eine Zwischenhandelsstufe. Und da weder der Erzeuger noch Sie als Verteiler über das Stromnetz verfügen, müssen Sie teures Geld für die Durchleitung zahlen. Natürlich ist der Netzbetreiber auch eine Konzerntochter. Und auf jeder Stufe wird mehr Geld verdient, als wenn Sie alles formell in einem Unternehmen regeln würden. Und dann heißt es, dass der Einkaufspreis der letzten Stufe zu hoch ist und man nichts für den exorbitanten Preis gegenüber dem Endverbraucher könne.«

Grimm winkte ab. »Die Mechanismen der Preisbildung auf dem Energiemarkt sind so komplex, dass wir das hier nicht diskutieren sollten. Ich nehme an, das ist auch nicht der Grund Ihres Besuches.«

»Richtig. Ich interessiere mich dafür, weshalb Ihr Unternehmen über recht verschlungene Pfade Vermessungsarbeiten an der Schlei durchführen lässt.«

Lüder beobachtete ein kurzes Aufflackern in Grimms Augen, sonst hatte der Manager keine Miene verzogen.

»Ich verstehe nicht, wovon Sie sprechen.«

»Erlauben Sie mir eine direkte Frage?«

Reiner Grimm nickte.

»Wie ist das in einem solch mächtigen Unternehmen? Sind die Leiter der kleinen Ableger vor Ort, so wie Sie zum Beispiel, nur Ausführende der Anweisungen aus Düsseldorf und ohne jede Kompetenz? Habe ich mich geirrt, als ich glaubte, in Ihnen einen kompetenten Gesprächspartner gefunden zu haben?«

Der Stich saß. Grimm fühlte sich sichtlich getroffen. Er beugte sich vor und öffnete seine Hände, die er zuvor relaxt gefaltet in seinem Schoß liegen hatte.

»Selbstverständlich nicht. *Ich* bin Mitglied im erweiterten Konzernvorstand und gehe davon aus, innerhalb der nächsten zwei Jahre an den Rhein zu wechseln.«

»Dann sind Sie also auch über die künftige Strategie der DEU informiert?«

»Davon können Sie ausgehen.«

Lüder lächelte. Obwohl der Mann sicher clever war, hatte er den Anwurf mangelnder Kompetenz nicht kommentarlos stehen lassen. Nach der selbstbewussten Behauptung, auch über bedeutende Planungen und Strategien seines Dienstherrn unterrichtet zu sein, konnte er sich nicht mehr mit Unwissenheit herausreden.

»Es geht um das geplante Atomkraftwerk an der Schlei, das Ihr Unternehmen zu errichten beabsichtigt«, sagte Lüder. Er stellte damit eine Behauptung auf, die weiter reichte, als das Planungsvorhaben derzeit war.

Grimm schluckte schwer, als Lüder das Vorhaben direkt ansprach.

»Was ist damit?«, fragte der Manager zögernd, um dann in den typisch arroganten Ton der selbst ernannten Wirtschaftselite gegenüber anderen zu verfallen. »Die Landesregierung in NRW will verstärkt an neuer Atomreaktortechnik forschen lassen, um die vorhandene Kompetenz in der Kerntechnologie zu behalten. Deutschland verliert laufend Arbeitsplätze im Bereich einfacher Gewerke. Es wäre töricht, wenn wir unsere Zukunft, nämlich die Hightechbereiche, freiwillig aufgeben würden. Die Gerüchte, NRW plane auch den Bau eines Hochtemperaturreaktors, weist der Innovationsminister der Landesregierung zurück«, dozierte Grimm.

»Das klingt wie ein Störmanöver, um von den viel konkreteren Planungen um das Schleikraftwerk abzulenken. Es geht hier aber nicht um die Sorge der DEU um Deutschland als Technologiestandort, sondern um knallhartes Business.«

Grimm zeigte jetzt erste Anzeichen einer Erregung. Er bemerkte zu spät, dass Lüder ihn in eine Position gedrängt hatte, in der er sich verteidigen musste.

»Nehmen Sie Großbritannien, das mit seinen vierzehn AKWs

neunzehn Prozent seines Energiebedarfs deckt. Die Engländer verfehlen die Reduktion des Abbaus der klimaschädlichen Kohlendioxidemissionen dramatisch. Da gibt es kein ...«

Sie wurden durch das Klingeln des Telefons auf Grimms Schreibtisch unterbrochen. Fast ärgerlich stand der Manager auf, ging zu seinem Arbeitsplatz und fragte mit zorniger Stimme:

»Was gibt es? Ich hatte ausdrücklich gebeten, mich nicht zu stören.«

Er hörte einen Moment zu, deckte dann die Sprechmuschel mit der Hand ab und bat Lüder: »Entschuldigung, aber es ist der Vorstand aus Düsseldorf.« Grimm wies mit ausgestreckter Hand auf die Tür. »Würden es Ihnen etwas ausmachen, einen Moment draußen zu warten?«

*

Die Sonne stand auf der anderen Seite der Schlei. Sie würde im Laufe des Tages am südlichen Ufer von der Schleimündung über die Landschaft Schwansen hinwegwandern und am Abend über den von hier unsichtbaren Kirchturmsspitzen des Schleswiger Doms untergehen.

Jette Rasmussen saß auf der Bank vor dem Haus und hielt ihre Tochter im Arm, während ihr Mann lässig im Türrahmen lehnte und geräuschvoll aus der Mineralwasserflasche trank.

»Mensch, Peter, kannst du nicht trinken, ohne Geräusche zu verursachen?«, mahnte Jette.

Der griente. »Nee. Weißt doch, dass die Weinfritzen auch immer so 'n spitzes Muul machen und tüchtig ein wegschmatzen tun. Das soll heißen, dass's schmeckt.« Er streckte seinen Arm in Richtung der Tochter aus und machte eine Lockbewegung mit dem Zeigefinger. »Muhle muhle, mein Mäuschen. Bist du Papis Schieterbüx?« Dann wurde er abgelenkt. Ein Fahrzeug näherte sich langsam auf der kopfsteingepflasterten Zufahrt von der Hauptstraße, die oberhalb der Schlei entlangführte.

»Kennst die?«, fragte er seine Frau.

Die schüttelte den Kopf.

»Wer will 'n was von uns? Sind sicher wieder so 'ne Versicherungsheinis. Die soll'n mich bloß an Land lassen.«

Der dunkelblaue Audi A6 mit dem Kennzeichen »HG« fuhr eine Kurve und hielt direkt vor dem Eingang. Dabei stießen die Vorderräder fast an den kleinen Bauerngarten. Zwei Männer entstiegen dem Wagen. Der Fahrer war groß und schlaksig. Sein schmales Gesicht mit der imposanten Hakennase und die modisch kurz geschorenen Haare verliehen ihm ein raubvogelähnliches Aussehen. Er trug einen dunkelbraunen Anzug mit einem roséfarbenen Hemd. Aus dem Beifahrersitz quälte sich ein klein gewachsener rundlicher Mann mit einer dunkelblauen Hose und einem für seine Körpergröße viel zu großflächig karierten Sakko. Der runde Kopf auf dem zu kurzen Hals und die vollen dunklen Haare bildeten einen merkwürdigen Kontrast zu seinem Partner.

»Guten Tag«, grüßte der Große. »Sind Sie der Eigentümer?«

Peter Rasmussen setzte seine Wasserflasche an, nahm geräuschvoll einen Schluck und ließ das kühle Nass mit einem weiteren Gluckern die Kehle hinablaufen. Dann musterte er die beiden Männer ausdauernd.

»Kann sein«, quetschte er schließlich zwischen den Zähnen hervor.

»Wir kommen aus Frankfurt«, erklärte der Große, »und würden uns gern einmal mit Ihnen unterhalten.«

»Frankfurt? Wieso hat die Kiste«, dabei zeigte Rasmussen auf den Audi, »'nen anderes Kennzeichen?«

Der Wortführer der Besucher schien kurzfristig irritiert und warf einen Blick auf sein Fahrzeug. »Ach so«, erklärte er schließlich. »Das ist Bad Homburg vor der Höhe. Das ist in der Nähe von Frankfurt. Dort hat unsere Firma ihren Sitz.« Der Mann wartete auf Rasmussens Reaktion. Als die ausblieb, fuhr er fort: »Dürfen wir Sie einen Moment um Ihre Aufmerksamkeit bitten?«

»Ich pass immer auf, wenn mich einer besabbelt«, erwiderte Peter Rasmussen. Dann machte er mit vier Fingern seiner rechten Hand eine abwehrende Wischbewegung. »Ich lass mir nur nich die Zeit klau'n. Ich brauch keine Versicherung, und wenn ich was kaufen will, geh ich in Laden. Ist das klar?«

Die beiden Männer waren langsam näher gekommen und standen jetzt vor dem Jungbauern. Der Große fingerte in einer Innentasche seines Sakkos und zog eine Visitenkarte hervor. Er hielt sie Rasmussen hin.

»Wurzberger«, stellte er sich vor.

Der Kleine machte die Andeutung einer Verbeugung. »Schmiedel«, nannte er seinen Namen. Dann warteten beide auf Rasmussens Antwort. Doch der schwieg.

»Haben Sie nun Zeit für uns?«, fragte Wurzberger mit einem ungeduldigen Unterton.

Peter Rasmussen lehnte immer noch am Türpfosten. »Ich hab mich doch deutlich ausgedrückt. Oder?«

Wurzberger trat noch einen Schritt näher. Er stand jetzt ganz dicht vor dem Jungbauern und versuchte den Anflug eines Lächelns. »Herr Rasmussen. Ich glaube, hier liegt ein Irrtum vor. Wir wollen Ihnen nichts verkaufen. Ganz im Gegenteil. Ich glaube, wir haben ein hochinteressantes Angebot für Sie.« Er drehte sich halb zur Seite und beschrieb mit seinem Arm einen Halbkreis. »Wir möchten mit Ihnen ein paar konstruktive Gedanken austauschen, ob es nicht lohnendere Alternativen zur harten Arbeit auf dem Feld gibt. Ihr Land könnte sich für Sie als Goldgrube erweisen. Sie hätten für die Zukunft ausgesorgt und müssten sich nicht mehr tagein, tagaus mit schwerer körperlicher Arbeit abmühen. Bei aller Wertschätzung, aber zukunftsträchtig ist die Landwirtschaft langfristig nicht mehr.«

Peter Rasmussen löste sich vom Türpfosten. Er war genauso groß wie sein Gegenüber, allerdings von wesentlich kräftigerer Gestalt als der schlaksige Mann.

»Was soll das heißen?«, fragte er drohend. »Wollt Ihr mir die Scholle abluchsen, auf der wir seit Generationen leben?«

»So ist das nicht gemeint«, bemühte sich Wurzberger die Situation zu entkrampfen und warf einen Blick auf Jette Rasmussen und ihre Tochter. »Ein Mädchen?«, fragte er. Als Jette nickte, schob er hinterher: »Ihre Einzige?«

Erneut nickte Peters Frau.

»Sehen Sie, Herr Rasmussen. Sie haben keinen männlichen Erben. Und Ihre Tochter wird Ihr Lebenswerk sicher nicht fortführen. Da ist doch die Idee, den Hof in eine andere Verwendung zu überführen, nicht von der Hand zu …«

Wurzberger hielt überrascht inne, als Rasmussen ihn am Kragen gepackt hatte und leicht anhob, sodass der Mann auf Zehenspitzen balancieren musste.

Was soll 'n das heißen?«, zischte Peter Rasmussen ihn an. »Glaubst du Döskopp, ich krieg kein zweites Kind mehr hin?«

»Nein, so war das ...«, antwortete Wurzberger, doch Rasmussen unterbrach ihn.

»Schnapp dir deinen Schniedel ...«

»Schmiedel«, mischte sich der Kleine aufgeregt ein. »Schmiedel mit ›m‹ wie Martha.«

»Halt deinen da raus«, schnauzte Rasmussen Schmiedel an, um sich wieder Wurzberger zuzuwenden. »Greif dir deinen Schniedel, du Wurz, und dann zischt ab und lasst euch hier nich wieder blicken.« Er ließ Wurzberger los und gab ihm einen leichten Stoß. »Ihr Vögel habt mir auch die anderen Kanaken auf den Acker geschickt, die mit ihren Scheißstangen das Gelände vermessen wollten.«

Die beiden Fremden wechselten einen raschen Blick. Während Wurzberger versuchte, seinen Kragen und den Krawattenknoten wieder zu richten, beschimpfte er Rasmussen. »So etwas Verstocktes, Degeneriertes wie Sie ist mir noch nie über den Weg gelaufen. Ich dachte immer, PISA wäre eine Idee der Medien, um das Sommerloch zu füllen. Aber Sie ... Sie sind ein leibhaftiges Beispiel für den Bildungsnotstand auf dem Lande.«

Wurzberger hatte beide Hände gehoben, um seine Ausführungen mit lebhaften Gesten zu unterstreichen. Das verstand Peter Rasmussen falsch.

»Du Kanaille«, zischte der Jungbauer und schlug einmal kräftig zu.

Wie vom Blitz getroffen sackte Wurzberger in sich zusammen.

»Peter!«, schrie Jette Rasmussen entsetzt auf, während ihr Mann einen Moment unschlüssig stehen blieb, bevor er sich hinabbeugte und Wurzberger ansah.

Der hatte inzwischen ein Taschentuch hervorgezaubert und versuchte, das Blut, das aus seiner Nase schoss, zu stoppen.

»Ich werde die Polizei rufen«, drohte Schmiedel und fingerte an seinem Handy herum. Als Peter Rasmussen ihn ansah, machte der kleine Mann vorsichtshalber zwei Schritte rückwärts.

»Tu das. Dann brauch ich das nicht zu tun.« Rasmussen klang immer noch wütend, während seine Frau ins Haus verschwunden war und kurz darauf mit zwei frischen Handtüchern zurückkehrte. Eines davon hatte sie angefeuchtet. Jetzt kümmerte sie sich um Wurzberger, der immer noch auf dem Boden hockte.

Peter Rasmussen hatte den Platz seiner Frau auf der Bank eingenommen und hielt seine Tochter auf dem Arm, während sie gemeinsam auf das Eintreffen der Polizei warteten.

Es dauerte über eine Viertelstunde, bis der blausilberne VW-Variant der Kappelner Polizei vorfuhr.

»Moin. Wer hat uns alarmiert?«, fragte die junge Polizistin, während ihr älterer Kollege sich die Mütze salopp ins Genick geschoben hatte und die Szene beobachtete.

»Der«, zeigte Rasmussen auf den immer noch ängstlich dreinblickenden Schmiedel. »Sonst hätte ich euch geholt.«

»Um was geht es?«, wollte die Beamtin wissen.

»Körperverletzung« und »Hausfriedensbruch« riefen Schmiedel und Rasmussen durcheinander.

»Nu man sutsche«, mischte sich jetzt der männliche Polizist ein. »Einer nach dem anderen. Immer hübsch der Reihe nach.«

»Der Mann hat meinen Kollegen grundlos angegriffen«, geiferte Schmiedel und suchte halb verdeckt hinter der Polizistin Schutz.

»Ich hab mich nur gewehrt«, erklärte Peter Rasmussen. »Ich hab dem Lang'n eine gescheuert, aber vorher wollt er mir an die Wäsche.«

Der Polizist stöhnte. »Gut, dann wollen wir das mal aufnehmen.«

*

Das Vorzimmer des Geschäftsführers der Holsten Power war von einer ebensolchen Sachlichkeit wie Grimms Büro, nur dass Elemente wie die Besprechungsecke und die Grafiken an den Wänden fehlten.

Die Assistentin des Managers, die Lüder auch am Empfang abgeholt hatte, hieß Ehlebracht. Sie hatte Lüder, gleich nachdem Grimm ihn hinausgeschickt hatte, höflich gefragt, ob er einen Kaffee oder ein Wasser wünsche. Lüder hatte abgelehnt.

»Das ist ein schickes Haus, in dem Sie hier arbeiten«, sagte Lüder.

Die Frau unterbrach ihre Tätigkeit am Bildschirm und drehte sich halb zu Lüder um.

»Das ist jetzt zwei Jahre alt«, erklärte sie. »Die Holsten Power hat ihre verschiedenen Standorte hier konzentriert.«

»Und Ihr Chef, der Herr Grimm, ist schon so lange Geschäftsführer?«

»Ja, seitdem wir hier sind.«

»Ein tüchtiger Mann. So alt ist er doch noch nicht, oder? Und dann ist er für alles allein verantwortlich.«

»Es gibt noch einen zweiten Geschäftsführer. Herr Nientiedt ist für den technischen Bereich zuständig. Aber Herr Grimm ist der Sprecher der Geschäftsführung. Tja, der hat ganz schön was auf dem Kasten. Er ist gerade vierzig, und es wird gemunkelt, dass er über kurz oder lang in die Zentrale nach Düsseldorf wechselt. Aus dem wird noch mal was ganz Großes.«

»Was hat er vorher gemacht, bevor er hierherkam?«

Frau Ehlebracht musterte Lüder aus zusammengekniffenen Augen. Sie schien sich nicht mehr sicher, ob sie einem Fremden gegenüber so bereitwillig vertrauliche Dinge ausplaudern durfte.

»Das kann ich Ihnen nicht genau sagen.« Lüder merkte ihr an, dass sie mit sich kämpfte. Auf der anderen Seite wollte sie nicht unhöflich wirken.

»Sein Akzent klingt sächsisch«, baute ihr Lüder eine Brücke.

Jetzt lächelte Frau Ehlebracht.

»Das kann Herr Grimm nicht abstellen. Ich glaube, er will es auch nicht. Er macht keinen Hehl daraus, dass er stolz ist, es als einer von ›drüben‹ geschafft zu haben. Aber mit dem Sächsischen, da irren Sie sich. Er stammt aus Thüringen.«

»Und er ist mit seinen Eltern als Kind in den Westen gekommen?«

»Nein, so nicht. Er hat noch in der DDR mit dem Studium angefangen und ist sehr schnell nach der Maueröffnung in den Westen rüber. Ich meine, nach Bochum. Mehr weiß ich nicht. Wenn Sie mich entschuldigen würden.« Sie drehte sich wieder zu ihrem Bildschirm um und konzentrierte sich auf ihre Arbeit.

Es dauerte noch fünf Minuten, bis Grimm die Verbindungstür öffnete und Lüder wieder in sein Büro bat.

»Entschuldigung, aber es war eine wichtige Sache, die es zu klären galt«, erklärte er. »Wo waren wir stehen geblieben?« Er fasste sich an den Haaransatz. »Ach, ja, richtig. Nehmen Sie Tschernobyl. Aus der grauen Theorie der Atomgefahr ist unbestreitbar Wirklichkeit geworden. Aber die Gefahr macht doch nicht an den Landesgrenzen halt, wenn die Nachbarn ringsherum mit Kernkraftwerken hochrüsten. Die Liberalisierung des Strommarktes, vor der wir stets verantwortungsbewusst gewarnt haben, führt vermehrt Atomstrom nach Deutschland, was bedeutet, dass hinter den Grenzen aufgerüstet wird, ohne dass wir den gleichen Einfluss wie auf die relativ sichere deutsche Technik nehmen können. Deutsche Sicherheitsstandards werden eben nicht vom Ausland erfüllt. Außerdem koppeln wir uns vom Energiemarkt ab und machen unsere Wirtschaft noch abhängiger, wie beim Gas und Öl. Wir warnen vor den Gefahren der Globalisierung und geben ein wichtiges, wenn nicht das bedeutsamste Gebiet, nämlich die Energie, aus der Hand.«

»Und deshalb sollen in Deutschland neue Atomkraftwerke gebaut werden?«

»Das ist eine Frage des langfristigen Überlebens. Es besteht eine hohe Abhängigkeit von ausländischen Gasimporten aus Ländern wie Russland oder Algerien. Deshalb gibt es sehr vertrauliche Überlegungen, nicht nur die Laufzeit der AKWs zu verlängern, sondern auch neue zu bauen.«

»Und da engagiert sich die Deutsche Energie Union an vorderster Front?«

»Wir sind ein Wirtschaftsunternehmen, aber mit dem gebotenen Maß an Verantwortung gegenüber der wirtschaftlichen Entwicklung. Christian Wulff hat längere Laufzeiten für die Atomkraftwerke ins Spiel gebracht, während der Berliner Koalitionspartner sagt, dass Verträge eingehalten werden müssen. Besonders der Umweltminister zeigt sich als entschlossener Gegner, weil die Atomenergie seiner Meinung nach zu hohe Risiken berge.«

»Wie konkret sind die Planungen für Schleswig eigentlich?«

Grimm zuckte mit den Schultern. »Es ist heutzutage schwierig, vernünftige und notwendige Projekte durchzusetzen. Wussten Sie, dass rund ein Drittel der Kosten für eine neue Autobahn für die Planung und die im Vorfeld geführten Verfahren zu Einsprüchen von Gegnern der gesunden Fortentwicklung aufgewendet werden müssen? Sie können sich vorstellen, dass der Widerstand bei einem Atomkraftwerk ungleich heftiger ist. Und jeder, der dagegen protestiert, geht abends heim und verbraucht wie selbstverständlich Strom. Kohle und Braunkohle verursachen CO_2-Ausstoß und tragen zur Klimaveränderung bei, gegen die sich die gleichen Demonstranten auch wenden. Das begreifen die Menschen nicht. Deshalb muss man ihnen mit anderen Mitteln die ›Zukunft‹ nahebringen, sie zur Not sogar dazu zwingen.«

»Und das geschieht gegenwärtig an der Schlei.«

Grimm sah Lüder irritiert an. »Ich fürchte, ich habe Sie jetzt nicht verstanden.«

»Sind Sie der Auftraggeber für die Wirtschaftskanzlei Goldstein Latham van Scholven?«

»Wer ist das?«

»Dann behaupten Sie sicher auch, Dr. Dr. Buurhove nicht zu kennen.«

Grimm schüttelte den Kopf. »Der Name sagt mir nichts.«

»Und Willi Kwiatkowski?«

»Auch nicht.«

Lüder musterte Reiner Grimm. Der Mann war sicher ein erfahrener und in Verhandlungen gestählter knallharter Vertreter seiner Interessen. Trotzdem konnte er nicht verhindern, dass Lüder die Lüge erkannte.

»Zum Schluss noch eine Frage aus persönlicher Neugier. Ihr Dialekt – Sächsisch ist das nicht.«

Grimm zeigte zwei Reihen tadelloser Zähne, als er schmunzelte.

»Nein. Ich komme aus Thüringen.«

»Interessant. Woher dort?«

»Das kennen Sie nicht. Aus einer Kleinstadt unweit von Erfurt.«

»Und wie heißt die?«

»Kölleda. Der Ort liegt an der deutschen Bier- und Burgenstraße.«

Merkwürdig, dachte Lüder. Rotraud Kiesberger, die Frau, die sie im Zusammenhang mit der Entführung des kleinen Josh Joost suchten, kam auch aus Kölleda. Er stand auf. »Vielen Dank, Herr Grimm, dass Sie Zeit für mich hatten.«

Der Manager war ebenfalls aufgestanden. Er wirkte jetzt völlig irritiert. »Jaa – geern«, sagte er gedehnt. »Aber nun weiß ich immer noch nicht, weshalb Sie mich aufgesucht haben. Sie wollten mit mir doch sicher nicht über die künftige Energiepolitik diskutieren, oder?«

Lüder gab Grimm die Hand. »*Si tacuisses, philosophus mansisses.*«

»Das habe ich jetzt nicht verstanden«, gab Grimm zu.

»Viele Menschen im Lande verstehen den globalen Anspruch der großen Multis auch nicht mehr. Warum heißt Ihr Unternehmen auf Denglisch Holsten Power und nicht Norddeutsche Stromversorgung?«

»Wir leben in einer globalen Welt und müssen uns vom Provinzialismus lösen. Das drückt sich auch in der Sprache aus.«

»Sehen Sie. Und darüber vergessen wir die Werte einer fundierten Bildung.« Lüder schüttelte dem Manager kurz die Hand und drehte sich um. Weshalb hätte er Grimm auch erklären sollen, dass er in diesem Gespräch eine Menge erfahren hatte und der alte lateinische Spruch »Hättest du geschwiegen, so wärst du ein Philosoph geblieben« sich wieder einmal bestätigt hatte.

*

In den Räumen der Flensburger Bezirksinspektion ging es zu wie in einem Bienenschwarm. Frauke Dobermann dirigierte die emsig vor sich hinwuselnden Beamten der Mordkommission, gab Anweisungen, ließ sich über das Ergebnis von ihr in Auftrag gegebener Anweisungen informieren und verteilte neue Aufgaben. Das ganze System war auf ihre Person zugeschnitten. Sie hatte es im Laufe vieler Jahre so eingerichtet, und da sie erfolgreich war, waren alle Versuche unzufriedener Mitarbeiter, ihre Position zu untergraben, vergebens geblieben. »Deutschland ganz oben« war ihr Revier, zumindest was die Verfolgung schwerer Straftaten anbetraf, für deren Aufklärung das Kommissariat 1 zuständig war, das gemeinhin als »Mordkommission« bezeichnet wurde, obwohl die Aufgaben sehr viel mehr Straftatbestände umfassten.

Vor ihrem Schreibtisch hockten zwei Beamte ihres Sachgebiets und mussten sich von der Chefin erklären lassen, weshalb sie mit der Art und der benötigten Zeit für die Erledigung zugewiesener Aufgaben unzufrieden war.

Unwirsch warf die Hauptkommissarin einen Blick auf das Telefon, das sie unterbrach.

»Dobermann«, bellte sie in den Apparat.

»Meyer, Polizei Gera«, antwortete die Stimme mit dem ungewohnten Dialekt. »Wir sind ein Stück weitergekommen, Frau Kollegin.« Der Thüringer legte eine Kunstpause ein, bevor er weitersprach. »Auf Grund der Beschreibungen von zwei Nachbarn haben wir Phantomzeichnungen am Computer entwickelt. Die Ergebnisse beider Aussagen decken sich zu einem großen Teil.«

»Was für Phantomzeichnungen?«, fragte Frauke Dobermann.

»Na, das sagte ich doch«, entrüstete sich Meyer. »Bei der Kiesberger verkehrte doch gelegentlich ein Mann. Wir haben die Zeichnungen mit unseren Dateien abgeglichen und das Ergebnis auch noch durch Erfurt verifizieren lassen.«

»Wieso, was hat Erfurt damit zu tun?«, fuhr die Hauptkommissarin dazwischen.

»Nun lassen Sie mich doch einmal ausreden. Wir pflegen bei uns das Vorurteil, dass die Nordlichter immer ruhig und bedächtig sind. Sie zerstören mit Ihrer Dynamik ja mein Weltbild. Erfurt ist unsere Landeshauptstadt. Das nur für Sie zu Erläuterung. Dort befindet sich *unser* Landeskriminalamt. So weit – so gut. Jedenfalls haben wir jetzt den Namen eines Verdächtigen. Die Kollegen sind noch einmal in der Wohnung von Rotraud Kiesberger und versuchen, Fingerabdrücke oder andere Spuren zu ermitteln, die unsere Vermutung festigen könnten. Wir gehen davon aus, dass der Mann sich in der Wohnung seiner mutmaßlichen Freundin nicht mit Handschuhen bewegt hat.«

»Nun machen Sie es nicht so spannend, Herr Meyer. Wer ist der Verdächtige?«

»Boris Kummerow ist sein Name. Er ist einundvierzig Jahre alt und stammt wie die Kiesberger aus Kölleda in Thüringen. Vermutlich kennen die beiden sich von daher. Sein letzter bekannter Wohnsitz ist Hersbruck in Oberfranken. Kummerow ist gelernter Metzger, hat den Beruf aber nie ausgeübt, sondern in der Nationalen Volksarmee gedient. Nachdem ihr uns okkupiert hattet, wurde er aus politischen Gründen nicht von der Bundeswehr übernommen. Seitdem schlägt er sich mit Gelegenheitsjobs durch.«

»Wenn Sie den Mann in Ihrer Datei führen, muss er doch schon einmal straffällig geworden sein.«

»Richtig. Das erste Mal wurde gegen ihn wegen versuchten Totschlags ermittelt, weil er angeblich an der ehemaligen Staatsgrenze der DDR auf einen Republikflüchtling geschossen haben soll. Später ist er wegen verschiedener Delikte bestraft worden. Raub, Körperverletzung, Verstoß gegen das Betäubungsmittelgesetz. Er ist seit einem Jahr wieder auf freiem Fuß.«

»Können Sie uns das Bild und weitere Informationen zu Boris Kummerow zusenden? Eine detaillierte Personenbeschreibung? Biometrische Daten, soweit Sie Ihnen vorliegen?«

»Ist schon veranlasst, Frau Kollegin.«

Nachdem Frauke Dobermann aufgelegt hatte, rief sie alle anwesenden Mitarbeiter der Mordkommission zusammen und informierte die Beamten über die neue Lage. Anschließend sprach sie mit Mommsen und Holtgrebe, die sie zur Spurensuche vor Ort nach Schleswig geschickt hatte.

*

Lüder war auf der Rückfahrt nach Kiel. Er hatte nie verstehen können, weshalb die Autobahn, die die Touristenrennstrecke A1 mit der Landeshauptstadt verband, nur fragmentweise ausgebaut war. Dazwischen gab es immer wieder Unterbrechungen durch Bundesstraßen, auf denen man nur zäh vorankam.

Seine Aufmerksamkeit wurde durch das Telefon abgelenkt. Edith Beyer, die junge Mitarbeiterin aus der Staatsschutzabteilung, war am Apparat und teilte ihm mit, dass sich die Polizeizentralstation Kappeln gemeldet hatte. Ein Beamter aus der kleinen Stadt an der Schlei erinnerte sich, dass Lüder zugegen gewesen war, als es zu einem Zwischenfall mit Landvermessern auf einem Feld bei Lindaunis gekommen war. Der zweite Kontrahent, Peter Rasmussen, war jetzt wieder in einen Vorfall verwickelt, zu dem die örtliche Polizei gerufen wurde. Der Kappelner Beamte meinte, dass es Lüder vielleicht interessieren würde. Sie gab Lüder die Rufnummer der dortigen Dienststelle durch.

Lüder wollte gerade wählen, als sich sein Telefon erneut meldete. Frauke Dobermann rief an und gab ihm die überraschenden Neuigkeiten durch, die sich im Mordfall Josh Joost ergeben hatten.

»Das heißt, wir kennen jetzt die Identität der mutmaßlichen Täter«, fasste Lüder den Bericht der Hauptkommissarin zusammen. »Da gratuliere ich Ihnen. Um wen handelt es sich?«

Frauke Dobermann zählte die bisher bekannten Fakten auf.

»Der Name klingt fast russisch«, warf Lüder ein. Mit dieser Bemerkung entlockte er seiner Gesprächspartnerin ein kurzes Lachen.

»Das stimmt nur bedingt. Der Mann stammt aus Thüringen.«

»Komisch«, überlegte Lüder laut, »mit so einem Zeitgenossen hatte ich auch gerade zu tun. Der war auch noch stolz darauf, aus so einem Nest mit einem komischen Namen zu stammen. Wie war das noch gleich? Hollderi – holldera. Oder so ähnlich. Da sollten wir nachhaken, weil Rotraud Kiesberger auch von daher stammt.«

»Unser dritter Verdächtiger kommt auch aus Kölleda«, sagte Frauke Dobermann.

Fast hätte Lüder das Lenkrad verrissen. »Sagen Sie das noch einmal?«

»Kölleda.«

»Das ist kein Zufall mehr. Niemand kennt diesen Ort. Wahrscheinlich auch zu Recht«, lästerte Lüder. »Und der Mann, mit dem *ich* gesprochen habe, stammt ebenfalls von dort.«

Die Antwort aus dem Telefonhörer war ein unverständliches Knurren. Lüder schätzte die Flensburgerin so ein, dass sie erst Ruhe geben würde, wenn die Täter verhaftet waren. Außerdem, und das bereitete allen Beteiligten noch viel mehr Sorgen, war das zweite Kind immer noch in den Händen der Verbrecher. Und die hatten unter Beweis gestellt, mit welcher Skrupellosigkeit sie vorgingen. Trotzdem war es ein Meilenstein, wenn man wusste, mit wem man es zu tun hatte. Nun waren sie in der Lage, die Gegenseite besser einschätzen zu können. Die Täter hatten ein Gesicht. Die Polizei suchte keine Unbekannten mehr.

Lüder hatte Probleme, sich auf den Verkehr zu konzentrieren, und wurde durch das wütende Hupen eines anderen Autofahrers daran erinnert, dass er seine Gedanken wieder auf die Straße lenken musste. Er machte ein Zeichen der Entschuldigung, das den anderen aber nur bedingt beruhigte.

Kölleda! War das der Schlüssel für diesen verzwickten Fall? Lüder schüttelte den Kopf. Es war einfach zu abwegig, anzunehmen, dass der Manager eines großen deutschen Unternehmens, dem außerdem eine steile Kariere vorausgesagt wurde, sich in solch abgrundtiefe kriminelle Machenschaften verstricken ließ. Lüder mochte es nicht glauben, dass Reiner Grimm mit Mördern und Entführern unter einer Decke steckte. Was sollte Grimm für ein Motiv haben? Überhaupt war es noch unklar, weshalb die Joost-Kinder Opfer in diesem Fall waren. Ihr Vater hatte keine Position inne, von der aus er Einfluss auf irgendwelche Entscheidungen nehmen konnte.

Lüder steuerte einen Parkplatz an, weil seine Gedanken doch zu sehr abgelenkt wurden und er feststellen musste, dass er nicht mehr weiterfahren konnte, ohne Dritte und sich selbst zu gefährden.

Der Schleswiger Landrat, Graf von Halenberg, hatte einen überraschenden Gesinnungswandel vollzogen. Zunächst war er aus Sorge, seine Wiederwahl zu gefährden, strikt gegen das geplante Atomkraftwerk gewesen. Plötzlich stand er dem Vorhaben aber nicht mehr so abweisend gegenüber. Außerdem hatte er sich bei der Kieler Landesregierung vehement dafür eingesetzt, dass die Polizei sich aus den Ermittlungen nach der Entführung zurückzog. Daraus konnte man schließen, dass der Landrat erpresst worden war. Und wenn man diesen Gedanken weiterspann, dann waren womöglich die Kinder seines engen Mitarbeiters Joachim Joost die Geiseln, mit denen der Meinungswandel des Landrats erpresst worden war.

Wenn das wahr ist, dachte Lüder, dann haben wir es mit besonders perfiden Machenschaften zu tun. Auch Holger Rasmussen war, wenn auch aus anderen Gründen, ein entschiedener Gegner des Vorhabens. Ihm war zur Warnung eine Briefbombe ins Haus geschickt worden, die seine Ehefrau entsetzlich zugerichtet hatte.

Konnte es sein, dass wirtschaftliche Interessen auf so brutale Weise durchgesetzt werden sollten? Auch wenn es ein Spiel um Millionen – ach, was –, um Milliarden Euro war, so fiel es Lüder schwer, zu glauben, dass dafür Kinder ihr Leben lassen mussten und Bärbel Rasmussen für den Rest ihres Lebens verstümmelt blieb.

Was hatte Reiner Grimm nassforsch von sich gegeben, als sie über das Für und Wider der Atomenergie gesprochen hatten?

»Kohle und Braunkohle verursachen CO_2-Ausstoß und tragen zur Klimaveränderung bei. Das begreifen die Menschen nicht. Deshalb muss man ihnen mit anderen Mitteln die ›Zukunft‹ nahebringen, sie zur Not sogar dazu zwingen.«

Und die beiläufige Frage nach dem Ort seiner Herkunft stellte möglicherweise den Schlüssel zur Lösung dar.

Kölleda! Lüder fiel ein, was er dem Manager der DEU Holsten Power geantwortet hatte, als dieser die Globalisierung der Wirtschaft aufs Schild gehoben hatte: *Si tacuisses, philosophus mansisses.* Hättest du geschwiegen, so wärst du ein Philosoph geblieben.

Er sah eine Weile den vorbeirauschenden Autos nach, bevor er die Nummer der Kappelner Polizei wählte. Offensichtlich hatte man dort über den Fall gesprochen, denn er wurde ohne Probleme mit dem Beamten verbunden, der sich in Kiel gemeldet hatte.

Der Polizist schilderte Lüder den Vorfall auf Rasmussens Hof.

»Wie sind Sie verblieben?«, fragte Lüder.

»Die Kontrahenten haben gegenseitig Anzeige erstattet. Der junge Rasmussen wegen Hausfriedensbruch, der Besucher wegen Körperverletzung.«

»Was waren das für Leute?«

Der Polizist lachte laut. »Ein großer Dünner und ein kleiner Dicker.«

»Die sind mir früher schon beschrieben worden. Man hat sie ›Pat und Patachon‹ genannt. Könnte das zutreffen?«

Erneut lachte der Beamte aus Kappeln. »Treffender kann man die beiden nicht beschreiben. Pat, der Lange, heißt Franz-Josef Wurzberger. Patachon nennt sich Konstantin Schmiedel. Die Männer arbeiten für eine Unternehmensberatung aus Bad Homburg. Das liegt bei Frankfurt.«

»Wo sind die beiden jetzt?«

»Pat ist im Krankenhaus in Kappeln. Rasmussen hat ihm mit einem Schlag das Nasenbein gebrochen. Patachon ist meines Wissens ins Hotel zurückgekehrt, um dort auf seinen Partner zu warten.«

»Wissen Sie den Namen des Hotels?«

»Sicher«, antwortete der Polizist. »Die Männer haben als hiesiges Quartier das ›Seehotel Töpferhaus‹ am Bistensee angegeben.«

Lüder kannte das Hotel im Naturpark Hüttener Berge. Er war gespannt darauf, die Bekanntschaft der beiden zu machen, und hatte vor, direkt dorthin zu fahren. Nachdenklich startete er den Motor und reihte sich in den laufenden Verkehr ein.

*

Mommsen hatte den Eindruck, Schleswig inzwischen fast besser zu kennen als das heimische Husum. Er hielt die hektische Betriebsamkeit seiner temporären Vorgesetzten Frauke Dobermann nicht für die richtige Vorgehensweise und hatte den Eindruck, Holtgrebe und er wären mit einem Auftrag belegt worden, der eine Strafe für ihr Verhalten während der Flensburger Lagebesprechung sein sollte. Frauke Dobermann wusste Widerspruch in den Reihen ihrer Mitarbeiter mit geeigneten Mitteln im Keim zu ersticken.

Die beiden Kommissare zogen mit dem Bild von Rotraud Kiesberger, das zudem von schlechter Qualität war, durch die Super- und Drogeriemärkte Schleswigs und befragten das Personal, ob sich jemand an die Frau erinnern konnte. Ihr Augenmerk richtete sich auf das Kassenpersonal. Dabei erfuhren die beiden Kripobeamten, dass diese Positionen überwiegend von Teilzeitkräften besetzt waren, sodass die Kiesberger von niemandem wiedererkannt wurde. Die beiden Kommissare sollten es doch im Laufe der nächsten Woche immer wieder einmal versuchen, am besten jeweils morgens und abends. Viel Zeit verwandten die beiden Beamten auch darauf, die neugierigen Fragen nach dem Warum und Weshalb abzuwimmeln. Deshalb empfand Mommsen es als willkommene Unterbrechung, als sich Frauke Dobermann meldete und die neue Lage durchgab.

»Fahren Sie zur Kripostelle Schleswig. Dort liegt das Bild des mutmaßlichen Komplizen und, so glauben wir, Haupttäters vor. Dann können Sie mit diesen erweiterten Informationen die Suche fortsetzen. Zuvor sollten Sie aber mit diesem Bild das Ehepaar Joost aufsuchen und die Mutter fragen, ob sie den Mann als Täter wiedererkennt.«

Mommsen holte tief Luft, als er daran dachte, dass sie möglicherweise erneut alle einschlägigen Schleswiger Geschäfte aufsuchen müssten. Der Gedanke daran, wie sein Kollege Große Jäger auf eine solche Anweisung der Hauptkommissarin reagiert hätte, zauberte sogar ein Lächeln auf sein Antlitz.

»Darf man an deinem Vergnügen teilhaben?«, fragte Holtgrebe. Mommsen unterließ es, den Schleswiger Kollegen aufzuklären. Stattdessen genoss er den Kaffee, den Holtgrebe herbeigezaubert hatte, nachdem sie auf die Schleswiger Dienststelle zurückgekehrt waren. Auch dies würde Große Jäger bissig kommentiert haben, da Mommsen im heimischen Husum auf Tee abonniert war.

Nach einem kurzen Klopfen öffnete sich die Tür, und eine Kollegin von Holtgrebe streckte ihren Kopf durch den Spalt. »Da ist jemand, der glaubt, etwas zum Fall der entführten Kinder sagen zu können. Ist der bei euch richtig?«, fragte die sportliche Rothaarige.

Holtgrebe nickte müde. Wie vielen Polizeibeamten waren ihm die Leute, die zu allem und jedem etwas gehört oder gesehen haben wollten, vertraut. »Schick ihn rein, Doris«, bat er.

Ein Mann mit vom Wetter gegerbtem Gesicht und dunklen Haaren trat zögernd ein. Abwartend blieb er stehen.

»Holtgrebe«, stellte sich der Schleswiger Kommissar vor. »Das ist Herr Mommsen.«

Der Mann deutete eine Verbeugung an. »Luis Figueira«, nannte er seinen Namen. Er sprach Deutsch mit einem deutlichen Akzent. Ein Portugiese, nahm Mommsen an.

»Was können wir für Sie tun?«, fragte Holtgrebe und zeigte auf einen Stuhl. »Bitte.«

Figueira setzte sich ganz vorn auf die Kante.

»Ich weiß nicht ...«, begann er zögernd. »Meine Frau schickt mich. Ich selbst habe nichts gesehen.«

Mommsen atmete tief durch.

»Wir wohnen ›Am Südhang‹. Im vierten Stock.«

»Das sind die roten Hochhäuser fast an der Schlei«, erklärte

Holtgrebe Mommsen. »Wir Schleswiger nennen sie scherzhaft unsere Wolkenkratzer.«

»Unter uns wohnt Frau Maager. Eine nette alte Dame. Ihr Mann ist vor zwei Jahren gestorben. Jetzt ist sie oft bei ihren Kindern. Irgendwo weiter unten in Deutschland.« Figueira machte eine Handbewegung, die das Gebiet vom Nordostseekanal bis zum Alpenrand umfassen konnte. »Meine Frau hat erzählt, dass Frau Maager sich im Winter das Bein gebrochen hat.« Wieder unterstrich der Portugiese seine Erklärung dadurch, dass er sich auf das linke Schienbein klopfte. »Oder war es rechts?«, fragte er sich selbst. »Jetzt ist sie länger bei ihren Kindern. Sie liebt aber Schleswig. Wie wir auch.«

Luis Figueira klopfte sich dabei mit der Spitze seines Zeigefingers aufs Herz. Dann schwieg er und sah die beiden Beamten nacheinander an.

»Schön, Herr Figueira. Aber das ist noch kein Fall für die Polizei.«

»Wir haben auch lange überlegt. Sind unsicher. Aber Frau Maager vermietet ihre Wohnung manchmal. Weil es doch so teuer ist mit Heizung und Müllgebühr. Und auch wenn sie bei ihren Kindern wohnt, bezahlen muss sie doch.« Er bewegte Daumen und Zeigefinger aufeinander, als würde er Geld zählen.

»Es sind immer saubere und ruhige Leute, die dort für zwei Wochen, manchmal auch ein wenig länger gewohnt haben. Seit ein paar Tagen wohnt dort eine Familie. Mit zwei kleinen Kindern. Von den Eltern hören wir nichts, aber die Kinder weinen oft. Ganz leise, aber wir hören es doch. Meine Frau hat die andere Frau einmal mit dem Kleinen im Treppenhaus getroffen. Die war ganz komisch, die Frau. Hat nicht guten Tag gesagt. Nun glaubt meine Frau, dass es vielleicht das kleine Kind war, das heute in der Zeitung stand. Aber genau wissen wir das nicht.«

»Sie selbst haben das Kind nicht gesehen?«

Figueira schüttelte den Kopf. »Leider. Nein.«

»Warum ist Ihre Frau nicht zu uns gekommen?«

»Wir sind uns nicht sicher. Wir wollen auch keine falschen Dinge machen. Schon gar nicht über Nachbarn reden.« Der Mann sprach leise und drückte damit seine Unsicherheit darüber aus, ob der Besuch bei der Polizei richtig war. »Ich selbst habe nur den

Vater gesehen. Der hat aber immer den Kopf weggedreht und auch nicht richtig gegrüßt. Wenn ich ›Moin‹ gesagt habe, hat er irgendwas mit ›Gott‹ gemurmelt. So genau habe ich das nicht verstanden.«

Mommsen erinnerte sich, dass Boris Kummerow, sollte es sich um ihn handeln, jetzt im Oberfränkischen lebte. Womöglich sagte man dort »Grüß Gott«, und der Thüringer hatte diese Gewohnheit angenommen.

Holtgrebe war aufgestanden und hatte das Bild Kummerows vom Schreibtisch genommen, das ihnen inzwischen aus Flensburg zugegangen war. Er zeigte es dem Mann.

»Sehen Sie es sich genau an, Herr Figueira. Könnte das Ihr Nachbar sein?«

Der Portugiese drehte das Bild in verschiedene Richtungen und musterte es konzentriert. »Genau kann ich es nicht sagen«, entschied er schließlich, »aber nein kann ich auch nicht sagen.« Dann nannte er den beiden Polizisten die genaue Adresse. »Der Mann ist vorhin weggefahren. Er hatte eine Reisetasche dabei. Und die Mutter ist mit dem großen Kind weg. Zu Fuß. Das kleine Kind haben wir nicht gesehen. Heute noch nicht.«

Holtgrebe bedankte sich und bat Figueira, einen Moment vor der Tür zu warten. Dann beratschlagte er sich mit Mommsen. »Wie wollen wir jetzt vorgehen? Sollen wir uns mit der Dobermann abstimmen?«

»Vernünftig wäre es, das SEK anzufordern«, überlegte Mommsen. »Das müssten wir über Flensburg machen. Eine weitere Option wäre, die Wohnung durch das Mobile Einatzkommando überwachen zu lassen. Die Spezialisten könnten gegebenenfalls auch zuschlagen und die zweite Geisel befreien, wenn sich eine geeignete Möglichkeit ergäbe. Es hat den Anschein, als wäre Rotraud Kiesberger nicht gewaltbereit, zumindest nicht in dem Maße wie ihr Mittäter. Können wir uns darauf verlassen, dass er wirklich abgereist ist?« Mommsen schwieg einen Moment. »Ich habe einen Kollegen in Husum«, erklärte er schließlich Holtgrebe, »der wäre jetzt schon unterwegs, um die Wohnung im Zweifelsfall auch im Alleingang zu stürmen.«

Der Schleswiger Kommissar lachte. »Nenne das Kind doch beim Namen. Du meinst sicher Große Jäger. Über den Küsten-

Columbo schmunzeln doch alle in der ehemaligen Polizeidirektion Nord. Ich glaube, dein Chef ist der Einzige, der den im Griff hat.« Holtgrebe gab sich einen Ruck. »Ich rufe jetzt die Dobermann an«, beschloss er und setzte dieses Vorhaben gleich in die Tat um.

Mommsen lauschte dem Bericht, weil Holtgrebe das Telefon auf Mithören geschaltet hatte.

»Tssstsss«, zischte die Hauptkommissarin ins Telefon. »Was glauben Sie, Holtgrebe, wo Sie sind? Bei der Bundeswehr fordert der General Verstärkung an. Wir sind die Polizei. Und nicht in Chicago oder Hamburg, sondern auf dem platten Land. Ist Ihr Zeuge glaubwürdig?«

»Den Eindruck kann man gewinnen«, antwortete Holtgrebe ausweichend.

»Dann klingt es so, als wäre der Unterschlupf verlassen. Kümmern Sie sich zuerst ... Ach, was. Das mache ich selbst. Ich werde veranlassen, dass der Schleswiger Bahnhof und die Bushaltestelle überwacht werden. Aber unauffällig. Zur Not fordern wir Unterstützung von den Zivilfahndern des Bezirksreviers Schleswig an. Die Schutzpolizei hilft uns bestimmt. Nehmen Sie Mommsen mit und fahren Sie zum vermeintlichen Unterschlupf. Eruieren Sie, ob die Vögel ausgeflogen sind. Aber mit der gebotenen Vorsicht. Haben Sie das kapiert?«

»Ja.«

»Sicher?«

Mommsen holte tief Luft und wollte sich einmischen, aber Holtgrebe bedeckte die Sprechmuschel mit der Hand, bevor mögliche Unmutsäußerungen Mommsens durchs Telefon nach Flensburg gelangen konnten. »Jawohl, Frau Hauptkommissarin. Wir werden es wie aufgetragen ausführen.«

Die beiden Kommissare machten sich auf den Weg zu der kleinen Anlage mit den Rotklinkerhäusern am Ufer der Schlei, nachdem sie Luis Figueira heimgeschickt hatten.

Holtgrebe wollte den Motor starten, als Mommsen ihn davon abhielt.

»Warte mal. Wir können uns nur auf die Aussage des Zeugen stützen. Aber alles, was Figueira sagte, klang verlässlich. Wenn Kummerow sich davongemacht hat und die Kiesberger mit David

Joost allein ist, dann haben wir eventuell eine Chance. Es sieht so aus, als wäre der Mann der Gewalttätige. Er wird sich kaum um die Versorgung der Kinder gekümmert haben. Es hieß aber, dass das tote Kind einen einigermaßen gepflegten Eindruck gemacht hat. Das muss die Frau gewesen sein. Bei optimistischer Betrachtung können wir hoffen, dass sie dem Kind nichts antut. Ein Auto scheint sie auch nicht zu haben. Womöglich hält sie sich noch in Schleswig auf. Aber wo?«

»Hmmh«, brummte Holtgrebe und kratzte sich am Hinterkopf. »Das klingt vernünftig. Wohin geht man mit einem Kind?« Er hob den Zeigefinger wie in der Schule. »Die beiden Entführer sind nicht dumm. Davon sollten wir ausgehen. Sie werden inzwischen bemerkt haben, dass die Ermordung des kleinen Josh ein Fehler war, und können sich ausrechnen, dass wir ihnen auf der Spur sind. Deshalb hat Kummerow das Weite gesucht. Dabei kümmert ihn das Schicksal seiner Freundin wenig. Die irrt jetzt mit dem Kind durch Schleswig. Also ich ...«, überlegte Holtgrebe. »Ja? Was würde ich an ihrer Stelle machen? Ich würde das Kind irgendwo aussetzen und mich dann aus dem Staub machen.«

»Das wäre eine normale Reaktion«, pflichtete ihm Mommsen bei, »sofern man bei Verbrechern von normal reden kann. Und wenn die Frau eine Blockade hat?«

»Was meinst du damit?«

»Wenn sie sich für das Kind verantwortlich fühlt? Gegen sie ist noch nie wegen schwerwiegender Straftaten ermittelt worden. Sie ist mit der Situation überfordert und weiß nicht, was sie tun soll.«

Holtgrebe nickte zustimmend. »Also ist sie planlos in Schleswig unterwegs. Sie kennt die Stadt aber nicht. Oder kaum. Dann konzentrieren sich die Kreise auf das Zentrum. Die Fußgängerzone.«

»Richtig. Oder einen anderen zentralen Ort. Mit Sicherheit nicht ein Museum oder der Dom.«

»Was hindert uns daran, einmal den Stadtweg bis zum Gallberg abzulaufen?«, schlug Holtgrebe vor.

Kurz darauf liefen sie durch die Fußgängerzone, schauten dabei in Cafés, Eisdielen und Imbissstuben, Spielwarenläden und ließen auch das Kaufhaus nicht aus. Selbst in die Kinderbuchabteilung der großen Buchhandlung kurz vor dem Capitolplatz schauten sie hinein. Doch auch im zweiten Teil der Fußgängerzone einschließlich der kleinen Passage konnten sie keine Spur von Rotraud Kiesberger und ihrer Geisel entdecken.

Auf dem Rückweg machten sie einen Bogen und gingen am ZOB vorbei. Dort saß ein Zivilfahnder der Schleswiger Schutzpolizei auf der Bank und schüttelte als Zeichen dafür, dass nichts geschehen war, kaum merklich mit dem Kopf.

»Es war einen Versuch wert«, sagte Holtgrebe, und ein Hauch Enttäuschung schwang in seiner Stimme mit. »Gehen wir zum Wagen zurück und fahren wir zur Wohnung.«

Mommsen hielt ihn am Arm fest. »Es ist doch kein Umweg zu diesem Einkaufszentrum?«

»Du meinst, zum Schleicenter?«, fragte Holtgrebe.

»Wenn es so heißt. Das meine ich.«

Holtgrebe nickte. »Von mir aus.«

Zwischen der Fußgängerzone und der parallel dazu verlaufenden Königstraße lag das Schleicenter mit seiner überschaubaren Auswahl an Geschäften, die ein Verbrauchermarkt eindeutig dominierte.

Die beiden Kommissare betraten die Einkaufspassage und sahen die beiden gesuchten Personen schon von Weitem. Im Gang zwischen den Geschäften standen ein paar Bänke. Gleich auf der ersten hockte Rotraud Kiesberger. Trotz der angenehm frühsommerlichen Temperaturen trug sie eine Jacke aus bunten Stofffetzen. Ihre Haare wirkten ungepflegt und passten zur Blässe ihres ungeschminkten Gesichts. Die Augen lagen tief in den Höhlen und waren von dunklen Ringen untermalt. Wie ein Mensch auf der Flucht ließ sie ihren Kopf kreisen und beobachtete die Menschen, die achtlos an ihr vorübergingen. Ihren Arm hatte sie um die Schulter des kleinen Jungen gelegt, der friedlich neben ihr saß, die Beine, die nicht bis zum Boden reichten, baumeln ließ und mit den Fingern Pommes aus einer durch Ketchup rot verschmierten Spitztüte angelte. Die roten Spuren waren auch rund um den Mund des Kindes verteilt.

Der kleine David drehte den Kopf zu seiner Bewacherin und sagte etwas zu ihr. Daraufhin reichte sie dem Kind einen Pappbecher mit einem Getränk, den sie in der linken Hand hielt. Der Junge nahm einen Schluck und widmete sich dann wieder seinen Pommes.

Die Polizisten gingen, scheinbar in ein Gespräch vertieft, achtlos an den beiden vorbei und beobachten dabei die Umgebung, ob sich dort Kummerow aufhielt, von dem sicher eine große Gefahr ausging. Die Anzahl der Besucher des Einkaufscenters hielt sich um diese Zeit in Grenzen. Vom mutmaßlichen Mörder war nichts zu sehen. Am Ende der Passage drehten sich die Kommissare um und schlenderten gemächlich zurück. Kurz vor der Bank, auf der Rotraud Kiesberger saß, trennten sie sich. Während Holtgrebe von hinten an die Frau herantrat, näherte sich Mommsen von vorn. Wie zufällig blieb er vor der Kindesentführerin stehen, bückte sich nach seinem Schuh und drehte sich dabei ein wenig zur Seite. Dann schnellte er aus dem Stand hoch und packte die völlig überraschte Frau bei den Unterarmen. Sie reagierte überhaupt nicht. Wahrscheinlich lag es auch daran, dass ihr Reaktionsvermögen durch durchwachte Nächte nahezu ausgeschaltet war. Parallel zu Mommsens Aktion hatte Holtgrebe von hinten das Kind gepackt und über die Bank hinweggehoben. Er umarmte den kleinen Jungen, der heftig anfing zu schreien und zu strampeln, und stürzte mit dem Kind auf dem Arm in die Tiefe eines der Shops, um aus der nach allen Seiten offenen Passage zu entkommen.

Passanten blieben stehen und beobachteten mit vor Staunen geöffnetem Mund das Geschehen. Doch keiner mischte sich ein.

Rotraud Kiesberger zeigte keine Gegenwehr. Widerstandslos stand sie auf, blickte über die Schulter in die Richtung, in die Holtgrebe verschwunden war, und stammelte: »Das Kind. Er soll auf das Kind aufpassen.«

»Kommen Sie, Frau Kiesberger«, sagte Mommsen mit sanfter Stimme und führte die Frau vorsichtig zum Ausgang. »Für den Jungen ist gesorgt. Haben Sie keine Sorge.«

Sie sah Mommsen aus ihren übernächtigten Augen an. Dann stieß sie einen tiefen Seufzer aus. »Ich bin froh, dass alles vorbei ist«, sagte sie mit kaum wahrnehmbarer Stimme und fing leise an zu weinen.

»Wo ist Kummerow?«, fragte Mommsen.

»Der ist weg. Abgehauen.«
»Wohin?«
»Keine Ahnung.«
»Wer hat Sie angestiftet?«
Sie schluchzte tief. Dann zog sie die Nase kräftig hoch. »Ich weiß es nicht. Boris hat alles arrangiert. Ich bin da irgendwie mit hineingeraten«, kam es zögernd über ihre Lippen.
»Irgendwer muss doch den Auftrag erteilt haben?«
»Wissen Sie, wie es ist, wenn man arbeitslos ist? Man läuft immerzu nur um den eigenen Häuserblock, weil man sich nichts mehr leisten kann. Boris hat gesagt, wie würden ein paar Tage ausspannen. Sie glauben nicht, wie glücklich ich darüber war. Und dann das ...«

Mommsen war vor der Tür des Schleicenters stehen geblieben. Er hielt die Frau im Arm, die sich gegen ihn lehnte und ihr Gesicht zwischen seiner Schulter und dem Kopf verbarg. Er merkte, wie ihre Tränen die Stelle durchnässten. Sie sprach nicht. Nur ihr Schluchzen war zu hören. Es vergingen wenige Minuten, bis zwei blau-silberne Streifenwagen mit quietschenden Reifen vor der Tür hielten. Mommsen hatte richtig vermutet, dass Holtgrebe die Schleswiger Zentralstation informiert hatte.

»Der Kollege ist im Center, gleich vorn rechts«, rief Mommsen der Besatzung des ersten Wagens zu, während sich die beiden Polizisten des zweiten Fahrzeugs ihm näherten.

»Mommsen, Kripo Husum«, erklärte er den misstrauischen Uniformierten. »Nehmen Sie sich bitte der Frau an und bringen Sie sie auf die Dienststelle«, bat er und löste sich behutsam aus der Umklammerung Rotraud Kiesbergers, die sich von den beiden Streifenpolizisten zum Einsatzwagen führen ließ.

Mommsen kehrte ins Schleicenter zurück. Unterwegs kam ihm Holtgrebe entgegen, der den sich immer noch heftig wehrenden David Joost auf dem Arm hielt. Es würde nicht mehr lange dauern, und die Qual des Kindes war beendet. In kurzer Zeit würde das Kind wieder bei seinen Eltern sein. Mommsen strich dem Jungen über die Haare. Überraschend hörte David mit seiner Gegenwehr auf und streckte Mommsen instinktiv die Arme hin, sodass Mommsen das Kind auf dem Arm hielt.

»Wir fahren jetzt mit dem Polizeiauto. Was hältst du davon,

David?«, fragte er ihn. »Dabei machen wir das Blaulicht an, und dann machen wir ganz viel Krach. Ganz laut Tatütata. Und dann kommen Mama und Papa und holen dich ab.«

Mommsen hatte es geschafft, dass der Anflug eines Lächelns über das Kindergesicht huschte.

»Au ja«, sagte der Junge. »Aber Josh muss auch mitkommen. Mein Bruder soll auch Tatütata fahren.«

Mommsen verschlug es für einen Moment den Atem. Was hätte er dem Kind antworten sollen?

»Ja«, sagte er leise und schämte sich im Stillen für diese Antwort.

*

»Was?«, brüllte Lüder gegen den Motorlärm an. »Was haben Sie gesagt?«

Aus den Lautsprechern des Autos scholl ihm Frauke Dobermanns ruhige Stimme entgegen. »Warum brüllen Sie so? Ist Ihr Telefon kaputt? Ich sagte: Wir haben das Kind nach einem erfolgreichen Zugriff in Schleswig. Es scheint nach ersten Erkenntnissen physisch gesund. Die Eltern sind benachrichtigt und wahrscheinlich schon auf der Schleswiger Dienststelle.«

Das war in der Tat eine überraschende Neuigkeit. Lüder fiel ein Stein vom Herzen. Diese Nachricht war wohl die beste, die er im Verlauf dieses Falles vernommen hatte. Das Kind war in Sicherheit. Gott sei Dank.

»Hat die Frau schon gestanden?«

»Nur Unzusammenhängendes. Sie hat alle Schuld auf den flüchtigen Kummerow geschoben. Sie gibt vor, weder etwas über das Motiv noch über die Hintermänner zu wissen.«

»Warum musste der kleine Josh sterben?«

Frauke Dobermann schluckte hörbar am Telefon, bevor sie mit leiser Stimme antwortete: »Weil er Heimweh hatte und nicht aufhörte, nach seiner Mutter zu rufen. Die Kiesberger sagte, dass Kummerow darüber genervt war und fürchtete, das greinende Kind würde sie auffliegen lassen. Deshalb hat er mehrfach versucht, den Kleinen *auf seine Art* ruhigzustellen, nachdem es der Frau nicht gelungen war. Als er das tote Kind wegbrachte, soll er gesagt haben: Ich werde jetzt ein Zeichen setzen. Offenbar war er mit der Gesamtsituation überfordert.«

»Wissen wir, ob Kummerow auch der Absender der Briefbombe war?«

»Die hat Rotraud Kiesberger in seinem Auftrag aufgegeben. Sie sagt, sie wusste nichts vom Inhalt und hat sich das Ganze erst zusammengereimt, als sie davon in den Nachrichten hörte.«

»Kann es sein, dass die Frau jetzt auf der Mitleidsmasche reitet und die Unschuldige spielt?«

»Schwer zu sagen«, sagte Frauke Dobermann. »Das werden wir in langwierigen Verhören ergründen. Außerdem müssen wir dem Staatsanwalt auch noch etwas übrig lassen. Was haben Sie jetzt vor?«

»Ich bin zu einem Rendezvous mit Patachon unterwegs.«

»Was?«, fragte die Hauptkommissarin.

Lüder lachte. »Warum brüllen Sie so? Ist Ihr Telefon kaputt?«

Doch seine Gesprächspartnerin ging auf diesen Scherz nicht ein. »Sie haben einen gewöhnungsbedürftigen Humor«, stellte sie fest. »Bis später.«

Lüder war kurz vor Kiel. Der Verkehr lief zähflüssig, und er kam nur schleppend voran. Abgesehen davon, dass die Leute südlich der Elbe immer von der irrigen Vorstellung ausgingen, dass Hamburg fast an der dänischen Grenze liegen würde und Schleswig-Holstein allenfalls ein schmaler Grünstreifen dazwischen wäre, musste man die Rushhour in den Vororten der Landeshauptstadt selbst erlebt haben. Aber sicher ist es in und rund um die Metropolen in südlicheren Gefilden noch kritischer, räumte Lüder ein, die *anderen* Metropolen, ergänzte er für sich selbst. Er kämpfte mit sich, ob er nicht kurz zu Hause vorbeischauen sollte, beschloss dann aber schweren Herzens, an Kiel vorbei direkt in den Naturpark Hüttener Berge zu fahren. Dort, am romantischen Bistensee, lag das Seehotel Töpferhaus, das zu dem guten Dutzend deutscher Gourmetrestaurants gehörte, die mit zwei oder mehr Michelinsternen gekürt waren.

Auf dem Parkplatz fand er den Audi A6 mit dem Bad Homburger Kennzeichen, von dem der Kappelner Polizist berichtet hatte. Das war ein Indiz dafür, dass Konstantin Schmiedel, den er bisher Patachon genannt hatte, anwesend war. Zu Lüders Überraschung standen aber noch zwei weitere Fahrzeuge auf dem Parkplatz. Der schwarze Mercedes CLK mit dem Düsseldorfer Kennzeichen gehörte Dr. Dr. Buurhove. Mit etwas Fantasie konnte man sich zusammenreimen, dass der beigefarbene Saab aus Mülheim an der Ruhr, der zwei Plätze weiter stand, das Eigentum von Willi Kwiatkowski, dem Privatdetektiv, war. Der gute Ruf des Hotels schien sich auch bei den Leuten herumgesprochen zu haben, die im Auftrag mächtiger Konzerne das Feld für künftige Engagements vorbereiteten.

Lüder betrat das Foyer und stutzte, als er den Düsseldorfer Anwalt und seinen Helfer Kwiatkowski gewahrte, die an der Rezeption standen und heftig miteinander stritten. Beiläufig erwähnten beide ihre Zimmernummer, ohne Lüder zu bemerken, der hinter sie getreten war. Dr. Buurhove hatte ein Zimmer im Erdgeschoss, während der Privatdetektiv im Obergeschoss untergebracht war, wie Lüder anhand einer Hinweistafel erkennen konnte. Kwiatkowski strebte jedoch nicht seinem eigenen Zimmer zu, sondern folgte dem smarten Anwalt in dessen Suite. Dabei redeten die beiden unaufhörlich gegeneinander, ohne von dem anderen gehört zu werden.

Lüder hätte gern gewusst, was sie so in Rage gebracht hatte. Leider konnte er sich nicht unauffällig vor der Zimmertür postieren. Er verließ das Hotel wieder und erntete dafür einen verständnislosen Blick der jungen Frau am Empfang.

Lüder umrundete das Haus und fand auf der Seeseite drei idyllisch angelegte Privatterrassen, die zu den Suiten des Hotels gehörten. Gleich die erste bewohnte Dr. Buurhove. Der Anwalt hatte unvorsichtigerweise die Tür zum Park geöffnet, sodass Lüder sich ungesehen neben dem Eingang verbergen und der Auseinandersetzung lauschen konnte.

»Wollen Sie mich für dumm verkaufen?«, schimpfte Dr. Buurhove. »Sie haben einen Auftrag zu erfüllen. Und die Parameter dafür lege ich fest.«

Kwiatkowski äffte die herrische Stimme seines Widerparts nach, als er antwortete: »Wirklich? Ich bin schon lange in diesem Geschäft tätig und Merkwürdigkeiten gewohnt, habe manche heikle Situation durchlebt und über die Art der Aufträge gestaunt. Ob alles immer koscher war, ist im Zweifelsfall durch Leute wie

Sie, durch Rechtsverdreher, zu beurteilen, aber was zu viel ist, ist zu viel.«

»Niemand hat Sie aufgefordert, sich außerhalb bestehender Gesetze zu bewegen«, erwiderte Dr. Buurhove aufgebracht. »Sie werden nicht ernsthaft behaupten wollen, dass ich Sie aufgefordert habe, den Beamten aus der Kreisverwaltung zu bestechen.«

»Sie haben mir nahegelegt, Informationen zu beschaffen, koste es, was es wolle.«

»Ich distanziere mich von den dubiosen Methoden Ihrer Zunft«, sagte der Anwalt.

»Das ist doch harmlos, gemessen an dem, was Sie sich geleistet haben.«

»Ich denke, das liegt außerhalb Ihrer Urteilsfähigkeit.«

Lüder hörte ein Geräusch, als wenn jemand energisch mit dem Finger auf eine Tischplatte schlagen würde. Dann war wieder Dr. Buurhove zu hören.

»Sie geben mir sofort meine braune Mappe wieder, die Sie entwendet haben.«

»Hab ich das?«, höhnte Kwiatkowski. »Die haben Sie sicher nur verlegt. Sie wollen mir nicht ernsthaft unterstellen, dass ich Ihnen etwas geklaut habe. Was war denn darin enthalten?«

»Es wird ernsthafte Konsequenzen haben, wenn die Unterlagen in die falschen Hände kommen. Sie sind doch wirtschaftlich abhängig von der Argus Wirtschaftsauskünfte GmbH, für die Sie als Subunternehmer tätig sind. Denken Sie daran, dass unsere Kanzlei einer der größten Auftraggeber für die Argus ist. Ich bin mir sicher, dass sich die Unterlagen in Ihrem Zimmer finden lassen.«

»Absurd, was Sie da von sich geben«, sagte der Privatdetektiv. »Kommen Sie, wir setzen uns zusammen und überlegen in aller Ruhe, wo die Unterlagen sein könnten. An Ihrer Stelle würde ich aber zunächst das Fenster schließen. Es muss ja nicht jeder mithören, was wir zu besprechen haben.«

Lüder drückte sich eng an das Mauerwerk, als Dr. Buurhove an die Terrassentür trat und sie schloss. Dann kehrte er zum Hoteleingang zurück und versuchte sich unbemerkt von der Mitarbeiterin an der Rezeption in das Obergeschoss zu schleichen. Doch die aufmerksame junge Dame entdeckte ihn.

»Kann ich Ihnen behilflich sein?«, sprach sie Lüder an.
»Vielen Dank. Ich bin mit Herrn Kwiatkowski verabredet. Er erwartet mich.« Er hatte Glück, dass die Hotelangestellte nicht mitbekommen hatte, dass Kwiatkowski im Augenblick Gast in Dr. Buurhoves Suite war. Sie ließ ihn passieren.

Vorsichtshalber klopfte Lüder leise gegen die Zimmertür. Nichts rührte sich. Das zugesperrte Schloss zu überwinden stellte für Lüder kein Problem dar. Der Raum war hell und freundlich eingerichtet, auch wenn er wie jedes Hotelzimmer dieser Welt den Herbergscharakter nicht verbergen konnte. Kwiatkowski hatte achtlos ein paar Kleidungsstücke über eine Stuhllehne geworfen. Auf dem Tisch stand eine halb leer getrunkene Wasserflasche. Die Prospekte, die Auskunft über die regionalen Attraktionen erteilten, lagen verstreut daneben. Es sah aus, als hätte der Privatdetektiv darin geblättert und sie auf dem Tisch hinterlassen. Ein paar Halbschuhe standen vor dem Bett. Lüder warf einen Blick auf das Buch, das aufgeschlagen auf dem Nachtisch lag. »Das Prinzip Terz«, las er und musste lächeln. Kwiatkowski bekam auch in seiner Freizeit nicht genug und konsumierte Krimis. Lüder kannte das Buch. Eine herzerfrischende Story um einen Kriminalkommissar, der gegen seinen Willen immer tiefer in den Sumpf des Verbrechens hineingezogen wird und sich mit vergnüglicher Gerissenheit aus allen Fallstricken befreit. Münchhausen hätte seinen Hut gezogen, hätte er den Titelhelden gekannt.

Eine offene Reisetasche barg keine aufregenden Geheimnisse. Achtlos hatte Kwiatkowski schmutzige Wäsche hineingeworfen, während sich im Kleiderschrank die ungebrauchte fand.

Lüder hätte gern gewusst, was der Detektiv auf seinem Notebook gespeichert hatte, aber das Gerät war abgeschaltet, und Lüder fand es zu riskant, es in Betrieb zu setzen. Wahrscheinlich war der Rechner ohnehin durch ein Passwort gesichert. Und in kürzester Zeit nach etwas zu suchen, von dem Lüder nicht wusste, was es war, gelang nur in Filmen.

Kwiatkowskis Naivität erstaunte ihn. Hatte sich der gewandte Wirtschaftsanwalt schon ungeschickt verhalten, indem er unvorsichtigerweise bei offenem Fenster Dinge ausgeplaudert hatte, die nicht für fremde Ohren bestimmt waren, so stand ihm der Privatdetektiv in nichts nach. Die braune Ledermappe, von der

Dr. Dr. Buurhove gesprochen hatte, lag friedlich in einem Fach im Kleiderschrank.

Lüder streifte sich Einmalhandschuhe über und war froh, dass er diese zufällig dabeihatte. Dann öffnete er die Mappe. In einer Hülle befand sich eine CD, die unbeschriftet war. Mehrere Blatt Papier lagen lose in der Mappe. Lüder zog den Stapel heraus und blätterte ihn flüchtig durch. Es waren Grundbuchauszüge des Amtsgerichts Kappeln über die Flächen am Ufer der Schlei zwischen Lindaunis und bis fast nach Bad Arnis. Auf den Dokumenten tauchten als Eigentümer neben anderen die bekannten Namen Rasmussen, Petersen und Joost auf. Mit einem Blick erkannte Lüder, dass die Joost'schen Grundstücke bis oben belastet waren.

Auszüge von Messtischblättern ergänzten die Sammlung. Dazwischen lag eine begonnene Spesenabrechnung von Dr. Dr. Buurhove. Der Mann lebte nicht schlecht, zumindest stellte er seinen Auftraggebern nicht unerhebliche Kosten in Rechnung. Auf zwei Blättern waren handgeschriebene Notizen vermerkt, mit denen Lüder im ersten Augenblick nichts anfangen konnte. Es waren offensichtlich Stichworte, die man in einen Zusammenhang bringen musste.

Lüder holte sein Handy hervor und fotografierte die Seiten. Beim Umblättern fiel ihm ein kleiner Abrisszettel von einem geleimten Notizwürfel in die Hände, den er zuvor nicht bemerkt hatte. In drei Zeilen fanden sich dort Codierungen, die Lüder in der Eile ebenfalls nicht identifizieren konnte. Auch diese Angaben fotografierte er.

Weiter war in dem Zimmer nichts Interessantes zu finden. Schnell legte Lüder die braune Mappe wieder an den Platz zurück, warf noch einen Blick in das Badezimmer und registrierte, dass dort nichts lag, was man nicht erwartete, und verließ ungesehen Kwiatkowskis Hotelzimmer.

Betont gelassen steuerte er die Rezeption an und bat darum, Herrn Schmiedel zu verständigen, dass Besuch für ihn da wäre. Beiläufig erwähnte er, dass sein Besuch bei Kwiatkowski erfolgreich gewesen sein. Er hoffte damit zu verhindern, dass die Hotelangestellte den Privatdetektiv informieren würde, was Kwiatkowski eventuell misstrauisch machen würde. Lüder hoffte, dass sein heimlicher Besuch im Hotelzimmer unentdeckt bleiben würde.

»Herr Schmiedel kommt gleich«, sagte die junge Frau mit einem charmanten Lächeln. »Möchten Sie dort Platz nehmen?« Sie zeigte auf eine Sitzgruppe.

Lüder wartete ein paar Minuten, bis ein kleiner Mann mit rundem Gesicht suchend in der Hotelhalle erschien. Lüder stand auf und trat ihm entgegen. »Herr Schmiedel?«

Der Mann nickte.

»Lüders, Landeskriminalamt«, stellte sich Lüder vor. »Ich möchte Ihnen ein paar Fragen stellen.«

Der kleine Unternehmensberater nickte erneut und schlug vor, ein paar Schritte vor die Tür zu treten, dort könne man sich ungestört unterhalten. Er unterließ es, Lüder nach einem Dienstausweis zu fragen.

»Sie kommen wegen des tätlichen Übergriffs auf meinen Kollegen«, stellte Schmiedel fest und war erstaunt, als Lüder dies verneinte.

»Mich interessiert, mit welchem Auftrag Sie hier unterwegs sind.«

Der kleine Mann blieb stehen und sah Lüder verwundert an. »Eine ungewöhnliche Frage. Darf ich die Hintergründe wissen?«

»Es geht um eine Reihe schwerwiegender Straftaten. Sie haben von dem Bombenanschlag auf die Frau eines Lokalpolitikers und von der Kindesentführung gehört, die tragischerweise mit dem Tod eines Jungen endete. Wir haben Hinweise darauf, dass es Zusammenhänge mit der Verfolgung wirtschaftlicher Interessen in dieser Region gibt.«

Schmiedel schien ehrlich erschüttert. »Das kann ich nicht in Verbindung mit unserem Auftrag bringen«, sagte er zögernd. »Sie glauben doch nicht, dass wir, mein Kollege und ich, damit zu tun haben?«

»Grundsätzlich geht es bei dem, was mich interessiert, nicht um *Glauben*, sondern um nackte Tatsachen«, belehrte ihn Lüder. »Wir können das Ganze unkompliziert handhaben, wenn Sie meine Fragen beantworten. Natürlich haben die Ermittlungsbehörden auch andere Möglichkeiten, die gewünschten Informationen von Ihnen zu erlangen.« Lüder warf Schmiedel einen aufmunternden Blick zu. »Ich schätze Sie als Mann der Praxis aber so ein, dass Ihnen der kurze Dienstweg sympathischer ist.«

»Ganz sicher«, gab sich der Mann kooperationswillig. »Darf ich davon ausgehen, dass Sie Diskretion wahren über das, was ich Ihnen anvertraue?«

»Das versichere ich Ihnen«, sagte Lüder und war überrascht, dass der Unternehmensberater so schnell bereit war, zu plaudern. Lüder dachte an LSD, den durchtriebenen Journalisten Leif Stefan Dittert vom Massenblatt, der es mit der Wahrheit nicht immer so genau nahm und durchaus an Lüders Stelle mit einer undurchsichtigen Masche auf Recherche sein könnte.

»Franz-Josef Wurzberger und ich arbeiten für die Business Consulting Partner aus Bad Homburg. Das ist die deutsche Dependance eines internationalen Beratungsunternehmens mit Sitz in Rochester, USA. Wir haben für diesen Auftrag gleich zwei Klienten, in deren Namen wir die Region erkunden und die Stimmung in der Bevölkerung und in den einflussreichen Kreisen eruieren sollen. Es geht um die Ansiedlung eines größeren Industrieprojektes.«

»Um was genau?«, wollte Lüder wissen, um den Wissensstand der Unternehmensberater abzufragen. Doch Schmiedel schüttelte bedauernd den Kopf.

»In Details sind wir nicht eingeweiht. Ich kann Ihnen nur sagen, dass es ein großes Vorhaben ist, das Chancen und Risiken birgt. Zum einen könnte es einer industriell unterversorgten Region Arbeitsplätze und Wirtschaftskraft bescheren, andererseits aber bestehende Strukturen und Idylle zerstören. Das wissen auch unsere Auftraggeber. Deshalb sind wir als Vorhut unterwegs, um die Stimmung auszuloten.«

»Haben Ihre Auftraggeber konkrete Absichten geäußert?«

»Darüber bin ich nicht informiert«, gestand Schmiedel ein. »Ob unser Management in Bad Homburg mehr weiß, entzieht sich meiner Kenntnis.«

»Und wer sind Ihre Auftraggeber?«

Schmiedel druckste ein wenig herum. Erneut blieb er stehen und sah Lüder ins Gesicht, als wollte er prüfen, ob er ihm vertrauen könne. »Das ist ein wenig pikant, da die beiden unabhängig voneinander den Auftrag erteilt haben und nichts davon wissen.«

»Dann sind Sie also Doppelverdiener? Sie recherchieren einmal und stellen Ihre Arbeit jedem gesondert in Rechnung.«

Der kleine Unternehmensberater rieb sich die Hände wie Pilatus. »Das ist nicht meine Aufgabe. Ich bin nur ein Frontmann, der die Aufträge erledigt, die ihm übertragen werden.«

»Von solchen Leuten sind die Geschichtsbücher voll«, merkte Lüder sarkastisch an. »Wer sind nun die beiden Klienten?«

»Die RAG, im Volksmund besser als die ehemalige Ruhrkohle bekannt, und die EDF, die Électricité de France.«

Lüder hielt Schmiedel am Arm fest und drehte ihn halb zu sich um. »Ihr Arbeitgeber wird sicher Wert auf erstklassige Mitarbeiter legen. Ich gehe davon aus, dass Sie sich bei dieser Konstellation Ihre eigenen Gedanken gemacht haben.«

Der Unternehmensberater nickte bedächtig. »Das schon. Die EDF ist ein Quasimonopolist und gilt als das mächtigste Energieunternehmen Europas. Zwar auf einem anderen Gebiet, aber so ähnlich ist die Ruhrkohle zu sehen. Wir vermuten, dass an der Schlei ein neues Kraftwerk entstehen soll. Wenn man den Fluss ausbaggert und einen Hafen anlegt, dann könnte der mit Rohstoff aus Polen oder Russland versorgt werden, wenn es sich um Kohle handelt. Und auch die Weiterleitung der ›Schröder-Pipeline‹ aus Russland bis zur Schlei wäre denkbar und sogar noch unkomplizierter.«

Lüder musste das Kompliment, mit dem er Schmiedel gerade eben geschmeichelt hatte, im Stillen zurücknehmen. Die Schlei war kein Fluss, sondern ein Fjord. Der ließ sich nicht ohne Weiteres zu einem Tiefseehafen ausbaggern. Diese Vorstellungen beruhten auf dem gleichen Unverständnis wie »die Fahrt ans Meer«. Der Einheimische begibt sich hingegen immer »ans Wasser«.

»Kennen Sie Dr. Buurhove oder Willi Kwiatkowski?«

»Meinen Sie den Anwalt aus dem Rheinland? Von dem habe ich schon gehört, ohne ihm je begegnet zu sein. Der zweite Name sagt mir nichts.«

»Und Kummerow? Kiesberger? Grimm?«

»Die Gebrüder Grimm«, scherzte Schmiedel, hielt dann aber inne. »Warten Sie. Gibt es da nicht einen aufstrebenden Manager dieses Namens? Ich kann ihn im Moment aber nicht unterbringen.«

»Rasmussen? Petersen? Joost?«

Schmiedel nickte zustimmend.

»Petersen und Joost sind Grundbesitzer an der Schlei. Und Rasmussen ...«, jetzt lachte der kleine Mann bitter auf, »zu dem Namen muss ich wohl keinen Kommentar abgeben.«

Lüder notierte sich zum Schluss Konstantin Schmiedels Personalien und kehrte zu seinem BMW zurück. Bevor er losfuhr, wählte er Frauke Dobermann an. Erst im dritten Versuch kam er durch.

»Was gibt's?«, fragte die Hauptkommissarin. Ihre Stimme klang genervt.

»Mich interessiert, ob es neue Entwicklungen gibt.«

»Wenig. David Joost ist wieder bei seinen Eltern. Wir haben der Mutter das Bild von Boris Kummerow gezeigt und gefragt, ob sie den Entführer wiedererkennt. Zugegeben – das war eine unglückliche Situation, denn die Frau hatte verständlicherweise nur Augen für ihren Sohn und hat uns keine verwertbare Antwort gegeben. Inzwischen haben wir die Fahndung nach Kummerow eingeleitet. Fernsehen und Presse sind eingeschaltet. Bisher aber ohne Erfolg. Klaus Jürgensen und sein Team sind dabei, den Unterschlupf der beiden Entführer in Schleswig auseinanderzunehmen. Wir werden so viel Beweismaterial zusammentragen, dass die Anklage hieb- und stichfest wird. Und? Was gibt es bei Ihnen Neues?«

»Nichts«, antwortete Lüder lapidar.

Rendsburg, die lebhafte Industriestadt in der Mitte des Nordostseekanals, hat zweifellos einige attraktive Ziele innerhalb ihrer Mauern zu bieten. Doch keines kann auch nur annähernd mit dem Wahrzeichen der Stadt, der Hochbrücke, konkurrieren. Die kühne Stahlkonstruktion überspannt in einer Höhe von über vierzig Metern den Kanal und ist die wichtigste Nord-Süd-Eisenbahnverbindung. Um vom unweit des Kanals gelegenen Bahnhof diese Höhe zu erreichen, war der Bau einer Rampe erforderlich, auf der sich die Gleise in Form einer Schleife in die Höhe schrauben. Der Rendsburger Stadtteil auf einer durch den Kanal im Süden und die Eider im Norden gebildeten Halbinsel heißt demnach folgerichtig »Schleife«. Mitten in dem ruhigen, von Rotklinkerhäusern geprägten Wohngebiet führt im Schatten der Hochbrücke bogenförmig die Baustraße entlang.

Lüder gingen immer noch Frauke Dobermanns Worte durch den Kopf, dass der mutmaßliche Kindesmörder Boris Kummerow flüchtig sei und man noch keine Spur von ihm habe. Der Mann musste davon ausgehen, dass die Bahnhöfe und Zugverbindungen überwacht würden. Natürlich konnte er sich ein Auto stehlen. Die Fähigkeit hatte er bereits unter Beweis gestellt, als er die beiden Fahrzeuge für die Entführung entwendete. Es war aber nicht auszuschließen, dass sich Kummerow noch im Lande aufhielt, denn auch seine Wohnung im fränkischen Hersbruck war verbrannt. Ob er es wagen würde, sich in einem Hotel oder in einer kleinen Pension zu verstecken? Kaum, denn er musste davon ausgehen, dass sein Konterfei durch die Medien gehen würde und er Gefahr lief, dass ihn jemand erkennen würde.

Lüder versuchte, sich in Kummerows Situation zu versetzen. Der Mörder musste Zeit gewinnen, denn der hohe Fahndungsdruck konnte nur kurze Zeit aufrechterhalten werden. Dann würden große Teile der Ressourcen der Polizei wieder für andere zwingende Aufgaben abgezogen werden und die Aufmerksamkeit der Bevölkerung erlahmen. Was hatte Lüder neulich in einem spannenden Beitrag über Wirbelstürme gehört? Ein Wissen, das ihm schon vorher bekannt war, jetzt aber wieder auftauchte. Im Auge des Tornados herrscht Windstille, und man ist dort sicher. Ähnlich würde Lüder sich entschieden haben, wenn er an Kummerows Stelle wäre. Wo würde man ihn nicht vermuten? Lüder war es zumindest einen Versuch wert. Rendsburg lag ohnehin auf seinem Heimweg nach Kiel, und er wollte der Wohnung des toten Harry Senkbiel, die derzeit verwaist war, einen Besuch abstatten.

Wenn der Frühling sich bisher auch von seiner besten Seite gezeigt hatte, so waren im Laufe des Nachmittags doch immer mehr Wolken von Westen herübergezogen. Seit er das Seehotel verlassen hatte, begleitete ihn ein leichter Nieselregen, der südlich Schleswigs in einen kräftigen Landregen übergegangen war. In Rendsburg war es dunkelgrau. Hinter vielen Fenstern brannte Licht.

Auf dem Viadukt rumpelte ein Zug im Schritttempo vorüber. Die langsame Fahrt resultierte nicht nur aus der zu bewältigenden Steigung, sondern auch aus der Baustelle, die von hier unten deutlich sichtbar war. Einige der filigranen Stahlstützen des Bauwerks waren mit Plastikplanen eingekleidet.

Das Haus, in dem Senkbiel bis zu seinem Tod gelebt hatte, unterschied sich von der Mehrheit seiner Nachbarn dadurch, dass es geputzt und weiß gestrichen war. Der Spitzgiebel zeigte zur Straßenfront, und die irgendwann einmal modernisierten Fenster waren mit türkisfarbenen Umrandungen abgesetzt. Im kleinen Vorgarten zierten Säulenkoniferen das Anwesen.

Senkbiel hatte Räume im Obergeschoss bewohnt. Blumentöpfe standen hinter dem Glas auf der Fensterbank. Lüder stutzte, als er bemerkte, dass eines der Fenster in Kippstellung war. Jemand hatte es zum Lüften geöffnet. Das konnten nicht die Beamten der Spurensicherung gewesen sein, die als Letzte die Wohnung betreten hatten.

Am Türschild stand noch der Name Senkbiel. Lüder drückte einen anderen Klingelknopf. Nach einer Weile wurde die Tür geöffnet. Ein älterer Mann, über dessen runden Bauch sich das Oberhemd mächtig spannte, öffnete die Tür einen Spalt. Eine knollige rote Nase beherrschte das gemütliche Gesicht.

»Ja bitte?«, fragte der Mitbewohner durch den Türspalt.

»Guten Abend«, sagte Lüder. »Ich komme von der GEZ. Ich wollte zu Herrn Senkbiel. Wir haben erfahren, dass er umziehen will.«

Der Mann öffnete die Tür einen Spalt weiter. Mit dem Begriff GEZ konnte er etwas anfangen.

»Herr Senkbiel ist tot«, erklärte er.

»Entschuldigung«, erwiderte Lüder. »Manchmal bekommen wir nur unzureichende Informationen.« Er zwinkerte mit dem rechten Auge. »Die kleinen Mädchen in der Verwaltung machen sich häufig wenig Gedanken über das, was sie in das Formular eintragen.«

»Das kann ich gut glauben«, sagte der freundliche Hausbewohner und gab die Tür ganz frei. »Kommen Sie mal rein. Heute ist schon der neue Mieter eingezogen. Ich habe ihn zufällig im Hausflur getroffen. Ein netter und zurückhaltender junger Mann. Wollen Sie zu ihm?« Die mit dichten dunklen Haaren bewachsene Hand zeigte ins Obergeschoss. »Gleich oben links.«

In diesem Moment hörte Lüder, wie am oberen Ende der Treppe die Wohnungstür leise ins Schloss gedrückt wurde. Jemand hatte sie belauscht. Er drängte den verdutzten Mann zur Seite. »Polizei«, raunte er ihm zu, »gehen Sie in Ihre Wohnung und verschließen Sie die Tür.«

»Ja, aber ...«, stammelte der Mitbewohner und blieb wie angewurzelt auf seinem Platz stehen.

Lüder überwand die Stufen ins Obergeschoss mit schnellen Sätzen und lauschte. Hinter der Tür war nichts zu hören. Plötzlich schepperte es. Porzellan war zu Boden gefallen und zerbrochen. Die Blumentöpfe, schoss es Lüder durch den Kopf. Kummerow flüchtet aus dem Fenster. Er drehte sich um, sprang die Stufen hinab und stieß mit dem am Fuß der Treppe wartenden Mann zusammen.

»Moment mal«, sagte der ältere Herr und packte Lüder am Zeug.

»Lassen Sie mich. Ich bin von der Polizei.«

»Das kann jeder sagen«, entgegnete der Mann mutig und hielt Lüder immer noch mit eiserner Faust. Lüder wollte den Mitbürger nicht verletzen, griff mit der freien Hand in seine Tasche und zog den Dienstausweis hervor.

Der Mann warf einen Blick darauf, murmelte: »Ohne Brille sehe ich nichts«, und lockerte dennoch seinen Griff.

»Rufen Sie die Polizei an. Eins eins null«, rief ihm Lüder zu. »Sagen Sie, Kummerow wäre auf der Flucht.«

»Mach ich«, sagte der Mann, blieb aber trotzdem stehen und rief Lüder hinterher: »Wer ist auf der Flucht?«

Wertvolle Sekunden waren verloren gegangen. Als Lüder die Straße erreichte, sah er ein offenes Fenster in der ersten Etage. Kummerow hatte sich am Sims festgehalten und dann auf die Rasenfläche des Vorgartens fallen lassen. Kummerow entfernte sich nach rechts. Dann bog er auf der gegenüberliegenden Straßenseite in eine Hofeinfahrt.

Lüder sprintete hinterher. Der Regen hatte ihn in kürzester Zeit völlig durchnässt. Das Wasser lief ihm von der Stirn über die Brauen in die Augen. Als er die Einfahrt erreichte, die zwischen zwei Grundstücken auf ein rückwärtiges Areal führte, sah er, wie Kummerow sich am Ende über eine Ziegelsteinmauer schwang, die links von einer Remise den Hof begrenzte. Hinter der Mauer waren Bäume und Buschgruppen zu erkennen, die den abgesperrten Bereich unter dem Viadukt begrünten.

Als Lüder die brusthohe Mauer erreichte, war von Kummerow nichts mehr zu sehen. Lüder erklomm die Mauer und landete auf der anderen Seite im feuchten Gras. Er schlängelte sich durch das Gestrüpp und verhielt kurz, um sich zu orientieren. Gedämpft drangen die Geräusche der Stadt durch das Buschwerk. Nur ganz leise war ein helles, rhythmisches »Ploing« wahrzunehmen. Es klang nach Metall. Lüder hatte den Fuß einer der großen genieteten Metallstützen erreicht. Trotz der schrägen Querstreben war es nicht möglich, daran nach oben zu klettern. Er wischte sich mit dem Ärmel durch das nasse Gesicht. Dem Geräusch nach musste Kummerow eine Möglichkeit gefunden haben, in die Höhe zu klimmen. Lüder lief weiter und entdeckte eine Metallleiter, die zur Baustelle emporführte, die wie ein Korb unter der Gleisanlage hing.

Hastig schwang er sich auf die Sprossen und stieg hoch. Das Metall war kalt und durch den Regen nass und rutschig. Jetzt sah er weit über sich einen Schatten, der sich nach oben bewegte. Die Leiter führte auf eine kleine Plattform. Einen Meter versetzt ging eine weitere Leiter nach oben. Das Geräusch über ihm verstummte für einen Moment. Dann hörte Lüder einen Knall. Zeitgleich surrte das Geschoss an ihm vorbei und schlug gegen Metall, ohne ihn getroffen zu haben. Noch zwei Mal drückte Kummerow ab. Lüder überlegte, ob er sich weiter der Gefahr aussetzen sollte. Deckung fand er auf dem Baugerüst nicht. Hoffentlich hatte der ältere Mann die Rendsburger Polizei verständigt. Man würde die Rampe zur Hochbrücke von der Stadtseite ebenso abriegeln wie den Damm am Ende der Brücke auf der anderen Kanalseite. Doch das würde dauern. Wenn es einen weiteren Zugang zur Brücke geben würde wie den, über den Lüder im Moment in die Höhe stieg, könnte Kummerow entkommen. Lüder entschloss sich, die Verfolgung fortzusetzen. Er sah in die Höhe und kniff dabei die Augen zusammen, da ihm der Regen ins Gesicht klatschte. Von dem Verfolgten war nur noch ein Schatten zu sehen, der sich am Ende der obersten Leiter auf den Gleiskörper schwang.

Lüder umklammerte die glitschigen Metallstreben und stieg nach oben. Er wechselte von Sprosse zu Sprosse und rutschte mit dem linken Fuß ab, als er im Bemühen, die Distanz zu Kummerow zu verkürzen, zu hektisch kletterte. Schmerzhaft stieß sein Schienbein gegen das Metall.

Es schien ihm unendlich lang zu dauern, bis auch er das Viadukt erreicht hatte. Während er über die Stellage kroch, die seitlich neben dem Gleiskörper montiert war, fiel sein Blick nach unten. Lüder erschrak, als er registrierte, wie hoch die Eisenbahn über Rendsburg hinwegführte. Hier oben zerrte der Wind mächtig an der Kleidung.

Durch die tief fliegenden Wolken und den dichten Regenschleier herrschte ein diffuses Zwielicht. Für die Jahreszeit war es viel zu düster. Kummerow hatte einen Vorsprung von gut einhundert Metern und lief auf den Schienen Richtung Kanalüberquerung. Lüder folgte ihm und glitt nach dem zweiten Schritt aus. Die regenfeuchten Schwellen ruhten auf Trägern, die die einzelnen Stützpfeiler miteinander verbanden. Zwischen den Schwellen waren Lücken, durch die man zwar nicht hinabstürzen konnte, die aber beim Hinabblicken automatisch zur Verunsicherung führten. Er kam wieder in die Höhe und versuchte, einen gleichmäßigen Laufrhythmus zu finden, der genau dem Abstand zwischen den Schwellen entsprach. Der Abstand zu Kummerow verkürzte sich. Der Mann war langsamer geworden. Plötzlich erkannte Lüder auch den Grund. Das Parallelgleis wurde komplett erneuert. Arbeiter hatten in schwindelerregender Höhe die komplette Anlage demontiert. Anstelle des Fahrweges fand sich ein Nichts.

Einen Moment schoss es Lüder durch den Kopf, dass es gut war, wenn die Fahrgäste in ihrem Zug die abenteuerliche Konstruktion und das gähnende Loch im Gleiskörper nicht registrierten. Vielleicht würde mancher von ihnen das Überqueren dieses Bauwerks nicht mehr nur als interessanten Aussichtspunkt auf der Reise gen Norden ansehen, sondern dabei auch ein mulmiges Gefühl im Magen verspüren.

Lüder reduzierte sein Tempo ebenfalls. An dieser Stelle wäre es lebensgefährlich, auf den regennassen Schwellen auszugleiten. Wenn man zur Seite rutschte, bedeutete das den Absturz. Sosehr ihm daran gelegen war, den flüchtigen Verbrecher zu verfolgen, so war er weit davon entfernt, sein eigenes Leben leichtfertig zu riskieren. Im Dämmerlicht war nicht erkennbar, wie weit die Baustelle reichte. Kummerow war fast an der Stelle angelangt, wo das

Viadukt in die massige Brückenkonstruktion überging, die den Kanal überspannte und unter der eine der wenigen Hängefähren der Welt die Menschen von Ufer zu Ufer transportierte.

Durch den Regenschleier sah Lüder in der Ferne ein Licht, das langsam wuchs und sich zu drei Lichtpunkten erweiterte. Es war zweifelsfrei das Spitzensignal eines Zuges. Lüder hielt an. Es war kaum möglich, in der Dunkelheit ein Signal zu geben, das den Lokführer zum Halten veranlassen würde. Der Mann im Führerstand hatte keine Chance, die beiden für ihn unerwartet auftauchenden Menschen auf der Brücke zu erkennen.

Außen am Gleis führte ein schmaler Steg entlang, der durch ein rostiges Gitter gesichert war. Wenn man sich eng an das Geländer klammerte, das breite Lücken aufwies, konnte man möglicherweise dem Zug ausweichen. Dank der Baustelle war die Bahn so langsam, dass man nicht durch den Sog des vorbeifahrenden Zuges mitgerissen wurde.

Das Licht näherte sich unaufhaltsam. Kummerow wankte dem Zug immer noch auf dem Gleis entgegen. Er musste ihn auch bemerkt haben. Offenbar wollte er noch Distanz zwischen sich und Lüder schaffen, bevor auch er sich an auf den schmalen Steg neben dem Gleis flüchtete. Lüder rutschte erneut weg, tastete nach dem Metall, stolperte und fiel. Er stieß gegen die mittlere Querstrebe des Geländers. Dabei rutschte sein Oberkörper über das scharfkantige Metall, und er sah hinab in den gähnenden Abgrund. Einen Moment blieb er benommen in dieser Position. Der schrille Pfeifton der Bahn riss ihn zurück. Er wurde sich bewusst, dass er quer zur Fahrtrichtung lag und seine Unterschenkel noch auf dem Gleis waren. Mühsam zog er sich am Geländer hoch. Er umklammerte das feuchtkalte Metall und krallte sich daran fest. Dann warf er einen Blick in Richtung Brücke.

Mit Entsetzen sah er, dass Kummerow bis zuletzt gezögert hatte, sich vor dem Zug in Sicherheit zu bringen. Der Mann wich der Bahn aus, indem er erst in letzter Sekunde zur Seite hetzte. Niemand würde je erfahren, warum er nicht den schmalen Steg wählte, auf dem Lüder jetzt kauerte, sondern sich für die andere Seite entschied, auf der das Gegengleis fehlte.

Mit heftig rudernden Armen verschwand der Mann in der Tiefe. Funkensprühend rutschten die rot lackierten Wagen der Regionalbahn, die von einer Lokomotive am Ende geschoben wurden, an Lüder vorbei. Auf den glitschigen Schienen war der Zug auf dieser Distanz nicht zum Halten zu bringen. Lüder spürte den Luftzug, hörte das Kreischen der blockierenden Räder und klammerte sich verzweifelt am Geländer fest. Noch nie in seinem Leben hatte er so viel Angst und Entsetzen verspürt. Merkwürdigerweise schossen ihm in Bruchteilen von Sekunden Bilder durch den Kopf. In Großaufnahme tauchten die Gesichter der Mitglieder seiner Patchworkfamilie vor ihm auf. Wie Spots, die zu rasant geschnitten waren, sausten Erlebnisse aus seinem Leben vorbei, so, als hätte jemand die bildhaften Memoiren eines Lebens in zwei Sekunden zusammengefasst. Dann war es vorbei. Der Zug hatte die Stelle passiert, an der er sich immer noch bewegungsunfähig ans Geländer krallte. Gut fünfzig Meter hinter ihm war die Bahn zum Stehen gekommen. Lüder sah, wie sich die Schiebefenster öffneten und Leute neugierig ihren Kopf herausstreckten. Einige verschwanden ebenso schnell wieder ins Waggoninnere. Das lag sicher nicht nur am Wind und am Regen. Jetzt öffnete sich auch eine Wagentür. Lüder vermutete, dass es der Schaffner war. Doch der Mann war klug genug, nicht auszusteigen.

Vorsichtig löste sich Lüder vom Geländer. Mit unsicheren Schritten wankte er auf das rote Licht zu, das das Ende des Zuges markierte. Dabei vermied er es, nach links oder rechts zu sehen. Es fiel ihm schwer genug, sich auf die Schwellen zu konzentrieren, zwischen denen die Lücken den Blick nach unten freigaben. Mit beiden Händen klammerte er sich an die Brüstung, als er die Lokomotive erreicht hatte. Im Zeitlupentempo hangelte er sich an ihr vorbei, bis er die geöffnete Tür erreichte.

»Mein Gott«, hörte er die Stimme des Schaffners, der ihn mit bleichem Gesicht ansah. Dann sank der Uniformierte in die Knie, krallte sich an der Tür fest und streckte Lüder die Hand entgegen. Ein zweiter Mann folgte seinem Beispiel. Mit vereinten Kräften zogen sie Lüder in die Höhe. Noch einmal rutschte er ab, baumelte mit den Beinen einen kurzen Moment über dem Geländer, bis er erschöpft auf den Fußboden des Wagens fiel. Eine Reihe von Leuten hatte sich auf der Plattform zwischen den Türen eingefunden. Alle starrten ihn aus weiten Augen an. Hilfreiche Hände halfen ihm auf die Beine.

Lüder schüttelte sich wie ein nasser Hund. Der Regen hatte ihn komplett durchnässt. Seine Hose war zerrissen, blutige Schrammen waren am Schienbein zu erkennen.

»Was hat das zu bedeuten?«, fragte der Schaffner.

Lüder versuchte ihn anzugrinsen, was aber nur unzureichend gelang.

»Fahren Sie nach Rendsburg?«, fragte er den Uniformierten. »Einmal zweite Klasse, bitte. Ohne Rückfahrt.«

ELF

Es herrschte die übliche Betriebsamkeit im Hause Lüders. Sinje strahlte aus ihrem Hochstuhl jeden an, der in ihre Nähe kam. Thorolf war in ein Streitgespräch mit seiner Schwester Viveka verwickelt und erklärte ihr gerade, wie doof Mädchen in seinen Augen seien und dass eine Welt ohne Frauen wesentlich gemütlicher wäre. Jonas hingegen war dankbar für weibliche Unterstützung, denn die überall gegenwärtige Margit war damit beschäftigt, den Fleck grob von der Tischdecke zu beseitigen, den er mit einer natürlich auf die falsche Seite gefallenen Brötchenhälfte verursacht hatte, die er sich fingerdick mit Schokoladencreme beschmiert hatte. Und was nicht auf der Decke gelandet war, zierte jetzt großflächig das Areal um Jonas' Mund. Er nahm noch einen Schluck Milch, vermischte das Ganze geräuschvoll zwischen den Zähnen zu einem Brei und beugte sich über den Tisch zu Lüder hinüber.

»Nun erzähl, was gestern Abend los war«, forderte er seinen Vater auf.

»O ja«, stimmte Thorolf ein und fand dieses Thema plötzlich spannender als die Auseinandersetzung mit seiner Schwester. Selbst Margit hielt einen Moment inne und sah Lüder an.

Der winkte ab. »Nichts. Wir haben einen Fall abgeschlossen.«

»Und wie kommt es, dass deine Kleidung zerrissen war? Und die Schrammen an den Händen und Beinen?«

»Das kommt vor.«

»Warst du an der Aktion in Rendsburg beteiligt, von der ich vorhin im Radio gehört habe?«

»Was für 'ne Aktion?«, kam es zeitgleich aus Vivekas und Thorolfs Mund, während Jonas noch einen herzhaften Bissen zu sich nahm und dann fragte: »Habt ihr rumgeballert?«

Lüder fuhr dem Jungen mit der Hand über den Kopf. »Tüddelnase. Wie oft soll ich dir noch erzählen, dass die Polizei nicht schießt? Wir klären unsere Fälle mit Köpfchen und durch Nachdenken.«

»Schade«, gab Jonas enttäuscht von sich. »Wozu brauchst du denn deine Waffe?«

»Erstens benutze ich sie nie. Und dann dient sie nur der Abschreckung. Das habe ich dir schon öfter erklärt.«

Jonas ließ ein kindliches Lachen hören und war erschrocken, als bei dieser Aktion Teile seines Brötchens aus den Mundwinkeln rutschten. »Das glaube ich nicht. Mich kannst du mit deiner Pistole nicht erschrecken.«

Jetzt mischte sich Margit ein. »Du willst mir doch nicht weismachen, dass deine verschmutzte Kleidung *von nichts* kommt?«

»Am Einsatzort war es dunkel. Da bleibt man am Buschwerk hängen.«

Margit musterte Lüder durchdringend. »Warst du der Polizist, von dem sie in den Nachrichten gesprochen haben? Der, der den Täter auf der Hochbrücke verfolgt hat?«

Lüder versuchte, einen unschuldigen Gesichtsausdruck aufzulegen. »Wer? Ich?« Er schüttelte den Kopf. »Ich bin Kriminalrat, mein Schatz. Solche gefährlichen Einsätze übernehmen die Kollegen von der Schutzpolizei. Die müssen sich täglich riskanten Situationen stellen.«

»Dann will ich auch lieber zur Schutzpolizei«, beschloss Jonas.

Lüder starrte auf das Display seines Handys.

»Hast du eine SMS bekommen?«, fragte Margit.

»Nein, ein Zahlenrätsel.«

»Zeig mal.«

Lüder wehrte ab. »Damit will ich dich nicht behelligen.«

Doch Margit griff rasch zu und hatte ihm unversehens das Mobiltelefon entrissen. Geschickt hantierte sie mit den Tasten des Geräts, um den Bildausschnitt zu vergrößern. Dann lächelte sie. »Was krieg ich, wenn ich dir sage, was das ist?«

»Du bekommst ständig einen Teil meiner Dienstbezüge«, lachte Lüder zurück. »Dafür darfst du der Polizei auch mit sachdienlichen Informationen behilflich sein. Sei ein braver Bürger.« Er versuchte, sie mit der Fingerspitze auf die Nase zu stupsen, aber sie schnappte danach und hielt den Zeigefinger zwischen den Lippen fest. »Na? Was ist dir die Info wert?«, lispelte sie zwischen den halb geschlossenen Zähnen hervor.

Lüder legte theatralisch die andere Hand an die Stirn, als würde er angestrengt überlegen. »Wie wär's mit dem Italiener? Heute Abend? Die ganze Mannschaft?«

Margit gab den Finger frei. »Abgemacht. Die erste Reihe sieht aus wie ein BIC-Code.«

»Was ist das?«

»Ein Bank-Identifier-Code. Der ist einmalig und bezeichnet eine bestimmte Bank, irgendwo rund um den Globus. Er ist sozusagen eine internationale Bankleitzahl.«

»Ich dachte, das wäre die IBAN?«

»Die gilt nur in einigen europäischen Ländern und beinhaltet neben der Bank auch noch das Konto.« Margit tippte auf das Handydisplay und kniff die Augen zusammen. »Dort steht DEUTKYKX. Ich vermute, dass die ersten vier Buchstaben für ›Deutsche Bank‹ stehen. Dann kommen zwei Zeichen für das Land. Es ist nicht Deutschland, sonst würde dort GE aufgeführt. Die letzten beiden Stellen kennzeichnen die Region innerhalb des Landes, also DEHH für Hamburg innerhalb Deutschland.«

»Das bedeutet, KY ist ein Exot?«

»Richtig. Jetzt musst du nur noch herausfinden, wofür diese beiden Buchstaben stehen.«

»Hmh. Dann könnten die zehn Ziffern in der zweiten Zeile die Kontonummer sein. Und ... Das mag ich gar nicht glauben! Sollten die Zahlen in der dritten Reihe womöglich der Zugangscode zu diesem Konto sein?«

Margit schüttelte den Kopf. »So dumm kann doch niemand sein, alle Angaben auf demselben Zettel zu notieren.«

Lüder musste ihr zustimmen. Dann rief er seine Bank an. Er wurde mehrfach weiterverbunden, bis er jemanden an der Strippe hatte, der sachkundig war.

»KY steht für die Cayman Islands«, sagte der Bankmitarbeiter. »Diese Inselgruppe liegt etwa siebenhundert Kilometer südlich von Florida und gilt als die Schweiz der Karibik. Es handelt sich um britisches Überseegebiet, das nicht zur Europäischen Union gehört. Deshalb erlauben sich die Engländer dort alles, was ihnen auf dem alten Kontinent versagt ist. Und darum haben viele große Banken in der Hauptstadt George Town eine Niederlassung, weil sie von dort ihre Konten ebenso frei und unkontrolliert bewegen können wie früher in der Schweiz oder in Luxemburg.«

»Um es eindeutig zu formulieren: Über die Cayman Islands lässt sich ungehindert Schwarzgeld transferieren?«

Der Bankmitarbeiter am anderen Ende der Leitung hüstelte verlegen. »Ich würde es anders formulieren. Die dortigen Banken sind in der Lage, eine diskrete Geldanlage zu gewährleisten. Wenn Sie eine diesbezügliche Beratung wünschen, würde ich ein Gespräch in unserem Hause vorschlagen. Am Telefon«, erneut hüstelte der Mann, »ist so etwas schwer vermittelbar.«

»Danke«, wehrte Lüder ab, »ich habe kein Schwarzgeld, sondern nur rotes.«

Es entstand eine kurze Verzögerung, bevor Lüder die Frage erreichte. »Was darf ich darunter verstehen?«

»Mein ›Guthaben‹ wird in den Kontoauszügen immer in Rot ausgewiesen.«

Jetzt ließ sich auch der seriöse Bankberater zu einem angedeuteten Lachen verleiten. »Ich glaube, unter diesen Umständen wäre Ihnen eine Anlageberatung, wie ich es angedeutet habe, nicht zu empfehlen.«

Sie wechselten noch ein paar belanglose Worte. Danach verabschiedete sich Lüder von seiner Familie und fuhr direkt zu Horst Schönbergs Werbeagentur in die Wik, dem Kieler Stadtteil, der nicht nur direkt am Eingang des Nordostseekanals lag, sondern auch den Marinehafen beherbergte.

Als Lüder den Raum betrat, in dem Schreibtische, Stehpulte, Bildschirmarbeitsplätze und anderes »kreatives Gerümpel«, wie der Agenturchef es nannte, chaotisch herumstanden, tauchte Horst Schönbergs Kopf hinter einem übergroßen Bildschirm ab. Kurz darauf kam eine Hand zum Vorschein, die ein weißes Taschentuch schwenkte.

Statt einer Antwort schimpfte der Freund in gespieltem Entsetzen: »Nein, nicht schon wieder. Jedes Mal, wenn du hier auftauchst, bin ich dem Knast ein erhebliches Stück näher gerückt.«

Lüder gab Horst die Hand. »Du darfst dich glücklich schätzen, Deutschland zu retten.«

»Das habe ich schon öfter getan und bin immer noch nicht Bundeskanzler.« Horst winkte ab. »Aber die retten das Land ja auch nicht. Was kann ich für dich tun?«

»Ich brauche deinen fachmännischen Rat in einer Sache, in der du ein wahrer Experte bist und von der ich – zugegeben – weniger verstehe.«

Horst Schönberg lachte und bewegte drohend den Zeigefinger. »Was soll das heißen? Willst du jetzt auch fremdgehen?«

Lüder boxte ihm scherzhaft in die Seite. »Ich denke, du hast auch noch andere Hobbys und Talente. Ich möchte mich im Internet bewegen, ohne Spuren zu hinterlassen.«

»Das ist nahezu nicht möglich«, erklärte der Freund ernsthaft. »Die Spezialisten bekommen so etwas heraus, sonst würde man der Leute, die mit Viren und Würmern das Netz verseuchen, nie habhaft werden.« Dann zwinkerte der Mann mit dem Lausbubengesicht mit den Augen. »Komm mal mit«, forderte er Lüder auf und zog mit ihm in eine bessere Rumpelkammer, die er großzügig »Chefbüro« nannte, in der er sich aber so gut wie nie aufhielt. Horst Schönberg schaltete ein Notebook an, stöpselte ein Handy daran, und kurz darauf flackerte das Symbol eines Browsers auf.

»Kann man in diesem Fall nicht das Handy lokalisieren?«

»Schon«, räumte der Freund ein, »aber das bringt nichts. Ich habe keine Ahnung, wem es einmal gehört hat. Ich habe das Ding beim Pokern an irgendeiner Hotelbar gewonnen. Ich kann dir nicht einmal mehr beschreiben, wie der Typ aussah, der es als Wetteinsatz mitgebracht hat. Und außerdem werden wir uns hinter verschiedenen Servern verstecken. Ich kenne da eine Serveradresse in Weißrussland.«

Lüder zog einen Zettel hervor, auf dem er die fotografierte Notiz aus Kwiatkowskis Hotelzimmer abgeschrieben hatte. »Ich möchte gern auf dieses Konto sehen.«

Horst Schönberg versuchte, die entsprechende Internetseite aufzurufen. Nach mehreren Anläufen gelang es ihm. Sie gaben die Zugangsdaten vom Spickzettel ein.

»So 'n Schiet«, fluchte Schönberg und besah sich die Bildschirmmaske. »Wie bei einem Safe ist hier ein zweiter Zugangsschlüssel erforderlich. Kennst du den?«

Lüder schüttelte resigniert den Kopf. »Nein. Der Bruder Leichtfuß, von dem ich die Daten habe, hat mir nur einen Code hinterlassen. Das war's dann wohl.«

»Man muss mit der Dummheit der Menschen rechnen«, erwiderte Horst Schönberg und wiederholte den ersten PIN im zweiten Schlüsselfeld.

»No access.« Die Eingabe wurde vom System als falsch zurückgewiesen. Gleichzeitig erschien die Meldung, dass es nur noch einen weiteren gültigen Versuch gebe, bevor alle Transaktionen für dieses Konto gesperrt würden.

Lüder kratzte sich am Kopf, während Horst den Rechner abschalten wollte.

»Moment«, unterbrach ihn Lüder. »Das ist nicht mehr als ein Versuch. Aber auf den anderen Unterlagen, die ich gefunden habe, war eine handschriftliche Notiz, die sachlich nicht zum Dokument passt, auf dem sie niedergeschrieben ist.«

Lüder blätterte auf seinem Handy, bis er die abfotografierte Kopie des Grundbucheintrags für das Anwesen von Rasmussen fand. Dort war auf dem Rand per Hand eine Zahlenfolge notiert. Auf dem Handydisplay war es allerdings so klein, dass man die Ziffern nicht identifizieren konnte.

»Gib mal her«, sagte Horst und übertrug das Foto vom Handy auf einen seiner Computer. Dann zauberte er das Foto auf den Bildschirm und vergrößerte es, bis die Zahlenfolge deutlich zu sehen war.

»Mensch, hat der Typ 'ne Klaue«, maulte Horst und tippte mit der Spitze eines Kugelschreibers auf die Zahlen. »Das hier. Ist das eine Eins oder eine Sieben? Und hier. Fünf oder Sechs?«

Gemeinsam musterten sie die undeutlichen Ziffern. Nach langem Hin und Her entschieden sie sich für die Eins und die Fünf.

Horst tippte die Ziffernfolge in das Feld ein, mit dem der zweite Zugangsschlüssel zum Konto abgefragt wurde. Dann stieß er einen überraschten Pfiff aus, nachdem sich die Eingabe als der erforderliche Zugangscode erwiesen hatte. Sie hatten Zugriff auf die Konteninformationen. Aus der Anzeige auf dem Bildschirm war zwar nicht der Inhaber zu erkennen, aber der Saldo wies einen Betrag von eins Komma drei Millionen US Dollar aus.

»Donnerlüttchen«, entfuhr es dem Werbemann. »Hast du geerbt?«

»Ich nicht, aber jemand anderes. Dem wollen wir jetzt eine Wohltat erweisen, sofern wir die Überweisungsfunktion nutzen können. Lässt du mich mal an die Tastatur?« Lüder zog ein zweites Blatt Papier hervor und übernahm daraus die Angaben, um den Geldtransfer in die Wege zu leiten. Horst Schönberg sah ihm über die Schulter.

»Das ist ja Deutschland«, staunte er.

»Woran erkennst du es?«, fragte Lüder.

»Ist doch logisch. Am ›DE‹ im BIC.« Offenbar kannte auch Horst die Gepflogenheiten des internationalen Zahlungsverkehrs.

»Dein Konto?«, fragte er.

»Ich bin ein armer Staatsdiener. So viel werde ich nie zur Verfügung haben. Ich bin mir sicher, dass der Empfänger das Geld gut gebrauchen kann und sich ehrlich darüber freuen wird.« Lüder überwies einen glatten Betrag von eins Komma eins Millionen. Dann ergab sich ein Problem. Das System forderte einen Transaction Code.

»Wenn der Kontoinhaber so naiv ist und neben den Angaben der Bankverbindung auch das Passwort notiert, solltest du es versuchen, ob du mit dem gleichen Code auch die Überweisung veranlassen kannst.«

Lüder probierte es. Beide waren erstaunt, wie komplikationslos der Geldtransfer vollzogen wurde.

»Fünfzig Euro bekommst du nicht von einem Konto auf das nächste, aber bei Millionen klappt es ohne Probleme«, staunte Horst Schönberg.

Lüder führte noch eine zweite Überweisung aus. Er überwies den Rest des Kontoguthabens bis auf den letzten Cent auf das Konto der Düsseldorfer Wirtschaftskanzlei Goldstein Latham van Scholven. Er war gespannt, wie man dort auf den unverhofften Geldsegen reagieren würde.

»Schade«, murrte Lüders Freund. »Einen Tausender hättest du mir als Spesen übrig lassen können.«

»Willst du dich strafbar machen?«, fragte Lüder.

Horst Schönberg zeigte ein breites Grinsen. »Ach nee. Da drüben ist ein Spiegel. Dort solltest *du* einmal hineinsehen. Was ist? Kaffee?«, wechselte der Freund das Thema und zog Lüder am Ärmel zu einer Kaffeemaschine, die inmitten des Chaos auf einem Tisch stand.

*

Seit dem Besuch in Horst Schönbergs Werbeagentur waren drei Wochen vergangen. Lüder hatte seinem Freund verschwiegen, dass er zuvor bei der Ehefrau des mit über einer Million Dollar Beglückten angerufen und sich als Mitarbeiter der Buchhaltung einer Versicherung ausgegeben hatte. Es war nicht schwierig gewesen, von der Hocherfreuten die Bankverbindung genannt zu bekommen, auf die ein unerwarteter Kleinbetrag zurückgezahlt werden sollte. Auch in diesem Fall war Lüder erstaunt, dass die Frau nicht gestutzt hatte, denn natürlich hätte einer vermeintlichen Versicherung die Bankverbindung bekannt sein müssen. Aber ähnlich unverständlich hatte sich Dr. Dr. Buurhove verhalten, der die sensiblen Bankdaten in Klarschrift aufbewahrt und sich von Kwiatkowski hatte entwenden lassen. Und da Lüder davon ausging, dass niemand seinen Besuch im Hotelzimmer des Privatdetektivs bemerkt hatte, zauberte der Gedanke daran, dass seitdem hinter den Kulissen ein mächtiger Streit um die verschwundenen Gelder entbrannt war, ein Lächeln auf Lüders Antlitz. Kwiatkowski würde im dringenden Verdacht stehen, hätte aber keine strafrechtlichen Konsequenzen zu befürchten, denn Dr. Dr. Buurhove und seine Auftraggeber, die dem Anwalt das Geld in die »Kriegskasse« getan hatten, würden diesen Vorfall kaum zur Anzeige bringen. Lüder ging davon aus, dass aus diesem Topf auch die Gelder für die Bestechung des Schleswiger Beamten und die Schmiergelder geflossen waren, die an die Grundbesitzer Rasmussen, Petersen und Joost hätten gezahlt werden sollen. Der smarte Dr. Dr. Buurhove würde wohl erhebliche Erklärungsprobleme haben, das Verschwinden der ihm anvertrauten Gelder zu erläutern. Das traf sicher auch auf seinen Arbeitgeber zu, der immerhin über zweihunderttausend Dollar vereinnahmt hatte und nicht wusste, weshalb.

Mit dem Tod von Boris Kummerow waren alle Verbindungen zwischen dem Täter und seinem Auftraggeber unterbrochen. Es gab keine Beweise, die den Mann im Hintergrund hätten belasten können, wobei nicht einmal sicher war, ob er den direkten Auftrag für das Bombenattentat, die Entführung und die Ermordung des Kindes erteilt hatte. Lüder ging davon aus, dass der Drahtzieher zwar die moralische, aber nicht die strafrechtliche Verantwortung trug und wahrscheinlich auch nicht die schweren Verbrechen in Auftrag gegeben hatte.

Oberstaatsanwalt Brechmann hatte es erwartungsgemäß abgelehnt, ein Ermittlungsverfahren gegen den Düsseldorfer Anwalt, dessen Kanzlei oder deren Auftraggeber einzuleiten. Lüder kam es sonderbar vor, dass Brechmann nicht zum ersten Mal davor zurückscheute, sich mit den Großen und Mächtigen anzulegen.

Trotzdem lächelte Lüder vergnügt. Die Meldung in den Nachrichten und der etwas umfangreichere Beitrag in der nachfolgenden Magazinsendung im NDR Hörfunk hatte bei ihm eine heitere Gelassenheit hervorgerufen.

Heute Morgen haben Polizei und Steuerfahndung überraschend die Geschäftsräume der Holsten Power in Ahrensburg und die Privatwohnung des Geschäftsführers durchsucht. Auf Grund einer anonymen Anzeige wird der zweiundvierzigjährige Reiner G. beschuldigt, über eine Million Dollar Bestechungsgelder kassiert zu haben. G. beteuert seine Unschuld und gibt an, die Herkunft des Geldes nicht erklären zu können. Die zuständige Staatsanwaltschaft Lübeck hat einen Haftbefehl wegen Verdunkelungsgefahr beantragt. Ein Sprecher des Düsseldorfer Energieriesen DEU erklärte heute Mittag, dass man beim Mutterkonzern der Holsten Power über die Aktion überrascht sei und sich ein Fehlverhalten des Managers, dem eine große Zukunft prophezeit wurde, nicht erklären könne. Der Konzernvorstand hat personelle Konsequenzen gezogen und Reiner G. unabhängig vom Ausgang der Ermittlungen mit sofortiger Wirkung von allen Ämtern entbunden.

Dichtung und Wahrheit

Neben den vier bekannten Großunternehmen, die den deutschen Strommarkt unter sich aufgeteilt haben, habe ich ein fünftes erfunden, denn von den real existierenden Konzernen sind uns Lüge, Korruption und andere Skandale unbekannt. So sind die Anschuldigungen gegen die Manager reine Fiktion, selbst wenn wir in der jüngsten Zeit häufig von unvorstellbaren Nachrichten aus den Führungsetagen großer Unternehmen überrascht werden. Es fällt uns schwer, zu glauben, dass Unternehmen, die auf den Weltmärkten agieren, sich zu kriminellen Handlungen hinreißen lassen.

Ebenso wie die Namen von Personen und Unternehmen nur erfunden sind, wohnen in den Orten und arbeiten in den Einrichtungen, auf die Beschreibungen in meinem Roman passen könnten, Menschen, die mit dem Inhalt des Buches nichts zu tun haben.

Politische Aussagen und historische Tatsachen sind aber ebenso der Realität entlehnt wie die Fragen nach der künftigen Energieversorgung.

Zu vermuten ist auch, dass hinter unserem Rücken viele Dinge geschehen, von denen wir keine Ahnung haben, und es in Abwandlung eines Wortes von Bismarck gut ist, dass wir nicht wissen, wie Politik und Leberwurst gemacht werden.

Mein Dank gilt all jenen, die mich bei der Entwicklung des Romans begleitet und mir mit klugem Rat zur Seite gestanden haben.

Hannes Nygaard
TOD IN DER MARSCH
Broschur, 240 Seiten
ISBN 978-3-89705-353-3

Hannes Nygaard
VOM HIMMEL HOCH
Broschur, 240 Seiten
ISBN 978-3-89705-379-3

Hannes Nygaard
MORDLICHT
Broschur, 240 Seiten
ISBN 978-3-89705-418-9

Hannes Nygaard
TOD AN DER FÖRDE
Broschur, 256 Seiten
ISBN 978-3-89705-468-4

Charles Brauer liest
TOD AN DER FÖRDE
4 CDs
ISBN 978-3-89705-645-9

Hannes Nygaard
TODESHAUS AM DEICH
Broschur, 240 Seiten
ISBN 978-3-89705-485-1

Hannes Nygaard
KÜSTENFILZ
Broschur, 272 Seiten
ISBN 978-3-89705-509-4

Hannes Nygaard
TODESKÜSTE
Broschur, 288 Seiten
ISBN 978-3-89705-560-5

Hannes Nygaard
TOD AM KANAL
Broschur, 256 Seiten
ISBN 978-3-89705-585-8

Hannes Nygaard
DER TOTE VOM KLIFF
Broschur, 272 Seiten
ISBN 978-3-89705-623-7

Hannes Nygaard
DER INSELKÖNIG
Broschur, 256 Seiten
ISBN 978-3-89705-672-5

Hannes Nygaard
STURMTIEF
Broschur, 256 Seiten
ISBN 978-3-89705-720-3

Hannes Nygaard
SCHWELBRAND
Broschur, 272 Seiten
ISBN 978-3-89705-795-1

Hannes Nygaard
TOD IM KOOG
Broschur, 240 Seiten
ISBN 978-3-89705-855-2

Hannes Nygaard
SCHWERE WETTER
Broschur, 256 Seiten
ISBN 978-3-89705-920-7

Hannes Nygaard
NEBELFRONT
Broschur, 256 Seiten
ISBN 978-3-95451-026-9

Hannes Nygaard
FAHRT ZUR HÖLLE
Broschur, 272 Seiten
ISBN 978-3-95451-096-2

Hannes Nygaard
MORD AN DER LEINE
Broschur, 256 Seiten
ISBN 978-3-89705-625-1

Hannes Nygaard
NIEDERSACHSEN MAFIA
Broschur, 256 Seiten
ISBN 978-3-89705-751-7

Hannes Nygaard
DAS FINALE
Broschur, 240 Seiten
ISBN 978-3-89705-860-6

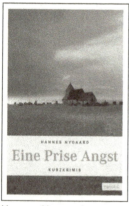

Hannes Nygaard
EINE PRISE ANGST
Broschur, 240 Seiten
ISBN 978-3-89705-921-4

www.emons-verlag.de